청춘교

# 청춘교

다시 돌이킬 수 없는 스물네 살 적 이야기

김진국 지음

어문학사

# 프롤로그

 

 

 

 

'청춘교'는 강화군 양사면 교산리에 실제 있는 다리 이름이다. 일명 '다리목'이라고도 한다.

강화도에는 밤이 되면 젊은이들만 청춘교 아래 모여 노는 오랜 풍습이 전해진다. 어른들은 불문율처럼 밤에 그 다리를 지나갈 수 없다. 그로 인해 청춘교 주변에는 대대로 이런저런 청춘 남녀의 이야기가 전해져 온다. 아니 오히려 비밀스러운 채로 전해지지 않는 이야기들이 훨씬 더 많다고나 할까.

젊음에게만 허용되는 금단의 영역! 그래서 사실은 나이를 먹어버려 이제는 들어갈 수 없는 사람들이 속으로만 더 절실한지도 모른다.

내가 이 동화 같은 다리를 접한 것은 스물다섯 시절 한여름이었다. 그때 나는 나를 무척이나 사랑해주었던 스물한 살 아가씨에 이끌려 그녀의 강화도 고향집을 방문하였다. 아침에는 그녀

어머니가 끓여주신 찌개를 먹고, 한낮에는 그녀 남동생이 모는 경운기 뒤에 그녀와 함께 올라 국군 초소를 지나 휴전선 가까이까지 최대한 북진하기도 했다. 바로 앞산에는 북한군 초소들 사이로 그들이 벌목해 새겨 놓은 '주체'라는 숲속 글자가 눈에 확 들어왔다.

그리고 밤에는 그녀의 품에 안겨 청춘교 아래 개울물에 발을 담근 채 놀았다. 강화도의 별은 정말 또렷하리만큼 해맑았다. 그녀는 차라리 금빛에 가까운 은하수 아래 반딧불들 사이에서 밤새 까르르 웃어대기만 했다. 최소한 그때의 나는 밤에 청춘교로의 출입이 허락되는 젊음이라는 통행증을 지니고 있었다.

하지만 이제부터의 이야기는 그런 전원적인 것이 절대 아니다. 스물다섯의 이야기는 훗날로 일단 미루자. 이 이야기는 그러니까 바로 그 일 년 전, 스물넷 시절, 어느 이상한 도시에서의 부끄러운 자화상이다. 도시는 밤마다 두 눈이 검붉게 충혈된 채 헤매는 나를 온통 빨아들일 만큼 강렬하면서도 음험했다.

# 차례

# 청춘고

## ··· 다시 돌이킬 수 없는 스물네 살 적 이야기

제1부

전야제

1. 그해 가을, 늦은 시월의 어느 밤. 그날도 나는 도시 한복판에서 유영하고 있었다. 이따금 도시 전체를 암흑으로 몰아넣는 정전이 그날따라 세 번이나 있던 밤이었다. 도시를 가로지르는 개천 변에 즐비하게 늘어선 포장마차들 중 하나였다. 자정을 훨씬 넘어선 시각, 내 옆 한 자리 건너에서는 서른두 살이라는 긴 파마머리 여인이 혼자 홀짝거리며 소주잔을 기울이고 있었다.

"힘들어요."

이웃 왼쪽 포장마차 어디선가 턴테이블에서 늘어진 채 나오는 제법 빠른 팝송의 꼬부라진 구절들이 비탈진 둑을 타고 아래로 흐르고 있었다. 그 소리는 흐린 물줄기를 타고 강물과 섞여 흐르다가 모아져, 다시 하늘로 치오르는 공명이 되어 돌아와 귓가에 어지럽게 맴돌곤 했다. 이따금씩 반대편 쪽에서 고향을 애절하게 찾는 트로트 소리가 바람에 실려 들곤 했다. 간힐직으로 교차해 들려오는 그 구성진 가락은 팝송에의 집중을 방해해버렸다. 그리고 끝없이 이어지는 주변 사람들의 시끌벅적한 소리. 사이사이 멀리서 메아리쳐 오는 예배당 종소리. 경적 소리…….

"아이가 아파……요……."

이따금 꾸역꾸역 밀려오는 온갖 들꽃 향기들이 콧구멍을 찔러 씰룩이게 했다. 거기에 뒤섞여 오염된 냇가에서 풍겨 나오는 썩어가는 냄새에 몇 번이나 미간이 찌푸려졌다. 어쩌면 저마다 며칠씩 저며 두었을 각종 수산물과 고기류들이 포장마차 안 공기를 어지럽게 만드는지도 모를 일이었다. 나는 뭉텅뭉텅 잘려 있는 멍게 조각들을 참기름 종지에 찍어 연이어 입안에 넣으며 그녀가 포장마차 주인 사내와 나누는 이야기를 엿들었다. 아이가 아파요. 그녀한테서는 하루쯤 전에 했을 강렬한 파마 냄새가 싸구려 향수와 뒤엉켜 진하게 풍겨나왔다. 이미 앞에는 그녀 혼자 마셨을 두 개의 빈 소주병과, 이제는 국물만 남은 잔치국수 그릇이 놓여 있었다.

중년의 주인 사내와 대화하다가 종종 눈이 마주치기라도 하면, 취한 그녀는 나를 향해 미소인지 조소인지 모를 야릇한 웃음기를 흘리곤 했다. 여인의 제법 움푹 그림자진 야성적인 눈가와 도톰한 입술이 나를 은근히 끌어당기고 있는지도 몰랐다. 그녀는 꼬부라져 가는 혀로, 서른두 살의 자신에게는 두 살배기 딸이 하나 있으며, 남편은 아기가 태어난 얼마 뒤 집을 뛰쳐나가곤 소식조차 없고, 젊음을 이 도시의 공장에서 지냈던 자신이 이제는 식당에 나가고 있으며, 친정 엄마가 지금 아이를 돌보고 있다는 사실을 일일이 나열해주었다. 더구나 오늘 낮에는 제법 심한 감기 기운이 있는 애를 두고 왔으면서도 야간일을 마치고 귀갓길에 여기를 들러 국수와 술을 먹는 자신이 미쳤다고 말하며 흐느끼기도 했다.

"오늘 정말 왜 이러지? 두 번씩이나. 이상하네."

두 번째 정전이 되자, 그녀는 갑자기 깔린 어둠 속에서 파묻었던 얼굴을 들고 풀어진 머리를 가지런히 빗는 시늉을 하였다. 주인 사내는 아까 껐던 두 개의 대형 양초에 다시 불을 붙여 나갔다.

먼저 자리를 털고 일어선 것은 나였다. 입안에는 버무려진 참기름과 소금에다가 멍게의 짭짜름한 맛이 가득한 채였다. 내가 계산을 요구하는 모습을 보자, 그녀 역시 집에 가겠다고 일어서며 처음으로 내게 말을 걸었다. 왜요? 가시게요? 하지만 그녀는 바래다 드릴까요? 하는 나의 호의를 대번에 거절했다. 미색 자켓 아래 분홍 남방의 두 개쯤 풀어 제친 단추 사이에서 꿈틀대는 풍만한 살색의 두 젖무덤을 보며 나는 자리에서 일어섰다. 그녀는 꽃무늬가 새겨진 나팔바지 비슷한 청바지를 입고 있었다.


2. "혹시 나를 따라오는 건가요?"

억새와 갈대가 어둠 속에 쭉 도열해 신 개천 징검나리를 선너,

도시 번화가쯤에 들어섰을 때, 그녀는 비로소 가까이 다가오는 인기척을 느끼고 돌아다보았다. 도시는 아직도 불이 켜지지 못해 깜깜했다. 암전 속에서 내가 아까 포장마차에서의 그 청년임을 알아차리는 데까지는 다소 시간이 걸렸다.

"아니요. 집이 희망 공원 쪽이라서."

그 말은 참이기도 하고 거짓이기도 했다. 아니, 엄밀히 말하면 그녀가 향하는 쪽이 정확하게 희망대 쪽이었다. 내가 사는 곳은 희망대에서 멀지 않았을 뿐이다! 사실 이미 두 블록 전에서 그녀와는 다른 길로 접어드는 길이 올바른 지름길이었다. 그녀가 잠시 서서 그런 나를 응시하고 있을 때, 때마침 도시에 불이 환하게 켜졌고, 곳곳에서 화려한 네온이 다시 휘황함을 뽐내기 시작했다. 이 도시의 번화가는 밤에 오히려 훨씬 더 눈부셨다. 그녀는 그제야 다소 안심한 표정을 지었다.

"자, 사르비아예요."

그녀가 결정적으로 경계심을 푼 것은 희망 공원 접어드는 오르막길 인도의 가장자리에서 내가 붉은 샐비아 한 송이를 따서 먹어보라고 준 직후부터였다. 우리 시골서는 깨꽃이라고 불렀는데…… 그녀는 시키는 대로 꽃의 꽁무니를 쭉쭉 빨며 단맛을 한껏 들이키고는 음미하며 뇌까렸다.

공원 오르막길 중간쯤에 도달했을 때, 우리는 오렌지빛 가로등이 환한 의자에 잠시 나란히 앉아 비로소 대화를 시작했다. 비탈진 길가 군데군데에 빨간 장미와 연분홍과 하양의 코스모스들이 아직 피어 있었다. 그녀는 내가 자기보다 두세 살쯤 아래라고 생각했는데 스물넷이라는 사실에 놀랐다. 소주를 얼마큼 먹었냐는 질문에 순간 사실은 반 병 정도밖에 안 마셨지만, 나도 그녀처럼 두 병 정도 마셨고, 그래서 제법 취한 상태라고 얼버무렸다. 아마도 그녀의 부끄러움을 달래주기 위해서였을 거라면 핑계일까!

그런 얼마 후, 도시에 세 번째 정전이 찾아들고, 사방이 다시 깜깜해졌을 때, 우리는 누가 먼저랄 것도 없이 키스를 시작했다. 요즘과는 달라서 그때만 해도 늦은 시월의 밤은 차라리 춥다고 할 정도로 한없이 쌀쌀했다. 그녀의 온몸에는 이미 좁쌀 같은 소름이 마구 돋아 있었다. 우리는 2인용 벤치 위에서 그 쌀쌀함을 쫓아내기 위해 서로의 입안을 구석구석 뜨겁게 탐닉해 나갔다.

우리를 정신 들게 한 것은 지나가던 노인의 투덜거림과 섞여 들린 욕설 때문이었다. 그는 엉켜 있는 남녀 때문에 몹시 기분이 상한 듯 보였다. 노인이 느린 걸음으로 지나간 뒤 나는 여관으로 가자고 몇 번이나 유혹해보았지만, 그때마다 돌아오는 것은 단호한 거절뿐이었다. 얼른 가봐야 해. 아이가 기침을…… 집에 전화가 없어서. 엄마도 걱정할 텐데……. 시간은 밤 세 시를 넘어 급격히 새벽으로 향하고 있었다.

결국 그녀를 나꿔챈 것은 공원 오르막길 정상에 도달했을 즈음이었다. 순간 나는 본능과 이성 사이에서 잠시 치열한 갈등을 했다. 아마도 이 도시에 처음 와서쯤이었다면 비슷한 상황에서 더 이상의 유혹을 포기했을지도 모른다. 하지만 나는 이미 연속 누적된 욕망을 변칙적으로 처리하는 것에 익숙해져 가고 있었다. 이젠 제어하기 힘든 욕망의 불꽃으로 활활 타오른 채, 그녀를 길 옆 쪽 골목길로 급히 밀어 넣었다. 다행히 그녀 역시 기다렸다는 듯 별다른 저항을 하지는 않았다.

3. 다시 뜨거운 입맞춤이 시작되었을 때, 그녀는 한껏 고조되어 있었다. 나는 담에 기대 쓰러질 듯 서 있는 그녀의 양쪽 어깨를 한동안 대신 지탱해주다가 얼마 후 두 팔을 크게 벌려 양 허리 뒤춤을 끌어안았다. 그 자세에서 불끈 힘을 주어 억세게 끌어안고는 마구 힘을 주기 시작하자, 그녀는 급격히 가빠져 오는 숨에 헐떡이다가 마침내 숨이 끊기려는 사람처럼 아아~~ 거칠게 토해내며 몸서리쳐댔다. 결정적인 순간에 누워서든 앉아서든 서서든, 상대의 양 허리를 최대한 완력으로 옥죄어 숨이 막히도록 심장이 펌프질 치게 하는 것은 그 시절 나의 버릇이었다. 서툴지만 젊었고, 항상 충분히 에너지가 넘쳤다.

마침내 그녀가 꼴깍꼴깍 숨이 넘어가며 못 견딜 지경이 되고 말았다. 나는 그제야 감았던 허리를 풀어주었다. 그러자 한꺼번에 맥이 풀리며 쓰러지려는 그녀를 다시 잡아줘야만 했다. 그러고서 남방의 단추를 하나씩 풀고 브래지어 훅을 열어 젖히도록 아무런 저항을 하지 않았다. 눈물일까. 언뜻 맺힌 듯한 촉촉한 물기를 이제는 익숙해진 어둠 속에서 어렴풋이 느끼며 내가 보드라운 입술 끝으로 오른쪽 젖꼭지를 물었을 때, 그녀는 잠시 움찔거렸다. 그렇게 얼마 동안 헛바닥과 입으로는 오른쪽 유두를 간질이거나 세차게 흡입해대며, 왼손가락으로 반대편 젖꼭지를 슬쩍슬쩍 꼬집어주었다.

그녀의 저항이 다시 시작된 것은 그 상태에서 내 오른손이 청바지 안을 향했을 때였다. 두툼한 가죽 벨트를 끄르는 것도, 청바지의 단추를 풀고 지퍼를 내리는 것도, 내린 손으로 자신에게로 들어오려는 내 손을 가로막으며 힘을 주는 그녀 때문에 여의치 않았다. 하지만 그런 저항도 잠시뿐, 마침내 내 엄지와 검지가 풍성한 고샅더미를 지나 음핵을 꼬집으며 세웠을 때, 그녀는 심하게 몸을 움찔거렸다. 그러고는 그 충혈된 꽃봉오리를 연속 꼬집으며 비틀어줄 때마다 부르르 떨곤 했다. 놀라 연속 흐르는 애액이 손안을 타고 주르르 계속 흘러내렸다.

하지만 우리의 격정이 다시 중단된 것은 이번에도 공원길을 지나가는 인기척 때문이었다. 힐끗 옆을 보았을 때 시야에 들어온 것은 스무 살쯤 되어 보이는 바람머리 남자였다. 우리는 황급히 몸을 추스렸다. 투덜대는 소리 속에서 침을 캬악 뱉는 듯한 소리를 들었던 것도 같았 다. 안 돼. 사람들이 자꾸 봐……. 그녀의 목소리는 공허하게 허공에 맴돌았다. 그 애가 다 지나간 뒤에 불안해진 나는 아예 그녀를 번쩍 들고, 십 미터쯤 더 골목 안으로 들어가 옆쪽으로 커브를 돌았다. 다시 여러 발짝 더 간 후에야 비로소 안심해져서 내려놓았다.

"넌 발정난 승냥이야. 미친 짐승!"

가장 완강한 저항이 시작된 것은 청바지를 아예 벗겨내려 할 때부터였다. 한껏 두툼한 둔부를 억지로 가리고 있는 바지를 도움 없이 벗겨내리는 일은 젊은 나에게도 정말 힘겨운 일이었다. 거의 반강제로 바지와 팬티를 발목까지 내리는 데는 겨우 성공했지만, 마지막 저항에다가 이것까지 벗기지는 말아달라는 사정 때문에 더 이상은 어쩔 수 없었다.

나는 오른발을 가랑이 사이로 들이민 채로 그녀를 꼼짝 못하게 만들었다. 하지만 가랑이를 더 벌려 두 발을 동시에 들이미는 데는 끝내 실패하고 말았다. 발목을 옥죄고 있는 청바지 때문이기도 했다. 결국 하는 수 없이 키 작은 그녀를 번쩍 들고 담벽 중간에 기대 올려놓은 채로 음문을 열어가며 찾아야 했다. 마치 폴짝 뛰어오르는 개구리 자세로 발목은 닫힌 채 양 무릎 사이만 열리며 매달린 그녀의 내밀한 음부 속에 내 남성을 쑤욱 들이밀었을 때, 그녀는 깊은 들숨과 함께 뜨거운 액질을 쏟아내었다. 그러고는 연속 자맥질쳐 대는 내 단단한 등을 매달린 채 붙들고서, 끝내 울음을 터뜨리고야 말았다. 갑작스런 그녀의 오열은 나를 더 불안하게 또 흥분되게 만들었다. 나는 밤도시의 고요한 평화를 깨는 그 이상음이 더 퍼져나가기 전에 어떻게든 행위를 끝내야 했다. 내 몸부림은 더 급격해졌다. 활활 드세게 타오르던 욕망의 횃불은 마침내 임계점에 도달하며 폭발해버렸고, 급기야 그녀의 은밀한 지점에 그 덩어리들을 마구 쏟아내야 했다. 그렇게 한 차례 격한 쾌감이 휩쓸고 지나가자 비로소 마음이 놓였다. 그녀를 만나기 전부터 밤새 스멀스멀 피어나던 욕망의 덩어리들이 마침내 깡그리 산화해버리고 마지막 찌꺼기마저 사위어 재가 되는 걸 느끼며 나는 바지를 추스렸다.

세 번째로 도시에 불이 들어온 것은 다행히도 모든 게 끝나 그녀가 옷을 다 챙겨 입은 직후였다. 정말 오늘은 이상한 날이네요……. 마지막 단추를 잠그며 그녀는 다시 존댓말로 돌아왔다. 그녀가 머물던 담장 바로 옆에 시들어 있는 연분홍 코스모스가 보였다. 근처 가로등의 불빛이 그 추레한 모습을 다시 비추기 시작했다.

그녀와 헤어져 집으로 돌아오는 골목 사이사이에는 밤새 도시 사람들이 남긴 흔적들이 언뜻언뜻 보였다. 종종 새벽길에서 이 도시 남녀가 버린 쓰레기들을 치우며 불평하는 환경 미화원들과 마주치곤 했다. 그들이 혀를 끌끌 차며 청소차에 담는 것들 중에는 콘돔이나 피 묻은 생리대, 찢겨진 팬티, 정액 냄새 가득한 너절한 휴지 쪼가리 같은 것들도 있었다. 말세야 말세라니까……. 밤에 도시의 계단식 골목 사이사이에서 부둥켜안고 있거나 아예 넝

구는 남녀는 한두 시간 만에도 몇 번쯤 늘상 목격되었다. 내가 그 포장마차 촌에서 그녀를 다시 발견한 것은 그로부터 보름쯤 뒤였다.

아니, 따지고 보면 이 수상한 도시에 발을 처음 들여놓고 도시와 인연을 맺기 시작한 것은 서른두 살 그녀와의 그 일이 있기 칠팔 개월쯤 전의 초봄, 그러니까 엄밀히 말하자면 스물네 살 때인 1985년 3월 2일이었다.


4. 사람은 누구에게나 저마다의 인생길이 있다. 지나고 보면 어느 중차대한 갈림길에서 미세한 선택 하나가 인생을 통째로 바꿔버리고 마는 것이다. 자의에 의해서든 타의에 의해서든 삶의 전환점에서 중요했던 선택의 순간은 우리 앞에 은밀히 놓여 있었다. 때로는 그것이 부여된 운명인지도 모른 채 긴긴 세월을 속절없이 살아야 한다.

1981년 3월, 나는 대전에 있는 대학에 입학했다. 읍 단위 시골에 있는 고교를 졸업하며 받아든 학력고사 성적은 학교 교사들을 흥분시켰다. 하지만 나는 당연히 '서울대 상과'를 지원하리라는 주변의 기대를 저버렸다. 그해부터 선시험제로 바뀌었기에 지원만 하면 합격은 따 놓은 당상이었다. 하지만 '경영'이니 '경제'니 하는 단어들은 그때의 나에게는 안중에도 없었다. '문학'을 선택한다는 것이 누구보다 어머니에게 미안했지만, 의외로 당신은 하고 싶은 대로 하라며 편하게 해주셨다.

1980년 여름의 이른바 '7·30 조치'만 아니었어도 나는 서울의 좋은 대학을 잘 다녔을 수도 있다. 하지만 '신군부 정권'은 서울에서 입주 과외를 하며 대학을 다닐 수 있을지도 모른다는 막연한 꿈을 앗아가버렸다. 이미 고교 시절부터 시골에서 과외를 해주며 용돈 벌기에 익숙했던 나는 실망해버렸다. 결국 시골 소읍에서 통학이 가능한 대전의 지방 대학을 선택해야만 했다.

　하지만 돌이켜보면 오히려 그것이 어머니에게는 마지막 4년 동안의 행복을 주는 계기였을 것이었다. 그때 어머니와 여동생과 나, 그렇게 우리 셋은 마음씨 좋으신 주인 할머니의 마당 넓은 집에서 단칸방에 세들어 살았다. 시집가서 딸과 아들을 낳은 누나는 이웃 마을에 살고 있었다. 일찍이 남편을 여의고 십 년을 홀로 살아온 어머니는 할머니 집에 이사 오기 전까지는 구멍가게를 하며 우리를 먹여 살리셨다. 그러나 그마저도 누나를 시집보내는 돈으로 다 정리한 이후에는 한 달 월세가 만 원인 초라한 방에 이사를 왔고, 가끔씩 동네 부잣집에 불려 나가 허드렛일을 도와주며 근근이 끼니를 이어가는 것이 생계의 전부였다. 할머니네 넓은 텃밭에서 나는 각종 채소들을 동생과 나는 지겹도록 먹어야 했다.

　대학 등록금과 학비를 걱정하던 어머니는 내가 과수석으로 입학하게 되자 정말 며칠을 기뻐하셨다. 시골 소읍에서 대전까지는 빠른 시외버스보다 훨씬 값이 싸다는 이유로, 느린 기차 통학을 하며 다녔다. 기차로 서대전까지 가서 다시 시내버스를 길게 타야 했기에 학교까지 왕복 시간만 하루에 무려 여섯 시간 반이 걸리는 대장정이 매일매일 펼쳐졌다. 그렇지만 통학 열차에서의 시간은 항상 즐거웠고, 낭만과 이벤트가 있었다. 훗날 언젠가는 그 얘기도 쓸 수 있으리라.

신입생이 되자마자 한 달 뒤인 4월 초에 '대학문학상' 공모가 있었고, 나는 소설과 시에서 모두 호평을 받아 졸지에 장래가 촉망한 문학도 대접을 받았다. 심사교수에게 극찬 받았던 소설의 제목은 「유혹여행」으로 주인공 사내가 '유혹'을 목적으로 여행을 다니면서 몇 여자를 만나 섹스를 벌이는 다소 관능적이고 몹시 퇴폐적인 것이었다. 유명 평론가였던 교수는 "기존의 도덕관념으로는 심하게 지탄받을 내용이지만, 오히려 기성 작가 수준을 넘어서는 정도의 강한 실험성과 뛰어난 문학성이 돋보여서 문제가 되지 않는"이라고 평가했다. 중견 시인이었던 다른 교수에게 호평 받았던 시는 「걸으며 본 내동리의 형상」이라는 제목의 20페이지에 걸친 장시였다. 실제 고교 2학년 겨울에 네댓 시간 동안 내동리라는 마을 전체를 입구부터 출구까지 빙 돌아가며 얻은 영감을 쓴 거였다. 그날 나는 차갑게 눈발이 쌓인 마을을 일부러 맨발로 몇 시간 걸어다녔다. 어린 나는 눈더미 위에서 얼어버린 발을 끌면서 야릇한 희열을 맛보았다. 그 시에서는 삶으로의 진입과 살아가는 과정, 그리고 마지막에 늙어 죽음에 이르는 과정까지를, 한낮에서 석양을 거쳐 어둠에 이르기까지의 내동리 풍경과 연결시켜 시로써 형상화하려 노력했다. 하지만 시의 최종 당선자는 지금은 중견 출판사를 경영하며 평론을 하는 4학년 선배였다. 그렇듯 대학 초기 '소설'과 '시'의 선택 사이에서 한동안 갈등하다 아무래도 긴 호흡을 좋아하고 쓸 거리가 많은 소설이 내 성향에 맞는다 생각하고 시를 버렸다.

　그렇지만 막상 대학 생활은 문학을 하는 친구들과도 잘 어울리지 않는, 요즘 식으로 말하면 '아싸'(아웃사이더) 생활의 연속이었다. 일단 그곳에서 그들과 어울리는 것이 싫었고, 무엇보다 그들과 자주 어울려 놀 돈이 없었다. 가끔씩 들어오는 아르바이트를 하기도 했지만, 그럴 기회마저 드문 시절이었다. 아주 친하게 지냈던 말 그대로 친구일 뿐인 좋은이와 과 선배 두 명, 나를 무척 좋아하며 따르던 여자 후배 두 명이 친교의 전부였다고나 할까. 과 애들은 자기들과 어울리지 않으면서 소위 문학도 중에 유일하다시피 늘 장학금을 받는 나를 이단아로 여겼다. 딱 한 번 4학년 초 나이트클럽을 통째로 빌려 하던 개강파티에서 내가 경화의 뺨을 때리고 말리려던 복학생 형들과 주먹질을 벌어, 결국 재학생들과 복학생들의 집단 패싸움이라는 난장판으로 이어지게 했던 적이 있었다. 그것이 유일하게 의외의 사건으로 주목받았던 일이라고나 할까. 그때 경화와는 3학년의 1년 동안 남몰래 과 커플이었다.

5. 남몰래 흐르는 눈물이~~
그녀의 두 눈에서 흘렀네~~.


그해 우리는 밤마다 빈 강의실에서 불을 끈 채 익숙해진 적막과 고요 아래, 열정을 모아 함께 노래 불렀다. 우나 뿌르띠바 나그리마~~ 넬리오끼 수오이 스뿐또~~ 그때 가난했던 우리의 주머니에는 효능이 뛰어난 '사랑의 묘약'이 항상 넘쳐흘렀다.

경화를 처음 본 것은 신입생 시절 어느 봄날, '국문과 도서실'에서였다. 두 반으로 나뉘어 있어 다른 반이었기에 같이 수업을 들을 기회가 없던 터라, 책을 골라나가다가 같은 지점에서 처음 마주쳤던 거였다. 그때 그녀는 상아색 스카프에 보라색 코트를 입고 있었다. 당시로는 보기 드문 가녀린 역삼각형 얼굴에 점점 갸름해지는 턱 선과 세련되게 높아져가는 코끝이 인상적이었다고나 할까. 얇게 쌍까풀진 눈, 정갈한 호선형 눈썹, 또렷이 촘촘한 속눈썹, 무엇보다 자꾸 무슨 말을 건네듯 생글거리고 있는 흑단의 눈동자……. 그렇게 잠시 서로 미소 지으며 바라보다 스쳐 지나갔다. 순간 우리 과에 저런 여자애가 있었나? 하는 생각이 들었다.

2학년이 되어 A반과 B반이 같이 듣는 '전공 선택과목'이 두세 개 생기면서 자연스럽게 인사 정도는 하고 지나가게 되었다. 문과대 캠퍼스나 학생회관, 중앙 동산 등에서 마주치면 언제나 그 특유의 미소를 환하게 지어주며 스쳐 지나갔다. 한 번은 벤치에 앉아 있는 그녀에게 "경화씨. 오늘 분을 바르고 오셨나 봐요!" 하고 물었던 적이 있었는데, 훗날 그녀는 "저 사람도 저런 말을 할 줄 아는구나" 하며 의외였다고 고백했다. '화장을 하고'를 촌스럽게 "분을 바르고"라고 표현한 것을 두고 '의외'라 여길 만큼 그때 나는, 실체와는 전혀 다르게, 그녀에게 순수한 존재로 각인되어졌던가 보다. 짧은 파마머리의 그녀 곁에는 늘 긴 파마머리의 교민이가 함께 있었다. 소설을 쓰던 교민이는 문학 모임에서부터 친분이 있어 나와는 말을 트고 지내는 사이였다. 이따금 다가와 데이트 한 번 하자고 털어놓을 정도로 시원스럽고 담백한 성격이었다.

3학년 새 학기가 시작된 며칠 후, 교민이가 강의 시작 몇 분 전에 느닷없이 나를 불러냈던 거였다. 건물 5층 복도 끝 기댐목에 걸터 서서 아래로 캠퍼스 풍경을 내려다보며 무슨 일이냐 묻자, 교민이는 자기가 꼭 소개시켜주고 싶은 애가 있다면서 웃었다.

"난 필요 없어."

당시 통학차에서 1학년 때부터 밀당을 하던 여고 3년생 옥이네 시골집을 날 잡아 선물을 사들고, 돈키호테처럼 기습적으로 찾아가, 옥이 아버지께 인사드릴 계획을 세워 놓고 있었기에 처음에는 시큰둥했다. 하지만 그때 교민이의 다음 말이 나를 붙잡았다.

"몹시 매력적인 애야. 내가 가장 사랑해서 소개시켜주기 아까운! 나중에 알고 나면 후회할걸!"

그 여자도 나를 알아? 마음이 동한 내가 되묻자, 교민이는 단호하게 말했다. 물론이지! 사실은 그 애가 무척 호감 있어 하고 있긴 해! 그때 그녀가 혹시 경화일까 하는 생각이 잠시 스쳐가기도 했으나, 이내 아닐 거라고 단정 지었다.. 왜 그렇게 여겼을까? 경화였으면 좋겠지만 경화라고 생각하기에는 무리가 있어 보였는지도 몰랐을 거였다. 그리고 그 여자가 좋아한다는 「돌체」라는 이름의 '클래식 음악 다방' 약도와 약속 시간이 적힌 쪽지를 건네받았다.

돌체! 음악의 뉘앙스에 관한 이탈이아어로 '부드럽고 아름답고 달콤하게'의 뜻! 어쩌면 이미 그곳에서 처음 만나는 순간부터 우리가 그리는 '사랑의 악보'를, 내가 시종 '매우 부드럽고 달콤하게' '연주'해나가라는 경화의 사인이었는지도 몰랐다. 적어도 내가 점차 안정된 페이스를 잃고 격정과 혼돈으로 치닫기 전까지는, 그래도 우리는 너무나 행복한 나날들이 훨씬 더 많았으니까.

중앙데파트 근처에 있는 음악다방에 들어서서 미리 나와 창가 구석 자리에 앉아 있는 그녀를 발견하는 순간, 나는 온몸이 소스라치듯 하는 전율에 휩싸였다. 역삼각형의 작은 얼굴이 들어서는 나를 그윽이 응시한 채 눈웃음 치고 있었던 거였다. 심장이 두근거림을 느끼며 그녀의 맞은편에 조심스럽게 앉았다.

그녀는 지금 흘러나오는 비발디 〈사계〉 중의 〈봄〉이 자신이 신청한 거라며 미소 지었다. 그날 실내는 내내 잔잔하고 더없이 평화스러우면서도 은근한 빛을 쏘아댔다. 창밖에는 봄날의 아담한 정원에 소담스런 꽃과 초목들이 따스하게 숨 쉬고 있었다. 신청 용지에 다섯 곡씩 적자고 한 것도, 서로 보지 못하게 비밀리에 쓰자고 제의한 것도 그녀였다.

"만약에 말예요. 그중에 일치하는 게 한 곡이라도 있으면 우린 인연이 있거나, 최소한 비슷한 데가 있는 거 아니겠어요."

그녀의 그 말을 귓속에 새기며, 왼손으로 가린 채 다섯 곡을 적고 볼펜을 건네준 뒤, 그녀가 가녀린 손으로 또박또박 써내려가는 동안 나는 속으로 제발 하나만 같게 해달라 빌었다. 그리그의 〈페르퀸트 조곡〉 중 〈솔베이지의 노래〉와 도니제티의 〈사랑의 묘약〉 중 〈남몰래 흐르는 눈물〉! 막상 두 곡이나 일치했을 때 나보다도 더 기쁜 내색을 한 것은 경화였다. 우리가 전생에 무슨 연이 있었나 보네요!

그날 나는 〈솔베이지의 노래〉를 들으며 그녀가 한없이 미더워졌고, 우리는 〈남몰래 흐르는 눈물〉을 들으며 변치 않는 사랑을 꿈꾸었는지도 모를 거였다. 서로 말을 놓자고 제안한 것도, 나보다 한 살 더 많으면서도 자기 이름에는 '씨' 자를 붙이지 말고 불러주고, 대신 자기는 꼭 '씨'를 붙여 부르겠다 한 것도 경화였다. 우리의 신청곡 여덟 곡을 사이사이 다 듣고 「돌체」를 나오는 내내 모든 면에서 배려해주는 그녀에게 더없는 편안함을 느꼈다.

그때만 해도 과커플은 금기요 죄악이다시피 여겨지던 시절이었으므로, 나중에 복학생이 낀 커플 하나가 '커밍아웃'을 하기 전까지는 외견상 드러난 커플은 없었다. 우리는 과 애들의 눈을 피해 은밀히 만남을 이어가야 했다. 공강 시간에 학생회관의 음악감상실도 따로 들어가 따로 앉았다. 심지어 데이트를 이어가기 위해 저녁을 먹을 때 다른 구내식당을 이용하기도 했으니까. 그래도 더없이 행복하기만 했다고나 할까. 강의실이나 건물 복도, 중앙도서관 저쪽 자리에서 미묘한 시선을 교환할 때마다 가슴이 설레었고, 심장이 더 뛰었으니까! 그때 경화의 눈빛은 나를 향해 늘 생글생글 웃고 있었다.

유성 캠퍼스를 벗어나 시내로 와서는 마음껏 자유를 누렸다. 시내 데이트의 시작점은 꼭 「돌체」였다. 키가 165였던 그녀는 중국집에서 장정구나 유명우의 세계 타이틀 매치를 볼 때마다 키 작은 그들이 자신과 싸우면 나가떨어질 거라고 허세를 떨곤 했다. 당시 나는 중앙데파트와 홍명상가 주변을 그녀와 함께 활보하며 세상을 다 가진 듯 무한하게 행복해 했으니까.


6. 우체국에 가면/ 잃어버린 사랑을 찾을 수 있을까/ 그곳에서 발견한 내 사랑의/ 풀잎되어 젖어 있는/ 비애를/ 지금은 혼미하여 내가 찾는다면/ 사랑은 또 처음의 의상으로/ 돌아올까

속삭임! 그리고 밀어! 그 시절 어둠과 고요가 내려앉은 빈 강의실에서 그녀에게 가장 많이 들려주었던 시는 이수익의 〈우울한 상송〉이었다. 마치 복선과도 같았던 그 시를 책상 위에서 팔을 모아 웅크린 채 엎드려 있는 그녀에게 읊어주고 자주 노래 불러주었던 것이 어쩌면 실수였는지도 모른다.

가난했던 우리에게는 우리의 순수한 사랑을 내밀하게 나눌 공간이 절실했다. 그러다가 마침내 찾아낸 최적의 곳이 빈 강의실이었다. 수업이 끝나고 밤이 되면 문과대를 피해 처음에는 이과대를 기웃거렸으나, 결국 남아 있는 애들이 아예 없다시피 한 공대를 선택하게 되었다. 우리는 매번 아예 불을 끈 채 둘만의 적막을 즐겨나갔다. 책상 위에 엎드린 그녀 옆에서 항상 이야기 들려주고 노래 불러주면서.

강의실에서 불을 끄고 있던 첫날, 내가 꼭 들려주고 싶은 노래가 하나 있다 하자, 경화가 이번에도 자신이 맞춰 보겠다고 나섰던 거였다. 힌트를 줘봐. 이번에도 맞출 수 있어! 하지만 그것이 「대학가요제」의 곡이라고 힌트를 주면서도, 나온 지 4년도 더 지난 그 노래의 제목이 그녀 입에서 새어 나오리라고는 상상조차할 수 없었다!

"나 대학가요제 노래 중에 정말 좋아하는 게 있어."

마침내 그녀의 도톰한 입에서 적막을 깨고 〈약속〉이라는 제목이 튀어나오는 순간, 나는 「돌체」에서 처음 마주보던 때보다 더 극심한 전율에 사로잡혀야 했다. 경화 역시 그 사실을 알고 뛸 듯이 기뻐했다. 그날 기대하며 엎드려 있는 그녀를 위해 내가 먼저 노래 불렀고, 얼마 뒤에는 나란히 앉아 익숙해진 어둠 속에서 시선을 마주치며 함께 노래 불렀다. 그렇게 봄날 밤의 빈 강의실에는 우리의 간절한 화음이 잔잔한 공명을 내며 울려 퍼져나갔다.

어느 하늘 밑 잡초 무성한 언덕이어도 좋아.

어느 하늘 밑 억세게 황량한 들판이어도 좋아.

공간 가득히 허무가 숨 쉬고

그리고 하늘 밑 어디에라도 내 시선이 뻗어.

그 무한의 거리가 까무러치도록 멀어서

혼자서만 외로워지는 그런 곳이면 좋아.

거기서 모르는 사람을 만나고

모르는 사람이 반가워지면 좋아.

운명처럼 뻗은 레일을 걷다가

우연히 부딪는 그런 사람이면 좋아.

혼자서만은 외로운 공간

약속 없이 만나는 그런 사랑을 위해서

나는! 나는! 나는 약속하고 싶어.

그런 사람과~~ 그런 사랑을~~ 음~~.

그때 나는 황량한 벌판에 서 있었고, 레일 위에 있었다. 그녀 역시 잡초 무성한 언덕에 누워 있었고, 맞은편 레일을 가고 있었다. 그러다 문득 따스한 바람이 불었고, 그렇게 우리는 만났다. 만나는 내내 누구도 약속이나 운명을 직접 말하지는 않았다. 하지만 우리는, 아니 적어도 나만은 둘이서 빈 강의실에서 만날 때마다 부르던 그 노래만큼이나, 자신이 그녀와 평생을 함께 약속했고, 그것은 운명의 길이라 받아들이고 있었을 거였다.

늦은 밤 시각에 교정을 나와서는 논길을 걸어 그녀의 자취집에 바래다주곤 했다. 지금이야 유성이 서울에서도 몰려드는 불야성의 휘황한 유흥가가 되었지만, 당시에는 황량한 벌판과 논길이 이어질 뿐이었다. 처음 입학식을 보문동의 구 캠퍼스에서 치르고, 며칠 뒤에 비로소 유성의 새 캠퍼스에서 첫 수업을 시작했던 것이 우리였으니까. 교정 곳곳에도 억지로 가져다 놓은 나무와 잔디들이 그럭저럭 놓여져 있을 뿐, 연륜이 저절로 배어 나오는 자연스런 우거짐과는 거리가 멀었다. 별을 보며 그녀의 자취방으로 20분가량 논길을 걸어가다 어쩌다 한 번 손잡는 것을 허락해줄라치면 마냥 기쁘기만 했다. 그때 마주잡은 그녀의 손은 더없이 따스했다!

경화를 바래다주고 다시 큰길로 나와 시내버스를 타고 서대전으로 가 통학차 막차를 타는 시각은 거의 열두 시가 다 되어서였다. 그렇게 하루걸러 이틀에 한 번꼴로 데이트를 했다. 만남이 없는 날도 데이트 비용을 마련하기 위해 대전에서 비밀과외를 해야 했기에 밤 두 시가 다 되어 집에 오는 것은 매한가지였다. 그러고 는 겨우 서너 시간만 자고 다시 통학차를 타기 위해 새벽 일찍 일 어나곤 했다. 그래도 그 시절 별들은 언제나 우리의 시선에 갇힌 채 정지해 빛나고 있었고, 우주는 나를 위해 존재했으며, 시간은 영원을 향해 달려가고 있었으리라.

7. 수미가 군자와 함께 대전으로 가 경화를 만난 것은 기말고 사가 끝난 직후인 7월 말이었다. 경화가 동생을 보고 싶다 했고, 고2였던 수미도 언니를 만나고 싶어 했기에 결국 여름방학이 되 자마자 날을 잡았던 거였다. 그 소식을 듣자 군자가 자기도 데려 가 달라 졸랐기에 우리 세 사람은 기차를 타고 대전으로 향했다.

기차에서 수미는 자기가 지금까지 지켜본 바로 오빠의 진정 한 사랑은 국민학교 때부터 대학에 들어가기 전까지 좋아했던 효 정이와 대학에 와서 얼마 전까지 좋아했던 여고생 옥이와 이번까 지 크게 보아 모두 세 번인데, 그중에서도 경화 언니가 옥이를 밀 어냈을 정도로 이번이 가장 실질적인 진짜 사랑이라고 나름 정의 내려주었다. 그러자 군자가 씩씩거리며 도대체 어떻게 생겨 먹었 는지 똑바로 보고 자기가 냉철하게 평가해주겠다고 몇 번이나 별 렀기에 수미와 나는 그때마다 폭소를 터뜨려야 했다.

땡볕이 찌는 여름 한낮에 우리 네 사람은 「돌체」에서 만났다.

창밖 정원에는 소박한 신록의 기운이 감돌고 있었다. 경화는 수미를 보자 무척 반가워해줬고, 수미도 처음부터 몹시 따르며 흡족한 눈치였다. 그랬는데 군자가 갑자기 "깜씨 언니!" 하고 부르는 바람에 경화보다 화들짝 놀란 것은 수미였다.

"너 왜 그래."

수미가 다그치자, 군자가 "사실 그렇잖아" 하고 입을 삐죽거렸다. 그 모습에 내가 키득키득 웃자, 피부가 다소 가무잡잡했던 경화도 따라 미소 지어 주었으므로 별문제는 없었다. 작은 문제가 생긴 것은 '롤러장'에서였다. 「돌체」에서 얘기 나누다가 다음엔 영화를 보러 갈까 아니면 무얼 할까 하던 중에 롤러장에 가자고 제안한 것은 군자였다. 자기는 잘 못탄다고 망설이던 경화는 수미까지 좋아하며 재촉하자 결국 흔쾌히 동의하는 척해야 했던 거였다.

우리는 중앙데파트 옥상에 있는 대형 롤러장으로 향했다. 경화가 몹시 서툴렀기에 수미가 신발을 고르는 것부터 끈을 묶고 타고 나가는 것까지 도와줘야 했다. 넷 중에서는 단연 군자가 으뜸이었다. 나와 수미는 중간 정도였다고나 할까. 경화는 땀을 뻘뻘 흘리며 사이사이에 있는 버팀목에 의지해 있는 시간이 많았다. 그런 그녀를 군자는 자꾸 다가가 가르쳐 준다는 명목으로 끌어냈고, 결국 경화는 몇 번이나 엉덩방아를 쩌야 했다. 보다 못한 내가 나서서 경화를 주로 이끌자 군자가 한 번은 비틀거리는 척,

한 번은 아예 노골적으로 달려와 밀다시피 했기 때문에 반팔 위로 드러난 팔꿈치가 까지고, 그만 엉덩이와 허리에 통증을 호소하는 지경에 이르고 만 거였다.

그래도 그때마다 일어난 경화는 결국 괜찮다고 억지로 미소 지으며 나중에는 제법 넘어지지 않을 정도까지 되었다. 저물어 가는 여름의 태양과 신나는 비트의 '롤러장 음악' 아래 우리는 마음껏 달려 나갔다. 땅을 헤집으며 어디든 질주해나갔고, 바람을 가로질러 하늘까지 날아오르는 기분이었으니까. 그 순간 롤러장은 우리 각자의 꿈과 사랑이 가득 실린 '라라랜드'가 아니었을까. 롤러장을 나와서는 약국에 들러 소독약과 반창고와 파스 몇 장을 산 뒤 홍명상가의 레스토랑으로 갔다.

"미쳤어. 정말."

레스토랑에서 팔꿈치 소독을 마치고 내가 직접 허리와 엉덩이에 파스를 붙여주겠다 하자, 경화는 손사래를 치며 수미와 함께 화장실에 다녀왔다. 식사를 마치고 커피를 마신 후, 막상 헤어질 때는 경화와 군자가 서로 손을 마주 잡아주며 아쉬워하긴 했다. 이번에는 경화가 대전역까지 나를 바래다주었고, 우리 세 사람은 저녁 기차를 타고 집으로 왔다.

둘 사이에 처음 균열의 조짐이 생기기 시작한 것은 2학기 개강 직후였다. 그때 나는 경화를 놀래켜주려고, 또 그녀와 같이 듣는 시간을 대폭 늘리기 위해 선택 과목의 대부분을 A반이 아닌 B

반으로 했던 거였다. 처음에 그 과목만 그런 줄 알고 놀란 표정을 지었던 그녀는 결국 같이 듣는 시간이 점점 많아지자 몹시 충격을 받고 말았다. 그날 그녀는 처음으로 화를 크게 냈다. 그 후로 화가 나면 아예 상당 기간 나를 피하기도 했다. 한 번은 중앙도서관부터 문과대 모든 강의실까지 그녀를 찾아 헤매느라 땀을 뻘뻘 흘리던 중에 국문과 도서실에서 발견했던 적이 있었다. 처음에는 반가운 듯 나를 향해 미소 지어주었던 거였다. 그랬는데…….

"왜 그렇게 땀을 흘려?"

그녀가 물었고, 결국 자기를 중앙도서관부터 문과대 강의실들을 거쳐 여기까지 찾아 헤맸노라는 대답에 갑자기 얼굴이 굳어져 버렸다. 어떻게 남자가 되어서…… 나는 그때 그녀의 표정을 잊을 수 없다. 아마도 그 순간이 내게 가장 실망했던 때가 아니었을까.

그렇게 마냥 행복하기만 했던 1학기와 달리 2학기는 다툼과 갈등이 많았다. 그것은 '돌체'라는 그녀의 사인을 어기고 내가 너무 조급하게 굴었기 때문인지도 몰랐다. 아니라면 경직된 캠퍼스 분위기 속에서 조화롭게 사랑을 완성시키기에 역량이 부족했기 때문이었는지도! 2학기가 끝나갈 무렵쯤에는 논길에서 그녀를 기다리거나, 또 홍명상가 부근에서 다투거나 서로 자존심 부리다 잃어버리고 헤매게 되는 일이 잦게 되었다.

그래도 그 시절 한 가지 자신 있게 말할 수 있는 것은 그녀를 만나는 내내 서음으로 가장 순수해시려 노력했나는 섬이리라. 한 번은 통학차에서 내려 같이 오던 고향 친구 운영이가 나를 근처 학교로 데려가 야밤에 벤치에서 농밀하게 유혹했던 적이 있었다. 나를 가져도 돼. 아니 가져 봐! 순간 몹시 야성적이었던 갈기머리 운영이의 도발에 솔직히 마음이 흔들리기도 했다. 그러나 결국 그녀를 그냥 두고 일어서 나왔으니까. 며칠 뒤 운영이의 친구에게서 그녀가 내게 바보, 병신 같더라고 욕했다는 얘기를 전해 들어야 했다. 순수해지고 싶었고, 혼자 하는 수음마저도 우리의 사랑 앞에 죄를 짓는 것 같아 가급적 삼가던 시절도 있었으니까. 왜 그랬을까.

아마도 남자에게는 순수해지고 싶은 때가, 또 그 앞에 서면 저절로 순수해지게 되는 여자가 있는지도 모른다. 내게는 그 시절이, 또 경화가 그렇지 않았을까.

속삭임…… 밀어! 팝송에 늘 나오던 위스퍼, 위스퍼링! 불을 끄고 있었기에 그때 나는 처음으로 진정한 밀어가, 사랑의 속삭임이 무언지 알았던 것 같다. 그것은 섹스할 때 어둠 속에서 귀에 대고 속삭여주던 것과는 또 다른 성질의 순전한 속닥거림! 마음으로 전해지는 달콤한 밀어! 어두운 빈 강의실에서 엎드려 있는 그녀 이름을 불러주거나 말을 할 때는 어느 말이든 바람결에 살포시 날리듯 저절로 속삭임이 되었고 항상 밀어가 되었으니까.

그렇다면 촉감은? 우리의 사랑에서 느꼈던 촉감은? 그 일 년 동안 우리는 키스조차 한 적이 없다! 딱 한 번 어둠 속에 엎드린 그녀를 지켜보다가 머리카락을 몇 번 살포시 쓸어주고, 그래도 미동도 않는 그녀의 머리칼에 슬쩍 입맞추어준 것이 전부였다. 자고 있었을까?

"못 됐어. 반성문 30장 써와."

하지만 얼마 후 집에 가며 그렇게 툴툴거렸을 때에야 그녀가 자고 있지 않았음을 알 수 있었다. 대신 경화는 그날 가는 길 내내 손을 꼬옥 잡아주었다.

손가락 끝의 감촉! 극도로 불안하고 긴장해 있을 때의 구원! 그녀의 기다린 손가락 끝이 불현듯 등허리를 꾹 찔러 왔을 때의 그 찌릿하면서도 솟구치게 하는 감촉! 나는 그 감촉을 잊지 못한다. 그녀를 찾아 헤맬 때마다, 혹은 서로 다투다 잃어버린 채 헤맬 때마다…… 한 번은 크게 다투고 떠나가는 그녀를 잡지 않고 있다가 정신을 차리고 두 시간 넘게 홍명상가 주변을 찾아 헤맨 적이 있었다. 이제는 시간이 너무 흘러 당연히 갔으리라고 체념한 채 뒤늦게 후회하며 망연히 서 있었다. 그랬는데 손가락 끝의 감촉이 다시 왔고, 뒤돌아보니 그녀가 환한 야경 속에 미소 짓고 있었다.

"여기서 뭐해?"

순간 아무리 다툼과 이별이 있더라도 그녀는 그 감촉과 함께 언젠가 돌아오리라는 믿음이 들었다. 뭐하긴. 그대를 기다리고 있었지! 정말? 응!

나는 어쩌면 4학년 내내 졸업할 때까지도, 이제는 영문과 경은이를 좋아한다고 주위에 떠벌리고 다니면서도, 어쩌면 속마음으로는 우리가 인연을 맺었던 이 만남의 공간을 벗어나기 전에 그녀가 손가락 끝의 감촉과 함께 돌아와주길 간절히 바랐을 것이었다. 푸치니의 오페라처럼 '나비 소녀'가 되어 '어떤 개인 날' 꼭 돌아오리라고, 또 그녀가 내 등을 쿡 찌르면 이수익의 시 구절처럼 "그때 나는 어떤 미소를 띠어 돌아온 사랑을 맞이할까" 하고 늘 감상에 젖은 채 기다리곤 했으니까.

8. 군자는 원래 꿈이 큰 소녀였다. 그 애의 여고 시절을 떠올릴 때면 기억에 크게 남는 두 장면이 있었다. 그 애가 고2 겨울방학 때, 한 번은 병철이형을 따라 형네 학교의 문예반 교실에 놀러간 적이 있었다.

교실 중앙에는 난로가 피어 있었다. 병철이형은 배급받은 석탄이 문예반의 겨울나기에 부족하다며 더 이상 난로에 넣지 말 것을 지시했다. 그러나 형이 수미와 한쪽 구석에서 판넬에 시를 적어나가는데 열중하고 있을 때, 군자와 나는 몰래몰래 석탄을 집어넣곤 했다. 그때마다 군자는 '쉿' 하는 동작으로 처음에는 검지손가락을 입술에 대다가, 나중에는 장난스럽게 머리칼에 갖다 대곤 했다. 수미도 형 몰래 하는 우리의 동작을 눈치챘고, 군자의 그 동작은 훗날 우리끼리의 비밀스런 유희가 되어버렸다. 그날 군자는 난로불을 쬐며 훌륭한 여성 정치가가 되어 세상을 바르게 통치하고 싶은 자신의 원대한 꿈을 들려주었다. 그리고 일 년 뒤 실제 정외과(정치외교학과)에 들어갔다.

그렇지만 그 애는 무척 열정적인 소녀이기도 했다. 가장 기억에 남는 잊을 수 없는 추억의 일이 일어난 것은 군자의 고3 시월, 그러니까 학력고사를 불과 두 달 앞두고 있던 시기였다. 당시 형네 학교는 대학 진학률을 높인다는 명목으로 고3 우수생들을 뽑아 일 년 내내 학교 기숙사에서 합숙시키는 중이었다. 다행히 매달 내는 비용이 많지 않아, 수미도 군자와 같이 합숙 중이었다.

그날 밤 어머니 곁에서 잠들어 있던 나를 한밤중에 누군가 흔들어 깨우는 바람에 놀라 일어나야 했다. 오빠, 나야……. 어둠 속에서 정신을 차려 보니 놀랍게도 군자였다. 어떻게. 기숙사에 있어야잖아. 몰래 나왔어. 쉿. 불을 켜자 그녀는 입술 대신 이마에 검지를 비밀스럽게 댄 채 다시 한 번 오무린 입술로 "쉿" 하며 미소 지었다. 무모하다고 할지, 용감하다고 해야 할지 한밤중에 기숙사를 벗어나 어머니와 내가 잠자는 방문을 연 것이었다. 다행히 어머니께서 깨지 않았으므로, 다시 불을 껐고, 우리는 컴컴한 채로 방을 빠져나와 '늦은 시월'의 밤거리를 무작정 걸었다.

"그냥 걸어다니자. 오빠."

군자는 팔짱을 꼭 낀 채, 그렇게 매달리며 머리를 내 어깨에 파묻었다. 몹시 쌀쌀하다 못해 추위를 심하게 느끼며 읍내로 진입하는 긴 대교를 건너 논길 사이 나 있는 아스팔트 갈래 길의 끝에서 다시 끝까지를 왕복 세 시간가량 걷고 또 걸었다. 멀리 시골의 들판 쪽으로 갈수록 밤바람이 세차게 불었기에 군자는 더욱 내 팔을 부여잡고 매달려야 했다. 어쩌다 시골길의 좁은 도로를 씽씽 지나가는 밤의 트럭이라도 만날라치면 휩쓸려 날아갈까 나를 거의 끌어안다시피 하면서! 그럴 때마다 우리는 노래를 주고받으며 추위와 바람을 좇았다. 그 애가 부른 노래 중에는 간절한 호소력이 넘쳤던 〈사랑은 받는 것이 아니라면서〉가 가장 좋았다. 내가 앵콜을 요청했기에 군자는 그 곡을 두 번 불러야 했다. 또한 이삼 년 전쯤 나와 해마다 그맘때면 애창되던 〈잊혀진 계절〉을 잊을 수 없다. 그 애의 목소리는 정말 나이답지 않게 많은 사랑의 상처라도 지닌 듯 애절하게 늦은 시월의 밤하늘에 메아리쳤다. 지금도 기억하고 있어요. 시월의 마지막 밤을~~.

"난 강렬한 사랑을 할 거야. 현해탄에 투신한 윤심덕과 김우진 같이 목숨 건 사랑 말이지. 온 세상을 떠들썩하게 할 정도의 그런 사랑 말이야. 오빠. 어때. 나랑 그런 사랑해볼까?"

마침내 왔던 길을 돌아가 다시 대교를 건너고, 학교 정문 앞에서 세 시간가량의 밤외출을 끝내는 순간, 군자는 두 주먹을 불끈 쥔 채 그렇게 외쳤다. 실망했어. 난 오빠가 힘들게 찾아온 나를 위해, 그리고 추위에 벌벌 떠는 나를 위해, 트럭에 휩쓸려가려는 나를 위해 적어도 한 번쯤은 키스해줄줄 알았는데……. 그러면 오빠랑 사랑할 거라 다짐했는데. 실망이야. 그냥 오빠는 오빠일 뿐이야. 이젠 안녕. 그리고 돌아서서 교문 안으로 마구 달려 사라져 버렸다.

9. 이 도시와의 인연의 단초를 제공해준 것은 '병철이형'이었다. 내가 형을 처음 알게 된 것은 스물두 살 때, 그러니까 3학년으로 접어들던 신학기 초였다. 여고 2년이 된 수미는 자기네 문예반을 새로 부임해온 소설가 국어 선생이 맡게 되었다며 신나서 떠들어댔다. 수미는 읍내 가톨릭 계통의 여고에 다니고 있었다.

"오빠, 더 놀라운 사실은 그 샘의 자취방이 바로 우리집 근처라는 거야."

그리고 얼마 뒤, 나는 수미로부터 마침 집앞을 지나가던 형을 소개받았고, 우리는 급격히 친해지기 시작했다. 형이 나와 친해진 계기에는 수미에 대한 애정이 크게 작용하긴 했다. 형은 문예반 중에서 소질이 있던 수미와 군자를 가장 아꼈는데, 그런저런 이유로 나는 동생이나 군자와 함께 형네 집으로 자주 놀러 다녔다. 동생의 절친이었던 감성덩어리 여고생 군자는 대학생인 나를 무척 따랐고 그 인연은 그 애가 대학에 들어가고 내가 도시에 와서도 질기게 이어졌다.

대학 습작 시절, 나는 여러 색깔로 된 소설들을 실험적으로 써 보았는데, 한편으로는 닝시 독새와 박해의 시절, 소위 가난한 민중과 저항 같은 것을 주제로 한 서너 편의 단편과 중편을 써 보기도 했다. 소위 '민중 문학파'였던 병철이 형이 나를 다시 봤던 이유도 그 테마를 한 단편과 중편을 읽고 나서였다. 나는 일부러 형이 좋아할 내용의 작품들만 보여주었다.

형의 자취방 바로 옆방에는 실제 '도사' 같은 풍모를 지닌 일명 '유도사'인 도혁이 형이 살았는데, 그는 형과 같은 학교, 그러니까 동생네 학교의 역시 국어 교사였다. 형들 방에는 대전을 비롯하여 각지에서 민중문학을 하는 시인과 소설가들이 자주 놀러 왔고, 나는 그들에 얹혀져 술을 마시러 다녔다. 형은 그들에게 나를 '민중 소설을 몹시 잘 쓰는 유망주'로 소개했다. 통학차를 타고 늦게 온 날도 자주 형의 자취방에 들러 밤 늦게까지 놀다 오곤 했다. 여름이나 겨울 방학 때는 아예 눌러 붙어 살다시피 했다. 형은 문예지에 단편이나 중편을 바로 실어 등단시켜주겠다며, 나의 자기네 쪽 데뷔를 계속 권유했지만 나는 그것이 이제 갓 문학을 시작하는 자신에게 맞지 않는 옷 같아 끝내 응하지 않았다.

4학년 졸업반이 되어, 개학하자마자 나이트클럽의 개강 파티에서 '과커플이었던 경화와 복학생들에 대한 난동 사건'이 벌어졌다. 집단 패싸움으로 홍역을 치룬 후에 나는 몇몇 형들에게 다른 장소로 불려갔다. 그 자리에서 그중 한 명에게 쓰고 있던 검은 테 안경이 벗겨진 채 크게 주먹으로 한 방 맞아야 했다. 그 사건은 지도교수가 입회한 개강 파티라는 공식 모임에서의 일이었기에 나에 대한 중징계까지 거론되었지만, 며칠 후 전체 학생이 모인 자리에서 공개 사과를 하는 것으로 마무리되었다.

그 사건 직후 내가 취한 이상한 행동은 50일 동안 학교 가기를 거부하고, 방에 처박혀 두 번째 장편소설을 쓰는 거였다. 2학년 때 썼던 첫 습작의 장편이 지극히 개인적인 주제였음에 비해 새로 쓰는 것은 주제가 몹시 무거웠다. 남북 분단의 역사와 이산가족의 문제 등을 테마로 한 2대에 걸친 방대한 내용이었는데, 「흐르지 않는 강」이라는 제목이었다.

당시만 해도 200자 원고지에 볼펜으로 한 자 한 자 꾸역꾸역 적어가야만 했던 시절이었다. 다 끝나갈 즈음에는 엄지와 가운데 손가락 볼펜을 쥐었던 자리가 상당히 부풀어 튀어 올라버려 아직까지도 손가락에 그대로 남아 있다. 그 짧은 시일에 쓴 원고지 2000매는 지금으로 말하면 두세 권짜리 대형 장편 분량이었으니까.

"될성부른 나무는 떡잎부터 알아본다는데, 너는 가라는 학교는 안 가고 집에나 처박혀서 이런 미친 짓거리만 하고 있으니 글러 처먹었구나!"

어떤 일을 해도 언성을 높이지 않던 어머니가 작업 후반부에 부르튼 손가락을 부여잡은 채 사이사이 엎드려 가쁜 숨을 쉬는 아들을 보고 그렇게 소리 질렀을 때, 나는 어머니의 순한 눈을 보며 아예 데굴데굴 구르면서 폭소를 터뜨렸다. 그리고 다시 학교로 돌아갔다.

몇 달 뒤 그해 여름에 있었던 '한국문학'의 「장편소설 현상 공모」에 응시했다. 가을에 발표 결과 다행히 본선에 입선했지만, 그걸로 끝이었다. 최종 결과는 '당선작 없음'이었다. 그렇게 어설펐던 나의 대학 시절 스물세 살의 마지막 학년이 흘러갔다. 그 얼마 뒤부터 휴식도 없이 하루 종일 밤낮으로 이어진 고단한 학원가에서의 생활은 소설 창작을 허용하지 않았다. 그렇게 나는 소설 창작에서 멀어져갔다. 그렇다고 해서 이제부터의 도시에서의 이야기가 소설을 쓰지 못한 것에 대한 한탄은 절대 아니다. 오히려 지금까지 말한 일들과는 아예 무관하리라. 스물넷 시절 도시에서의 이야기는 어쩌면 오욕과 공허의 순간들로 가득찬 진정 부끄러움의 연속이었다. 그 뜨거운 열정으로 점철된 채 제어할 수 없을 만큼 젊었던 나는 뜻하지 않게 던져진 낯선 도시에서 어쩔 줄 몰라 하는 이방인처럼 밤마다 끝없이 방황해야만 했다.

10. "너 같이 자기 앞날에 무심한 애는 처음 봤어."

마침내 1985년의 새해도 꽤 지나고 1월이 다가는 데도 취업에 대한 아무런 반응이 없이 빈둥빈둥하기만 하는 나를 한심한 듯 자꾸 나무란 이는 병철이형이었다. 더구나 그 무렵 수미는 대학에 떨어져 어려운 사정에도 재수를 생각해야 했고 그 책임은 나에게 넘겨져 있었다. 다행히 군자는 이대에 합격하여 서울 생활을 준비하고 있었다. 주변에서는 국문과 동료들이 학교나 회사에 들어갔다는 소식들이 계속 전해지는 중이었다.

어차피 형편상 대학원에 가서 교수의 길을 가지는 못할 것이었고, 국어 교사가 되어 애들이나 가르치며 소설을 쓰면 되지 하는 생각이 막연하게 자리 잡고 있는 정도였다. 굳이 거창하게 좋은 선생이 되어 바른 교육에 매진하겠다는 식의 그런 사명감은 거의 없었다.

그나마 다행이었던 것은 4학년 마지막 10월 한 달간의 교생 실습에서 아이들과 어울리며 비로소 그 길이 적성에 맞는다는 안도감이 들었다는 점이었다. 당시 나는 인근 '육군 훈련소'로 유명한 소읍의 고등학교에 동료 여학생과 함께 둘이서 교생으로 나갔다. 남녀 공학인 그 학교에서 우리는 인기를 끌었는데, 예뻤던 여교생과는 달리 나는 내내 노래 부르게 하거나, 영화나 문학 등의 테마 수업을 하는 등 잘 놀아주는 것으로 유명했다.

"너무 정열적이야. 내가 꼬셔 오길 잘했어."

자기네 모교로 같이 갈 사람이 없으니 꼭 같이 가자고 유혹했던 것은 사회학과 미희였다. 여교생 미희는 교내 가을축제에서 내가 아이들에 섞여 단축 마라톤을 끝까지 완주하고 골인하는 순간 학생들과 같이 팔을 흔들고 환호하며 옆에 와서 흐뭇해했다. 상큼한 얼굴로 긴 생머리가 분위기 있었던 그녀는 통학차 친구였다. 가을 축제 하루 동안에만 나는 축구와 씨름까지 네 종목을 뛰었다.

그 기간에 가장 기억에 남는 것 중 하나는 아이들과 같이 준비했던 「가을 시화전」이었다. 서툰 시들을 보면서, 훗날 진짜 교단에 섰을 때 시 창작을 어떻게 가르치는 것이 좋을까 며칠 고민해보기도 하였다. 그 기억들이 학교에서의 내 마지막 수업이 될 줄은 꿈에도 모르면서.

1월말이 되자, 결국 참다못한 병철이형은 주변 인맥을 동원해 시골에 있는 '여자상고'에서 모집이 있다는 정보를 전해주고 고맙게도 심심할 거라며 동행해주었다. 버스 안에서도 형은 면접 때 주의할 점을 몇 번이나 주지시켰다.

"아니. 면접도 보지 않나요?"

그러나 이력서를 들고 간 처음 지원에서 당연히 기대했던 면접은커녕 서류를 두고 가라는 교무주임이라는 안경 쓴 사내의 퉁명스런 대꾸에 당황하며 나는 어쩔 줄 몰랐다. 그리고 바로 다음 순간 이 지원이 부질없는 짓이었음을 깨달았다.

"이렇게 빨리 나와? 어때. 보긴 잘 봤어?"

들어오지는 못하고 교무실 입구 옆 건물 사이에서 추위에 떨며 기다리던 형은 다급히 물었다. 순간 나는 그때의 황당함을 감추려는 듯 학교 전체가 다 떠나갈 정도로 비웃음 소리를 쩌렁쩌렁 울리게 하는 객기를 부렸다. 그날 네 웃음은 너무 작위적이었어. 형은 두고두고 그때 일을 말할라치면 그렇게 깎아내리곤 했다.

지인의 소개로 찾아간 서천의 여중고에서 만난 교장은 삼백만

원을 요구했다. 전에 유명했던 남장여자 국회의원이 운영한다 해서 큰 기대를 걸었던 나는 몹시 실망했다. 그 후로 꾸역꾸역 눈이 쌓인 급경사길을 올라 찾아간 서산의 고교에서도, 심지어 당시로서는 오지였던 평택 안중이라는 곳의 작은 종합학교마저도 교감이나 간부들이 노골적으로 뒷돈을 요구했다.

사실 몇 년 동안 선배들을 지켜보았지만, 교직만 이수하면 사립학교에 배정받는 일은 어렵지 않았었다. 문제는 군사정권이 「졸업정원제」라는 명목으로 입학 정원을 대폭 늘려 놓은 첫 번째 졸업생이 우리라는 것이었다. 나는 점차 주변 사립학교에서 거래가 횡행하고 있다는 것을 알게 되었다.

"서울 사립은 5백도 안된대. 평균 7백이래."

교수가 되기 위해 2천이니 3천이니 하는 얘기는 들어왔지만, 중고교가 그렇다는 사실은 내게 충격을 주었다. 나는 당연히 졸업하면 교사가 되는 줄로만 여겼던 거였다!

다급해진 나는 신문 광고를 뒤적이기 시작했다. 그러나 찾아간 몇몇 곳도 광고는 모두 요식 행위였을 뿐이었다. 결국 마음이 흔들리기 시작했고 신문 구석구석을 뒤지다가 최후로 전화한 곳은 야간 학교와 특수학교 두 군데였다. 하지만 거기에서마저 면접조차 볼 수 없었다. 그렇게 학교로 가는 길에서 멀어져갔다.

경화를 마지막으로 본 것은 2월 중순 졸업식장에서였다. 그날 우리는 큰 일 년 만에 한 마디씩 짧은 인사를 나누었다. 스쳐 지나가다 어쩔 수 없이 맞닥뜨린 거였다. 망토를 걸치고 학사모를 쓴 채 눈웃음 지으며 "잘되가?" 묻는 그녀에게 나 역시 미소지어주며 "잘 가!" 한 마디만 했다. 나를 향해 오랜만에 웃어주던 그날 모습은 비록 한순간이었으나 그녀를 떠올릴 때면 강하게 새겨져 잊을 수 없는 아련한 장면들 중 하나가 되었다. 그래도 수미는 경화와 짧은 인사를 나누었지만, 군자는 그녀의 어색한 미소를 아예 외면해버렸다.

나는 학사모를 벗어 어머니에게 씌워주고 끌어안고는 볼에 뽀뽀해주었다. 꽃다발을 건네준 군자와도 포즈를 취했다. 누나와 매형도 조카들을 데려왔고, 그렇게 우리는 사진을 찍었다. 그러나 그것은 우리가 찍은 마지막 가족사진이었다.

2월이 다 지나가면서 막막하기만 했던 내게 희소식을 전해준 것은 뜻밖에도 동생이었다. 나와 비슷한 시기에 여고를 졸업한 수미를 통해 나를 소환한 것은 대학 선배이기도 했던 수미의 고2 때 여성 담임이었다.

"내가 말했었지? 교장 수녀님이 우리 샘을 젤 좋아한다고. 갑자기 자리가 생겨서 선생님한테 좋은 사람 추천해달라셨대. 이번에는 확실하니까 잘하고 와!"

이력서를 들고 선배와 함께 교장실에 들어갔을 때, 비로소 면접다운 면접을 처음 보았다. 베일을 쓰고 정갈한 수녀복에 십자가 목걸이를 한 교장 수녀님은 시종 호의적이었다. 그런데 문제

는 전혀 뜻밖의 지점에서 일어났다. 줄곧 고개를 끄덕이며 흐뭇
해하던 수녀님이 세례명이 무엇이냐 물었을 때 당황한 것은 오히
려 선배였다.

"아……, 수미 세례명이 '스콜라스티카'예요. 저번에 성당에
서 보시지 않으셨나요?"

선배는 어떻게든 수습해보려 애썼다. 수미는 고1 때 세례를
받긴 했지만, 성당을 안 나간 지 오래였다. 난 날라리 신도야. 친
구들이 물으면 키득거리며 그렇게 답하곤 했다. 은테 안경 너머
수녀님의 눈에는 의아함이 가득했다. 분위기가 심상치 않자, 다
시 선배가 기지를 발휘했다.

"그리고요, 전에 저한테 약속했어요."

조만간 성당에 다니기로……. 그러는 선배를 보면서 나는 가
만히 미소 짓고 있어야만 했다. 그렇게 그럭저럭 위기는 넘긴 듯
했다.

집에 돌아와서는 새로운 희망에 들뜨기 시작했다. 세상에는
타락하지 않은 학교도 제법 있는 것이다! 더구나 거기가 동생과
군자가 다니던 곳이라 생각하니 가슴 벅찼다. 곧 세라복을 입은
소녀들 앞에서 문학을 가르치는 모습이란! 어쩌면 지금까지의 낙
심이 다 이런 반전을 위한 것이었는지도 모를 일이었다. 그러나
사흘 뒤에 들려온 소식은 내 대신 31세의 대학원 졸업생이 뽑혔
다는 거였다. 그 문제에 대해 밀을 아끼던 병철이형은 며칠 뒤에

이유를 조심스럽게 알려주었다.

"여기는 미션 스쿨이야. 뽑힌 선생은 성당을 오래 다닌 사람이래."

그런데 그건 결정적인 건 아니었어. 나나 도혁이형 같이 믿지 않는 사람들도 있잖아. 진짜 이유는 말이지……. 머뭇거리다 최종적으로 들려준 얘기는 그런 거였다. 교장 수녀님은 그래도 나를 두고 갈등했다는 것, 결국 교감을 비롯해서 중진들과 의논했다는 것, 그 자리에서 학생들과 나이차가 너무 적은 총각이라 반대가 심했다는 것 등이었다. 더구나 새로 뽑힌 사람이 유부남이라는 것도 나와의 비교 항목으로 한몫 했다는 말에는 어이가 없을 지경이었다.

"니가 교장이래도 여고생들과 나이차가 없는 애를 선생으로 쉽게 쓰겠니? 어떤 흐름이 전개될지는 뻔하잖아."

아무튼 그 일은 나를 더 좌절시켰다. 결정적인 반전을 꿈꾸며 들떠 있던 나는 도리어 더 나락에 빠져드는 느낌이었다. 개학이 코앞에 다가오자 더 초조해졌다. 나만 바라보는 동생 때문이기도 했다. 결국 그렇게 모든 것이 안개에 싸인 채 3월이 시작됐다.

공휴일이었던 3월 1일 저녁 형은 나를 불러냈다. 손에는 신문 쪼가리가 하나 들려 있었다. 넌 학원가에 가서도 살아남을 것 같애. 형이 펼쳐 보여준 부분은 구인광고였다. 볼펜으로 그려진 동그라미 속에 '남대문 직업소개소'라는 글자가 우선 보였다. 그리

고 더 작은 활자로 '국어 강사 급구 경력자 우대 경기도 큰 학원'
하고 새겨져 있었다.

형이 가고 나서도 나는 한동안 망설여야 했다. 물론 교사 모
집 광고를 볼 때마다 학원의 강사 모집란도 두서너 개씩 눈에 띄
었으나 대충 훑기만 하고 무심히 흘렸다. 몇 년 이상 경력이란 글
귀에 전혀 해당되지 않기도 했지만, 무엇보다 학원이라는 어감
은 자신과는 동질성을 찾아볼 수 없는 너무나 요원한 세계로 여
겨졌다. 스스로와 전혀 합치점이 없는 이방의 세계! 잘 생각해봐.
경력자 우대라는 말은 너도 지원가능하다고 해석할 수 있는 거잖
아. 크다고 하지만 아마 여긴 쪼그만 데 같애. 아까 했던 형의 그
말들이 용기를 주었다.

다음날 아침 전화가 있는 동네 가게에 가서 다이얼을 돌렸을
때, 실장이라는 중년 여성은 다 괜찮으니 일단 빨리 올라오라고
재촉했다. 급히 돈을 구하는 어머니에게 할머니는 방세 일 년 치
가 넘는 액수를 흔쾌히 빌려주셨다. 그걸 주머니 깊숙이 찔러
넣고 정오가 다 되어 서울행 고속버스에 몸을 실었다.

제2부

외계 도시

1. "이젠 정말 봄이 오긴 왔나 보네. 저녁이 됐는데도 찬 기운이 약해진 게."

실장은 건네받은 소개비를 탁자 위에 놓으며, 왼손 검지와 중지 사이에 끼어 있는 '거북선 담배'를 한 모금 쭉 빨고는 다시 입을 오므려 "후~~" 내뿜었다. 연기는 제법 하트 모양 같기도 하고, 도너츠 모양 같기도 한 원형을 그리다가 점차 희미하게 확산되어갔다. 잠시 후 그녀는 담배를 재떨이에 내려놓고 탁자 위의 돈을 양 손에 들어 세어보면서 말을 이어갔다. 창밖은 벌써 어스무레한 기운이 내려앉고 있었다.

"그리고 채용이 확정되면 첫 달 받은 월급의 반을 우리에게 줘야 해요. 원래 미리 받아야 하지만, 학원이라는 데가 한 달을 못 채우고 쫓겨나는 경우가 많아서……. 우리가 특별히 하는 배려라고 생각하세요."

실장은 '배려'라는 마지막 말에 힘을 주며 덧붙였다. 어느 누구든 똑같아요. 소개 받는 학원도 같은 금액을 한 달 후에 지불하니까…… 결국 나는 그 말에 동의하고서야 그곳이 경기도 성남의 학원이라는 것을 알게 되었다.

남대문을 거쳐 실장과 함께 버스를 중간에 갈아타고 성남시청 근처라는 학원에 도착한 것은 밤 여덟 시가 넘어서였다. 늦어가는 밤이었고, 그렇게 이 도시와의 첫 조우가 시작되었다.

학원 앞 다방에서 데리러온 교무에게 인계된 나는 짧은 커피 타임 후 교무를 따라 나섰다. 대로변 중앙 5층 건물의 끝층 전체가 학원이었다. 엘리베이터가 없었기에 걸어 올라가야 했다. 복도 끝 원장실은 차라리 작은 강의실에 가까웠다. 원장용 책상도 없이 한쪽에 접대용 소파가 두 개 마주보고 있었다. 여러 명이 동시에 앉을 수 있는 학생용 기다란 나무 책상과 기다란 의자가 세 개씩 열 지어 있었다. 벽 한쪽에는 칠판이 달려 있었다.

"강의실이 원체 부족해서요. 인원수가 적은 선택과목이나 특과 수업을 여기에 자주 배정하지요."

교무는 다소 멋쩍은 어조로 일러주었다. 굵은 수염의 흔적이 입 주변에 가득하고, 짧은 꽁지머리를 한 원장은 나름 반갑게 맞아주었다. 얼굴 피부는 거무스름했으며 작은 키에 뚱뚱하고 배가 불룩했다. 그리고 오랜 시간에 걸쳐 이것저것 캐물은 후에 맘에 든다며 연신 흡족해 했다.

"강의만 잘하면 되겠는데……."

그러고는 아직 학원 강의를 모를 테니 아무거나 하고 싶은 것 부담 없이 해보라며 30분의 시간을 주었다. 이미 실장으로부터 시범 강의가 있을 거라는 귀띔을 들었던 나는 버스를 타고 오며 속으로 연습했었다. 시강이 끝나고 총평이 시작되었다. 원장은 주로 듣는 쪽이었고 진단은 교무가 했다.

"일단 학원 강의를 너무 모르고, 출제 문제 해결 요령 같은 접근법을 전혀 모르는 것이 큰 문제입니다!"

그 지적은 기대하고 있던 나를 일순간에 의기소침하게 만들었다. 그러나 다음 말이 귀를 번쩍 뜨이게 했다. 그렇지만 여러 모로 인상적이고 특히 목소리가 강의하기에 유달리 좋네요. 화법이나 전달력이 뛰어나서 강의 테크닉을 조금만 익히면 아이들에게 크게 어필할 것 같네요. 그러자 원장도 전적으로 동의하며 흐뭇해했다. 나는 안도감에 다소 편안해졌다.

그러나 조건이 제시되면서 다시 혼란에 빠졌다. 요약하면 여기는 재수생들의 문과 이과 입시반, 공무원반, 4월 검정고시반과 8월 검정고시반이 모두 주야로 있는데 내가 그 모든 반의 수업을 혼자 도맡아야 한다는 것이었다. 수업은 낮에 평균 6시간, 밤에는 5시간 합해서 월요일부터 토요일까지 평균 11시간이었다. 토요일에도 밤에 똑같냐고 반문하자, 교무는 그래도 5분씩 매시간 쉬는 시간이 있으며, 낮에 한두 시간 정도 비는 시간이 있는 게 어디냐고 힘주어 말했다. 일요일에도 매주는 아니지만 번갈아 가며 보강해주면 좋아한다고 덧붙였다.

준비해야 하는 과목을 묻자 "문과 이과 공통 입시국어, 문과 국어 2, 입시 한문, 공무원 국어. 공무원 문법과 한자성어. 4월 8월 검정고시반의 고교 전학년 국어교과서"라는 말에 이르러서는 입이 떡 벌어졌다. 입시반은 2학기부터 문제풀이로 몇 권 돌리고, 검정고시반은 시험이 임박해서, 공무원반은 텀이 짧아서 두세 달에 한 번씩 새로운 교재나 문제집을 교대로 돌린다는 표현에 이르러서는 미간이 저절로 찌푸려졌다. 그 모습을 보고 교무는 그때그때 매일 준비하면 되니까, 처음 서너 달만 고생하면 다음부터는 무난할 거라고 달랬다.

"처음에는 강한 반발도 일부 예상되지만, 우리 선생들 팀웍이 워낙 강해서 충분히 커버해줄 수 있고……. 또 보아하니 선생님께서 처음 고비만 넘기면 무난히 넘어갈 능력이 있어 보이네요."

계속 당황해하는 나를 보고 교무는 덧붙여 말했다.

"오히려 선생님 같은 초짜에게는 실력을 키우기 위해서라도 여기 같은 곳이 없어요. 여기를 서울로 진출하여 스타강사가 되는 전초기지로 삼으세요!"

그래도 내가 호응하지 않자, 그는 내 직전에 2년간 있던 국어 선생이 원래 서울의 종합반과 단과반에서 꽤 잘나갔던 경력자임을 강조했다. 학생들도 다 좋아했는데, 새학기가 되며 마침 자리가 생겨 다시 서울로 간 거라며 무경력자를 뽑기로 한 것도 지극히 예외적인 경우임을 강조했다.

"현재 계신 전과목 선생님들도 전부 훌륭하시고 수년에서 수십 년 경력자들이랍니다."

"월급은 얼마인가요?"

결국 제시된 액수가 교사의 초봉에도 못 미친다는 걸 알았을 때, 나는 한 달을 못 버티고 그만둔 모든 사람들이 꼭 타의에 의해서만이 아닐 거라는 생각이 들었다. 그는 학원가는 보너스도 일체 없는데 그래도 여기는 명절 때만 두 번 오 만원씩 나온다고 덧붙였다.

"이미 면접 본 사람이 여러 명 있어요. 개중에는 상당한 경력자도 있구요. 그러니 잘 생각하세요. 우리 육감으로는 장기적으로 선생님이 더 잘할 거 같아서 그러는 거니까."

밤 10시가 넘으면서 차임벨이 울렸다. 교무는 마지막 교시 수업에 들어가야 한다며 내 안목은 틀린 적이 없어 하고 중얼거리면서 나가버렸다.

"여기 애들은 순박해. 샘들에게 먹을 것도 수시로 주고. 검정고시반에 가면 아마 선생님이 동경하던 학교 비슷한 기분도 맛보게 될 거야. 아니 개네들은 학교 애들보다 선생을 더 따른다니까."

내 심리를 간파라도 한다는 듯이 원장은 어지러운 입주변을 씰룩거렸다. 그래도 호응이 없자, 곰곰이 생각하더니 두 가지를 제시했다. 첫째는 석 달 뒤에 강사들과 협의해서 꼭 내가 받는 페이를 어느 정도 올리게 개선하겠다는 것이었다.

"나중에 알게 되겠지만 여기 월급 체계가 특이해서 샘들과 상의해야 하긴 해. 하지만 정 안 되면 내가 반영해줄게."

그는 다짜고짜 처음부터 시종 반말이었다. 여동생을 문과반에 입학시키고 처음 등록금 포함하여 끝까지 월사금을 안 받겠다는 두 번째 제안에는 나도 다소 흔들렸다. 원래 매달 반만 받으려는 데……. 솔깃해하는 걸 눈치채고 그는 그렇게 슬쩍 눙쳐대며 껄껄 웃음을 터뜨렸다. 들어가는 책값만 자기가 준비하면 돼!

그래도 나는 주저했다. 무엇보다 생각보다도 극심하게 시간의 여유가 전혀 없다는 것이 마음에 걸렸다. 창작 같은 것은 사치일 뿐이다! 그는 내 얼굴이 다시 어두워지는 걸 보고 다시 말했다. 뭐, 교재나 문제집도 선생마다 여분이 있으니 한 권씩 달라 해도 되고…….

그래도 내가 반응이 없자 진짜 안 되겠다 싶었는지 마지막으로 덧붙였다.

"여기 이쁜 애들이 많아. 재작년에 총각 영어 선생이 재수생 애 하고 연애해서 결국 여자애가 대학 포기하고 그 선생 따라 미국 갔거든. 결혼했다지 아마. 나는 운영 방침이 그래. 다 성인이고 크게 문제만 되지 않는다면 아름다운 얘기지 뭐. 대신 조심스럽게 해야 되겠지만."

아무리 생각해도 쉽게 엄두가 나지 않았다. 결정을 채근하는 원장에게 생각할 시간을 달라고 청했다. 결국 이왕 늦었으니 이 도시에서 하루 자고 내일 아침 일찍 가부간에 연락을 드리겠다며 일어섰다. 그는 근로장학생이 묵는 공간이 있는데 비좁긴 하니, 차라리 여기 소파에서라도 자라고 잡았다. 하지만 그랬다가는 뜻 대로 결정하기에 난처해질 것만 같았다. 나는 뿌리치고 가까운 여인숙에서라도 자겠다 말한 뒤 학원을 나왔다.


2. 도시는 차가웠다. 아직 겨울의 잔재가 남아 추위 끝자락이 공중에 나부끼고 있었다. 5층 계단을 차례로 걸어 내려올 때까지 도 잘 몰랐던 냉기가 학원 건물을 빠져 대로로 나오자 한꺼번에 확 몰려들었다. 그러나 다음 순간 고개를 들어 아까는 무심히 스 쳤던 빌딩 숲들을 보는 순간, 그 차가움이 한꺼번에 달아나버리 고 말았다.

대로변을 온통 뒤덮은 것은 형형색색의 네온이었다. 빌딩들은 저마다 색다른 자태로 농염한 형광을 뿜내며 어지럽게 돌아가고 있었다. 몹시 빠르게 점멸을 거듭하며 직사각형이나 타원, 빗각 등으로 착착 이동해가는 전광이 온통 가득한 광경은 현기증을 일 으킬 정도였다. 나는 한동안 휘둥그레져서 그 시야의 구도에 갇 힌 채 밍하니 시 있어야 했다.

그중에서도 가장 시선을 끈 것은 학원 맞은편 건물 끝에서 빛나는 유니콘 형상의 네온이었다. 말의 얼굴과 몸체는 하얀 전광으로, 말머리의 갈기는 파랑으로, 이마에 우뚝 솟아나 있는 기다란 뿔은 빨강으로 작열하고 있었다. 빠르게 위아래로 오르내리는 붉은 뿔의 점멸이 유난히 시선을 집중시켰다.

모든 병을 고칠 수 있다는 그 신성한 뿔을 노리고 사냥꾼들이 몰려들지만 영리한 유니콘은 쉽게 잡히지 않는다! 운좋게 발견하고 다가가면 재빨리 달아나거나, 난폭해져서 도저히 통제할 수가 없다! 그를 잡는 유일한 방법은 순수한 소녀, 혹은 벌거벗은 소녀뿐이다! 유니콘은 소녀의 말만 듣기 때문이다! 그렇듯 전설을 떠올리다가 잠시 후 정신을 차리고 다시 걷기 시작했다. 다음 순간, 큰사거리 모퉁이를 돌아섰을 때 시야에 들어온 광경은 나를 더얼어붙게 했다.

그것은 밤하늘로 치오르는 4차선 도로의 현란한 분사였다. 횡단보도 주변 신호등들과 사이사이 가로등 불빛들을 양옆에 매단채 도로는 휘황한 빌딩숲의 네온에 어지럽게 싸여서 둥근 달이 떠 있는 밤의 공중을 향해 직진으로 내달리고 있었다.

도시는 가파른 언덕길 위에 세워져 있었다. 다음 순간, 나를 다시 연속 놀라게 한 것은 다가오거나 지나가는 여자들의 모습이었다. 늦은 시각임에도 주로 젊은 여성이나 소녀들이 많았다. 그녀들은 대부분 머리 중간쯤까지밖에 오지 않는 짧은 파마를 하고 있었다. 대신 지나칠 정도로 풍성하고 꼬들꼬들하게 말아 올려서 한편 몹시 세련되어 보이면서도 한편 부자연스럽게 여겨졌다. 한결같이 노랑이나 갈색 계통이었고, 빨강머리도 이따금 보였다. 짙은 립스틱을 바른 입술 위에는 펄들이 반짝였다. 짧은 미니스커트. 검은 가죽 바지. 어깨가 파인 붉은 원피스. 장미무늬 자켓. 하얀 나시티. 짙은 마스카라. 솟구친 속눈썹……

밤거리를 활보하는 초현대식 여인들과 밤하늘로 찬란하게 날아오르는 도로 위 빌딩의 가득한 형광 아래서, 달과 도시를 원근법으로 번갈아 훑어 내리다가 순간 나는 묘한 기분이 들었다. 어쩌면 나는 지금 외계 도시에 와 있는 것이 아닐까? 머나먼 우주의 한 지점에 처음 도착해 있는 것도 같았다. 아니라면 22세기의 어느 화려한 미래도시를 초라한 이방인이 되어 헤매고 있는지도 모를 일이다! 바로 그때의, 도시 밤하늘 아래 움직이던 피사체들과 풍광들은 하나하나 정지동작이 되어 오래도록 내 뇌리에 담겨졌다.


3. 고갯길을 여러 개 넘고, 골목길 사이사이까지를 다 둘러보고 나서야, 나는 비로소 도시의 전혀 다른 이면들을 알게 되었다. 도시는 급경사로 이어진 산비탈들을 깎아 세워진 듯, 어느 직진 길 할 것 없이 가파른 고개를 넘고 또 넘어야했다. 고갯길을 넘어갈수록 주변에 보이는 건물들은 점점 낡고 퇴색한 것들이었다. 크기도 단층이나 기껏해야 2층 정도의 초라한 외관이 이어졌다.

주변을 밝히는 네온의 조도와 명도도 훨씬 떨어졌다. 벽 사이사이는 때가 낀 채 먼지의 흔적들이 줄무늬를 지어 이어졌다. 허름한 층계 계단. 그림자진 복도. 음습한 옆골목…….

무엇보다 그 낡은 건물들 사이로 비쳐진 골목의 모습들은 더 야릇함을 주었다. 어느 골목 할 것 없이 시멘트를 불규칙적으로 울퉁불퉁 발라 겨우 이어져 있거나 아예 너절한 흙투성이 그대로인 채로 가파르게 이어져 있는 비탈길이 보였다. 그래도 개중에는 제법 반듯하게 차곡차곡 놓여진 층계 계단도 있었다.

한참을 그렇듯 이중적인 도시의 모습을 걸어다니며 관찰하다가 도시 중심을 가로지르는 개천을 발견한 것은 자정이 지나서였다. 개천 양쪽 주변에는 헤아릴 수 없이 많은 포장마차들이 밤하늘 아래 환하게 불을 밝힌 채 도열해 있었다. 수많은 남녀의 웅성거림…….

그런데 그날 밤, 문제는 그 개천을 건너고 나서 얼마 뒤 발생했다. 나중에 다시 그 충격을 털어놓을 기회가 있겠지만, 그때 나는 소위 '사창가 풍경'을 가장 적나라하게 보았던 것이다. 붉은 조명의 진열장에 도열된 짙은 화장의 인형 같은, 차라리 어리다고 표현하는 것이 어울릴 새파란 여인들. 그들 중 여럿이 다가와 속닥거리고 팔을 잡는 어지러운 울림 속에서 환몽의 세계를 거니는 듯한 묘한 착각에 빠졌다. 지금은 이미지가 좋지 않아 다른 이름으로 동네명을 바꾸었지만, 그곳이 '중동'이라는 유명한 지역

임도 후에 알았다.

사건은 그곳을 도망치듯 빠져나와 후미진 뒷골목에 이르렀을 때 발생했다. 마흔 살쯤 되어 보이는 쥐 화장을 한 여인이 다가와 호객 행위를 했던 것이었다. 나는 단번에 거절한 채 뒤돌아섰다. 바로 다음 순간, 여자는 내 팔을 붙들고 늘어지며 고래고래 악을 쓰기 시작했다. 그러자 골목 안쪽에 숨어 있던 세 명의 건장한 사내들이 갑자기 달려들어 양팔을 잡으며 나꿔채듯 끌기 시작했던 것이다. 그중 하나는 주머니칼을 손에 든 채 반항을 못하게 위협하면서! 나를 밀폐된 방으로 끌고 간 그들은 주머니를 뒤져 액수만 확인하고는 돈을 돌려주었다.

그날 나는 밖에서 문을 걸어 잠근 채, 사내들이 지키는 가운데, 억지로 바지를 내려야 했다. 신고해봤자 소용없어. 어차피 동네 경찰들도 우리랑 한통속이거든. 더구나 너는 나랑 했잖아. 잠시 후 그중 한 사내가 들어왔다. 그는 정액을 닦는 나를 만족스러운 시선으로 내려보며, 몇 가지 물었다. 그러고는 구석에 처박혀 있는 내 바지 주머니에서 확인해두었던 돈을 다시 꺼내 들고는 계산하기 시작했다. 마침내 친절하게도 돌아갈 차비와 아침 식사비라며 던져주고는 나가버렸다. 그래도 쥐 화장의 그녀는 착한 구석이 있었다. 나가려다 말고, 내가 안 되었던지 "특별히 선심 쓸테니, 한 번 더 하고 가라"고 제안했다. 어쩌면 혹 신고할까봐 그럴지도 모르는 일이었지만! 그녀의 호의에도 나는 도저히 내키지가 않았다. 소개비를 빼고 남은 그 돈은 우리집 반 년 월세였다! 그냥 여기서 하루만 자게 해달라 부탁하자 그녀는 나갔다. 그 칙칙하고 습기가 눅눅한 퀘퀘묵은 방에서 나는 거의 뜬눈으로 밤을 새워야 했다. 그렇게 도시에서의 첫밤이 흘러갔다.

아무튼 그 일은 나로 하여금 이 도시를 더 정떨어지게 했다. 물론 그렇다고 해서 내가 끝까지 도시를 좋아하지 않았던 것은 절대 아니다. 솔직히 그런 일이 있었더라도 그것이 결정적으로 판단에 영향을 미쳤다고까지는 말할 수 없을 것이다. 이미 그일 이전에도 좋아하는 혹은 좋아하지도 않는 십여 명의 여자들과 섹스 경험이 있었으니까! 아니 더 솔직히 말하면, 이전에 매음녀와의 성경험이 없는 것도 아니었으니까! 더구나 훗날 젊은 나는 여러 차례 이 '붉은 거리'를 스스로 찾기까지 했으니까! 그해에 '얼굴 없는 가수'라며 은근히 떠돌던 명혜원의 〈청량리 블루스〉를 그 비슷한 시절부터 좋아했으니까! 그 노래는 '청량리 사창가 여인'들의 비애를 담은 거라 했다. 그 무렵쯤 본 피카소의 그림 〈아비뇽의 처녀들〉에서 깊은 인상을 받았으니까! 20세기 초 입체파의 위대한 서막을 알린 그 작품은 사창가 여인들을 그린 거라 했다. 그리고 한참 뒤에 나온 이성복의 시 「정든 유곽에서」도 열렬히 좋아하게 되었으니까!

어쨌거나 그날 밤 그 일이 있었고, 나는 도시를 떠나기로 결심했다. 아침에 일어나자마자 공중전화 박스를 찾아 학원에 전화했다. 받은 것은 교무였다. 열심히 설득하려는 그를 단호하게 물리치자, 그는 몹시 실망해버렸다. 그러고는 시내버스를 타고 강남 고속터미널로 왔다. 그렇게 이 도시로부터 도망쳐버렸다.


4. 그렇게 일주일이 흘러갔다. 아무 목적이나 희망도 없이 빈둥거리며 지내야 하는 시간은 우리 모두를 힘들게 했다. 아니 어머니는 오히려 내색을 하지 않으셨다. 수미는 오빠를 따라 학원에 다니게 될지도 모른다는 막연한 희망이 사라지자 몹시 실망한 눈치였다. 누구보다 가장 실망한 사람은 나 자신이었다. 병철이 형은 그래도 내가 인정받는 곳에 갔어야 한다며 볼 때마다 아쉬워했다.

낮에는 마을 뒷산에 올라가 웬종일 쏘다니고, 저녁에는 근처 학교 운동장으로 가서 동네 애들과 매일 농구 경기를 했다. 밤에는 형네 집에 들러 수다를 떠는 것으로 애써 무료함을 달랬다. 하지만 졸업했음에도 그렇듯 뻔한 일상이 곧 지겨워졌다. 결국 일주일째 되던 날 신문을 구해와 구인란을 살피기 시작했다.

그때, 내 시선을 끌었던 것은 '동인천 입시 학원'이라는 광고였다. 이제는 학원이란 곳이 왠지 낯설지만은 않은 느낌이었다. 사실 따지고 보면 이것저것 가릴 겨를도 아니었고, 무엇보다 '최고 대우'라는 말이 마음에 들었다. 동네 가게에 가서 공중전화를 걸어 다음날 오후 1시로 면접과 시강 시간을 배성 받았다.

다음날 약속 시간을 맞추기 위해 나는 새벽부터 움직여야 했다. 어머니는 다시 한 번 그런 아들에게 기대를 걸고 다섯 달치 방세를 마련해주셨다. 새벽 고속버스 첫차를 타기 위해 몇 골목을 돌아 큰길가까지 배웅 나오신 어머니의 간절한 눈을 보며 나는 이번에는 어떻게든 취업하기 전에 다시 돌아와선 안 된다고 마음먹었다. 그날 나는 새벽 아스라한 어둠 속에서 끝내 보아서는 안 될 것을 보고야 말았다. 어머니가 큰길가 모퉁이로 접어들어 더 이상 따라오지 않으며 손을 두어 번 흔들다가 끝내 참으셨던 울음을 울기 시작했던 것이었다. 그러나 그 흐느낌도 잠시, 이내 자세를 바로 잡으며 애써 웃은 채 다시 손을 흔드셨다.

인천의 학원은 기다란 건물의 2개 층을 모두 사용하는 제법 큰 규모였다. 제시된 월급은 저번 학원의 무려 두 배 반 가까이 되는, 교사 초봉의 두 배에 해당하는 금액이었다. 그 액수도 아침부터 오후 서너 시까지만 하루에 평균 7시간 정도 했을 때였고, 능력이 인정되어 야간 종합반이나 특히 오후 단과반을 배정 받게 되면 다시 더 크게 상승했다. 마침내 면접과 시강이 끝나고 원장실에서 단둘이 자리하자, 매부리코의 원장은 그때까지만 해도 자신만만해 있던 내게 날벼락을 내렸다. 사람은 좋아 보였지만 반말투는 마찬가지였다. 평가는 냉정하기만 했다. 자기네는 고도의 숙련된 강의가 요구되는 입시 전문이므로 여러 장점이 보인다 해서 지금 당장 투입하기에는 무리가 있다는 거였다.

"다만 그래도 아깝긴 하니, 단 몇 개월이라도 다른 데서 강의하고 와봐. 서너 달 만이라도. 나한테 수시로 자기 상황을 알려줘. 아무 데나 좋으니까 조금만 강의 테크닉을 익히고 와. 그러면 내가 오후 단과반부터라도 서서히 시간을 확보해줄게. 단과반만 두어 타임 해도 어지간한 종합반보다 페이가 쎌 거니까."

인천을 벗어나오는 내내 마음이 한없이 무겁기만 했다. 일단 아무 데라도 취직을 해야만 했다. 급히 전철 매점에서 산 신문을 뒤져 영등포 근처에 있는 야간 학교에서 '국어 교사 모집 광고'를 발견했다. 그러고는 전화로 위치만 확인한 뒤 한번 찾아가 부닥쳐 보기로 작정했다. 괜히 전화로 묻기보다 직접 사람을 보면 마음이 달라질지도 모른다는 막연한 기대를 품고서…… 하지만 허름한 학교에 들어가 교무를 만났을 때, 그 기대가 그야말로 터무니없이 막연한 것이었음을 깨달았다.

"우리는 선생님으로 모실 수가 없어요."

일단 월급이 학교의 60퍼센트 정도밖에 되지 않으며, 보너스도 거의 없다고 했다. 무엇보다 현재 재직 중인 대부분이 4년제 대학 출신이 아니라는 거였다. 자격이 좀 넘칠라치면 대부분 바로 이직해버리네요. 그래도 괜찮으니 뽑아달라고 몇 번이나 간청해보았지만, 그렇게 한사코 거부했다. 어쩌면 그것도 핑계이고, 요식일 뿐인 광고에 내가 낚였는지도 모를 일이었다. 하지만 그런 것을 따저 생각할 겨를이 없었다. 정말 나는 이 취업 전선에서 미묘한 덫에 걸린 느낌이었다. 이대로 돌아갈 수는 없는 일이었다. 그렇다고 개인 회사에 들어간다는 것은 무엇보다 자신의 적성에 맞지 않는 일이다! 차라리 저번 학원에 못 이기는 척 그냥 들어갔더라면…….

문득 그 학원에는 내 대신 누군가 잘 강의하고 있겠지, 하다가 혹시나 전화라도 해서 물어볼까 하는 마음이 들기 시작했다. 버스 속에서 한참의 갈등을 하다가 결국 영등포역에 내려 공중전화 박스를 찾았다. 그리고 '경기도 114'에 전화를 걸어 학원 번호를 알아냈다.

거의 포기한 상태로 혹시나 하는 마음이었지만, 교무는 뜻밖에도 무척 기뻐했다.

"마침 잘 전화했어요. 선생님께서 거부하여 가시고, 안 되겠다 싶어 지원자 중에 경력자를 뽑았는데, 도무지 더 안 되겠어. 그 양반이 특히 입시반하고 공무원반 전체에서 집단반발이 심해요. 그래 내보내려던 참인데……. 빨리 오세요. 일단 우리가 막아줄 테니 한 번 해보십시다."

그때, 나는 정말 커다란 안도감을 느꼈다. 아니 상당한 행복감이라고나 할까. 전철 속에서, 또 걸으면서도, 성남으로 향하는 버스 속에서도 이 오랜 의문과 탐색의 시간이 마침내 해피 엔딩으로 종지부를 찍었다는 생각에 줄곧 흐뭇해했다. 아니 그것은 끝이 아니라 새로운 시작이었다. 시종 나의 첫 사회생활은 어떨 것이며, 무슨 일들이 기다리고, 어떤 새 얼굴들을 만나게 될지 희망 감이 차오르기 시작했다.

돌이켜보건대, 그날 도시는 전혀 새로운 모습으로도 내게 다가왔던 것 같다. 처음에는 거부했던 공간이 며칠 만에 전혀 다른 희망의 장소로 둔갑하여 어서 오라고 손짓하고 있는 것이다! 어쩌면 이 도시에 정착하게 된 대부분의 이들이 나처럼 여기저기서 채이고 뜯기고 몰리다가 벼랑 끝에 몰린 심정으로 이곳을 찾았을지도 모를 일이었다. 아니 나 정도는 비교도 안 되게 더 참담한 지경이 되어 휩쓸려온 이들이 많았을 것이었다. 그렇게 본다면 도시는 오히려 따뜻한 품으로 그렇듯 지친 이들을 품어주고 재기의 기회를 마련해주었을 뿐이다. 3월 11일, 밤 9시가 넘어 나는 마침내 이 도시의 품에 온전히 안기고야 말았다.


5. "거봐. 자기랑 우리랑은 떼려야 뗄 수 없는 인연이었어. 나는 그걸 첫눈에 알아보겠던데, 이상하다 했지. 이렇게 돌고 돌아 결국 만나게 되잖아!"

원장은 나를 보자 시종 즐거워했다. 그의 그런 모습은 약간 남아 있던 나의 의구심을 완벽하게 지워버렸다. 잠시 후 수업 중이던 교무가 들어와 내가 사용할 각종 교재들을 전해주었다.

"너무 부담 갖지 마세요. 처음엔 매일 열 반씩 교재 연구하시느라 많이 힘드시겠지만! 아직 혈기왕성하시니까, 충분히 잘해내실 겁니다. 부담은 내가 지금 갖고 있어요. 아직 새로 오신 국어 선생에게 통지를 안 했거든. 이제 선생님께서 오셨으니까 확실하게 처리해야지요."

그러고서 교무는 그를 불러내 그만두라고 말하겠다며, 또 자기는 수업 중이라며 나가버렸다. 어차피 선생님께서 안 오셨더라도 정리할 생각이었으니까, 그 부분도 신경 쓰지 마세요.

교무가 나간 직후에 작은 문제가 발생했다. 짧은 간격으로 두 명이 연이어 원장실을 찾아 들어왔던 것이었다. 찾아온 이유는 둘 다 수강료 환불 건이었다. 사십 대 중반으로 보이는 여인은 뒤늦게 대학에 가기 위해 야간 입시반에 등록해 며칠 다녔다고 했다.

"도저히 더 못하겠어요. 마음 같지 않게 막상 며칠 해보니까 영 자신이 없어지는 거라. 아까 제2 외국어, 그러니까 일본어 첫 수업이었는데 도저히…… 어쨌든 첫날부터 여태까지 못 따라가겠더라구요."

더구나 건강이 약해서 어쩔 수 없다며 그녀는 줄곧 매달린 채 반액이라도 환불을 원했지만, 원장은 단호했다.

"교재비라도 환불해주는 데가 나밖에 없어요."

사실 지금이야 학원에 다닌 날짜를 계산해서 환불해주는 기준이 정해져 있지만 당시에는 대부분 어림없긴 했다. 두 번째는 스무 살가량의 젊은이로 자신이 고아 출신이며, 낮에 어렵게 벌어서 밤에 어떻게든 공부해 대학에 가보려 했음을 강조했다.

"더구나 저는 단 이틀밖에 안 다녔어요. 그것도 지금 마지막 시간마저 안 들은 거고."

이번에도 원장의 입장은 단호했다. 한참을 실랑이한 끝에 화가 난 원장이 교재비에서마저 한 장이라도 필기가 되어 있는 책은 계산해 빼겠다고 단언하자, 마침내 그는 포기해버렸다. 어쩔 수 없죠. 그럼 교재비 전체만 환불해주는 걸로 해주세요.

"자, 우리 잘해보자고."

모든 게 만족스럽게 처리되었다는 얼굴로 원장은 그렇게 퇴근해버렸다. 밤 11시에 마지막 종료 차임벨이 울리고 나서 교무가 들어와 나를 교무실로 데려갔다. 열 명이 채 되지 않는 강사들은 한 명의 여강사를 빼고는 다 남자였다. 그중에서도 첫날 유독 강한 인상을 주었던 이는 예순 가까이 보이는 일어 선생님이었다.

"이래봬도 와세다 대학 나오신 선생님이십니다."

교무의 소개로 일일이 악수를 나누다가 그의 차례가 되자 교무는 출신 대학에 힘을 주었다. 그러자 순간 갑자기 교무실 안에 웃음이 터져 나왔다. 당시 나는 그 웃음의 의미를 알지 못했다. 머리숱이 듬성듬성한 일어 선생님은 굵은 알의 돋보기안경을 쓰고 있었다. 키가 150이 채 되지 않는 그는 꾸부정하게 굽은 어깨에 오른손은 하얀 면장갑을 낀 채, 왼손으로 악수를 청했다. 순간 나는 미동도 없이 집혀 구겨신 채, 오른쪽 바지 주머니에 반쯤 걸쳐 있는 손을 보며, 그것이 의수임을 알아차렸다.

그런데 마지막 구석에서 책들을 챙기며 가방에 넣고 있는 마흔 살 정도 되어 보이는 이는 끝까지 나를 쳐다보지 않고는 씩씩거리기만 했다. 신경 쓰지 마세요. 그만두는 사람이니까. 교무는 다소 당황해하는 나를 다른 쪽으로 이끌며 그렇게 귀띔해주었다.

소개가 끝나자 교무는 나를 근로장학생이 숙식하는 끝방으로 데려갔다. 아니 그것은 방이 아니라 그냥 한 평 남짓한 작은 공간이었다. 마산에서 올라왔다는 키 작은 경복이는 경상도 사투리가 무척 강했다. 그 애는 한쪽 구석에 있는 버너를 보여주며 밥이나 라면을 끓여 먹을 수 있다고 설명해주었다. 하지만 매트가 깔린 방은 그 애 하나 있기에도 비좁아 보였다. 결국 나는 다시 원장실로 돌아와 기다란 두 개의 소파를 당분간 사용하기로 결정했다. 모두 돌아가고, 경복이가 학원 뒷정리를 마치고 나서야 혼자만의 시간이 생겼다. 원래 남들보다 잠이 적었던 나는 자정을 한참 넘어서까지 뒤척거려야 했다.

그러다가 1시 전후해서 교무실에 걸려온 두 통의 전화를 받았다. 경복이는 이미 깊게 잠들었기에 내가 차례로 교무실로 나가 불을 켜고 받은 거였다.

"형이 아직도 안 왔어요. 그런 적이 없는데…… 아직 안 끝났나요?"

처음 전화는 검정고시반에 다닌다는 형을 찾는 동생의 흐느끼

다시피 하는 목소리였다. 이미 끝난 지 오래라고 말해주자 목소리는 더 떨리기 시작했다. 아마 누굴 만났든지 별일 아닌 것 때문에 좀 늦는 모양이니 안심하라고 말하고는 끊어야 했다.

그런데 두 번째 전화는 오래도록 뇌리에 남아 쉽게 지워지지 않았다. 건 사람은 뜻밖에도 좀전에 소개 받았던 일어 선생님이었다. 그는 몹시 다급한 목소리였다. 자신이 인근 학원에 아는 후배 강사를 소개해줬는데, 한 달가량 잘 다니던 그 강사가 방금 전 연탄가스 중독으로 자취방에서 사망했다는 통지를 받았다는 거였다.

"그 사람 고향집 아내에게 급히 연락해줘야 하는데, 내 책상 서랍에 있는 수첩 명단을 보면 그 사람 전화번호가 나올 거예요. 그 번호 좀 내게 알려줘요."

나는 급히 수첩을 찾았고, 이름을 발견해 알려드렸다. 그 바람에 몹시 찜찜해져 더 잠이 오지 않았다. 결국 다음날 새벽에 일어나 하려던 교재 연구를 미리 해야만 했다. 일단 급한 대로 주간 검정고시 4월반과 공무원반, 이렇게 두 반만 대충대충 준비해나갔다. 각 반별로 진도 상황을 잘 몰랐기에 급한 대로 교무가 학생들에게 통화해서 알아내고는 전해준 거였다. 그렇게 경황없이 학원에서의 첫밤이 흘러갔다.

다음날 아침, 나는 시골 옆집에 전화를 걸어 어머니를 바꿔달라고 했다. 어머니는 아들이 마침내 취직했다는 사실에 무척 기뻐하셨다. 옆에 따라 나와 있는 수미의 환호성도 들렸다. 다음으로 병철이형 학교에 전화해서 형에게 알려주었다. 형도 다행이라며 이번에는 절대 딴 생각 하지 말고 일단 거기서 꼭 성공하라고 당부했다.


6. 첫날은 수업부터 모든 것이 정신없이 흘러갔다. 마침내 밤 열한 시가 되고 강사들마저 다 나간 뒤 학원 문을 닫으려는데, 야간 이과반 남학생 다섯 명이 그중 생일을 맞은 친구를 위해 파티를 한다며 남는 바람에 셔터를 내리지 못하고 말았다. 나와 경복이까지 모두 일곱 명은 원장실 소파에 모여 케이크를 나눠 먹었다.

생일을 맞은 학생의 아버지가 아들을 데려가겠다며 찾아온 것은 모두 일어나 헤어지려던 참이었다. 술이 상당히 취해 있던 그분은 자신이 팔씨름을 진 적이 없다며 일일이 해보자고 제안했다.

"대단하시네요. 그 연세에."

학생들이 차례로 나가떨어지자 득의양양해서 나에게도 겨뤄보자며 자꾸 팔을 잡아끄는 손을 나는 연신 물리쳐야 했다. 보나마나 제가 질 텐데요 뭐.

"샘, 우리 담임 된 기념으로 기상이를 오라캐서 쐬주 한 잔 하면 어떨까예."

그들이 돌아가고, 그렇게 자정이 넘어갈 즈음에 술을 제안한 것은 경복이였다. 그날 나는 전체 반 중에서 당장 수험 비중이 가장 적었던 주간과 야간의 8월 검정고시반 담임을 맡게 된 거였다. 주간 8월반의 반장이 바로 경복이였고, 기상이는 야간 8월반의 반장이였다. 대충대충 놀면서 다니는 바람에 2년 넘게 이 학원을 다녔다는 기상이는 시내 여고의 '학교 소사'였다.

"내가 불러내면 가끔 밤에 안오능교. 그날 당직 선생한테 부탁하고 잠깐 와서 술 한잔하고 갑니더."

잠시 후 경복이가 학교에 전화를 하자, 정말로 기상이가 소주두 병과 구운 오징어 한 마리를 들고 왔다. 샘. 우리 담임 샘. 두 시간 만에 다시 뵈네요잉. 전주가 고향이라는 기상이도 사투리가 제법 남아 있었다.

그렇게 뜻하지 않게 나의 첫 취업 축하 자리가 극히 조촐하게 만들어졌다. 돌이켜보면 각각 스무 살과 스물한 살이었던 그들이 정겹고 고맙기까지 하다. 나는 낮에 쉬는 시간 내내 해야만 했던, 또 밤에도 마저 하리라던 교재 연구에의 부담을 잠시나마 떨쳐버리고 두 시간가량 술을 마시며 담소했다.

그날 기상이는 학교 잡일을 삼 년가량 하며 있었던 에피소드를 거푸 들려주었다. 그중에도 아직까지 선명하게 기억에 남는 사건이 두 가지 있었다. 하나는 중간고사와 기말고사 두 번에 걸쳐 벌어졌던 '시험지 도둑 잡기'였다. 중간고사 때 끝내 잡지 못한 시험지 도둑을 자신이 어떻게 치밀한 계획을 세워 마침내 기말고사 때는 생포할 수 있었는지, 침을 튀겨가며 잘 각색해가는 바람에 우리는 폭소를 터뜨려야 했다.

"이년덜이 또 올 줄 알고 있었제. 그래서 일부러 시험지 등사하는 롤러 잉크를 '등사실' 여그저그 끈적거리게 뿌려 놓았지라……."

다른 사건은 '금테 안경 쓴 50대 학생과장의 부끄러운 이야기'였다. 어느날 새벽에 자기 방에서 자고 있는데, 옆의 당직 교사 숙식실에서 야릇한 신음 소리가 자꾸 새어 나오더라는 거였다. 무슨 일인가 다가가 방문을 열었을 때, 벌거벗은 채 흐느적거리는 남녀를 목격하는 순간 기상이는 크게 충격 받았다고 말했다. 더구나 그 찰나에 교사가 딸뻘인 여학생을 품은 채로 자신을 보며 빙긋이 웃음을 흘리는 모습에 소름 끼쳤다면서.

"그래도 갸는 지가 자발적으로 그런 것도 같은디, 야는……."

첫 번 여학생과 달리, 몇 달 뒤에 목격한 두 번째 여학생은 자기랑도 친한 사이였다는 거였다. 야는 밤 열 시쯤인가, 흐느끼며 학교에 찾아와서 그 짜석한티 상담을 받는다고 숙직실에 들어간 거였는디…… 저번 일도 있었고, 아무래도 낌새가 이상해서 문을 열어 보니 티셔츠가 이미 벗겨지고 브래지어가 반쯤만 걸려 있는 채로 여자애가 그 자에게 애원하는 모양이었다고 했다.

"그래 내가 말렸지라. 하여간 그날 이후로 그 개같은 자석에게 진짜 요즘꺼지 맨날맨날 시달린당께요!"

그는 입맛을 쩝쩝 다신 후, 나를 빙그레 쳐다보며 넌지시 말했다.

"개쓰레기 같은 새끼! 그건 그렇고 우리 착한 담임 샘은 그러지 않았지라."

자리가 파할 무렵 경복이가 돌아가며 노래를 한 곡씩 부르자고 제안했다. 경복이는 가요를, 기상이는 트로트를, 나는 가곡을 차례로 불렀다.

"이거 들키멘 우리 맞아 죽는다카이. 샘도 비밀을 지켜주이소예."

둘은 흔적을 남기지 않으려고 주변 정리를 철저하게 했다. 빈 소주병은 경복이가 숨기는 박스에 따로 넣었다. 기상이가 돌아가고 경복이와 함께 셔터 문을 내린 후에도 나는 한 시간가량 더, 거의 새벽 무렵까지 교재 연구를 해야 했다. 그렇게 두 번째 밤이 흘러갔다.


7. "참 흥미 있는 도시죠? 학원도 그렇고요."

그녀는 어제에 이어 오늘도 콤팩트의 거울 속으로 빠져들고 있었다. 마치 집에서 하고 온 화장을 무효로 하고 새로 시작하려는 듯 밝은 크림색 계열의 베이스와 파운데이션을 한 뒤, 연한 파우더를 사용한다. 마스카라로 눈썹이 비스듬히 올라가게 살짝 구부려 준다. 등갈색의 아이샤도우를 칠하고 마스카라를 다시 한 번 발라주는 데에만 꽤 많은 시간이 소비된다. 마치 그 거울 속에 자신의 가장 중요한 혼백이 담겨 있기라도 하듯! 차임벨이 울리고 한참이 지난 후에도 여전히 아이라이너로 눈가를 정성껏 그린후 아쉬운 듯 서너 번 눈을 껌벅거리며 입가를 크게 벌려보았다. 다시 몇 번 더 볼터치붓으로 볼을 쓸어내린 후 비로소 만족스러운 표정을 지으며 콤팩트를 닫았다. 그러고는 손잡이가 달린 직사각형의 '화장품 정리통'에 하나씩 쓸어 넣고는 교재와 지시봉을 꺼내 들었다.

"아마 난 더 못 견디고 조만간 이 도시를 벗어나 도망칠 것만 같아요."

그 말을 마지막으로 남기고는 나를 향해 슬쩍 눈웃음 친 후 교무실을 황급히 나섰다. 어머! 너무 늦었네! 교무실 밖에서 그녀의 자조 섞인 외침이 급히 끄는 슬리퍼 소리와 함께 아련히 사라져 갔다. 시간은 벌써 오 분 가까이 지나 있었다. 나는 모처럼의 비는 시간을 맞아 혼자 남게 되었다.

첫날 자리를 배정 받을 때, 마주 앉는 순간, 주 선생은 무척 흥미진진한 표정으로 나를 위아래로 훑어 내렸다. 교무실 맨 안쪽 깊숙한 곳의 중앙에 교무의 큰 책상이 번듯하게 놓여 있었고, 나머지 강사들은 그 앞 작은 책상들에 두 줄로 도열해 배치되어 있었다. 입사한 순서였기에 교무 바로 앞에는 5년째 근무 중이라는 일어 선생님과 생물 황 선생이 마주하고 있었다. 나는 얼마 전 1월에 새로 왔다는 주 선생과 끝자리인 출입문 쪽에 마주하게 된 거였다. 홍일점의 그녀와 늘 바라보게 된 자리 배치는 언뜻 막막해 보이는 공간 속에서 그나마 신선함을 주었다고나 할까.

"내 입사 후배가 다시 생겼네요. 우리 잘해봐요!"

모두에게 인사를 마치고 자신의 앞자리에 앉는 순간 그녀는 그렇게 툭 던지며 흐뭇한 미소를 지었었다. 윙크까지는 아니었지만 한쪽 눈을 슬쩍 찡그리는 것도 같았다.

둘째 날 주 선생이 또 늦게 들어간 직후에 마침 혼자 교무실에 남게 되자 모처럼 찾아온 비는 시간을 맞아 별별 상념에 빠지기 시작했다. 무엇보다 아무래도 이 상태로 학원에서 숙식해서는 안 되겠다는 생각이 들었다. 원장과 교무는 한두 달 정도 충분히 여유 있게 머무르다 방을 얻으면 된다고 말하곤 했지만, 나는 내심 이 어색한 기거를 끝내고 싶어졌다. 더구나 수미를 집에서 무작정 기다리게만 할 수도 없는 노릇이었다. 이미 다른 애들은 입시 전쟁을 시작했는데!

사흘째 되던 날 아침에, 학원에 반 달치 월급을 가불해줄 것을 요청했다. 교무는 본격적인 수업도 하기 전에 전례가 없는 일이라며 처음에는 난색을 표했다. 그때 옆에서 한 마디 거든 것도 주 선생이었다.

"에이, 한 번 큰맘 먹고 해주세요. 젊은이가 저렇게 한번 자립해보겠다는데."

다소 장난기 어린 그녀의 말에 교무는 더욱 난감해 하며 자리를 피했던 거였다. 그랬는데 점심시간이 되자 그는 내게 그 돈을 전해주었다.

"정말 나를 힘들게 하셨어요. 대신 열심히 잘해주시리라 믿습니다. 힘 내시구요."

교무에게 봉투를 건네받자 자기 일처럼 기뻐하며 '신흥동'을 추천한 것도 그녀였다.

"우리 작은고모가 거기 살아요. 그나마 이 주변서 싸고 제법 나은 편이라니까요. 무엇보다 학원에서 가깝고요."

나는 저녁 수업 시작 전 비는 시간에, 주 선생의 말처럼 신흥동을 중심으로 학원 주변에서 거리도 멀지 않고 방값이 싸면서도 제법 깨끗한 곳을 급히 찾다가, 마침내 월세로 그럭저럭 쓸만한 방을 얻을 수 있었다. 보증금을 없이 하는 대신 월세를 후하게 하는 조건이었다. 젊은 주인 여자는 학원 강사라는 것을 알자 오히려 늘어난 월세에 더 흡족해하며 흔쾌히 수락했다. 대신 두 달치를 먼저 내는 조건이었다.

역시 다른 대부분의 집들과 마찬가지로 가파른 골목길의 중간 쯤에 위치한, 허름한 이층집이었다. 주인 내외와 어린 딸이 함께 쓰는 방이 바로 옆에 있었고, 위층에는 따로 세들어 사는 두 방이 있는 작은 곳이었다.

"집들이 한 번 해야 하는 거 아녜요?"

저녁 수업 직전에 교무실에 그 사실을 알리자 주 선생은 한바탕 호들갑스럽게 축하해줬다. '고마운 가불'은 우리 모두의 숨통을 단번에 트여주었다. 다음날 수미가 올라왔다. 도착 시간을 오후 비는 시간에 맞추었기에 직접 강남 터미널에 나가서 데려왔다. 내가 필기도구와 통기타 외에 아무것도 가져 오지 말라 했으므로 단촐한 차림이었다. 수미는 작은 가방에 오빠가 기타 연주할 때 쓰던 코드집이나 노래집 몇 권만 챙겨서 왔다.

그렇게 모든 것이 짧은 시일에 일사천리로 해결되었다. 아니, 해결해야 할 문제가 하나 더 있었다. 때마침 '남대문 직업소개소'에서 전화가 걸려온 것도 그 즈음이었기 때문이다. 여자 실장은 자기네 소개로 이 학원에 재직 중인 강사로부터 소식 들었다며, 아무리 처음에는 내가 거부하고 시골에 내려갔다 하더라도, 다시 이 학원에 오게 된 데는 자기네 공이 크니, 약속대로 한 달 뒤 월급의 반을 받으러 오겠다고 말했다.

"선생님하고 통화하기 전에 학원에도 요구했고, 그러겠다고 했으니 미심쩍으면 확인해보시든가요."

내가 당연히 지급하겠노라고 단언하자, 실장은 안심이 되는 눈치였다.

"단, 첫달은 이미 월급의 반을 가불 받았고, 조만간 또 가불해야 할 처지이니, 대신 두 번째 달 월급 받는 날 오세요!"

그녀는 그러겠노라고 약속한 후, 전화를 끊었다. 그렇게 낯선 도시에서의 실 사리가 마련되어갔다.

8. "정말 여기는 오래 머무를 곳도, 오래 다닐 데도 아녜요."

그녀는 도대체 이 도시와 학원에, 불과 석 달 동안 무슨 그리 억하심정이 많이 쌓였는지 항상 입버릇처럼 그렇게 말하곤 했다. 그렇지만 막상 수업에 들어갈 때는 누구보다 활기찼고, 아이들과 떠들 때는 언제나 사이사이 돌고래 고주파 소리 같은 초고음의 웃음소리를 날리곤 했다. 나는 점점 그녀의 푸념이 공허한 습관과도 같은 것이 아닐까 의심스러워졌다.

날이 가면서 그녀가 나보다 한 살 많은 스물다섯이라는 것, 서울 소재 대학의 영문과를 나왔고 들어올 때 영어 강사로 오고 싶어 했다는 것, 원장과 잘 아는 그녀의 작은고모가 추천했다는 비밀, 사는 집이 잠실에 새로 생긴 고층 아파트라는 사실, 지금은 당분간 엄마와 단둘이 기거하고 있다는 비밀, 특히 원장을 제외하고는 선생들 중에서 유일하게 자가용을 손수 몰고 출퇴근한다는 놀라운 사실 따위를 알게 되었다.

그렇지 않아도 큰 편인 쌍까풀진 눈을 항상 놀란 듯 치켜뜨며 바라볼 때에는 한편 겁이 많은 것 같다가도, 슬리퍼를 대충 걸친 자세로 다리를 꼰 채 껌을 씹으며 팝송 나부랭이를 웅얼거릴 때에는 겁이라고는 전혀 없는 대범한 여인 같기도 하여 종잡을 수 없었다고나 할까. 그래도 짙은 눈썹과 도톰한 쌍까풀 아래 투명한 갈색의 눈동자로 그윽이 응시할 때나, 무엇보다 선홍빛 홍조가 두 볼 가득 물든 채 다소 수줍은 듯 부끄러운 척할 때에는 나름 강한 매력을 풍겼다. 그녀는 보기 드물게 늘 홍조가 양쪽으로 가득 꽃피어 있었으니까.

그렇지만 그녀의 습관적인 비하에도 불구하고 내가 쭉 지켜본 학원은 대체로 우호적인 환경이었다고 해야 할 거였다. 교무실 분위기는 나름 괜찮았고, 학생들은 도시 애들 같지 않게 순박한 편이었다. 전임 강사로 항상 근무 중인 강사는 모두 8명이었다.

영어를 맡은 이 선생은 밤낮으로 힘든 중에도 수도권 대학에 잠깐 강의를 다녔다. 교수가 꿈인 그는 후원자가 있어 조만간 대학에서도 전임이 될 예정이라고 했다. 수학 강사는 문과 강사와 이과 강사 두 명이었는데, 들다 총각이었다. 문과 정 선생이 젊고 패기 넘치는 데 반해, 항상 기름을 발라 이마가 번들거리는 이과 유 선생은 마흔이 다된 노총각이었다. 정 선생은 전임이었지만, 유 선생은 시수가 적어서 타지의 공무원반에 출강도 나가고, 과외도 병행한다고 했다. 주로 생물 강의를 하면서 학원 교재 판매와 관리 업무를 맡은 황 선생은 강의와 질의응답 때문에도 골머리를 앓았지만, 그보다는 매일 계속되는 교재 판매 및 정산 때문에 늘 골치 아파했다.

서울대 사학과를 졸업했다는 오 선생은 국사와 세계사 외에도 학원 전체 시간표를 짜는 업무에 시달렸다. 사이사이 검정고시반이나 공무원반이 교체될 때마다, 또 외부 강사들의 변동이 있을 때마다 시간표를 새로 짜 맞추는 일은 커다란 고역이었다. 전임

들이야 어차피 시간이 꽉 짜여져 돌아가지만, 몇 타임 안되는 외부 강사들 때문에 늘 말썽이었다. 심지어 어떤 과목은 입시반과 검정고시반이 함께 듣게 해야 했으니까. 반이 바뀌거나 강사의 변동이 있을 때마다 이삼일 고통스러워하다가도 머리가 좋다는 그는 결국 해내곤 했다. 강의 실력도 뛰어난 데다 총각이었던 그는 가장 인기 있는 강사였다. 교무 주임도 정치경제와 사회문화를 맡고 있었는데, 대부분의 입시반과 검정고시반의 선택을 그쪽으로 유도했기 때문에 수업 시수가 많은데다가, 총괄 관리 업무로 시달렸다.

돌이켜보면 당시 전체적인 학원 경영과 강사의 짜임새가 업무 구분 없이 혼합해서 운영됨으로써 비용을 최소화하는 구조였던 것이다. 어지간한 학원에서의 그 흔한 교재처나 교무처, 행정처의 직원들이 단 한 명도 없이 운영되었다. 청소 전문 인력이 없이도, 교무실과 원장실은 여선생이, 나머지 각 강의실은 각 반 학생들과 특히 경복이가 총괄해서 청소하는 걸로 교통 정리되어 있었다. 교재 판매와 관리는 생물 황 선생이, 커피 자판기 관리는 원장 부인이 직접 했다. 심지어 일어 선생님마저도 전임으로서 부족한 시수를 맞추기 위해 선택과목 중에 공업을 가르치셔야 했으니까. 처음에는 의아해 하던 학생들도 그런 분위기에 점차 적응해가야만 했던 것이다.

문제는 가급적 선택과목을 일어나 생물, 가사, 농업, 정치 경제, 사회문화 등으로 유도해도 끝내 모아지지 않는 학생들이었는데, 그 문제 때문에 내내 시비가 일곤 했다. 선택 학생이 몇 명 안 되는 데다 시수가 적어 돈이 안 되니까 외래 강사가 수시로 바뀌곤 했다. 그나마도 개설된 과목은 좀 나은 편이었지만, 몇몇 과목들은 다음달에, 또 다음달에 꼭 개설하겠다는 약속을 번번이 어겨 불만이 고조되곤 했다.

그럼에도 불구하고 학원 전체적으로는 큰 문제없이 평화롭게 운영되는 것이 내게는 신기할 정도였다. 그만큼 강사들이 부분적인 갈등 외에는 서로 양해하고 협조하는 분위기였으며, 학생들은 믿고 따르려는 마음들이었으니까. 어쨌든 여러 모로 처음이었던 나에게는 오히려 그런 전체적인 분위기가, 적응하고 성장해나가는데 큰 도움이 되었던 것은 사실이었다.

다만 나름 조화를 이룬 이 학원의 분위기에 미묘하게 엇박자를 내며 부조화처럼 여겨지는 유일한 이는 홍일점이었던 주 선생이라고 해야 할 거였다. 가정과 가사에다가 국토 지리와 세계 지리까지 맡은 스물다섯의 이 처녀 선생은 그래도 수업 시수가 다 차지 않아 비는 시간에는 주로 학원에 걸려오는 전화 받기와 교무실과 원장실의 청소를 도맡아 했다.

거기에다 하루에도 꼭 한두 번씩 건물 관리인에게 수업 중에도 불려나가 다시 주차하거나 차를 급히 빼주는 문제로 스트레스를 빚아야 했다. 다른 남자 선생들에게는 없는 자가용을 혼자 타고 다니면서, 유일하게 주차 문제로 씩씩거리는 앳된 그녀의 모습은 이 공동체와 묘한 이질감을 느끼게 했다. 그것은 마치 실제 속해 있는 곳은 서울의, 그것도 강남 한복판이면서, 한쪽 발만 슬쩍 이 도시에 잠깐잠깐 걸쳤다 가는 국외자의 존재처럼! 수많은 내부자들에 둘러싸인 사실상 외부자의 모습처럼 비쳐지곤 했다. 무엇보다 그녀가 걸친 옷조각 하나에서부터 조끼나 외투, 명품백, 화려한 화장품들과 파마의 결과 뿌린 향수 내음까지, 모든 요소가 이 도시의 위계나 품격과 전혀 다른 느낌을 주었으니까! 어쩌면 자신의 젊은 날에 우연찮게 던져진 이 공간에서 도시가 요구하는 질서를 억지로 따르느라 힘겨워하는지도 모를 일이었다.

"맛나게 드세요."

점심시간만 되면 자신의 도시락밥을 먹으면서 뒤늦게 내 주문 음식이 배달될 때마다 낭랑한 목소리로 그렇게 말하곤 했다. 도시락을 항상 싸오는 강사는 교무와 생물 황 선생, 영어 이 선생, 국사 오 선생, 그리고 그녀였다. 대부분 결혼한 이들이었지만, 총각인 오 선생과 처녀인 그녀가 그 무리 중에 들어 있다는 것이 굳이 따지자면 좀 유별나다 할 거였다.

무엇보다 경이로웠던 점은 남자들은 거의가 두세 가지 반찬으로 연명함에 비해 그녀의 도시락은 언제나 몹시 화려했다는 사실이었다. 기다란 원통의 스텐 보온 도시락과 가끔은 물 외에도 각종 특별한 전통 음료가 담겨 오기도 하는 보온 물통. 4첩 반찬이 각각 가득 담길 정도의 스텐 반찬통, 거기에다 별도의 동그란 유리 반찬통 2개까지 매일 여섯 종류가 담긴 그것들은 보기만 해도 위압감을 주었다. 그 밖에도 각종 과일이 담긴 플라스틱반찬통이 후식으로 늘상 대기 중이었으니까.

한 번은 그녀가 건네준 사과 조각을 입가심으로 먹으며 "이걸 다 직접 만드셨어요?" 물은 적이 있었다.

"그럴 리가요. 엄마 솜씨죠."

이미 예상한 답안이었지만 주 선생은 마치 동화 속 별나라에서 온 공주처럼 하얀 치아를 시원하게 드러낸 채 까르르 웃었다. 전 김치찌개도 못 만드는 걸요! 아무튼 그녀의 그런 모습들은 이 질감과 함께 색다른 느낌을 주곤 했다.


9. 도시에 온 지 열흘 정도 지난 봄비답지 않은 비가 쏟아지던 밤이었다. 야간수업이 끝나고 종례와 정리를 마친 후 학원 앞 대로를 막 걸어나가기 시작한 11시 20분경이었다. 밤이 깊어지며 뒤늦게 비가 갑작스레 내렸기에 우산이 채 준비되어 있지 않았다. 건물을 나서며 의외로 세찬 빗줄기를 보며 어찌해야 하나 잠시 망설이다 그냥 맞고 가기로 했던 거였다.

횡단보도를 건너 몇 발짝 움직였을 때 불현듯 빵빵 하는 클랙션 소리가 들렸고, 거의 동시에 자주색 승용차가 내 옆으로 바싹 정지했다. 옆을 보니 스르륵 열리는 차창 안으로 고개를 내민 그녀의 미소 띤 얼굴이 보였다.

"타세요!"

그녀는 단호하게 외치며 몸을 아예 더 바싹 구부려 앞문을 열어주었다. 내가 가는 쪽은 서울과는 반대 방향이었다. 어안이 벙벙해진 내가 뚬벙뚬벙 쳐다보자 다시 또랑또랑 외쳤다.

"아, 작은고모네 가는 길이예요. 비가 이렇게 내리는데 어서 타세요."

그래도 멈칫거리는 내게 손을 마구 흔들어 재촉하는 바람에 마지못해 옆좌석에 올라야 했다. 차안에는 부드러운 리듬의 팝송이 흐르고 있었다. 방향제와 그녀의 향수가 어우러져 강한 후각이 콧속 깊이 스며들었다. 순간 나는 정말로 그녀가 고모네로 가고 있었을까 하는 생각이 언뜻 스쳐 지나갔다. 우리집까지는 가까웠으므로 금세 도착했다. 인사하고 내리려는 순간 다시 그녀가 잡아 세웠다.

"커피나 한잔하고 가실래요? 고모네도 요 근처예요."

그녀는 몇 번 씩씩거리다 근처 골목길 비탈 사이에 차를 겨우 세워 놓았다. 이놈의 곳은 도대체! 다행히 근처에 허름한 커피숍이 하나 띄었으므로 우리는 쏟아지는 비를 피해 뛰어 들어갔다.

그날 한 잔의 커피를 마시며 삼십 분가량의 짧은 첫만남에서 나눈 대화는 주로 학원 생활에 관한 거였을 뿐이었다. 그래도 직장을 벗어나 야심한 밤에 보는 주 선생의 모습은 또다른 매력으로 다가오기는 했다. 무엇보다 놀라웠던 인상의 변모는 교무실에서의 강렬한 이미지와는 달리 몹시 유순하고 착해 보였다는 사실이었다. 때로 수줍은 듯 머뭇거리거나 가끔은 입을 가린 채 웃으면서 전혀 다른 장면들을 연출해냈다.

"첫날 말예요. 샘께서 오신 첫날! 진도는 나가지 않고, 김소월에 대한 얘기로 땜빵하셨죠?"

사실 그랬었다. 초보자가 첫날 수업부터 준비도 없이 각기 진도와 과정이 다른 10개 반의 수업을 진행한다는 것은 무리였다. 도착한 날 늦은 밤에 교무와 나는 첫날 수업 계획을 논의해야 했다. 결국 내가 시험을 앞두고 있어 당장 진도가 시급한 주야간의 4월 검정고시반과 공무원반까지 총 네 반만 준비를 하고 나머지 여섯 반은 진도를 나가는 대신 인사 겸 특별한 수업을 하겠다고 하자, 교무는 한참을 망설이다가 결국 받아들인 거였다. 첫날 들려준 특별수업은 '소월의 시와 일생'이었다.

어떻게 아셨어요? 내가 묻자 그녀는 까르르 웃었다.

"교무실 옆 교실이 '8월반'이잖아요. 마침 비는 시간이었는데, 선생님 목소리가 오죽 쩌렁쩌렁해요? 열린 문틈으로 그 스토리가 들려오기에 귀를 쫑긋거리고 다가가 듣다가 자꾸 호기심이 생겨 아예 다 듣게 된 거지요. 특히 마지막에 소월의 죽음에 대해 여러 가능성과 그럼에도 내릴 수 있는 '넓은 의미에서의 자살' 부분에 이르리시는 더욱 다가가 사뭇 진지하게 경청했으니까요.

좀 놀랬죠. 학원에 와서 저런 수업을 하는 이도 있구나 하고."

"애들 반응은 어땠나요. 반발도 일부 있었다던데……."

"잘 아시면서. 입시반 애들이 일부 민감하게 반응하긴 했어요. 특히 공부 잘하는 이과반 애들! 뭐 그래도 검정고시반 애들은 좋아하지 않았나 싶어요. 굳이 평가하자면 애들과 거리감을 좁히는 초면식 정도?"

나는 내친 김에 스스로에 대한 지금까지의 아이들 평가가 어떤지 확인하고 싶어졌다. 그러자 주 선생은 자기도 초기에는 그랬기에 그 심정이 이해가 간다면서 검정고시반과 공무원반은 대체로 무난한 편이지만 특히 입시반의 고득점 애들을 조심하라고 귀뜸 해주었다.

"그런데 제가 보기에 진짜 조심해야 할 점은요. 나이에 대한 진실예요. 그건 끝까지 지금처럼 밀고 나가서야 할걸요."

사실 무엇보다 학원에서 애초부터 가장 신경 쓴 것은 나이 부분이었다. 문제는 주간 문과반 반장이 스물다섯이었고, 야간 문과반 반장은 스물일곱으로 모두 나보다 많다는 거였다. 특히 야간반은 어느 반이든 나보다 나이 많은 직장인들이 꽤 많았다.

"젊은 국어 샘이 올 줄 미리 알았으면 반장들을 다 어린 애로 통일했을 텐데……."

교무는 그렇게 입맛을 쩝쩝 다셨다. 결국 처음부터 내 공식적인 나이는 스물여덟로 결정됐다. 총각인 수학 정 선생과 국사 오 선생이 둘 다 스물아홉이었으므로 같게 할 수는 없었고, 그들보다는 한 살 적게 만든 결과였다. 물론 강사들끼리는 모두 내 본 나이를 알고 있었지만.

다음으로 문제가 되었던 것은 수미와의 관계를 먼저 밝힐 것인가 여부였다. 하지만 그 부분도 내가 실력을 쌓아 인정받기 전까지는 오히려 불리하게 작용할 공산이 크므로, 비밀로 하다가 나중에 같이 다니는 모습이 발견되는 등 의아함이 확산 되면 자연스럽게 공개하기로 결정되었다.

"저도 여기 1월 초에 처음 와서 몹시 힘들었어요. 주간도 제대로 쉴 시간이 적은데, 야간은 더 **빡빡**하니까요."

주간반은 오전 9시에 시작해서 점심시간을 거쳐 오후 2시 반에 끝났다. 중간에 한두 시간 비는 시간 빼고는 매일 평균 6시간 정도가 배정되었다. 50분 수업에 10분이 쉬는 시간이었다. 야간반은 6시 50분에 시작해서 11시에 끝났다. 45분 수업에 5분간 휴식이었는데 토요일까지 거의 매 시간 수업을 하루에 5시간씩 강행해야 했다. 주간 시간이 끝나고 야간 수업 시작 전까지는 집에 다녀오는 선생이 많았다. 전임끼리 번갈아 가며 당직으로 지정되었기에 당직에 걸리거나, 시험지를 만드는 등의 특별히 할 일이 있을 때 등은 계속 학원에서 있기도 했다. 집에 다녀오기 번거롭거나 유달리 피곤함을 느끼는 날에 일부 강사는 원장실 소파나 경복이 빙에서 잠을 사나가 야간 수업에 임하기도 했다. 나 역시 특별히 할 일이 있을 때를 빼고는 대부분 집에서 있다 다시 출근하곤 했다.

첫날부터 나는 주간과 야간의 8월 검정고시반 담임을 맡게 되었다. 추후에 다른 종합반에서는 월급의 상당 부분을 차지하는 담임 수당을 별도로 매달 받았지만, 그때는 그런 것을 받지도 않았고, 그런 제도가 있는지도 몰랐던 그야말로 햇병아리 시절이었다. 8월반의 담임을 맡은 것은 내게 새로운 활력이 되었다. 어쩌면 멀어져버린 학교 생활에 약간이라도 다가간 듯한 막연한 기대감 때문이었는지도 몰랐다. 사실 이후부터의 학원 생활이래야 늘 다른 이들처럼 교재 연구하고 강의 준비 잘해서 주어진 시간 내내 정규 강의에 집중해야 했던 뻔한 일상이었다. 늘 다람쥐 쳇바퀴 돌듯 일방적인 주입식 교습에 치중해야 하는 입시반이나 공무원반, 그리고 시험이 한 달 여로 임박해 있는 4월반에 대해서는 별 이야기거리가 없다시피 했다. 그래도 8월반은 내 빠듯한 학원 생활에 활력의 틈새가 되어주었고, 아이들도 그 모습을 반겼으니까! 전임 국어 강사가 맡았던 반들이기도 해서였지만, 학원에서도 그런저런 이유 때문에 내게 가장 느슨한 반을 맡겼던 터였다.

"그래도 아이들만은 대체로 순박한 편이죠."

학생들에 대한 그런 평가는 그녀와 내가 전적으로 일치했던 부분이었다. 주간 8월반에서 가장 두드러진 인상을 주는 남학생은 반장 경복이와 똑똑했던 민구, 항상 시름시름 앓았던 영철이였다. 스무 살 경복이는 근로장학생을 하면서도 늘 밝고 활기찼다. 매번 여유 있는 위트로 반 분위기나 수업의 공기를 가볍게 해주었다. 열아홉 살 민구는 공부도 일등이었지만 항상 호기심이 많았다. 어떤 때는 어이없을 정도로 사소한 부분까지 질문을 연거푸 쏟아내 여학생들의 핀잔을 살 때가 많았다. 별명이 '에디슨, 민디슨, 애기슨'이었다. 열여덟 살 영철이는 심장과 혈관 계통 질환을 어릴 때부터 앓아서 늘 얼굴이 창백했다. 하루건너 조퇴해야 할 정도로 학업에만 전념하기 힘들었지만 그래도 성격이 좋았고 성적도 괜찮은 편이었다.

여학생 중에는 연숙이와 은정이와 지혜가 뚜렷한 인상을 주었다고나 할까. 열아홉 살 연숙이는 몹시 정열적이면서도 샘이 많았다. 여러 색깔의 뿔테 안경을 교대로 썼는데, 가늘고 기다란 손가락이 인상적이었다. 손재주가 많아서 교실 환경 미화도 늘 도맡아 했다. 열여섯 살 은정이는 단정하면서도 도도한 아이였다. 항상 긴 생머리를 유지했고, 맑고 예쁜 눈이 인상적이었다. 성격은 칼 같았지만, 반면 감수성도 풍부해서 몹시 매력 있는 아이였다. 특히 연숙이와 대립이 잦았는데, 그것은 주로 은정이의 행동 하나하나를 못마땅해 한 연숙이의 핀잔에서 비롯됐다. 그렇다고 은정이가 나이가 가장 적었던 것은 아니었다. 불과 열세 살인 지혜가 있었기 때문이었다. 항상 묶은 머리에 핀을 꼽고 다녔던 지혜는 정말 똘망똘망한 소녀였다. 학교 다니기를 싫어해서 일 년 만에 고검(고입 검정고시)을 마치고 대검(대입 검정고시)에 도전 중이었는데도 알려준 것은 잘 기억해냈다. 딸만 셋이었는데, 큰언니도 이 학원의 문과반에 재수중이어서 늘 붙어 다녔다. 주위에서 잘하면 자매가 동시에 대학에 들어가겠네 말하면, 본인은 이번에는 대검이 목표이고 대학 입시는 내년에나 본격적으로 할 예정이라고 수줍게 대답하곤 했다.

입시반은 백 명 정도 수용할 수 있는 작지 않은 강의실이었는데, 주간과 야간 문과반은 늘 80~90명을 넘나들었다. 이과반은 모두 50명 안팎에서 움직였다. 하지만 검정고시반은 평균 30~40명 선이었다. 반 규모나 교실이 작은 만큼 아담하면서도 항상 정감 있게 움직였다. 그 시절 내게 위안과 휴식의 기분을 다소나마 느끼게 해주었던 것은 무엇보다 8월 검정고시반이었다.

커피숍에서 일어나기 직전에 주 선생이 문득 던진 마지막 말은, 내 마음도 아프게 끌어당겼다.

"제가 이 학원에 와서 가장 싫은 게 뭔지 아세요? 그것은 월급 때마다 느끼는 '내가 이 애들을 가르치며, 이들이 낸 돈으로 월급을 받아야 하나 하는 미안함'이에요. 아니 굳이 월급날이 아니라도 가슴 한 구석에는, 특히 검정고시반 애들을 볼 때마다 그런 미안감이 진하게 남아 있네요."

그 순간 나는 별생각 없이 다니는 줄로만 여겼던 그녀가 다시 보이기까지 했다. 밖으로 나오자 빗줄기가 거의 멈춰 있었다. 한결 청량해진 밤공기 속에서 그때 그녀가 제안한 거였다.

"열흘간 지켜보며 내린 결론은요. 샘은 천생 영락없는 국어 샘이라는 거! 어때요. 우리 나이도 비슷한데 친구하지 않을래요?"

그날 나는 그녀의 요청대로 친구를 하기로 했다. 그녀가 먼저 손을 내밀었고 우리는 악수를 한 후 헤어졌다. 헤어지며 앞으로 둘이 있을 때는 자기 이름을 불러주어도 괜찮다고까지 말했다.

"혹시 이름의 뜻이 '안개와 노을'인가요? 관동별곡에서 '연하고질' 할 때 그 연하 말이죠."

"맞아요. 안개 연에 노을 하. 울 엄마가 사실은 동양화가세요. 산수화 전공의! 그래서 아빠랑 상의하여 그렇게 지어주신 거죠."

순간 그렇게 말하는 그녀의 주위에 그쳐 가는 빗줄기의 잔재 사이로 뿌연 수중기와 미세한 안개 알갱이들이 모여 있는 것도 같았다. 웨이브가 강렬하면서도 고운 파마머리칼 사이사이에 실제 물안개라도 촘촘히 배어 있는 듯이 보였다.

"그냥 고모네 들르지 않고 집으로 곧장 가야겠어요."

나는 그때 그 순간만큼은 차를 몰고 내달리는 그녀를 보내며 정말 믿음직한 친구 하나가 생긴 거 같아 마음이 푸근했었다.

10. "이상하게 자극적인 묘한 도시예요."

이 도시에 와서 아슬아슬한 일을 여러 번 겪었다는 연하는 틈만 나면 그렇게 뇌까리며 투덜거렸다. 젊은 여자로서 그녀에게 다가온 도시의 이미지는 그렇듯 야릇해 보였던가 보다. 그렇다면 젊은 남자인 내게는?

그 무엇보다도 '주어진 상황'은 우리의 '본능'을 자극한다. 김동인의 단편소설『감자』를 가르칠 때마다 "주인공 복녀가 처한 환경이 그녀의 성격을 변모하게 만들었다"고 늘 역설하곤 했다. 어쨌든 그 시절 밤거리를 자주 헤매다시피 돌아다니게 되면서 나는 밤마다 날이 갈수록 더해져 가는 스스로의 변신을 순전히 이 수상한 도시에서의 '주어진 상황과 처한 환경' 탓으로 돌리고 싶어 했다. 그 시절 만약 자신이 대자연 속에서 살게 되었다면, 대자연을 노래하는 웅장한 서사시를 지었을 수도 있고, 시골 학교 교사로 계속 지내야 했다면, 소박한 전원과 농사일을 예찬하는 소설가가 되어 평화롭게 지냈을 거라고……. 그러나 훗날 나이가 더 들어서 비로소 바람난 여인의 그 바람기가 처한 환경 탓만이 아닌, 애초부터 스스로 내재되어 지니고 있던 본성과 본능 때문이었음을 처절하게 깨닫게 되었다고나 할까. 요부는 환경이 어떻든 상관없이 늘 요염함을 내포하고 있는 것이다. 아니 우리 모두는 아무리 정숙한 사람일지라도 어느 순간 요염해질 수 있는 '끼'를 숙명적으로 잉태하고 태어나는 것이리라. 어쨌든 그 시절 나는 밤거리를 운명적으로 헤매게 되면서 이것은 순전히 스스로가 놓인 환경 때문이라고 자위하곤 했다.

밤 11시에 수업이 끝나면 아이들을 보낸 후 정리하고 밖에 나오기까지 다시 20분 정도가 더 걸렸다. 늘 그 무렵이 하루 일과가 다하는 규칙적인 퇴근 시간이었다. 학원에서 신흥동 집까지는 여유 있는 걸음으로 15분가량 걸렸다. 문제는 집으로 오는 길을 다양하게 선택할 수 있다는 거였다. 중앙대로에 이어져 2차선으로 연결되어 있는 맨 바닥 라인은 밤에 지나기에는 너무 단조로웠으므로 가장 큰길임에도 점차 외면하게 되었다. 비탈진 골목의 비교적 아래쪽에 위치한 두 번째 라인도 밋밋하기는 마찬가지였다. 거기는 그야말로 꼭 지나가야 할 사람들만 이용하는 루트였다.

처음에 가장 많이 이용하던 길은 비탈길 중간에 위치한 세 번째 라인이었다. 비교적 폭도 넓었고, 무엇보다 길을 따라서 밤에도 상권이 형성되어 있어 와자한 것이 볼 거리가 많아 심심하지 않았다. 하지만 그 길도 자정을 넘으면 왕래가 뜸해지며 어두워졌기 때문에, 내가 점차 늦은 밤까지 쏘다니게 된 이후에는 잘 이용하지 않게 되었다. 밤길에 익숙해지고, 늦게까지 헤매게 되면서부터는 비탈길 네 번째 골목 라인도 건너고 맨 꼭대기의 정상 라인도 점차 넘어서게 되었다. 아니 아예 고개를 넘고 다시 올라가 종합시장 주변 골목을 헤매거나 급기야는 단대천의 개울길마저 건너 어딘지도 모르는 낯선 이방의 거리를 부작정 방황하게 되었던 것이다.

처음에는 도시 밤 문화에의 호기심과 잠이 오지 않는 시간에의 소일거리 정도에서 시작했지만, 그것은 점차 잠재해 있던 욕망을 건드려 나갔다. 또 욕망이 자극받을수록 아무 소득도 없이 거리에 머무는 시간이 길어져갔다. 결국 나중에는 그렇듯 종합시장과 단대천마저 건너고 또 돌고 돌아 건너다가 한참을 우회하여 간신히 지친 몸으로 집을 찾곤 하였던 것이다. 체질적으로 평생을 누구보다도 훨씬 잠이 적게 살았던 나는 더구나 그때 가장 젊었고, 아무리 힘들어도 늘 정상적인 일과를 영위하는 데는 아무 문제가 없었다. 거의 하루걸러 이틀에 한 번꼴로 집으로 곧장 오지 않고 밤거리를 쏘다니기 일쑤였다. 심지어 도시의 휘황하게 타오르는 불빛 속에서 산화되지 못한 욕망으로 시달릴 때는 삼사 일 연속으로 밤거리를 헤맨 적도 많았으니까.

그렇게 도시의 밤은 나를 점점 불량스런 호기심과 방황으로 끌어들였다. 아니 엄밀히 말하면 그것은 핑계일 뿐이다. 자신의 몸 속 깊숙이에 내재해 있어 언젠가는 드러나고야 말았을 숨길 수 없는 본능이라는 에너지가 스스로를 추락의 길로 빠트려갔을 것이었다. 그 길은 어쩌면 달콤하기까지 한 쾌락과 불륜의 늪마저도 감추고 있었으니까.

어느덧 밤거리는 나의 중요한 일상이 되다시피 했다. 심지어 문화의 일부가 되었다고 한다면 지나친 과장이요 적절치 못한 표현이겠지만! 그렇듯 고2 때 맨발로 눈 덮인 내동리를 걸으며 삶과 죽음의 긴 시를 썼던 소년은 이제 도시에 와서 본능이라는 슈트를 걸치고, 욕망이라는 덧신을 신은 채 아무 목적의식 없이 오직 벌개진 눈으로 밤마다 방황하는 청년으로 점차 전락해버리고 말았다.

11.  도시에 정식으로 와서 맨 처음 진한 섹스를 했던 기억은 3월이 다 가는 무렵의 토요일 밤이었다. 그날도 나는 밤거리를 무작정 쏘다니고 있었다. 자정을 한참 넘어 다소 피곤함을 느낄 무렵에 그 나이트클럽을 발견한 것은 종합시장 근처에서였다. 입구가 골목 사이에 있어 언뜻 작은 규모일 것 같았지만 겉보기와는 딴판이었다.

골목 사이 클럽의 입구 주변에는 반짝이 옷을 입거나 맥고모자를 쓰는 등 여러 명이 둘러서서 호객 행위를 하고 있었다. 내가 골목 안으로 방향을 잡고 그 앞을 지나가려 하자, 그중에 한 사내가 다가와 팔을 잡았다. 혼자라서 안 된다고 말하자 혼자이면 꼬시기에 더 좋지 않냐는 대답이 돌아왔다. 그는 최대한 나긋나긋한 애교 섞인 목소리로 잠시 놀다 가라고 채근했다. 앞의 입간판에 쓰여 있는 '기본 가격'이 그다지 부담스럽지 않았기에 잠시 망설이다가 못 이기는 척 따라 들어갔던 거였다.

홀의 규모는 생각보다도 훨씬 컸고, 무척 화려했다. 그 번쩍이는 사이키 조명의 숲 속에서 처음 받은 인상은 놀라움과 부러움이었다고나 할까. 스테이지 곳곳에는 화려한 차림의 남녀가 무리지어 춤에 열중하고 있었다. 남자들은 나름 개성과 멋을 부렸고, 여자들은 웨이브가 강한 짧은 파마와 강렬한 화장, 나시티나 민소매가 공통이었다. 원색이나 파스텔톤의 재킷 아래 어깨끈과 브라가 노골적으로 얇게 이어진 차림도 많이 보였다.

그중에도 가장 시선을 끌었던 것은 노랑머리 여자의 리드를 따라 이십여 명의 남녀가 두 줄로 도열해 서서 리듬에 맞춰 움직이는 군무였다. 워낙 흥겹고 일사불란하게 움직였으므로, 분위기가 달아오를수록 대열이 서서히 늘어갔다. 나도 내심 그 흥겨움에 동참하고 싶었지만, 춤 동작에 맞출 자신도 없었고, 무엇보다혼자 있으니 모든 게 어색하기만 했다.

애초에 맥고모자 사내가 내 손을 이끌어 스테이지 근처에 앉혔기에 그들의 신나는 군무를 유심히 볼 수 있었다. 여자들은 대부분 십 대나 이십 대로 보였다. 그중에도 십 대 후반이나 이십 대초반이 많았다. 당시만 해도 웨이터가 여자들의 손을 잡아 이끄는 부킹 문화가 없었기 때문에 나는 그렇게 혼자 관람만 하고 있어야 했다.

그러던 중에 갑자기 주위가 소란스러워지며 대여섯 명의 사내가 뒤엉켜 패싸움이 벌어졌다. 상당 시간 주먹질이 오가며 이어진 남자들의 고함 소리와 여자들의 비명 소리는 스테이지를 아수

라장으로 만들었다. 결국 그 소동은 나를 스테이지로부터 멀어지게 했다. 나는 그 참에 아예 사람들의 시선을 느낄 수 없는 맨 구석자리쯤으로 피신해 버렸다. 웨이터는 자리를 잘 옮겨주었다. 그러고는 혼자서 맥주를 글라스에 따라 연속 마시고 있었다.

그녀들을 발견한 것은 홀안에 평정이 찾아오고, 노랑머리네의 군무가 다시 시작된 얼마 후였다. 바로 옆 테이블에 있던 두 여자 중 하나가 내 얼굴을 손가락으로 빤히 가리킨 채 옆 친구의 등을 마구 두드리며 폭소를 터뜨렸던 것이다. 서로 눈이 스칠 무렵쯤 내가 약간 입을 벌리고 미소 지었던 것이 화근이었다.

"미안해요. 이빨 사이에 피가 흐르고 있어서 그만…….."

그녀는 의아해 하는 내게 얼굴을 들이밀고 그렇게 크게 외쳤다. 검지 끝을 내 입 쪽으로 가까이 하며 입 아래 부분을 가리켰다. 아, 원래 제가 아래 어금니 옆이 약해요. 좀 피곤하거나 하면 피가 나오네요……. 사이키 음악과 소란한 실내음 때문에 나도 크게 말해야 했다. 하하. 아까 애인하고 한탕 뛰고 오셨나 봐요. 아뇨. 애인이 없어서. 혼자 오셨나요?

그렇게 외치며 대화하다 결국 우리는 합석하기로 했다.


12.  우리 셋은 한 시간 남짓 춤을 추고 놀았다. 그녀들은 주변에서 아무리 남자들이 끼어들려 해도 자꾸 피해가며 셋만의 리듬타기를 즐겨 나갔다. 그 점이 무척 마음에 들었다. 키가 크고 긴

파마머리를 한 노랑 재킷의 여자는 굽이 작은 살구색 구두를 신고 있었다. 키가 작고 짧은 파마를 한 핑크색 원피스의 여자는 굽이 몹시 높고 발목까지 덮는 파랑색 샌들을 신은 채였다. 다른 데에 비해 클럽이 특이했던 것은 블루스 타임이 중간에 거의 없었다는 거였다. 아마도 이 지역과 모인 남녀들의 취향에 맞춘 것이었으리라. 그래도 긴 시간에 한 번 블루스 타임이 돌아왔고, 그녀들은 번갈아 가며 나랑 스테이지에 나가주었다. 블루스를 추는 커플은 극히 소수였다. 아마 그들이 아니었다면 나는 아무 춤이든 한 번도 추지 못한 채 부럽게 구경만 하다가 나섰을 터였다.

두 시가 넘어가면서 우리는 클럽을 나와 근처 생맥주집으로 자리를 옮겼다. 500cc 생맥주를 각각 두세 잔씩 마시며 나는 그들이 이 도시의 병원에 다니는 간호사임을 알게 되었다. 둘 다 스물다섯으로 나보다는 한 살이 많았다. 애인이 없다는 '키 큰 여자'는 이목구비가 시원시원하고 정이 많은 성격이었다. 아마 애초부터 미팅 자리 같은 데서 만났더라면 필경 그녀를 선택했을 거였다. 그런데 이상하게 그날 나를 시종 미혹시켰던 것은 결혼을 염두에 두고 만나는 애인이 있다는 '작은 여자'였다. 애초에 내 잇몸에 흐르는 피를 발견하고 손길을 내밀었던 것이 그녀였기 때문이었는지도 몰랐다. 눈이 큰 그녀는 시종 은근한 추파를 던지다시피 했다. 특히 친구가 잠시 화장실에 갔을 때에는 노골적으로 내 양손을 마주잡고 어깨춤을 추면서 윙크를 했다.

같은 방에서 자취한다는 그녀들은 한 달에 두 번 정도씩 이렇게 나이트에서 논다고 했다. 문제는 집주인 여자가 밤 열한 시가 되면 대문을 걸어 잠그기 때문에 몇 번 충돌이 있었고, 그래서 나이트에 오는 날이면 아예 인근 여관에 방을 잡게 되었다는 거였다.

"우리 여관에 가서 더 마시며 놀아요."

'작은 여자'가 제안하자, '큰 여자'도 좋아했다. 우리는 생맥주집을 나와 소주 몇 병과 간단한 안주 거리를 사서 근처 여관으로 갔다. 시간은 이미 세 시가 넘어 있었다. 여주인은 단골이라는 그녀들을 보자 몹시 반겨주었다.

그날 우리는 네 시가 되어 거의 새벽이 올 때까지 한 시간가량 더 소주를 마셨다. 연이어 마신 맥주 뒤에 쏟아부은 소주는 그녀들을 몹시 취하게 했다. 특히 '큰 여자'는 네 시가 가까워지면서는 거의 인사불성이 되다시피 했다. '작은 여자'는 어쩌면 스스로 조절해가며 자각 능력 안에서만 마시는지도 몰랐다. 원래 아무리 마셔도 잘 취하지 않는 나는 그날만은 마실수록 더 정신이 또렷해지는 기분이었다.

"어때. 청춘 남녀끼리. 한잠 즐기고 가."

중간에 잠시 초대되어 소주를 두어 잔 마시던 여관 여주인은 '작은 여자'와 나의 주고받는 시선이 심상치 않음을 눈치챘는지, '큰 여자'가 잠시 화장실에 갔을 때 우리 둘을 보며 두 눈을 찡긋거렸다. 마침내 여주인이 나가고 '큰 여자'가 세 번째로 화장실에 갔을 때, 우리는 진한 키스를 시작했다. 그녀는 생각보다 기다란 혀로 내 입안을 구석구석 달콤하게 핥아주었다.

"니들 나 없을 때 무슨 짓거리 했지!"

비틀거리며 들어온 '큰 여자'가 만취 상태에서 언성이 높아지자, 주인이 급히 들어와 달래며 데리고 나가버렸다. 여관에서 술이 들어갈수록 그녀는 우리가 주고받는 은근한 시선을 눈치챈 듯 신경질적으로 변해가던 터였다. 장애물이 사라진 듯한 기쁨의 눈길을 우리는 주고받았던 것 같았다. 잠시 후 문을 빼꼼 연 것은 주인이었다. 자, 내방에서 재워 놓았으니까 맘 편하게들 즐기라고! 그 말은 우리의 조심스럽던 마음을 아예 무장해제시켜버렸다.


13. 그녀는 절대 서두르지 않았다. 오히려 처음부터 아주 섬세하게 즐겨나가려 했다. 네 시쯤 가벼운 실갱이부터 시작해서 아주 서서히 받아들여 나갔기에 다섯 시가 다 되어서야 그 내밀한 지점을 간신히 열 수 있었을 정도였으니까.

처음부터 핑크빛 원피스를 열어젖히려던 나의 야심은 그녀의 단호한 뿌리침 때문에 실패해버렸다. 겨우겨우 기회를 엿보다가 물방울무늬 팬티를 벗기려던 몇 번의 시도도 완강한 거부의 손길과 몸부림 때문에 연속 무위로 돌아가곤 했다. 대신 낙심한 내 목을 넌지시 끌어안으며 부드럽게 입술을 열어가는 그녀를 보며 나는 그녀가 서두름보다는 완만한 유희를 즐기고자 함을 알아차렸다. 결국 그녀의 원대로 해나가는 것이 어쩔 수 없는 최선의 방법이었다.

내 뺨을 자신의 뺨에 마주 대자 그녀는 좋아하기 시작했다. 그러고는 서서히 비벼나가자 비로소 미소 짓는 입언저리가 보였다. 마침내 얼굴을 세우고 나의 코끝으로 그녀의 코 전체 부위를 차례로 하나씩 부벼나가자, 까르르 웃음을 터뜨리기 시작했다. 그렇게 한참의 얼굴과 손바닥, 발바닥까지의 마찰을 즐긴 후에야 비로소 가슴 애무를 허락해나갔다.

내가 양쪽 엄지발톱 끝으로 자신의 양쪽 발바닥을 살짝살짝 긁어줄 때마다 그녀는 움찔거리기 시작했다. 간지러워요……. 그 상태에서 두 젖가슴을 움켜쥘 때마다 아아 소리를 내기 시작했다. 마침내 오래도록 열지 못하게 했던 원피스의 지퍼를 비로소 풀게 허락한 것도 그 즈음이었다. 브래지어 밑으로 감추어진 젖가슴 속으로 그제서야 손가락들을 집어넣는 것이 허락되었다. 가슴의 따뜻한 온기는 그대로 포근한 감촉과 자극으로 전해져 내 신경 세포를 더 들뜨게 했다. 그러나 아직도 원피스를 벗길 수는 없었다. 결국 이미 충분히 달아오른 내가 먼저 바지를 벗었다. 하지만 그때도 그녀가 내 팬티를 꽉 붙잡으며 벗는 것을 말렸기에 팬티는 그냥 입은 채로 엉거주춤 있어야만 했다. 대신 그녀의 다른 쪽 손길을 이끌어 조심스럽게 내 뻣뻣히 고개를 쳐든 왕권을 쥐어주었다. 순간 그녀는 소스라지며 그것을 몇 번 세게 움켜쥐었다. 그 행위는 이미 달아 오른 나를 극도로 흥분시켰다. 나는 이제 제어할 수 없게 된 욕정으로 그녀를 어떻게든 열고 싶었다. 그래도 워낙 저항이 거셌기 때문에 다른 방법을 찾아야 했다.

결국 나 역시 팬티를 입은 채로 그녀의 팬티 위에서 거칠게 피스톤 운동을 시작했던 것이다. 점점 세차고 빠르게 해나가면서도 귀두 끝이 그녀의 음핵 끝을 반드시 스쳐 지나가도록 매번 조절해가면서……. 마침내 내 숨결이 거세질수록 그녀도 훅훅 가쁜 숨결을 토해냈다. 결국 그녀의 방어 전선이 약해졌고, 그 틈을 타서 나는 팬티를 벗을 수 있었다. 비록 그녀의 팬티 위에서였지만, 맨 살갗이 드러난 심벌로 연이어 해대는 마찰은 쾌감을 무척 고조시켜나갔다. 그렇지만 그 상태에서 모든 걸 끝내서는 절대 안 되었기에 나는 절정에 이르게 되면 마지막 폭발의 순간 직전에 멈추기를 수십 번이나 반복해야 했다. 드디어 그녀가 거칠어진 숨으로 온몸을 뒤틀고 양발을 오므리며 격한 비명을 토해내면서 오르가슴에 오른 신호를 보내오며 벗어나려 몸부림쳤지만, 나는 일부러 그 자세에서 떨어지지 않은 채 계속 빠르게 움직여 나갔다.

그렇게 한 시간가량이 흘러 다섯 시쯤 해서야 비로소 그녀의 원피스와 브래지어와 팬티를 모두 벗기는 것이 허락되었다. 그렇지만 그때도 당장 그녀로의 진입이 허용되지는 않았던 것이다. 오랜 시간에 걸친 양쪽 유두의 애무 후에 마침내 내가 아래로 내려가 꽃봉오리를 핥아나가기 시작했을 때, 그녀는 더 이상 견딜 수 없다는 듯 내 머리칼을 거세게 움켜쥐며 비명을 지르기 시작했다. 그럴수록 나의 혀놀림은 더 자극적으로 변해갔고, 그녀는 결국 양 손으로 내 머리칼의 양쪽을 한 무더기씩 거세게 움켜쥐며 밀어내려는 듯한 몸부림을 연거푸 쳐댔다. 입주변을 타고 많은 애액이 오래도록 넘쳐흘렀기 때문에 결국 나는 그녀의 고샅 쪽에서 고개를 들고 나와야 했다.

드디어 자신의 음문을 열고 내 심벌이 들어갔을 때, 그녀는 거센 숨을 한 번 후욱 들이쉬었다. 그러고 나서도 그녀는 점차 빨라져가려는 나의 동작을 자꾸만 제어해나갔다. 결국 나는 그 자세에서 그녀의 리드에 이끌려 처음에는 아주 느린 속도에서부터 시작해야 했다. 그날 우리는 그렇듯 오직 한 가지 자세로만 한 시간 가까이를 탐닉해나갔다. 처음에는 그녀가 나를 통제해나갔고, 나중에 한껏 고조되어 절정에 오르려 할 때부터는 내 스스로가 쾌락의 시간을 최대한 연장하기 위해 제어해나가야 했던 것이다. 느림과 빨라짐과 절정과 휴지기를 수없이 반복하며 그날 밤 우리는 완벽한 합일을 이루어내었다고나 할까. 결국 후반부에 갈수록 땀이 비오듯 하고 뚝뚝 떨어져 그녀의 젖가슴을 타고 수없이 흘러내렸다. 나중에는 절도 있게 퍽퍽 하는 규칙적인 소리가 어둠을 타고 방 안 가득 오래도록 계속 퍼져나갔다. 그녀는 사이사이 여러 번 절정에 오른 듯한 신음을 온몸으로 보내곤 했다.

그렇게 여섯 시가 넘어가며 어둠과 새벽 기운마저 물러가고 아침이 찾아올 때까지 우리는 서로를 마음껏 탐닉해나갔다. 두 시간 반 가까운 부대낌이 있고 나서야 비로소 모든 욕망을 떨치고 후련해진 나는 그녀를 두고 여관을 나섰다.

14. 그날 이후로 우리는 세 번을 더 만났다. 일주일에 한 번꼴로 은밀히 만날 때마다 우리는 간단한 식사를 하거나 술을 몇 잔 마신 후에 바로 여관으로 향하곤 했다. 그녀는 처음처럼 오랜 시간에 걸친, 밀고 당기는 유희를 요구하지는 않았지만 그래도 전희와 애무를 상당 시간 해주기를 원했다. 대신 반드시 한 번으로 끝나지 않고, 내가 일정한 휴식 시간 후에 두 번씩 사정하도록 유도했다. 마지막 만남에서는 아침에 일어나서까지 모두 세 번을 사정해야 했다.

사월 중순이 지나갈 무렵 또 한 번의 만남을 위해 병원에 전화했을 때, 그녀가 강원도 원주의 다른 병원으로 옮겼음을 알게 되었고, 그 사실은 나를 몹시 실망시켰다. 나는 한동안 허탈감에 빠져 어떻게 할까 생각해보았다. 그러나 이미 한계는 명백했다. 그녀는 애인이 있었고, 그렇다고 내가 진지하게 만나는 것이 아니란 것을 알고 있었던 것이다. 그녀의 친구인 '키 큰 여자'를 떠올리며 대신 만날까 하는 생각도 솔직히 잠시 스쳐 지나가긴 했다. 그러나 친구가 아는 것을 원하지 않았기에 그녀가 늘 비밀로 해달라 했었고, 무엇보다 도리가 아니라는 생각에 이내 그만두었다.

밤거리를 쏘다니는 버릇은 그녀와의 짧았던 만남과는 무관하게 사월 내내도 계속 되었다. 사실 그녀를 일주일에 한 번 만나면서도 그 사이사이에 거리를 방황하는 것은 어쩔 수 없었다. 그것은 이미 도시 생활에서 변치 않는 일상이 되었다고나 할까.

그렇게 그녀들과 멀어지며 잠시 온화했던 사월이 흘러갔다. 집에서 학원까지 가는 길 사이에 간간이 서서 한껏 자태를 뽐내던 벚꽃의 꽃잎이 하나씩 떨어져 나갔다.

15. 4월의 첫날 재수생반에서 오래도록 기억에 남을 그 수업이 있었다. 그 도전은 고득점자들도 모두 나를 인정해주는 계기가 되었다. 학원에 온 지 정확히 20일째 되는 날이었다.

그날 나는 작심하고 입시반의 준비를 완벽하게 했다. 모든 국어 수업 중에 가장 어렵다는 '훈민정음 어지'를 세부적인 문법까지 몽땅 암기해서는 빈손으로 들어가버린 거였다. 일부러 교재도 없이 들어가 "나랏말ㅆ미 듕귁에 달아"부터 시작하여 각 구절들을 써 놓고, 고전 문법의 기초부터 최고 수준까지 하나씩 칠판에 완성해나가자, 여기저기서 탄성이 쏟아졌다. 결국 수업 후반부에는 격렬한 박수를 받아야 했다.

"이제 샘 어디 가셔도, 아니 서울에 가도 살아남으시겠네요."

그날 수업이 끝나자 친하게 지내던 고득점자들이 주위를 감싸며 그렇게 말해주었다. 그때 나는 커다란 만족감을 느꼈다. 사실 인문계 고교가 아닌 상고 출신이었던 나로서는 그런 고전 문법이 있다는 것도 가르치며 처음 알게 된 터라 어려움이 많았었다. 그렇지만 하루에 열한 시간씩 정신없이 펼쳐지며 이어지는 이십 일간의 각기 다른 교과 과정은 정말 짧은 시간에 내 교육 역량을 극대화시켜주었다.

그 모습을 지켜보던 연하는 물개 박수를 몇 번 쳐주는 척하며 농담을 건넸다.

"하여간 우리 국어 샘은 설령 사막에 내던져 놔도 살아남을 거 같은 끈질긴 남자라니까."

그래도 그녀의 말씨에는 진정 기뻐해주는 기운이 역력했다. 아무튼 그 성공은 나에게 더할 수 없는 자신감을 주었다. 또한 그때쯤부터는 주간반과 야간반의 진도를 맞추어 진행하는 요령까지 생겼다. 방법은 야간반에서 사이사이 중요한 파트 먼저 하고, 나머지는 나중에 몰아서 하겠다는 편법을 쓰는 것이었다. 그 바람에 하루에 열 개 반의 교재 연구가 다섯 개 반 남짓으로 줄어들었다. 거기에다 검정고시반이나 입시반, 공무원반에서 각각 한 번씩이라도 진행한 수업은 새로 섬세하게 연구하지 않아도 되었으므로 훨씬 수월해져갔다. 물론 그렇다 해도 나중에는 다른 교재나 문제집으로 바뀌어가면서 늘 새로운 과정으로 심화되긴 했지만, 그래도 날이 갈수록 한결 익숙해지는 편이었다.

교재나 강의에의 적응과 함께, 동생과 나는 학원 생활에도 점차 적응해갔다. 문제는 수미와 같이 학원에 오가거나 저녁을 같이 먹으러 가다가 점차 아이들의 눈에 띄게 되는 횟수가 늘어난다는 거였다. 결국 학원에 온 지 한 달가량 지날 즈음에 우리가 남매임을 공식적으로 밝히자 모든 의문은 자연스럽게 해소되었다.

"내가 오빠의 열혈 팬인 줄 알고 무척 얄미웠대."

수미는 그렇게 새로 사귄 반 친구들의 소식을 전해주었다. 모두 알게 된 후부터는 아예 수미가, 8월반으로 오빠의 종례 시간 전후해서 용돈을 받거나 같이 가기 위해 자주 들락거렸고, 그 바람에 연숙이나 은정이와도 가까워져버렸다. 특히 열여섯 살 은정이는 입시반으로도 자주 놀러가 언니인 열아홉 살 수미와 잠깐 얘기하다 오곤 했다. 그런 점에서 보면 같은 동갑내기인 연숙이와 수미는 친하면서도 어딘가 거리감이 엿보이긴 했다. 그 사실도 연숙이가 은정이를 다소 시샘하는 이유 중 하나가 된 것 같았다. 수미가 교무실에도 더 자주 자연스럽게 들락거리게 되면서 연하와도 얘기 나누는 기회가 많아졌다. 그녀는 동생에게 전보다 더 각별히 신경 써주는 눈치였다. 다만 나는 수미에게 그 이후로도 둘 사이에 대해 한 번도 말하지는 않았다.


16. "정말 죽을 맛이에요."

월말반 뇌년 연하는 근 열흘 가까이 그 말들을 아예 입에 달고 살다시피 했다. 그 무렵의 교무 회의가 끝나면 남들이 듣지 못할 정도의 세기로 내 곁에 대고 언제나 "밥맛이죠?"라거나 "여기서 도망치고 싶어요" 하는 말을 툭툭 던졌으니까.

처음 맡아보는 담임은 비록 학원이었지만 많은 활력을 주긴 했다. 아이들도 미안스러울 정도로 "우리 담임 샘" 하고 따르면서 매 시간 음료수를 꼭 교탁 위에 놓아주었다. 수업 중간중간에는 칠판 닦기와 지우개 털기까지 고마울 정도로 모두 챙겨주곤 했다. 가끔씩 같이 남아서 환경미화라도 하는 날에는 어쩔 수 없이 내가 간식거리를 사줄 때도 있었지만, 대부분은 그들이 일방적으로 베풀어주는 것을 받는 입장이었으니까.

그런데 담임을 맡고서 가장 싫었던 것은 매달 하순 교무 회의 때마다 집중적으로 가해지는 '회비 납부 체크 및 재촉'이었다. 물론 당시 어느 학교든 마찬가지였겠지만, 그래도 학원이라는 곳에서, 그것도 검정고시반을 맡은 입장에서 그 시간들만큼은 견디기 힘들 지경이었다. 입시반이나 공무원 반 학생들도 회비를 제때 내지 못하거나 밀리는 경우가 많았지만, 검정고시반은 그 정도가 유독 심했다. 야간 재수생반에 다니는 직장인들도 대부분 변변치 못한 소속인 경우가 많았다. 당시 이 도시에서 가장 좋다고 평가 받는 회사가 「모토롤라」 공장이었다. 야간반은 6시 50분에 시작해도 한두 시간 지각하는 경우가 많았는데, 어쩌다 지각생이 「모토롤라」에 다닌다는 것이 밝혀지기라도 하면,

"와~~" 하는 탄성이 교실에 가득 울려 퍼질 정도였다.

사실 당시 이 도시에 있는 동안 나는 목격하거나 전해들은 불행한 사연과 어두운 뒷이야기들이 많이 있다. 그러나 이제부터는 그런 쪽에 초점을 맞추고 싶지 않다. 이 이야기에서 의도적으로 그것들은 밝히지 않으려 한다. 그것은 쓰기에는 너무 어둡고 가난하고 우울하여 지금 전개되는 이야기와는 분위기상 맞지 않기 때문이라는 순전히 이기적인 이유 때문이다. 아니 자칫하면 그 가슴 아픈 사연들이 글로 옮겨지는 순간 절실함은 사라지고 진부하고 뻔한 스토리로 여겨져 전혀 감동을 주기보다 식상함으로 전락할까 우려되기 때문이기도 하다.

그럼에도 아이들 대부분은 겉보기에 무척 밝았고, 생각보다도 현명하면서 재치 있었다. 한 번은 그들의 뛰어난 감각이 집단적으로 나를 놀래켜준 적이 있었다. 8월반의 중간고사 때였다. 재수생반이야 전국적으로 행해지는 모의고사를 다 같이 응시했기 때문에 강사들은 시험 당일 관리 감독만 하면 되었다. 그렇지만 검정고시반은 자체 출제였기 때문에 우리가 문제를 내고 채점까지 도맡아야 했다. 그 과정에서 문제지의 문제들을 따오거나 오려 붙이는 것도 많았지만, 상당수는 공정한 실력 평가를 위해 머리를 쥐어짜내 직접 문제를 만들어야 했다. 그러다 보니 채점 기준도 다소 자의적이 될 때도 있었다.

한 번은 내가 객관식 문제 뒤에 맨 마지막 빈 칸에 '보너스 문

제 — 사랑에 대한 정의를 내리시오(최고 보너스 점수 15점)'라고
쓴 적이 있었다. 별 기대를 하지 않고 시험 중에 잠시 휴식도 줄
겸, 장난삼아 낸 거였는데 너무도 진지하고 기발한 아이들의 답
안은 충격적이었다. 그래서 기발한 답안마다 그렇게 점수를 주었다.


- 그런즉 믿음, 소망, 사랑 이 세 가지는 항상 있을 것인데, 그
  중에 으뜸은 사랑이라(고린도전서 13장 13절) — 13점.
- 안 해봐서 모르겠음. 선생님께 되묻는다면요? — 14점(나는
  하도 많이 해서 뭐가 뭔지 모르겠음).
- 국어 선생님이 나에게 15점을 더 주는 것 — 15점.
- 사랑은 절대 명사가 아니다. 무언가 형용할 수 없는 이상한
  것. 고로 형용사이다 — 15점.
- ㅅ + ㅏ + ㄹ + ㅏ + ㅇ — 15점.
- 자기 자신을 아끼는 것 — 15점.
- 웽징 몽릉청 항명성 떵껑갱 궁능 겡 상랑잉양 — 15점.
- ① 서로를 위하는 것. ② 인간의 그리움 — 15점.
- 서로의 눈빛 속에서 행복을 느끼는 것 — 15점.
- 만물을 선하게 볼 수 있는 가장 아름다운 세계 = 나만의 창
  — 15점.
- 기다림 같아요 — 15점.

당시 그 기발한 답안들이 아까워 노트에 적어두었는데, 세월이 흘러 이제는 빛바랜 구절들을 이따금 다시 꺼내 볼 때면 지금도 저절로 감탄이 나오곤 한다. 답안지를 돌려주고 채점 결과를 발표하며 친구들의 사랑에 대한 정의를 읽어갈 때마다 아이들은 박수치며 환호했다.

"그런데 기분 나쁜 답안이 두 개 있었어요. 하나는 연숙이 거고 하나는 은정이 거야. 샘이 분명 사랑에 대한 정의를 내리라고 문제의 조건을 걸었는데도 이 두 사람은 그 조건을 어기고 이렇게 썼어요. 연숙이는 '모든 언어로 표현할 수 있는 그 이상의 것'이라고 말이지. 근데 은정이는 더 심해. 감히 건방지게 '정의를 내릴 수 없는 것'이라고 썼거든. 이게 말이 돼? 샘의 조건에 정면으로 대들며 도도하게 반발하는 거지."

그러자 두 아이의 표정이 굳어졌고, 다른 아이들은 폭소를 터뜨렸다. 누군가 "빵점 줬나 봐" 하는 소리가 들렸다.

"그래서 몹시 기분 나빠서, 되바라진 연숙이는 16점을 줬고, 더 건방진 은정이는 17점을 주었어요."

순간 아이들은 야유를 보냈다. 은정이는 시험지를 돌려받으며 그제서야 미소 지었다. 연숙이는 웃으면서도 어딘지 찝찝한 표정이었다. 샘. 기준이 뭔가요. 너무 편애하시는 것 아닌가요 하고 아이들이 따졌고, 나는 "샘의 어리석은 치기를 한방 보기 좋게 먹인 기발함을 높이 평가해서"라고 답해주었다. 샘을 능가하는 답안이잖아. 어차피 입시 같은 평가와는 무관한 우리끼리만의 시험이었으므로 그런 일탈도 좋은 추억이 되긴 했다.

사실 은정이는 열여섯 앳된 소녀답지 않은 단호함과 야멸찬 개성도 지니고 있었다. 주변에서 몰아세우거나 분위기를 조여오는 상황이라도 생길라치면 코너에 몰린 듯하다가도 항상 결정적인 순간에 책상을 탕 치고 일어서며 할 말은 다 속 시원히 하고야 마는 그런 성격이었다. 그래도 대부분의 경우 어지간해서는 속으로만 삼키며 인내하곤 했다. 한 번은 내 수업 중에 주변에서 은정이에게 노래를 부르라고 몰아가는 상황이 벌어졌는데, 끝내 안 하려는 듯 거부하다 마침내 책상을 탕 치고 일어서서는 보란 듯이 아예 2절 끝까지 다 불러버렸다. 〈내게 사랑은 너무 써〉 하는 그 노래는 소녀의 얼굴만큼이나 청아하고 아름답게 그날 교실 가득 잔잔하게 울려 퍼졌다. 그 애와 뜻하지 않은 이별을 하게 된 이후에도 나는 가끔씩 그 노래를 즐겨들었으니까.

그렇게 우리끼리는 스스럼없이 지냈지만, 월말이 되면 늘 반복되는 「회비 재촉 교무 회의」는 실로 괴로운 일상의 단면이었다. 그래야 월급도 제대로 받을 자격이 있는 것 아니냐는 원장의 말에는 심한 거부감이 들곤 했다. 주간과 야간의 '4월반' 담임을 맡고 있던 연하는 그럴 때마다 나보다도 몇 배 더 심한 스트레스를 받는 눈치였다.

17. 군자가 학원으로 전화를 걸어 나를 초대한 것은 사월 하순으로 접어든 즈음이었다. 수미와는 꾸준히 연락이 이어지던 군자는 서울 친척집에서 이대에 다닌다고 했다. 수업이 없던 일요일 정오에 나는 학교 정문 앞에서 군자를 만났다.

지금은 홍대 앞으로 트렌드가 바뀌었지만, 당시는 대학들이 몰려 있는 신촌과 그중에서도 이대 앞길이 가장 핫한 장소였다. 내가 정문 앞 주변 도로 위를 쏘다니며 수많은 옷가게와 미용실, 카페, 음식점, 책방 등을 눈요기하느라 정신이 팔린 사이에 어디선가 "오빠"하고 크게 외치는 소리가 들렸다.

돌아보니 어느 틈에 다리 건너 정문 바로 앞에서 군자가 손을 흔들며 환하게 웃고 있었다. 아직도 짧은 생머리에 자줏빛 원피스를 상큼하게 입고 있었다. 다만 여고 시절과 차이가 있다면 단발머리끝을 말아 올린 정도였다고나 할까. 어깨에는 작은 백을 메고 있었고, 한 손에는 파일이 들려진 영락없는 신입생 차림이었다. 내가 다가가자, 군자는 성큼 다가와 팔짱을 끼며 시종 달라붙어 즐거워했다.

"나 대학 학보사 기자가 됐어. 오빠"

봄날의 휴일 여대 캠퍼스는 몹시 화창했다. 파란 하늘과 고풍스런 건물들, 온갖 나무, 풀, 꽃들이 서정적으로 조화를 이룬 풍경이었다. 사이사이 놓여진 벤치 위에 평화롭게 앉아 담소하거나 책을 읽는 여대생들의 모습도 보였다. 그 속에서 나도 한껏 고양

되는 기분이었다.

　교문을 지나 군자는 나를 바로 앞에 펼쳐진 언덕길 쪽으로 유도했다. 좌우가 잘 다듬어진 키 작은 정원수로 이어진 고개를 오르는 내내 무슨 말인가 하고 싶어 못 견디겠다는 듯 빙그레 웃곤했다. 그러다가 언덕 중간쯤에 오르자 대뜸 그렇게 물었다.

　"오빠. 우리가 지금 뭐 하고 있게?"

　장난기를 가득 담은 채 넌지시 바라보는 그녀에게 나는 원하는 답이 무얼까 생각하다가 답하곤 했다. 데이트. 노. 친구 오빠와의 만남. 아니. 음……, 그럼 혹시 연애? 천만에. 아……, 맞다. 친목 도모. 아니야. 설마…… 사랑? 꿈깨셔.

　그럼 뭔데 하고 내가 다그치자, 군자는 그렇게 말하고 웃음을 터뜨렸다.

　"이대올르기야."

　뭐라구? 이대올르기 하는 거라구. 지금 이대를 향해 올라가잖아. 어이없어 하는 나를 보며 그녀는 다시 까르르 웃고 박수를 치면서 좋아했다. 선배들이 알려줬거든. 대대로 내려오는 유머래. 하하하.

　교정 여기저기에는 벚꽃과 철쭉과 목련들이 가득 피어 있었다. 그중에서도 인상 깊었던 것은 채플예배수업을 듣는다는 대강당 앞에 활짝 핀 커다란 자목련이었다. 교정 사이사이에는 백목련들도 있었지만, 그날 자목련은 옆에 서 있던 군자의 자줏빛 원피스와 겹쳐져서 오래도록 내 뇌리에 담겨졌다. 그 후로 매년 봄마다 흘러나오는 "하얀 목련이 필 때면~~"하는 노래를 들을라치면, 속으로 "붉은 목련이 필 때면 다시 생각나는 사람~~"하고 바꿔 부르면서.

한 시간 남짓 캠퍼스 곳곳을 구경하다가 우리는 잔디밭이 시원스럽게 펼쳐진 '이화 동산'이라는 동산이 보이는 벤치에 한동안 머물렀다. 군자는 내가 학원 수업 때문에 피곤할 거라며 자신의 무릎을 내주었고, 나는 잠시나마 그녀의 무릎을 베고 맑은 하늘을 볼 수 있었다. 하지만 얼마 뒤 여학생 서넛이 다가오자 주위 시선을 의식한 그녀의 몸조심 때문에 일어나 앉아 있어야 했다.

우리는 두 시쯤에 교정을 나섰다. 그녀는 자신이 발견한 최고의 냉면집이라는 곳에 데려가 물냉면을 주문했다. 그렇지만 내 입맛에는 별로였기에 "어때. 맛있지?"하는 질문에 건성으로 끄덕여줘야 했다. 곧바로 눈치챈 군자는 "내 입맛만 그런가?"하며 다소 실망한 눈치였다. 줄지어선 노점상들을 같이 쇼핑하면서 받고 싶은 것을 뭐든 말해보라 했을 때, 그녀가 고른 것은 방울로 된 머리끈과 머리핀 몇 개 정도였다.

"넌 원래 크고 화려한 것을 좋아하잖아."

"오빠가 아직은 그럴 테니까 나중에 돈 벌면 좋은 거 사줘."

대신 나는 그녀를 데리고 근처 괜찮은 카페로 갔다. 거기서 군자는 들고 있던 파일을 열어 스크랩해둔, 자신의 사진이 실린 신문 기사 두 장을 보여주었다. 하나는 자신이 기자로 있는 대학 신문의 신입생 방담에 같은 대학의 여러 명과 토론하는 기사였다. 다른 하나는 유명 중앙 일간지에 각 학교 신입생 대표 세 명이 나와 자신들의 포부를 밝히는 인터뷰였다. 이야. 출세했네. 역시! 신문 속에서 군자는 양 볼에 특유의 보조개가 깊게 파인 채 웃고 있었다.

18. 신문들에 실린 자신의 사진을 보며 대견해 하는 내 눈빛이 신경 쓰였는지 그녀는 머쓱한 듯 두 눈을 찡긋거렸다. 전날의 감성덩어리 소녀가 이제는 대학생이 되어 다시 눈앞에 나타나 있는 것이다! 내가 불현듯 일어나 자신의 옆자리에 앉자 군자는 눈을 동그랗게 뜨곤 물었다. 왜? 잠시 후 어깨를 감싸 안으며 다른 손으로 머리칼을 쓸어주자 그녀는 겸연쩍은 듯한 미소를 지었다.

"그날 밤 이후 반 년 만에 이렇게 어엿한 숙녀가 됐네."

그리고 우리는 달콤한 키스를 했다. 그 키스는 정말 따뜻하면서도 황홀했다. 그날 우리는 카페 안 주변 사람들을 의식하지 않은 채 마음껏 입 맞추었다. 얼마 후 정신을 차려 수습한 후에는 둘 다 비후가스를 주문해 식사를 마쳤다.

"근데 나 궁금한 게 하나 있어."

간단한 아이스크림 위주로 된 후식까지 다 먹고 나서 갑자기 생각난 듯 군자가 물었던 거였다. 뭔데?

"오빠 이젠 깜씨 언니 안 만나? 졸업한 후에 말이야."

"응."

"연락도?"

"안 해봤어. 온 적도 없고."

"그래도 자주 생각은 나겠다. 많이 보고 싶지?"

"아니. 전혀."

"정말?"

"이젠 아예 다 잊었는걸. 얼굴도 기억이 안 나네."

"하나도?"

"전혀!"

그러자 군자는 갑자기 슬픈 표정을 지었다.

"왜?"

"어떻게 그럴 수가 있어. 말도 안 돼. 누구보다 오빠가 열렬히 사랑했잖아."

"사랑이, 아니 인생이 다 그런 거지 뭐. 한때는 몰두해 있다가 그 시기가 지나면 잊게 되는 그런 거!"

그 말에 그녀는 더 충격을 받은 듯 아예 멍 하니 몽롱한 시선으로 바라보았다.

"거짓말 하지 마. 나조차도 언니가 선명하게 떠오르는걸. 두 번밖에 안 봤지만. 더구나 졸업식 때는 내가 일부러, 오빠랑 헤어졌다니까 얄미워져서 눈길도 마주치기 싫긴 했지만! 그래도 언니는 예뻤는데……. 처음에는 오빠랑 영원할 것 같은 기분이 들었고……. 무엇보다 언니를 바라보는 오빠의 시선이, 그 눈이 너무 그윽해서, 또 뜨거워서 그렇게 샘이 날 수가 없었는데……."

"난 정말 다 잊었어."

그러자 군자는 더 우울한 표정을 지었다. 정말 슬프다……. 뭐가?

"사랑이, 인연이 말이지……. 다 그런 건가? 한때 뜨겁게 사랑하다가 그 사랑이 식으면 금세 잊어버리고 마는 그런 거……. 그렇다면, 사랑이…… 정말 슬프다……."

그러더니 얼마 후 더 감상적인 얼굴로 뇌까렸다.

"정말 그렇다면 슬픈 일이야. 문득 말이지. 갑자기 말이야. 내 미래와 사랑이 어떻게 될지 궁금하다기보다 불안해졌어. 나는 앞으로 누굴 만나고, 또 사랑하다가, 부대끼고, 그리고 결국 잊고 잊혀지며 살아가야 하는 건지……. 내 미래는? 오빠와 나와의 관계는? 내 다가올 사랑과 이별의 문제는 말이야……. 아니, 결국 내 인생은 말이지. 사실 요즘 자다가 깨면 문득문득 불안이 엄습해 올 때가 많아. 어떤 날은 사막의 뜨거운 모래사막을 방황하는 듯 신열이 나는 듯하다가도 어떤 때는 북극이나 시베리아의 차가운 얼음 덩어리 미로 속을 헤매는 듯한 냉기랄까. 사춘기와는 또 다른 막상 대학에 들어와서의, 미래에 대한 지식이나 감정의 안개 속을 헤매는 듯한 답답함이랄까, 뭐 그런 거."

"넌 충분히 매력 넘치고 똑똑한 아이니까 누구보다도 가장 멋진 일들과 만남들이 기다리고 있을 거야."

나는 그렇게 안심시켜주었다.

"그렇겠지? 내 젊은 날들은, 또 내 미래는……."

"그렇고 말고. 당연하지."

그러자 그제야 안심한 듯한 표정을 지었다. 그리고 다시 얼마간 고개를 숙인 채 상념에 잠긴 듯하더니, 이내 고개를 들며 덧붙였다.

"오빠. 나 부탁이 있어."

뭔데. 내 이름 좀 바꿔줄래. 군자는 자신의 이름에 늘 콤플렉스가 있었다. 더구나 일본식이라는 것을 알게 된 뒤로는 그 정도가 더 심해졌었다. 개명 신청이 받아들여지는 일 순위가 일본식 이름이래. 서영이나 소연이 어때? 맑은 눈으로 다가오며 그렇게 물었다. 아주 좋아. 꼭 바꿔 보자. 정말이지? 응?


19.  도시의 밤거리에서 뜻밖에 그를 만난 것은 4월이 저물어 가던 무렵이었다. 그날도 나는 여느 때처럼 거리를 헤매다가 단대천변의 늘어선 포장마차 라인을 지나고 있었다. 자정을 지난 무렵이었다. 그때 누군가가 갑자기 내 뒤통수를 슬쩍 치는 바람에 뒤돌아보았다. 뜻밖에도 국사 오 선생이었다.

"밤마다 그렇게 거리를 헤매시면 여러 모로 해롭습니다."

눈이 마주치자 풍채가 좋은 그는 껄껄거리며 호기롭게 웃었다. 사실 보름 전쯤에도 방황하시는 모습을 보았어요. 내 약혼녀 집이 근처거든요. 앤이랑 처가로 놀러 가다가 그만. 그는 성남 토박이라고 했다. 그래서 그때도 아는 척할까 하다가 옆에 애인도 있고, 또 새파란 청춘이신 국어 샘께서 혼자 자유를 만끽하시는데 괜히 신경 쓰일 것 같아서.

우리는 근처 포장마차에 들어가서 소주를 마시며 학원에서 하지 못했던 이런저런 이야기를 나누었다.

"아니 엄밀히 말하면 여기서 태어난 것은 아니지요. 다만 어린 시절 대부분을 이 도시에서 성장하고 학교에 다니고 했을 뿐."

그날 나는 그로부터 도시의 역사에 대해 제대로 들었다. 이 도시가 생기게 된 최초의 배경은 '6·25 전쟁'이라고 했다. 한국전쟁 직후 북한에서 월남한 피난민들이 고향에 돌아갈 수 없게 되자, 그중 일부가 이 척박한 땅에 살기 시작하면서 드문드문 초기 터전이 생겼다는 거였다. 그렇지만 그때만 해도 황무지에 가까웠던 공간이 비로소 도시로 급속히 성장할 수 있었던 것은 1960년대 서울시 무허가 판자촌 철거민 집단 이주사업이라고 했다.

"부끄럽지만 우리 가족도 그때 살던 집이 철거된 대신 여기 땅을 불하받아 이주해왔어요. 말이 주거지이지 내가 어린 시절에는 억지로 깎아지른 민둥산에 황토로 된 폐허 위 쓰러져가는 판자집만 듬성듬성 간신히 지탱하고 서 있는 그런 수준이었지요. 아버지는 한 번 둘러보고는 아예 배정받은 이 땅을 포기하고 다른 도시로 옮길까 무척 고심하셨대요. 그래도 그 시절에는 가난한 이웃끼리 정겨웠고, 우리도 나름 즐겁게 뛰놀곤 했어요. 1971년 강제 이주 과정에서 철거 이주민 십만 명이 '최소 생존권 대책'을 요구하며 공권력을 무력으로 해체시키고 도시 전체를 점거한 채 투쟁했던 "광주 대단지 사건"은 지금도 가슴 아픈 역사의 기록이지요. 그때는 성남을 광주라 했어요. 원래 광주 소속이었는데 규모가 커지며 분리할 때, '남한산성의 남쪽'이라 해서 성남이 된 것이지요. 아직도 그날 아우성치며 피를 철철 흘린 채 저항하던 군중들의 모습이 생생해요. 그 사건을 계기로 2년 뒤인 1973년에 19만 인구의 시로 승격되었으니까, 얼마나 도시개발이 급속히 진행됐는지 짐작이 가시죠! 그렇게 급조된 바탕에다가 1980년대로 들어서며 저 군사정권이 국가주도 건설정책으로 다시 개발시키겠다고 요즘 이렇게 날뛰고 있으니 조만간 더 급속히 팽창해나갈 것은 분명해요."

소주를 몇 잔 더 마시며 그는 도시 이야기를 그렇게 마무리 지었다.

"그래도 나는 이 도시가 고마워요. 내 소중한 어린 시절 추억이 모두 서려 있기도 하지만, 이 땅에 기대고 산 덕분에 서울의 도시화에 밀려 쫓겨 온 우리 가족이 다시 오붓하게 일어설 수 있게 해주었으니까요. 지금도 장을 볼 필요가 있을 때면 어머니나 약혼녀랑 늘 모란시장을 찾는답니다. 이 단대천도 내가 왔던 초기에는 남한산성의 맑은 물이 정갈하게 흐르던 깨끗한 강이었어요. 우리가 헤엄치고 가재 잡으며 놀던! 점점 도시 규모가 커지면서, 각종 하수와 쓰레기로 몸살을 앓다가 이렇게 오염되어, 지금은 냄새가 나다 못해 비만 오면 악취로 변하지만."

포장마차에서 나와 헤어지기 전 그가 물었다.

"어때요. 적응할 만한가요."

"할 만하긴 한데요. 보시다시피 밤거리를 쏘다니는 버릇이 생겨서⋯⋯."

"왜 그렇게 헤매시죠?"

"처음엔 호기심이었는데, 이젠 무언가 늘 결핍되어 있기 때문인 것 같아요."

그러자 그가 던진 마지막 말은 의미심장했다.

"처음에는 그렇듯 욕망의 본질이 결핍이라고 생각하죠. 누구든 어떤 것인가를 간절히 열망하고, 그 실현을 위해 심지어 강박에 빠지기까지 하는 거죠. 자신은 그 부분이 결핍되어 있으니 반드시 채워야 한다고. 그 강박이 선생님처럼 어느 순간부터 스스로를 지배하고 조종하는 겁니다. 그러나 잘 생각해보세요. 욕망의 본질은 욕망 그 자체일 뿐입니다. 결국 욕망에 대한 편견과 집착이 그 많은 헛된 소비적 행위를 불러일으키는 것이죠."

등을 돌리면서 그는 한 마디 덧붙였다. 그러니 이제부터는 그만 헤매시고 집으로 바로바로 들어가세요. 나는 돌아서 헤어지며 그의 말처럼 욕망이 나에게 와서 이제는 습관이 되어버린 것은 아닐까 잠시 생각해보았다.

20. 그 얼마 후쯤 나는 학원에서 자신의 별명이 '불확실성의 시대'라는 것을 알게 되었다. 검정고시반을 중심으로 확산된 그 별명은 이미 어지간한 입시반 애들도 다 알 정도였다. 도대체 그 근원지가 어디인가 의아했던 궁금증을 풀어준 것은 은정이었다. 그것은 뜻밖에도 국사 오선생의 약혼녀였다. 한 번은 오 선생이 수업 중에 자기 피앙세가 내 별명을 그렇게 지어주었다며 나에게는 절대 비밀로 하는 전제 하에 알려주었다는 것이었다. 평소 입이 무거웠던 은정이는 그 비밀을 일러줄 때만큼은 천상 호기심 많은 소녀였다.

"샘이 평소에 어떤 행동을 할지 종잡을 수 없는 분이라고 국사 샘이 약혼녀 분한테 쭉 말했었대요. 근데 어느 날 그 약혼자 분이랑 길을 가다가 지나가는 샘을 보았대요. 그때 약혼자 분이 정말 '불확실성의 시대' 같이 생겼네 그러시더래요."

그러면서 은정이는 신나는 듯 깔깔거렸다. 다행히 그때가 내가 밤거리를 쏘다닐 때라고 말하지는 않은 눈치여서 아이들은 그 사실은 모르고 있었나. "너네 담임 샘한테 절대 비밀로 하라" 하셨었는데……. 은정이는 새끼손가락을 고운 이로 살짝 깨물며 그렇게 미안한 듯 뇌까렸다.

이미 나도 모르게 퍼져나가던 그 별명이 그다지 싫지는 않았다. 그런데 사실 당시 내가 보기에 '불확실성의 시대'는 바로 처음 접해보는 '학원'이었다. 하루하루가 예측하기 힘들 정도로 숨가쁘게 진행되는 것도 그랬지만, 무엇보다 항상 고정되어 있지 않은 '다니는 학생의 변동'이 그랬다. 입시반도 그랬지만, 특히 검정고시반이나 공무원반은 그 정도가 심했다. 하기야 훗날 세월이 흐르며 나의 주전공이 될 정도로 익숙해졌던 단과반은 매달 새로 모집할 정도로 그 변화무쌍함이 극에 달했지만! 어쨌든 쭉 성장해오며 학교라는 배움의 터전에서, 일 년간 변치 않는 구성원 속에 생활하는 것에 익숙해 있던 나로서는, 첫 직장이 '가르치고 배우는 곳'이었음에도 구성원이 급속히 변화하는 양상이 무척 낯설게 여겨졌다. 개중에 서울 학원으로 이동하는 경우에는 그래도 괜찮았지만, 무엇보다 가난 등의 가정환경이나 가족의 변동 때문에 부득이 학원을 포기하는 경우에는 가슴이 무겁기까지 했다.

사월 하순으로 접어들면서 나는 학원에 온 지 불과 한 달여 만에 주간과 야간의 '4월 검정고시반'과 '공무원반'이라는, 무려 네 개의 반을 떠나보내야 했다. 이미 예정되어 있었음에도 막상 늘 보이던 학생들이 집단적으로 보이지 않는 현상은 상당 시간 동안 무척 낯설게 여겨졌다. 하지만 그 빈자리들은 곧바로 새로운 얼굴들로 채워졌고, 교실은 다시 활기에 넘치게 되었다. 돌이켜보면 그런 변화도 나를 서서히 학원 생활에 익숙해지게 했던 것 같다.

그래도 공무원반은 삼분의 일 정도는 교재를 바꿔가며 하는 새 수업에 다시 등록하여 듣기는 했다. 검정고시반 애들 중에 시험을 통과한 몇몇은 입시반으로 옮겼다. 수학이나 영어 등의 한두 과목을 과락한 애들 일부도 아예 입시반으로 옮겨 그 과목을 강화도 할 겸 해서 대입을 준비하기도 했다. 그런 경우에는 이번 대입이 당면 목표는 아니고 그 다음해의 입시를 노리는 장기적인 계획이었지만!

새로 뽑은 4월 검정고시반은 8월반에서 수업 완성도가 적어 넘어온 두어 명을 빼곤 거의가 새로운 얼굴들이었다. 문제는 참신한 새 얼굴들이 모이다 보니, 담임을 맡은 8월반의 '아이들끼리의 견제 심리'가 발동한 거였다. 신규반 중에 짙은 갈색 파마 머리를 짧으면서도 강하게 말아 올린 열일곱 살 미리가 있었는데, 내가 그 애를 편애한다는 잘못된 정보가 퍼져버렸다. 한 번은 8월반 여자애들이 몰려와 그 애를 훔쳐보고 간 뒤, 나를 복도로 불러 낸 적이 있었다. 정말 샘이 그 애를 편애하느냐 따져 묻는 바람에 절대 아니며, 너네들이 최고라고 답해줘야 했다. 지금 생각해보면, 나도 유치한 심리전에 휘말려 변명하던 모습에 입가에 미소(微笑)가 지어지곤 한다. 어쨌든 그때 나 역시 그렇듯 치기 어리게 젊었으니까.

'계단 키스 사건'이 벌어진 것도 그 무렵이었다. 한 번은 야간 수업을 하기 위해 집에서 쉬다가 나와 학원 계단을 오르고 있었다. 그런데 2층과 3층 계단 사이에서 느닷없이 연숙이가 달려들었던 거였다. 키가 제법 컸던 연숙이는 계단 위쪽에서, 올라오다가 놀란 내 얼굴을 끌어올려 잡아당기며, 자신의 입술을 내 입술에 살짝 가져다 댔던 것이었다. 그 순간 연숙이의 뿔테 안경과 내 뿔테 안경이 맞부딪는 바람에 한동안 콧잔등이 얼얼했다. 입술에는 그 애가 바른 빨간 립스틱이 묻어 강한 향을 쏘아대면서! 열아홉 살 소녀는 그렇게 하고는 한동안 어쩔 줄 몰라 당황한 듯 수줍어하며 빤히 응시하였다. 그렇게 짧은 몇 초의 시간이 흐른 후 이내 정신을 차리고 얼굴이 빨개진 채 아무 말도 못하며 도망치듯 뛰어가버렸다. 아마도 남아 있다가 내가 올 때쯤 맞춰 기다리며 지켜보고 있었던 모양이었다.

어쨌든 그런저런 일들과 관계없이 그래도 내 마음 속에 가장 강한 그리움으로 지금도 자리 잡고 있는 것은 단연 '8월반'이었다. 어려운 시절 그래도 청운의 꿈을 품고 만난 낯선 도시 공간에서 아무 조건 없이 맨 처음 나를 가장 따뜻하게 품어주었던 사람들의 대명사였으니까.


21. 도시의 밤 문화를 떠올릴 때면 그래도 언제나 즐거웠던

추억으로 남아 있는 것이 하나 있긴 했다. 그것은 매달 초쯤에 전임 강사들이 모두 모여 한 달에 한 번씩 꼭 벌이던 '갈매기살 파티'였다. 매달 초 월급 정산을 하고 나서 만 원씩 갹출하여 가지는 정례 행사였다. 눈코 뜰 새 없이 바쁘게만 진행되었던 각박한 일상에서, 그 모임은 우리에게 모처럼 편한 휴식과 소통의 장을 마련해주곤 했다.

나로서는 갈매기살이라는 말도 그때 처음 들었던 거였다. 내가 처음 참석한 4월초의 자리에서 그 명칭에 대해 설명해준 것은 국사 오 선생이었다. 신입 강사가 오면 이 년째 설명을 늘 도맡아 한다는 그는 마치 무성 영화 시대의 변사나 약장수처럼 다소 과장된 톤으로 말했다.

"에, '여수동 갈매기살'로 말씀드릴 것 같으면, '단대동 닭죽촌' 그러니까 '남한산성 닭죽마을'의 닭죽과 함께 이 도시를 대표하는 양대 명물 식품입니다. 1960년대 야탑동 장미마을에 유명한 도축장이 있었는데, 돼지의 횡경막과 간 사이에 있는 힘살인 가로막살이 너무 질기니까 아무도 안 먹어. 몽땅 버리는 거라. 한 마디로 맛없어서 버려진 부위지. 그랬는데 가난했던 누군가가 이것을 모아 힘들게 껍질을 벗기고 아주 저렴하게 팔기 시작했지요. 사람들도 값이 워낙 싸고, 자꾸 개발해 먹다보니까 그 새로운 묘한 맛을 알아가게 되었던 거지. 결국 인기를 끌게 되고, 장사가 잘되자 하나둘씩 전문짐이 생겨 성황을 이루게 되었고, 보시다시피 이렇게 서울 사람들도 소문 듣고 찾아오는 갈매기살 거리까지 생기게 되었다 요 말씀입니다."

박수를 치며 환호해주는 내 귀에 대고 그가 한 마디 덧붙였다. 나는 버림받았다가 부활한 이 고기가 마치 이 도시를 대표하는 상징 같아서 가장 좋아하긴 해요. 물론 질리지 않는 맛 그 자체도 일품이지만요.

모임은 만장일치로 늘 갈매기살 거리에서 행해졌다. 주로 두 군데가 단골집이었는데, 한곳은 실내 방안이었고, 한곳은 야외에 기다란 천막을 치고 운영하는 곳이었다. 특이했던 것은 어느 집이든 사람들이 북적거렸음에도 여기저기서 마음껏 노래하거나 떠들썩하게 화투를 치는 등의 행위가 모두 용인되었다는 점이었다. 아무도 옆의 사람들이 악을 쓰며 노래해도 개의치 않는 모습이 정말 특별했다고나 할까. 하긴 노래방조차 없던 시절이었으니까.

우리도 흥이 고조되면 늘 돌아가면서 노래를 부르고 놀았다. 맨 처음 차지하는 곡들은 항상 '군발이송'이었다. 수방사(수도 방위 사령부) 출신인 교무는 언제나 "소령 중령 대령은 지프차 도둑놈, 소위 중위 대위는 권총 도둑놈, 하사 중사 상사는 모포 도둑놈, 불쌍하다 일병 이병 상병은 건빵 도둑놈~~ 야~ 야~ 야~ 야~"로 시작해서 "지나가는 여대생을 붙잡아 놓고 달콤한 사랑 얘기 들려줬더니. 얼굴을 붉히면서 뒤돌아서서. 살며시 팬티끈을 풀어주드라. 한 번만 더 합시다 아니 됩니다. 이러다 애새끼라도 튀어나오면. 당신은 능력 없는 군바리고요. 나는 나는 말 못하는 여대생이죠~~ 야~ 야~ 야~ 야~"라고 끝나는 일명 〈여대생 블루스〉를 노래했다. 그러면 일어 선생님께서 "인천의 성냥 공장 아가씨"로 시작하는 일명 〈영자송〉을 불러 화답하는 것이 늘 정해진 레파토리였다. "인천의 성냥꽁장 성냥꽁장 아가씨. 하루에 한 갑 두 갑 일 년이면 삼백육십갑. 치마 밑에 숨겨놓고 정문을 나서다. 치마 밑에 불이 붙어 빽바지가 되었네." 그러면 경상도 해병대 출신인 수학 정 선생이 이에 뒤질세라 〈혜숙송〉을 불렀다. "여기에 있는 이 동생은 여대생이 아니란다. 대구하고 자갈마당에서 몸을 파는 신세란다~~."

처음에 나는 미혼이었던 주 선생이 거부하는 반응을 보일까 염려되었지만 그녀는 의외로 늘 대하던 일상처럼 자연스럽게 넘어가곤 했다.

"대학 때 술판이 벌어지면 복학생들이 자주 부르던 것들인 걸요. 뭐!"

〈군대송〉이 끝나면 일어 선생님은 언제나 〈나의 살던 고향〉을 부르시곤 했다. 원래 이북 출신으로 평안도가 고향이시라는 말에, 우리 아버지도 이북인 강원도 평강이 고향이시라고 알려드리자 반가워하셨다. 6·25 때 가족들이랑 내려와 여기 살게 되었던 거야. 오른팔도 전쟁 통에 그리 된 거지.

그랬는데 문제는 "그래도 와세다 대학 나오셨잖습니까" 하고 내가 말하는 순간 발생했다. 다시 한 번 학원에 와서 처음 소개 받을 때처럼 폭소가 터졌던 것이다.

"나, 와세다 대학 뒷문으로 들어갔어."

그 말에 두 번째 폭소가 터지고서야 나는 비로소 상황을 알아차렸다. 그래야 애들이 따라주잖아. 그래서 학원에서 그렇게 전단지에 쓰는 거지. 내가 "그러셨군요" 하며 다소 미안해하자, 선생님은 덧붙여 말하셨다.

"괜찮아. 여기 나만 그래. 다들 대부분 전단지대로야. 뭐 일부 과장도 좀 있지만. 저기 오 선생은 진짜 서울대 출신이고. 애인도 최고 미녀잖아."

그러면서 화제가 자연스럽게 오 선생의 약혼녀로 옮겨갔다. 놀라웠던 것은 둘이서 어릴 때부터 같이 자랐던 마을 친구라는 점이었다. 뭐, 배신할 수가 없어서 데리고 살기로 했던 거지요. 오 선생은 그렇게 말하며 쑥스러운 듯 미소 지었다.

"국어 선생도 여기 학원에서 하나 골라 봐. 참하고 이쁜 애 하나 점찍어 뒀다가. 재작년에 총각 영어도 재수생 꼬셔서 대학까지 포기시키고 결혼해 미국 데려갔잖아."

그때 나는 애초에 나를 주저앉히고 싶은 뉘앙스를 풍기며 했던 원장의 말이 일단 거짓은 아니었음을 알게 되었다.

"내가 오 년째 여기 재직하면서 지켜봤잖아. 우리 원장은 그래. 그런 스캔들이 몇 번 있었어. 그랬는데 문제가 생기면 바로 원생을 못 나오게 하는 거지. 그러면 곧바로 잠잠해지거든."

그러나 오 선생과 주 선생이 학원생을 만나는 것에 대해 부정적인 입장을 강하게 피력하자 잠시 그 문제로 여기저기서 논쟁이 오고 갔다. 말도 안 돼! 연하는 치를 떨며 흥분하기까지 했다. 그렇지만 그런 혼란은 일어 선생님의 한 마디로 다시 정리되긴 했다.

"하긴 뭐 굳이 여기서 논란거리 만들 필요는 없지. 아직 이렇게 새파랗게 젊잖아. 얼마나 좋아. 어디 가서든 나이 든 여자랑 자도 되고, 어린 애들이랑 연애한다고 뭐랄 사람도 없고. 청춘일 때 마음껏 연애하고 즐기라구. 나처럼 늙어서 아무것도 못하기 전에."

그러면서 오른쪽 의수를 나풀거리며 흔드는 모습이 안쓰럽기까지 했다. 모임은 열한 시 반쯤 시작되면 마음껏 먹고 여러 번 돌아가며 노래 부르기까지 모두 두 시간가량 걸렸다. 오 선생은 팝송부터 가요와 트로트까지 다양하게 부르곤 했다. 대학 강사를 겸하고 있어 우리끼리는 '이 교수'라고 부르는 영어 이 선생은 항상 재미있는 가사로 된 특이한 곡들로 분위기를 유쾌하게 만들었다. 연하는 거의 대부분 팝송을 부르다가 마지못해 트로트를 한두 곡 부르기도 했다.

"아빠 때문에 어린 시절 많이 불렀던 거지 지금은 좀 그래요!"

선생들은 그녀의 트로트가 워낙 간드러지다며 가급적 그쪽으로 유도하려 했으나, 외면하고 팝송만 부르다가 흥이 고조된 마지막에 겨우 한두 곡 정도 불렀던 거였다. 교무를 비롯해서 사람들이 나에게 원했던 것은 주로 민요였기에 나는 회식 때마다 한두 곡을 빼곤 늘 여러 곡의 민요를 불러야 했다. 노래할 때면 항상 주변에서 젓가락 장단이 일곤 했다.

아무튼 나는 한 달에 한 번씩 돌아오는 그 회식 모임을 즐기게 되었다. 아니 무엇보다도 점차 갈매기살의 맛에 빠져들어갔다. 아마도 그것은 내가 이 도시에 점차 적응해감을 의미하는지도 모를 일이었다. 그리고 또 한 가지, 주 선생을 제외하고는 이 학원의 강사들이 어쩌면 일정 부분 이 도시 사람들의 삶을 반영하고 있는 것이 아닌가 하는 생각이 들었다.


22. 아마도 우리가 살아가면서 사랑을 하거나 연애를 하는 대상의 절반가량은 전혀 뜻밖의 인물이 아닐까 한다. 정말 운명처럼 뻗은 레일을 걷다가 우연히 부딪는 그런 사람과 예기치 못했던 만남을 하고 인연을 맺게 되는 것이리라. 그렇지만 나머지 절반가량은 평상시에 주변에서 같이 생활하거나 간혹 맞닥뜨리던 사람과의 사이에서 발생하지 않을까 한다. 자주 부닥쳤든, 어쩌다 한 번씩 조우했든 처음에는 무심코 대하던 사이가 어느 순간을 계기로 예사롭지 않은 특별한 사이가 되거나, 잠자리를 같이 하는 욕망의 관계로 바뀌어버리고 마는 것이다.

5월 초에 동료들과 두 번째로 갈매기살 파티를 하고 돌아오던 날 밤, 나는 이 도시에서 두 번째 인물과 섹스를 했다. 그것도 평상시에 무심히 스쳐 지나가던 주변 인물과 뜻밖의…….

내가 사는 집의 주인집 여자는 서른 살의 젊은 여인이었다. 키는 작았고, 피부는 가무잡잡했지만 늘 윤기가 흘렀다. 세 살배기 귀여운 딸은 나를 보면 어리광을 부리면서 잘 따랐다. 전구 공장에 다니는 남편은 야근이 잦은 편이었다. 문제는 주인집 방과 우리방이 마루를 같이 쓰고 있다는 점이었다. 오후 세 시쯤 낮수업을 마치고 잠시 집에 들르거나 밤 열두 시가 다 되어 귀가할 때는 늘 그 방 앞을 거쳐 우리방문을 열어야 했다. 그녀는 낮에는 물론이고 남편의 귀가가 늦는 날에는 종종 밤에도, 방안에 아이를 재워 둔 채 바깥의 마루 위에 누워 있다가 잠깐 잠들곤 했다.

"아, 또 여기서 깜박 잠이 들었네……."

그러다가 내가 오는 기척에 잠이 스르르 깨서는 미안한 표정을 짓곤 했다. 계속 잠들어 있을 때에는 나도 그 앞을 지나 우리방문을 조심스럽게 열곤 했다. 그럴 때면 누워 잠든 그녀의 조끼 속 두 개쯤 풀어 제친 단추 사이로 풍만한 젖가슴이 항상 어른거리며 다가왔다. 한 번은 저녁쯤에 방문을 미처 걸어 잠그지 않은 상태에서 바지를 내린 채 수음에 열중하고 있는데, 그녀가 갑자기 수미의 이름을 부르며 방문을 열어젖히는 바람에 낭패를 본 적이 있었다. 악, 미안해요. 동생이 있는 줄 알고……. 그녀는 외마디 비명과 함께 문을 급히 닫으며 그렇게 외쳤다. 나는 화들짝 놀라 바지를 급히 올려야 했다. 수미는 아까 독서실에 갔어요. 잠시 후 저녁 출근을 하다가 대문 앞에서 만난 그녀에게 그렇게 알려주자, 그녀는 시선을 돌리며 어쩔 줄 몰랐다.

주인집 여자의 고향은 전라도 여수라 했다. 그런데 그녀의 스무 살짜리 여동생이 한두 달 정도 머물 거라며 찾아온 것은 내가 세들어 온 지 한 달쯤 지난 4월 중순이었다. 서울의 전문대 졸업반이라는 막내 동생은 중간 정도의 키에 피부도 언니와 다르게 뽀얀 편이었다. 원래 서울 둘째 오빠 집에 있었는데, 오빠네가 이사하게 되면서 얼마간 여기 머무르다 다시 오빠 집으로 들어갈 거라 하였다. 밤늦게 귀가하다가 집근처에서 남자애들과 어울려 있는 집주인의 동생과 두어 번 맞닥뜨리곤 했다. 그럴 때마다 그녀는 같은 학교 친구들이라고 얼버무렸다.

오월 초의 그날은 두 번째 갈매기살 모임을 마치고 귀가하던 중이었다. 이미 두 시쯤 된 깊은 밤중에 나는 집 근처에서 막 헤어지는 남녀들의 무리를 스쳐 지나왔던 거였다. 잠시 후 그들 중 하나가 걸어가는 나를 따라와 팔뚝을 가볍게 잡는 바람에 돌아보았다.

"마침 잘되었어요. 이 시간에 열어 달라고 두드리면 언니한테 혼나는데."

돌아보니 주인집 여자의 동생이 빙그레 미소 지으며 올려다보고 있었다. 언니가 주지 않아 대문 열쇠가 없었던 그녀는 나를 보자 반색하였다. 그녀의 서울말 어법 사이에는 남도 억양이 아직 남아 있었다. 회식이 끝나고 무언가 미진한 마음으로 귀가하던 나는 순간 구세주라도 만난 듯 반가웠다. 그녀 역시 오래 아는 사이처럼 친근한 목소리로 몇 마디를 주고받았다. 이 시간에 늦게 오시네요. 아, 학원 모임이 있어서요. 술 많이 마셨어요? 많이 마시긴 했지요. 그렇지만 이렇게 만나니 더 마시고 싶긴 하네요. 그럼 한 잔 더할까요? 지금요? 우리 둘이? 네! 좋아요.

집 대문 바로 앞에 이르러서 극적으로 합의를 보았고, 우리는 오던 길을 되돌아갔다. 골목길 세 번째 라인의 중간쯤에 아직 불이 켜져 있는 카페 앞에 이르러 그곳에 들어가기로 했다.

그랬는데 막 들어가려던 찰나에 문제가 발생했다. 그녀와 좀 전에 헤어졌던 친구들이 나와 함께 골목길의 카페에 들어서려는 그녀를 발견하고는 급히 뛰어와 제지하며 나섰던 것이었다.

"너, 저 나이 많은 사람을 뭘 믿고 따라 들어가려 해."

남자애 하나가 그렇게 말하자, 그녀는 당황한 듯 얼버무렸다. 아니야. 나랑 네 살 차이밖에 안 나.

"그래도 안 된다니까!"

결국 그녀는 카페 바로 앞에서 그들에 이끌려 가버렸다. 나는 그 상태로 한동안 망설이다 이왕 내친 김에 홀로 카페에 들어섰다.


23. 가페 안은 온통 붉은 조명으로 조잡하리만큼 묘한 느낌

을 풍겼다. 말이 카페였지, 소위 말하는 '룸카페'임을 나는 곧 알아차렸다. 밀실 비슷하게 커튼으로 감출 수 있게 된 공간이 네 군데 있었다. 입구 옆 계산대 위에 놓인 전축에서는 블루스 풍의 재즈가 흘렀다. 맨 앞 테이블에 앉아 있던 삼십 대 중반가량의 두 여자는 호들갑스럽게 맞아주었다. 그녀들은 짙은 화장을 한 채, 둘 다 원색의 투피스를 입고 있었다. 나는 그중에 맨 구석진 공간 소파 쪽으로 가서 앉았다.

"진토닉 한 잔만 하고 가도 되죠!"

내가 앉은 구석진 공간으로 따라와 앉으려는 그녀들을 물리치며 그렇게 말하자, 몹시 낙심하는 눈치였다. 다른 테이블은 모두 비어 있었다. 안주도 없이요? 네…… . 나는 실망한 그들이 다른 요구를 하면 바로 나올 심산이었다. 하지만 잠시 후 그중 하나가 넓은 술잔에 담긴 진토닉과 팝콘이 담긴 작은 그릇을 쟁반에 날라 왔다. 회식을 마치고 선생들과 헤어진 후 곧바로 집으로 향하긴 했지만, 뭔가 미진함이 느껴짐은 어쩔 수 없었다. 그러다가 집 앞에 거의 와서 만난 집주인의 동생이 순간 커다란 탈출구가 되는 느낌이었었다. 그랬는데…… .

그런데 그 순간 누군가가 급히 카페 문을 드르륵 열었다. 고개를 돌려 문 쪽을 보니 뜻밖에도 그녀가 다시 서 있었다.

"미안해요. 나 땜에 난처하셨죠? 다행히 안 가고 계셨네요. 갔을까봐 조마조마 했는데."

그녀는 친구들로부터 다시 빠져나온 거라며 내 앞자리로 와 앉았다. 그러고는 자기 역시 진토닉을 주문했다.

"이렇게 멋진 아가씨가 왔는데 다른 술과 안주도 시켜야죠."

카페 여자가 그렇게 외쳤지만, 그녀는 고맙게도 그 말을 대번에 물리쳐버렸다. 그러고는 나를 빤히 보며 환하게 미소 지었다. 야심한 밤에 야릇한 공간에서의 대면은 우리를 금새 들뜨게 했다. 더구나 그녀가 다시 돌아옴으로 해서 무언가 짙은 은밀한 교감이 서로에게 형성되어 있는 기분이었다. 몇 마디 나누는 사이에 진토닉이 배달되자, 그녀가 맨 먼저 관심을 보인 것은 컵 안 얼음 사이에 떠 있는 자줏빛 체리였다. 난 체리가 좋아요. 그러면서 그것을 입안으로 가져가며 치아 사이로 슬쩍 깨문 채 나를 응시했다. 그 모습이 몹시 뇌쇄적이었기에 순간 강렬하게 미혹 당했다고나 할까. 다음 순간 입에 문 체리를 깨물자 내밀하게 숨어 있던 검붉은 물이 미세한 선을 그리며 그녀의 이와 입술을 타고 흘러내리기 시작했다. 그 상태에서 얼마간 정지해 있던 그녀는 잠시 후 체리를 꿀꺽 삼켜버렸다.

"내 것도 줄까요?"

그녀가 고개를 끄덕거리기 전에 이미 내 손은 체리의 줄기를 잡은 채 그녀의 입안을 향하고 있었다. 그녀는 고개를 끄덕거리며 입을 벌려 그것을 자기 입술 사이로 받아 물었다. 그리고 입안에 넣으며 빠는 동작을 잠시 취한 후, 다시 입안을 연 상태에서 내 입술 쪽으로 향했다. 나는 그 동작의 의미를 알아차리고 역시 내 입술을 벌리며 그것을 받아들였다. 순간 그녀의 입술이 짜릿하게 내 입술에 포개지며 스치는 바람에 온몸이 심하게 떨릴 정도였다.

잠시 후 내가 컵의 가장자리에 걸쳐져 있는 노란 레몬 조각을 들어 오른쪽 볼에 즙을 떨어뜨리자, 그녀는 키득거리며 웃었다. 그러고는 다시 고개를 옆으로 향해 레몬 조각을 자신의 아랫입술 위에 올려놓고는 혀끝으로 툭툭 치며 장난을 쳤다.

그런 일련의 동작들은 나를 서서히 흥분시켜 나갔다. 결국 참다못한 내가 그녀의 양 볼을 두 손으로 고정시키며 키스를 시작하자 순순히 받아들였다. 다음 순간 나는 앉은 자세에서 일어나면서 어깨를 세게 잡아끌었고, 결국 완력에 이끌린 그녀는 내 옆자리로 이동해야 했다. 그 다음부터는 둘 다 급격히 흥분해버렸다.


24.  나는 황급히 소파 옆의 커튼을 내렸다. 그러고는 얼굴을 마주본 자세로 그녀를 내 무릎 위에 앉은 채 올려놓았다. 입으로는 격하게 그녀의 입술과 입안 구석구석을 흡입해대며, 서둘러 그녀의 티셔츠를 걷어 올렸다. 양손으로 양쪽 브래지어를 걷어 올린 후, 탄탄한 가슴을 감싸 쥐며 마구 주무르기 시작하자 아 흑 하는 비명 소리가 잠시 새어 나갔다. 그 바람에 잠시 양 손을 떼고 그녀의 입안을 가로막는 기분으로 입술과 혀의 공략에만 집중하여야 했다.

하지만 이미 아래쪽이 충분히 달아오르며 제어하기 힘들었기 때문에 어떻게든 다음 동작으로 이끌고 싶어졌다. 결국 참다못해 바지의 지퍼를 내린 후 그녀의 손을 잡아 이끌자 이번에는 그녀가 더 흥분해버렸다. 빳빳해 있는 남근을 너무 세게 움켜쥐는 바람에 내 탄식 소리가 어쩔 수 없이 약하게나마 흘러나왔다.

결국 나는 더 이상 참지 못하고 그녀의 청바지를 무릎 아래까지 내렸다. 그러고는 엉덩이를 받치며 내 무릎 위에 잘 조준하듯 올려놓았으나, 아무리 들이밀어도 귀두 끝이 음부에 슬쩍슬쩍 스치기만 할 뿐 뜻대로 삽입이 전혀 되지 않았다. 아예 바지를 벗긴다면 가능하겠지만 바로 옆에 다른 여인들이 있는 상태에서 거기까지는 무리였다. 그 상태로 어쩔 줄 몰라 하는 내가 안 되었던지 다음 순간 그녀는 결박을 풀고 옆으로 살짝 빠져나갔다. 그러고는 땅바닥에 양 무릎을 댄 상태에서 고개를 숙이며 페니스를 입안으로 가져갔다.

그녀의 입안에 그것이 가득 들어갔을 때, 순간 이루 말할 수 없는 포만감과 감미로움이 밀려들었다. 입을 최대한 크게 벌린 상태에서 보드라운 양쪽 입술 끝과 섬세한 혀끝의 연이은 터치는 따뜻하다 못해 짜릿짜릿한 쾌감으로 연속 스치며 지나갔다. 스무 살 그녀의 나이답지 않은 정교한 혀놀림은 내 살갗 끝에서 스르르 움직일 때마다 소스라치듯 스며드는 달콤함을 주었다. 특히 양 입술이 농밀하게 감싸준 속에서, 혀끝이 슬쩍슬쩍 꿈틀거릴 때마다 자극을 받는 피부의 세포들은 점점 늘어나 마침내 무한한 열락으로 빠져들게 했다.

그녀는 처음에는 느린 속도로 귀두부터 감싸 돌며 시작해서 아주 천천히 훑어 내리다가 점차 빠르게 아래로 찍듯이 스쳐 내리기를 반복했다. 결국 그 행위가 점점 빨라져가며 다시 나는 극도의 흥분 상태가 되었다. 나는 오른손으로는 열중해 있는 고마운 그녀의 머리칼을 정성껏 빗고 쓸어주며, 왼손으로는 무릎 구부린 채 노출되어 있는 엉덩이를 어루만져주었다. 그러다가 퍼뜩 아까 실현시키지 못한 행위를 완성시킬 수 있는 묘안이 떠올랐다.

다시 황급히 일으켜 세우자, 자신의 행위에 열중해 있던 그녀는 못내 아쉬운 표정이었다. 이번에는 그녀를 아까처럼 마주 보는 자세가 아니라 뒤돌린 자세로 다시 무릎 위에 앉혔던 것이다. 그러고는 마치 백허그 하듯이 양쪽 가슴을 움켜쥐었다. 그 새로운 자세는 청바지를 걸치고 있음에도 너무나도 완벽한 상태에서 페니스가 그녀의 둔부 쪽을 향하게 했다. 결국 의도를 알아차린 그녀가 엉덩이를 살짝 들어주었고, 내 왕권은 완벽하게 그녀의 은밀한 내부로 진입하는데 성공하고야 말았다. 그러자 그녀가 또다시 급속도로 흥분해버렸다. 나 역시 보드랍다 못해 촉촉하게 조여오는 감촉에 흥분도가 최고조에 달하며 양손으로는 양쪽 젖가슴을 움켜 쥔 채 규칙적으로 내리누르고, 엉덩이를 들고 직각으로 찍어 올리듯이 규칙적인 롤링을 해나갔다. 그녀도 이내 그 속도에 적응하며 최대한 우리의 율동에 협조해나갔다. 나는 격렬한 행위 사이에도 왼손은 젖꼭지에만 둔 채, 오른손은 다른 쪽 젖꼭지와 음핵을 번갈아가며 터치해주었다. 결국 우리는 그로부터 비교적 짧은 순간에 더 이상 제어할 수 없을 만큼 절정으로 치달아버리고야 말았다. 폭발 직전에 물어 보았을 때, 그녀는 위험하다며 질외 사정을 강하게 원했다. 나는 하는 수 없이 형용하기 힘든 극한의 쾌락 상태에 이르자마자 왕권을 순식간에 빼내야 했다. 아주 강하고 세차게 주르륵주르륵 액질이 짧은 간격으로 연속 흘러나올 때 욕망은 이미 충분히 채워진 상태였다. 그렇지만 그럼에도 다음 순간 약간의 아쉬움이 남는 것은 어쩔 수 없었다.

25.  어느 틈엔지 카페 안의 재즈 소리는 볼륨이 처음보다 높아져 있었다. 계산을 치르고 카페를 나올 때 여인들은 몹시 못마땅한 표정이었다. 아마 손님이 한 테이블이라도 있었으면 우린 쫓겨났을 거예요. 그렇게 말하며 그녀는 웃었다. 아쉬워요. 다시 대문 앞에 이르렀을 때 그녀는 정말 아쉬운 듯 눈을 몇 번 깜박거렸다. 그 바람에 내가 여관에 갈까 묻자 손뼉을 치며 매우 좋아라 했다.

신흥동 높은 고개를 아예 넘어 우리는 종합시장 입구쯤에 있는 여관을 잡았다. 그때서야 둘 다 샤워를 하고 깨끗해진 상태에서 다시 세스할 수 있게 되었나. 먼저 샤워를 하고 이불을 덮고 있던 그녀는 내가 알몸으로 나오자, 서두르지 말기를 부탁했다. 난 원래 아까 같은 섹스는 싫어했는데……. 그 바람에 나도 이불 속에 기어들어가서는 섣불리 굴지 않아야 했다. 대신 우리는 벌거벗은 상태에서 한참 동안 서로의 몸을 만지작거리며 마음껏 장난쳤다. 이불 안은 알몸을 서로에게 적당하게 보여주거나 감춰주는 역할을 했다. 더욱이 사이사이 스치거나 만질 때마다 느껴지는 온기와 포근함은 커다란 만족감을 주었다. 그녀의 상체는 제법 살이 올라있으면서도 허리가 잘록한 것이 건강미가 넘쳤다. 비교적 넓은 젖가슴은 전혀 처짐이 없이 동그마니 예쁜 곡선을 그리며 부풀어 올라 있었다. 나는 이따금 어린아이마냥 두 젖무덤 사이에 머리를 파묻으며 코끝을 그 속에서 비벼대기도 했다.

그녀는 그 상태에서 노래 불러 달라고 요구했고, 그렇게 요청할 때마다 다양한 노래를 불러야 했다. 급기야 춤까지 추어 달라는 요구에 이불 속에서 벗어나와 춤을 출 때는 분위기가 절정에 달했다. 알몸으로 흔들어 대는 어설픈 춤사위는 그녀를 몹시 만족시켰다. 그녀는 나의 동작이 커지는 순간 고추가 세차게 흔들릴 때마다 박장대소 했다.

한바탕 오랜 유희가 끝나고 다시 이불 속으로 기어들어 간 후 우리는 비로소 많은 대화를 나누었다. 전문대 졸업반인 그녀는 유아 교육이라는 전공을 살려 유치원이나 보육원에 들어갈 예정이라고 말했다.

**26.**  다시 섹스가 시작된 것은 새벽 다섯 시가 다 되어서였다. 막상 처음부터 정식으로 다시 시작해보니, 정말로 그녀가 원하는 것은 부드러운 터치와 섬세한 애무였다. 나는 아까와는 달리 눈가와 눈썹과 볼과 콧등에서부터 시작하여 그녀의 구석구석을 진지하고 섬세하게 애무해나가야 했다. 생각보다 조금만 빠르게 지나치기라도 할 양이면 그녀는 어김없이 다시 하라는 듯 그 자리로 내 입과 혀를 이끌곤 했다. 특히 귀와 목덜미를 애무해나갈 때는 온몸과 목소리로 그 만족감의 정도를 능숙하게 표현해냈다. 덕분에 그녀가 원하는 정도를 파악해 그 쾌락의 정도를 짐작하고 차차 더 강한 자극을 줄 수 있었다.

그런데 그녀가 무엇보다 강렬하게 반응했던 것은 젖꼭지에서였다. 드디어 유두의 애무에 이르자 미칠 듯이 심하게 몸을 떨며 교성을 지르기 시작했던 것이다. 눈치챈 내가 한쪽 유두를 부드럽게 빨며, 다른 쪽을 엄지와 검지 끝으로 살짝살짝 꼬집어주거나 꼬집은 채 비틀어줄 때마다 진저리를 쳐댈 정도였다. 거기에다 아예 남은 한 손으로 음핵을 슬쩍 꼬집어나가자 날카로운 비명과 함께 애액이 주르르 흐르기 시작했다. 그러지 않아도 흥건히 넘치던 질액은 그때부터는 아예 타고 흘러내릴 정도가 되어버렸다.

잠시 후 69 자세로 전환하여 나도 만족할 겸 새로운 시도를 하였다. 그리자 좋아하기는 하였지만 아까보다는 못한 반응이었다.

결국 다시 유두 중심으로 돌아와야 했다. 젖꼭지를 중심으로 서서히 확장해나가자 몸의 반응이 다시 격해지기 시작했다. 나중에는 아예 내 입과 혀가 다른 곳을 애무하지 못하도록 내 머리를 가슴 쪽으로 끌어안고 있다시피 했다.

그렇게 한참의 시간이 지난 후 그녀가 내게 새롭게 요구한 것은 손가락을 통한 질 내부 공략이었다. 그녀는 내 손을 이끌어 질 속을 향하게 한 후 처음에는 질 입구 근처에서 시작하여 점차 깊숙하게 문지르도록 유도했다. 그때만 해도 그런 자극의 방식이 생전 처음이었던 나는 몹시 당황했던 것이었다. 서투르게 막무가내로 자극을 가해나가자, 그녀는 내 손목을 직접 잡고 속도와 세기의 변화를 차분하게 유도해주었다. 결국 처음에는 조심스럽고 세밀하게 나중에는 몹시 빠르면서도 거칠게 질 내부를 문지르거나 누르거나 긁어주기도 하면서 온갖 방식으로 자극을 주려 노력해나갔다. 사이사이 휘저어주거나 돌려줄 때에는 쾌감이 심한 듯 그녀가 세차게 반응했으므로 다시 그 행위에 몰두하곤 했다.

그러다가 마침내 그녀가 최고음의 탄성을 내지르는 순간 남자의 사정과 같은 힘찬 사정액들이 순식간에 공중으로 솟구쳐 나와버렸다. 생전 처음 보는 광경에 놀란 나는 잠시 후 그런 자극을 연속 반복해나갔고, 곧이어 비슷한 분출을 여러 번 목격하게 되었던 것이다. 그날 나는 나보다 젊다 못해 어린 그녀에게서 여러 새로운 섹스의 경지를 배웠던 셈이었다.

얼마 후 충분히 만족했다며 이번에는 그녀가 나를 만족시키겠다고 나선 것은 아침 여섯 시가 다 되어서였다. 그날 아침 그녀는 내 유두를 입술과 혀로 정말 부드럽게 애무해주었다. 그 접근은 너무도 특별한 것이어서 그날 이후로 나에게도 양쪽 젖꼭지가 급소가 되어버릴 정도였으니.

유두를 핥아주며 손 안에 가득 페니스를 넣어 흔들어주는 것이 너무 자극적이어서 나는 그 유희를 정말 오래도록 즐겨 나갔다. 그녀의 손길이 점점 빨라지며, 내 쾌감선도 점차 증폭해버려 절정에 오르려는 순간에 이르면 황급히 그녀의 손길을 꽉 부여잡아 더 못하게 가로막으면서! 절정에 도달하려는 순간마다 그렇듯 중단을 계속해나가자 나중에는 그녀가 내 몸의 작은 반응만 보고도 사정 직전에 스스로 중지할 줄 알게까지 되었다. 우리는 그렇듯 진행과 중단의 반복만 거의 한 시간가량 해나갔다. 그렇게 두 번째 섹스를 시작한 지 두 시간째가 흐르고 세 시간째에는 다시 한 시간가량 여러 가지 체위를 바꿔가며 삽입과 절정 직전 중단하기를 반복해나갔다.

카페에서와는 달리 두 번째 삽입이 있기 직전 그녀가 여관에서 받은 콘돔을 착용하게 하였다. 그것 때문에 더 그랬는지는 모르지만, 문제는 카페에서 한 차례 사정을 한 연후에 여관에서만 세 시간가량 다시 진행된 자극과 멈춤의 수많은 반복 때문이었는지 마지막에는 절정의 쾌감을 넘추지 않고 오르가슴에 도달시키려 해도 끝내 실현시킬 수 없었다는 것이었다. 나중에는 아침 여덟 시가 다 되어 초조해진 그녀가 유두와 페니스가 동시에 달아오르도록 격렬한 롤링과 쉬지 않고 흔들어주기를 세차게 반복하며 사정시키기 위해 최선을 다했지만 결국 모든 노력이 무위로 돌아가버렸다.

마지막에는 나도 그런 그녀에게 미안하여 절정을 향해 치달으려 온 신경을 모으고 집중했지만, 끝내 실현시킬 수가 없는 상태가 되어버렸다. 시종 웃음을 잃지 않았던 그녀는 결국 역정을 내고야 말았다. 그 모습을 보며 나는 더 이상 진행을 요구할 수 없게 되었다. 행복했던 모든 시간이 마지막에 이르러 찜찜함으로 바뀌었다고나 할까. 모든 사정의 노력이 허사로 돌아가면서, 지쳐 있는 그녀에게 미안하다고 말하자 그녀는 입을 삐죽 내밀었다. 그러나 아침 여덟 시가 넘어 여관 문을 나설 때에는 다행히 미소를 되찾았다. 우리는 근처 식당으로 가서 해장국을 먹은 뒤에 헤어졌다. 그녀는 언니에게 맞을 거라며 집으로 향했고, 그렇게 밤을 새운 나는 학원으로 향했다. 걸어가며 양 손가락으로 머리만 대충 빗은 채……

그날 이후 그녀가 서울로 떠나기 전에 우리는 한 번 더 한밤중에 만나 다시 짙은 섹스를 했다. 낮에 마주쳤을 때 언니의 눈을 피해 밤에 만나기로 했던 것이었다. 두 번째 섹스도 네 시간이 넘게 걸린 대하 드라마였다. 처음보다 비교도 안 되게 익숙해 있었기 때문에 유두나 질 내부 공략에 나는 자신이 넘쳤다. 그리고 나 역시 세 번이나 절정에 오르고야 말았다. 하지만 얼마 뒤 그녀는 오빠네로 다시 옮겨갔고, 그 이후로는 그런 기회를 가질 수 없었다. 이따금 언니 집에 놀러오긴 했지만, 왠지 서먹서먹하기만 했다. 아마도 서로의 마음을 온전히 열지 않은 채로의 젊은 날의 육체적 관계란, 단지 쾌락만을 위해 지속한다는 것이 쉽지 않았던 때문이었는지도 몰랐다. 더욱이 상대방이 가족 중에 누군가와 안면이 있는 상태에서 진행되는 비밀스런 관계가 때로는 그 은밀한 만남에 더 열정을 붙여 가속화시켜주기도 하지만, 정 반대로 그런 관계를 지속하기에 커다란 심리적 걸림돌이 될 수도 있는 거였으니까.

27. 오월 초에 월급날이 며칠 지날 무렵 '남대문 직업소개소'의 여실장은 예고했던 대로 학원을 방문했다. 교무와 나는 학원 근처 다방에서 그녀를 같이 만나 약속된 비용을 지급했다. 그녀는 흐뭇해하며 교무가 잠시 자리를 비운 사이 연말에 훨씬 좋은 곳으로 소개할 테니, 학원에는 비밀로 하고 다시 자기를 찾아달라 당부했다.

소개비로 월급의 반을 지불했지만, 사람이 그냥 죽으란 법은 없는 것이어서 그 며칠 사이 내가 손에 쥔 액수는 모두 합하면 오히려 첫달 월급보다 많게 되었다. 원래 원장은 실력이 인정되면

세 달째부터 월급을 인상해주겠다 했지만, 그 약속이 한 달 앞당겨져 두 달째인 5월초 월급에 반영되었던 거였다. 월급을 일찍 인상하는데 적극 동의해준 것은 뜻밖에도 동료 강사들이었다. 그 때쯤 알게 된 사실은 이 학원의 분배 구조가 특이해, 전체 총수익 정산분의 절반을 원장이 가져가고 나머지 절반이 강사들 몫이라는 거였다. 다시 강사들 몫에서 외래강사와 시간 강사들의 정해진 시수를 지급하고 나서, 나머지를 전임 강사들이 경력이나 나이, 과목의 특성과 상관없이 균등하게 나눈다는 것이었다. 언뜻 합리적인 부분도 많았지만, 영어나 수학 강사들이 과목의 중요도에 비하면 상대적으로 불만이 다소 있다는 사실도 알게 되었다. 그렇지만 겉으로는 큰 문제없이 평화로운 편이었다.

원래 나는 고정급만 지불하다가 삼 개월째에 재평가를 통해 공동 분배에 합류할지 여부를 의논키로 했다는데, 고맙게도 강사들이 만장일치로 한 달 앞당겨 그 분배 대열에 합류시켜주었다는 거였다. 그 바람에 4월분을 받는 5월 초부터 내 월급은 외견상 학교 교사의 초봉보다 약간 많게 되었다. 하지만 보너스도 없었기에 실질적으로는 비슷해졌다고 해야 할 것이다. 다만 또 한 가지, 그때쯤에 교재를 총괄하던 생물 황 선생으로부터 월급의 반 정도에 육박하는 '교재 채택비'라는 것을 받았다. 그것 역시 교재 판매 수익의 절반을 원장에게 주고 나머지를 강사들이 나눠 갖는 구조로 일 년에 세 번 정도 지급된다고 했다. 결국 5월 월급의 반을 소개소에 지불하고도 내가 그때쯤 모두 받은 금액은 첫 달 월급보다 약간 많게 됨으로써 다소 여유 있게 되었다.

'어버이날'이 있던 일요일에 수미와 나는 처음으로 고향집에 내려갈 수 있었다. 첫월급 때도 못해드렸던 빨간 내복 대신에 값이 비싸지 않은 티셔츠를 두 개 사서 어머니와 할머니께 드리자 모두 좋아하셨다. 할머니께는 다음에 돈을 갚으러 내려오겠노라 말씀드렸다. 어머니께는 같이 성남으로 가서 지내자 했지만, 할머니 건강이 안 좋아지셔서 돌봐드려야 하니, 나중에 회복되신 후에 같이 살자는 대답만 들어야 했다. 당일치기라 저녁 막차를 타고 헤어질 때, 어머니는 이번에는 버스 터미널까지 나와 우리를 향해 손을 흔들어주셨다. 하지만 수미에게는 그것이 고향에서 어머니와의 마지막 모습이 되고 말았다.


28. 아마도 그해 5월 15일은 내 평생에 가장 부끄러웠던 날 중 하나였다고 해야 옳을 것이리라. 아무 생각도 없이 아침 여덟 시 반쯤 등원하던 나를 다시 계단에서 기다리고 있던 것은 연숙이였다. 그런데 이번에는 그 애의 손에 장미와 안개꽃 다발이 들려 있었다. 연숙이는 향이 물씬 나는 싱싱하고 풍성한 꽃다발을 전해주며 "감사합니다" 하고 뛰어갔다. 어안이 벙벙하던 나는 교무실에 들어가서야 비로소 그 의미를 알게 되었다. 교무실 책상 여기저기에는 각종 꽃나발이나 선물 꾸러미들이 이미 곳곳에

놓여 있었다.

그중에서도 단연 선물과 꽃이 많이 놓인 자리는 의외로 주 선생의 책상이었다. 담임을 맡은 4월반에다가 남학생들과 심지어 그녀를 잘 따르는 여학생들까지 쉬는 시간마다 하나둘씩 찾아와 놓고 가곤 했던 거였다.

"국어 샘도 제법 받으셨네요."

연하는 다소 우쭐해 하며 자기에는 못 미치는 내 책상을 보고 미소 지었다. 그날 나는 단결심이 적었던 공무원반들을 빼고 주간과 야간 내내 모두 여덟 반에 걸쳐 수업에 들어갈 때마다 박수를 받고 꽃을 받아야 했다. 무엇보다 괴로웠던 것은 검정고시반이든 입시반이든 어느 반에서나 합창으로 들어야 했던 〈스승의 노래〉였다. 나이도 새파랗고 여러 모로 미숙한 사람이 "스승의 은혜는 하늘과 같아서~~"하고 울려 퍼질 때마다 마치 죄인처럼 고개를 숙인 채 그냥 서 있어야 했다고나 할까.

그날 내 심정은 솔직히 그랬었다. 이 학교도 아닌 곳에서, 선생 같지도 않은 사람에게, 그렇게 순수하고 절실하게 매달린 모습들에 정말 모두 팽개치고 그대로 도망치고 싶었다고나 할까. 특히 야간 8월반에서 반장 기상이가 담임인 나를 위해서라며 케이크의 촛불을 끄고, 샴페인을 흔들어 터뜨려줄 때에는 속으로 '다시는 검정고시반을 맡지 않겠다'는 결심을 해야만 했다. 정말 그 순간만큼은 주 선생이 먼저 말했던 것처럼 이 아이들이 내는 교육

비로 월급을 받는다는 것이 못 견딜 만큼 싫었다. 그리고 그날 처음으로 아이들이 계속 환호하며 재촉하는 데도 노래를 부르지 않았다. 대신 어색해진 분위기를 달래기 위해 다른 애를 지목해 노래하게 해야 했다. 초콜릿 하나부터 시작해 많은 선물을 받았지만 전혀 자랑스럽지 않았다. 열세 살 지혜는 청색 머플러를 선물했고, 은정이는 비록 천 마리까지는 아니었지만 아담한 호리병 속에 종이학 백 마리를 담아주었다.

물론 점차 학원 생활에 익숙해지며 그 미안함의 정도가 약해져 가기는 했지만, 그 후로도 그날이 되면, 나에게는 항상 부끄러움이 깊게 남아 곤혹스럽게 숨 쉬곤 했다. 더구나 이제는 27년가량 했던 오랜 학원 생활에서 쓸쓸하게 은퇴하고, 다시 몇 년이 흘러 그 변형된 교육의 장에서마저 아예 한참 멀어지고 나서야, 비로소 그때 그 시절 젊은 나를 위해 그렇게 의지해주었던 그들의 심정이 얼마나 순수하고, 오히려 어떤 면에서는 학교보다도 더 절실하고 고귀한 것이었는지 뒤늦게 깨닫게 되었다고 해야 할 것이리라.

아무튼 그날 하루 일과를 부끄러운 심정으로 마치고 집에 오면서, 나는 앞으로 학원 생활을 하게 되더라도 다시는 검정고시 반이 있는 학원으로 가지는 않겠다고 다짐했다. 물론 일단 다른 곳에서 강의하면서 자신에게 근황을 수시로 알려달라던, 두 달 전 인친 학원 원장이 잠시 떠오르기는 했지만, 그렇다고 여기서 당장 그만둘 수는 없는 일이었다. 수미야 그쪽 입시반으로 옮기면 그만이었고, 당장 가서 단과반부터 해도 수입이야 서너 배는 될 테고, 강의로도 자신 있었지만, 이렇게 고마운 얼굴들과 동료들을 배신한다는 것은 상상조차 할 수 없었다. 나는 그 후로 단 한 번도 인천 원장에게 전화하지 않았다. 그리고 나중에 그 학원을 찾은 것도 아니었으니까.

그날 하루는 내내 더없이 부끄럽고 힘들게 흘러갔다.


**29.** 연하가 내게 급격히 다가온 것은 5월 하순이었다고 해야할 것이다. 학원에 온 지 열흘가량 지난 비 오는 날, 친구를 하기로 한 이후로 그녀에게 더 호감을 갖게 된 것은 사실이었다. 비록 교무실이라는 제한된 공간 안에서의 친교였지만, 말 한 마디부터 행동 하나까지 내게 더 따뜻하게 해주려 하는 그녀를 점점 더 새롭게 보게 되었다고나 할까. 그러다가 4월 말쯤에 뜻하기 않게 서로 신경전을 벌인 적이 있긴 했다.

"앞으로 절대 수업 중에 제 얘기 아예 하지 말아주세요."

그날 주간 8월반 수업을 마치고 나온 그녀는 씩씩거리며 교재와 지시봉을 책상에 내팽개치고는 거의 울음을 터뜨리다시피 했던 거였다.

"아니 애초에 반마다 돌아다니면서 내 버릇부터 시작해 지적질 하신 건 선생님 아니신가요?"

갑작스런 그녀의 반응에 당황한 내가 그렇게 반격하자, 그녀는 그 반격에 놀라 더 억울한 듯 다시 고개를 쳐들고 눈물을 글썽이며 한동안 노려보다가 끝내 울음을 터뜨렸던 거였다. 아……내가 가만있어야 했는데……. 순간 나는 우는 그녀를 보며 좀 전의 속 좁은 반격을 후회했다. 그 바람에 교무실 분위기가 냉랭해졌고, 교무와 영어 이 선생이 나서고 한참이 지나서야 비로소 진정 되는 듯했다.

"이것들이 나를 지네들 연적으로 생각하는 건지. 참 어이가 없어. 난 샘한테 조금도 관심조차 없단 말예요."

그 말을 들으며 내가 작은 소리로 "누가 아니래요!" 뇌까리자, 연하가 어이가 없는지 '피식' 웃어주는 바람에 그날 소동은 종료되었던 거였다. 그러나 며칠 후, 여학생으로부터 자신에게 온 기분 나쁜 편지를 흔들며 내보였을 때, 이번에는 내가 가볍게 흘려지나가는 척해주었다. 일부러 유치원생처럼 흘려 쓴 편지를 보며 씩씩거리던 그녀는 웃는 나를 어이없는 듯 째려보며 말했다. 누군지 지문이라도 채취해서 반드시 잡아내겠어!

5월이 지나면서 연하는 다시 전보다 유순해진 시선과 목소리로 돌아오긴 했다. 마침내 연극을 좋아하던 그녀가 표가 한 장 남았다며 같이 가지 않겠냐고 제안한 것은 5월 하순으로 막 접어들던 무렵이었다. 교무실에 단 둘이 있게 된 순간 잠시 머뭇거리더니 디켓을 내밀었넌 거였다.

이틀 뒤 보강이 없던 일요일에 우리는 대학로에서 만나 당시 뜨거운 화제였던 연극 〈에쿠우스〉를 보았다. 암전 속에서 빛의 기둥이 강하게 클로즈업되다가 다시 묘한 분위기의 조도 변화가 화려하게 연출되었던 그 연극 내내 우리는 숨죽인 채 몰입해 있어야 했다. 어둠 속에서 옆자리 그녀의 반짝이는 계란형 얼굴과 시원한 이마를 종종 훔쳐보다 눈이 마주치면 연하는 겸연쩍은 듯 싱긋 웃곤 했다. 어둠을 깨고 말의 탈을 쓴 주인공이 등장하며 갑자기 다그닥다그닥 거리는 효과음과 함께 발로 무대를 쾅 치는 대목에서는 한편 놀라서이지만, 그보다는 순간 우스꽝스런 기분이 들어 둘이 마주본 채 폭소를 터뜨려야 했다. 다른 이들이 곧 정적으로 다시 몰입해가는데도 우리는 그 순간 일련의 고요와 긴장과 갑자기 터져 나온 효과음과 클로즈업 된 주인공의 면상과 삐거덕거리는 말의 탈이 어우러져, 또 우리만이 공통적으로 느꼈던 주인공의 덥수룩한 수염과 목줄을 감은 빈약한 반나의 몸매와 인상이 우스꽝스러워 둘 다 계속 터져 나오는 웃음을 간신히 참느라 애를 먹어야 했다. 내가 겨우 참는 모습을 본 그녀가 더 주체하지 못하고 킬킬거리고, 다음에는 그녀가 억지로 억누르는 모습에 내가 흑흑거리며 야릇한 신음에 가까운 폭소를 흘리는 바람에 급기야 주변 좌석의 따가운 눈총을 받아야 했다.

하지만 겨우 참아내었다 싶은 다음 순간 우리에 영향 받은 뒷 좌석의 여고생 둘이 웃음을 터뜨리고야 말았기에 결국 더 이상 견디지 못하고 거의 울다시피 웃어대며 여학생들과 함께 도망치듯 빠져나와야 했다. 그러나 웃음이 완전히 멈춘 얼마 뒤에는 다시 조용히 들어가 뒷좌석에서 끝까지 보고 나오긴 했다. 아무튼 그 해프닝은 우리를 더 가까워지게 했던 것 같았다. 연극 홀을 나오며 내가 "에쿠~~ 에쿠~~"하며 발로 다그닥거리는 시늉을 하자, 연하가 "에구~~ 에구~~"하며 우스꽝스럽게 비틀거렸기에 같이 보고 나오던 이들이 우리의 그런 모습을 보고는 폭소를 터뜨렸으니까.

"음. 뭐랄까. 부모의 억압으로부터 벗어나고자 하는 욕망과 가치관의 혼란, 정상과 비정상 사이에서 무엇인가 존재의 의미와 내재된 이상을 찾고자 하는 열망 같은 것이 잘 형상화된 그런 작품이었어요."

극장 옆 식당에서 저녁을 먹으며 연하는 연극에 대한 총평을 했다. 내가 전적으로 동의해주자 연극을 보고 생각난 듯 자기 아버지에 대한 콤플렉스를 털어 놓았던 거였다.

"아빠는 원래 직업 군인이셨어요. 소령까지 올라간 장교였죠. 아주 어린 시절에는 그런 모습이 멋있어 보였고, 아빠의 부하 사관들을 보며 저런 남자를 만나 시집가야지 하는 막연한 동경이 있었어요. 그렇지만 더 자라면서 에쿠우스에서처럼 문득 아빠의 엄한 모습이 규율과 간섭으로 다가오기 시작했고, 그것이 점점 너 옥쇠어오는 구속으로 여겨져 절대로 저런 부류들과 연애하지도 말아야지 하는 생각이 강해졌어요. 어릴 때는 아빠 부대를 따라 가족들의 영내거주지나 군인아파트 같은 데서 살았거든요. 그래도 아빠가 군대를 그만두고 무역업을 하시면서부터는 간섭이나 제한이 많이 완화되긴 했어요. 지금은 주로 해외에서 체류하시기 때문에 엄마랑 아파트에서 단둘이 자유롭게 살아요. 하나 있는 오빠가 작년에 결혼하며 분가했거든요."

그녀가 나의 아버지에 대해 물어왔을 때, 아버지께서 51세에 나를, 56세에 수미를 낳았다고 얘기하자 한동안 배꼽을 잡으며 웃었다.

"원래 이북에서는 대지주셨다네요. 논밭만 4만 평이 있었는데 일본 놈들에게 2만 평을 빼앗기고, 나머지는 해방 직후 토지개혁으로 몰수당하고서 위기에 몰리자 그 직후인 1947년에 처자식들을 다 두고 38선을 넘어 월남하신 거래요. 다시 돌아갈 기회가 있으려니 하는 일시적인 심정이었는데, 결국 전쟁과 분단으로 이어졌고, 전쟁이 끝난 얼마 후 열두 살 어린 어머니를 만나 재혼하신 거죠. 그 후 아버지가 경상도 남해섬에서 금광의 총책임자가 되시면서 바닷가에 있는 관사에서 살았는데, 어머니는 그 시절이 가장 행복했다고 하시더군요. 거기서 누나가 태어났고, 저와 수미는 충청도 소읍으로 옮겨와 쌀집을 할 때 태어난 거죠."

그러자 연하는 "쌀집아들이시군요" 하며 다시 웃었다.

"그렇죠. 그렇지만 내가 국민학교 5학년 때 도시 계획에 걸려

집이 철거되면서 가세가 급격히 기울었어요. 그때만 해도 도시계획에 걸리면 보상이 없었잖아요. 쌀집을 하며 소유하고 있던 논들까지 믿고 맡겨둔 후배에게 사기까지 당해 2년간 재판을 쫓아다니며 고생하시다가 다 날리고 결국 중2 때 화병으로 돌아가셨어요."

"엄하진 않으셨나요?"

"이북 분이시니까 당연히 엄하셨죠. 그래도 항상 무한한 애정을 느끼게 해주는 분위기 속에서 자라긴 했어요."

"나이를 보면 군대는 연기했거나 면제일 텐데……. 아마도 연기했다기보다는…… 면제 받은 거겠죠?"

"그렇죠. 부선망독자에 생계유지 곤란 사유로…….."

그러자 연하는 "그걸 보면 하나의 불행이 오히려 다음의 행운을 가져오기도 하네요" 하며 무척 다행이라는 표정을 지었다. 그때까지만 해도 우리는 서로 속사정도 알게 되는 등 그런저런 연유로 더 친밀감을 가지게 된 것 같았다. 그렇지만 아직 서로의 엄연한 거리를 확인하는 데에는 오랜 시간이 걸리지 않았다.

식사를 마치고 그녀는 인근에 주차해두었던 승용차로 성남까지 나를 데려다주었던 거였다.

"어때요. 오늘처럼 저랑 종종 연극 보시지 않을래요? 저는 한 달에 두세 번 정도는 늘 보거든요. 아님 다른 공연들도 가끔 보고요."

집 근처 커피숍에서 다시 커피를 마시면서 머뭇머뭇 하다가 용기를 내어 그녀가 그렇게 제안해왔을 때, 아무런 대답을 하지 않음으로써 완곡하게 거절한 것은 나였다. 연하는 무척 민망하면서도 실망한 얼굴로 고개를 숙였다.

"우리가 같이 보러 다니면 오늘처럼 웃음을 견디지 못해 어디서고 결국 쫓겨나고 말 거예요."

뒤늦게 그렇게 무마해보려 했으나, 연하는 끝내 웃지 않은 채 자신의 차에 올랐다. 그녀를 보낸 후 스스로가 왜 그렇게 거절했는지 생각해보았다. 얼마 전인 대학 시절에 극심한 감정의 소비를 겪고 나서, 굳게 닫힌 마음의 문을 열 준비가 채 되어 있지 않기 때문이었을까? 어쩌면 지금 놓인 상황에서 그녀의 갑작스런 다가옴이 부담스러웠기 때문인지 모른다는 생각도 들었다.


30.  그렇지만 그녀가 보다 적극적인 모습으로 다가온 것은 얼마 지나지 않아서였다. 연극을 보고난 지 불과 사흘 후인 수요일 밤에 비가 내렸고, 이번에도 학원 앞 횡단보도를 건넌 조금 후 자주색 승용차가 옆에 다가왔던 거였다.

"작은고모네 가시는 길이죠?"

당연히 그러리라는 투의 내 말에, 그녀는 아무 대답도 하지 않았다. 무슨 결심이라도 한 듯 사뭇 진지한 얼굴이었다고나 할까. 내가 사는 집에 가까워서야 연하는 길가 한쪽에 잠시 정차해놓고 그렇게 제안했던 거였다.

"우리 어디 가서 술 한잔하든, 얘기나 좀 해봐요."

결국 단호함에 눌린 내가 알아서 가보라 하자 그녀는 차를 돌리며 처음에는 남한산성 밑으로 가겠다고 했다. 그러더니 아차 싶었던 듯 지금 시간에 절대 그쪽으로 가지 않겠다고 말을 바꿨다.

"처음에 친구랑 멋모르고 밤에 한적하니 경치도 좋고 마땅한 데가 있어 산성 밑에 주차했거든요. 이내 낯 뜨거운 장면들에 얼마나 놀랐던지."

"남자랑 갔나요?"

"당연히 여자였죠. 대학 동창! 그 후론 밤에는 그쪽으로 안 가야지 생각했었는데 깜빡했네요. 하여간 한강둔치나 관악산 입구, 북한산 같은 데는 그놈의 '카섹스족'들 때문에 다시는 밤에 안 간다니까요. 야경이 좋은 데는 반드시 경칫값하는 것이…… 하긴 어떤 애는 그곳이 분위기도 좋고 더 스릴 있다고 하더라만……."

연하는 이내 분위기에 안 맞게 자신이 괜한 얘기 했다며 말꼬리를 감추었다. 내가 종합시장 쪽으로 가는 것이 어떻겠느냐 제안하자, 거기는 보는 눈들이 있을 거 같아 도심에서 다소 떨어진 곳으로 가겠다고 말했다. 결국 성호시장도 더 지나 번화가라고 할 수 없는 이층 건물 앞에 차를 세우고 지하 주점으로 들어갔다.

주점은 중앙에 번듯한 무대를 중심으로 테이블이 몇 개 있었고, 그와는 별도로 세 개의 룸이 있었다. 다행히 작은 룸 한 군데만 손님들이 있었고, 중앙 홀과 주변에는 우리뿐이었기에, 또 연하가 룸보다는 바깥을 강하게 주장했기에 우리는 중앙 테이블에 앉았다.

말이 주점이지 '가라오케' 같은 분위기의 그곳에서 우리는 맥주를 마시며 연속 노래 불렀다.

그때만 해도 지금처럼 자동반주음이나 가사창이 없이 밴드에 의존해 기억나는 대로 불러야 했는데, 거기는 밴드는커녕 기타 마스터조차 없는 작은 주점이었기에 우리는 반주도 없이 마이크만 잡은 채 알아서 불러야 했다. 연하는 주로 팝송을 부르기는 했지만, 그래도 내가 열광해주었기에 회식 때보다는 빈번하게 트로트를 간드러지게 불러주었다. 나는 이번에는 민요를 부르지 않고, 주로 가요를 불렀다. 그날 수많은 노래 중에 팝은 〈All For The Love Of A Girl〉(어느 소녀에게 바친 사랑) 한 곡만을 불렀을 뿐이었다. 다 부르자 그녀는 환호하며 조아라했다. 그 직후 그녀가 답가라며 부른 팝은 〈Bridge Over Troubled Water〉(험한 세상 다리가 되어)였다. 내가 따라 불러주자 흐뭇해하는 얼굴을 보며 나는 순간 그녀가 어떤 의미를 찾으려는 게 아닐까 의심스러워졌다.

노래 사이사이에는 가벼운 이야기만 나누다가 두 시가 넘어 주점을 나왔다. 그녀가 내가 사는 집 앞으로 다시 데려다주었고, 우리는 길가에 차를 세워둔 채 잠시 앉아 있어야 했다. 거리에는 밤비가 여전히 내리고 있었다. 그렇게 시간이 다소 흐른 후, 연하가 내 어깨에 기대왔고, 나는 그녀의 머리칼을 쓸어주었다. 그리고 우리는 짧은 시간 동안 첫키스를 했다.

헤어지기 직전에 연하가 일요일에 다시 만나자 했을 때, 이번에는 나도 동의해주었다.

"그럼 우리, 우리집 근처인 석촌 호수에서 만나요. 거기 전망이 좋은 카페가 하나 있어요. 이제 앞으로는 가급적 이 도시 밖에서 보자고요."

그녀는 핸드백을 열고 수첩 용지를 찢어 약도와 상호를 적어주었다. 이번에는 둘 다 보강이 있었으므로, 보강을 끝내고 여유있게 다섯 시에 만나기로 했다. 다만 학원 사람들의 눈을 피해, 갈 때 따로 가자 한 것은 나였다. 한결 밝아진 표정의 그녀를 보내고 나는 스스로가 잘하고 있는 짓인지 종잡을 수 없는 기분으로 대문 앞에 섰다. 퍼붓는 비 때문에 밤하늘은 도무지 흐리기만 한 것이 어둠 속에서 한 치 앞도 가늠하기조차 힘들었다.


31. 엘리베이터 상단의 숫자판이 맨 꼭대기인 6층임을 알리며 정지했을 때, 동승해 있던 한 쌍은 그제야 겹겹으로 끌어안았던 팔과 몸을 풀었다. 하지만 문이 스르륵 열렸는데도 그 짧은 동안의 포옹의 해제가 아쉬운 듯 여자가 먼저 남자의 입술을 빨아댔고, 이어서 남자의 혀가 스르르 여자의 입안으로 미끄러져 들어갔다. 그러고는 문과 바깥 사이에서 나가려는 나의 발길을 가

린 채 서로의 입술이 아예 두텁게 겹쳐진 모양의 햄버거 키스를 노골적으로 연출했다. 마침내 삐삐 거리는 경고음이 울리자 사내가 이번에는 입술의 결박을 풀고, 나가지 못해 답답해하는 얼굴의 나를 보더니 겸연쩍은 듯 씨익 웃어주었다.

문을 열고 들어서자 연하는 호수가 훤히 내려다보이는 창가 끝자리에서 나를 보고 손을 가볍게 흔들어주었다. 그녀는 미소지을 때 입 언저리가 화사하고 그윽하게 부챗살처럼 벌어지는 것이 매력이었다. 창가 구석자리에 다가가자 조심스럽게 일어나 앞의 의자를 내어주기까지 했다.

"엄마랑 자주 저 산책길을 따라 걷거나 아예 달리기를 해요. 얼마 전까지 개나리와 벚꽃이 만발한 것이 장관이었는데……."

그녀는 창밖으로 내려다보이는 호수 가장자리를 따라 나 있는 산책로를 가리켰다. 사람들이 듬성듬성 걷거나 뛰는 모습이 보였다. 커플이 걷는 모습도 보였고, 혼자 트레이닝복을 입고 달리는 이도 있었다. 호수 뒤로는 얼마 전에 지었다는 고층 아파트 빌딩들이 또 하나의 숲을 이루고 우뚝 서 있었다.

"그런데 말이죠. 오래전부터 묻고 싶었던 것이 하나 있었어요."

바깥 풍경에 빠진 내게 그렇게 물으며, 연하가 둘 사이에서 처음으로 '사랑'에 관계된 말을 시작했던 거였다. 뭐죠?

"음. 아무리 보고 또 보아도 선생님께서는 얼마 전에, 아니 지금까지도, 무척 심각한 중병을 앓고 난 직후거나 아니면 지금까지 그 병이 진행 중이거나…….”

“무슨 말인가요?”

“그러니까. 음……, 이렇게 말한다고 기분 나빠 하지 마시고요.”

그녀는 몹시 조심스러운 듯 말의 호흡을 신중하게 늦추거나 쉬어가며 말을 이었다.

“그게. 그러니까…… 잘은 모르겠지만, 아마도…… 선생님께서는 아주 지독한 사랑의 열병을 앓으신 직후이거나 아니라면, 지금도 앓고 있거나 하신 거 같아서요…….”

사실 그녀의 느닷없는 지적에 그다지 놀라지는 않았었다. 단지 오랜 시간 꼭꼭 숨겨 왔던 혼자만의 비밀을 뜻하지 않은 자리에서 의외의 사람에게 들켜버린 상황에서의 낭패감이랄까! 어쩌면 순간 내 얼굴이 그녀가 보기에 동요했는지도 모를 일이었다. 나는 그 질문에 아무런 대답을 하지 않았다. 그러나 연하는 잠시 후 확신해버린 듯 말을 이었다.

“아……, 역시 제 직감이 맞았군요……. 그렇담 미안해요……. 편치 않으실 얘길 꺼내서.”

“왜 그렇게 생각하셨죠?”

“네……. 실은…… 솔직히 말씀드리면, 이왕에 제가 시작한 얘기니까. 실은 저도…… 얼마 전까지 비슷한 감정이었거든요. 대학 2학년 때부터 4학년 때까지 사귄 복학생 오빠가 있었어요……. 부끄러운 얘기지만 3년 만에 헤어졌죠. 아니 제가 버림받은 거죠. 사실은…… 그러고 나서 2년 정도 정말 심하게 방황하다가 비로소 얼마 전에야 아예 벗어났다고나 할까요.”

“왜 그렇게 생각하셨냐구요?”

“음. 이런 말씀드리기 그렇지만…… 보면 알아요. 티가 난다고나 할까. 숨길 수 없는…… 일종의 ‘사랑의 상처의 표식’ 같은 거죠. 죄송하지만, 가끔씩 샘께서 멍하니 먼 곳을 바라보거나, 주변의 혼란 속에서도 또 선생님을 부르는 큰 소리에도 망연히 다른 생각에 몰입해 있는 모습에서 유추한 거죠. 그 표식을 발견했다고나 할까…….”

“음. 미안한데요. 누가 부르던, 주변이 아무리 시끄럽던 자기만의 상념에 빠져 놓치는 것은 저의 오랜 습관이에요. 어릴 적부터. 그것 때문에 늘 지적받았구요.”

그러자 연하는 그렇다면 자기가 잘못 보았고, 정말 미안하다고 한 걸음 발을 뺐다. 저쪽 구석 자리에서는 아까 엘리베이터에서 마주쳤던 커플이 여전히 농염한 행각을 벌이는 중이었다. 그들은 어깨 높이 정도까지 가로막이 있는 외진 테이블에서 다 불태우지 못했던 에로티시즘의 극단을 보여주고 있었다. 남자의 혀는 주변을 아랑곳하지 않은 채 여자의 목덜미를 지나 금방이라도 막 열어 젖힌 가슴께로 내려갈 기세였다.

"우리 기분 전환할 겸 다른 데 가요."

그 모습이 시야에 얼쩡거리는 것이 차마 낯 뜨거웠던지 연하는 자신의 커피가 아직 반이나 남았는데도 일어서자고 재촉했다. 내 잔은 이미 비워져 있긴 했다.

지하 주차장에서 차를 빼온 그녀가 나를 태우고 강변로를 달려 데려간 데는 '미사리'라는 곳이었다. 당시는 조정 경기장이 본격적으로 건립되기 직전이라 강에는 작은 배 한두 척만 멀리 떠있었을 뿐이었다.

"이쪽이 요즘 카페와 음식점이 하나둘씩 들어서고, 분위기도 괜찮아요."

그녀는 마을 입구로 들어서며 진지하게 설명해주었다. 어쨌든 나는 그날 연하 덕분에 처음으로 석촌호수도, 또 미사리도 알게 되었던 거였다. 우리는 얼마 전 생겼다는 레스토랑에서 저녁을 마친 후, 근처 카페로 가 틀어주는 음악을 들으며 밤늦게까지 담소했다. 그랬는데 이야기 중간에 연하가 호호 웃으며 내 자존심을 건드리는 말을 하고 말았다.

"사실 그날 말예요. 선생님께서 오신 지 이삼일 만인가? 교무에게 가불 신청하실 때 말이죠. 제가 옆에 있었잖아요. 저도 초집중해서 보고 있었죠. 그때 만약에 학원에서 가불 안 해주면 내가 빌려드리면 어떨까 해서요. 물론 무이자지만요."

화기애애하게 오가던 이야기 중에서 무심코 꺼낸 속마음이겠지만, 하여간 그 바람에 나는 자존심이 상처 나는 기분이 들었다. 그러자 분위기가 이상하게 흘러감을 느낀 연하가 이내 "제가 실언을 했나봐요……. 그만……" 하며 꼬리를 내렸고, 나는 별 내색을 하지 않으려 노력해야 했다.

얼마 후 우리는 다소 먹먹해진 거리감을 느끼며 카페를 나왔다. 뒤이어 차에 올라탄 나를 연하가 데려간 곳은 한강 둔치였다. 갈대와 수풀이 우거지고 잔잔한 한강물에 별빛과 달빛이 반사되어 번쩍거리는 물결을 보며 우리는 두 번째 키스를 나누었다. 거기까지는 좋았다.

문제는 무척이나 달콤했던 키스 후에 일어났다. 다른 차량이 정차되어 있지 않은 한적한 곳이었기에 주변을 신경 쓸 필요가 없었던 상황이었다. 처음보다 상당히 길었던 키스를 마치고 그만 내가 아까 본 그 남자처럼 그녀의 목덜미를 핥아 내려갔던 거였다. 순간 당황한 듯 그녀가 움추러드는 것을 감지했을 때 멈추어야만 했다. 하지만 이미 제어할 수 없는 지독한 습관처럼 이어서 내 손이 그녀의 남방 단추를 하나 풀고 브래지어를 끄르자마자 젖꼭지를 꼬집어주었을 때 연하의 외마디 비명이 터져 나왔다. 어쩌면 거기에서만이라도 다시 멈추어야 했을 거였다. 의외의 반응에 당황하면서도 내 다른 손이 자신의 다른 유두를 터치하는 순간 연하는 나를 거세게 밀치며 울음을 터뜨리고 말았다.

한참을 혼난 후에야 겨우 그녀의 차를 타고 도시로 돌아올 수 있었다. 집 앞 골목에 이르자 연하는 차를 한동안 세워두고 아무 말도 하지 않았다. 그러다가 나를 내리라 하며 그렇게 말하고 떠나갔다.

"정말 '최소한의 예의라고는 조그만치도 찾아볼 수 없는 무례한 손'이었어요. '사랑의 느낌이라고는 아예 없는 손', 아니 '최소한의 감정이나 교감조차도 없는 황폐한 손' '오직 본능만이 꿈틀거리는 불쾌한 손'이었을 뿐예요! 어쨌든 고맙네요. 덕분에 내가 이 잘못된 만남에 기대를 걸었던 것이 얼마나 어리석었는지를 깨닫게 해주셨으니까요. 이제 다시는 개인적으로 이런 만남 절대 가지지 않겠습니다."

나는 어쩌면 그녀가 내가 가졌던 의심과 의문을 정확하게 인지한 것이 뒤늦게나마 잘된 듯도 싶었다. 서로 더 이상의 혼돈으로 빠져드는 것이 위험함을 그녀가 비로소 깨닫게 된 것이다. 차문을 닫기 직전 은하는 그 말을 항변처럼 마지막으로 남겼다.

"저는 더 이상 사랑의 상처를 받고 싶지 않은 여자라고요!"

떠나가는 그녀를 보며 우리를 가까워지지 못하게 하는, 아니 멀어지게 하는 이유가 무얼까 잠시 생각해보았다. 어쩌면 그 이유들 중에 아마도 노는 물이 서로 다르다는 계층적 위화감도 당시로서는 한몫하지 않았을까 하는 생각이 들었다. 적어도 연하에게는 경화나 은정이에게서 느꼈던 가난이라는 동질성에서 오는 공감대가 아예 없었으니까.

언뜻 지나가며 본 그녀의 세계는 당시의 나에게는 이 도시와는 또 다른 성격의 '외계 도시'였다 해야 할 것이리라. 그래도 이 도시는 처음의 생경함으로부터 서서히 벗어 나갔지만, 연하 때문에 알게 된 그 새로운 '거대 외계 도시'는 당시의 나로서는 너무나 낯설고 거부감이 강했으니까. 어쩌면 그것은 튼튼한 덫과 거대한 포충망으로 중무장한 채 모든 외계도시들 중에서도 비교할 수조차 없는 압도적인 자본의 위력으로 패왕처럼 군림하는 인상이었다고나 할까.

무엇보다 그 얼마 후인 그해 여름에 완전히 떠나보낸 데에는 연하가 직감했던 것처럼, 그녀를 만나면서 순수해지고 싶은 생각이 조금도 들지 않았기 때문이었을 거였다. 그녀는 그런 모습을 보고 내가 사랑하지도 않고 있고, 최소한 사랑을 기대할 수 없을 거라 예감했을 테니까. 그렇게 우리의, 아니 나의 이 도시에서의 봄날이 흘러갔다.


32. 5월이 다가는 어느 날, '8월반'에서였다. 그날 수업 목표였던 현대시 파트가 끝나고, 수필로 넘어가려 하자 아이들이 여기저기서 소리쳤다. 그만해요. 놀아요. 얘기해주세요. 한낮이었고 수업 종료까지는 15분가량 남아 있어 애매한 시간이었다. 잠시 무얼 할까 망설이다가 그렇게 말했다.

"내가 좋아하는 언어 중에 '상상'이란 말이 있습니다. 상상은 모든 영감과 창조의 근원이요, 일상에서부터 시작하여 신화와 과학에 이르기까지 모든 현실과 가상과 신비의 모태이지요. 또 여러분같이 싱싱한 미래세대를 이끌어주는 동력이 되기도 합니다. 자, 그럼 이제부터 '상상'이라는 주제로 무슨 얘기를 할지 삼 분간 생각한 후에 한 사람씩 각자 자유롭게 말해보기로 하겠습니다."

그리고는 존 레논의 〈이매진〉 가사 일부를 칠판에 적어주었다. 요즘 같으면야 내가 즐겨 부르는 씨앤블루의 〈상상〉 같은 가사를 적어주겠지만! 늦은 봄날의 햇살을 따갑게 받으며 아이들은 잠시 상념에 빠졌다.

잠시 후 반장인 경복이가 먼저 말했다. 우리에게 국민을 위해 최선을 다하는 좋은 국가를 선물 받고 싶어요. 내가 말했다. 이매진 가사에서 영감을 받은 거군. 좋은 생각이야. 똑똑한 민구가 반발했다. 그보다는 차라리 무정부주의가 내 체질에 맞아요. 전 차라리 우주를 개발해서 다른 행성에 가서 살고 싶어요. 그것도 참신한 발상인걸. 은정이가 반발했다. 우주도, 별들도 탄생과 소멸을 반복한다잖아요. 어차피 인간은 거기 붙어 있는 먼지의 때만도 못한 존재인 걸요. 전 그럴 바에는 나중에 시골의 땅을 사서 나만의, 또 우리만의 파라다이스를 건설해 살고 싶어요. 그리고 하나 더 상상이 허용된다면, 그 행복한 땅에서 우리 모두가 신화 속의 신들처럼 아옹다옹 다투면서도 죽지 않는 불멸의 삶을 살고 싶어요. 아주 탁월한 상상이야. 연숙이가 반발했다. 그래도 죽음은 피할 수 없잖아요. 전 사랑하는 사람과 무인도에서 아무 간섭 받지 않으며 살래요. 일하지 않아도 마음껏 따먹을 수 있는 수많은 과일이 가득한 그런…… 그것도 훌륭한 상상이야. 몸이 아픈 영철이가 뇌까렸다. 하늘로 마음껏 날아오르고 싶어요. 점프업, 점프업. 바다를 자유롭게 헤엄쳐 건너요. 푸슛, 푸슛. 아주 좋아. 굿. 굿. 은정이가 다시 말했다. 여자 마술사가 되겠어요. 모두 변신시킬 거야. 상상은 현실로. 현실은 다시 상상으로. 민구가 또 말했다. 토끼를 태운 채 우주선 타고 날아가서 어린 왕자를 만나러 가야겠어요. 누군가가 말했다. 자동으로 골목 구석구석을 청소해 주는 기계를 발명할래요. 세상을…… 이 도시를 깨끗하게 청소하고 싶어요. 늘 맑은 기분이 들게. 여기저기서 말들이 쏟아지기 시작했다. 시험 없이 모두 대학가게 만들겠어요. 또. 밤을 없애겠어요. 또또. 옷을 안 입는 사회가 된대요. 또. 색칠을 하고 삐에로가 되어요. 또. 붉은 바람. 파란 돌……, 또. 엄마가 나타나는 거예요. 또. 여름에 눈이 와요. 하늘이. 나무가. 숲이. 그리고 별 별 별. 별 똥……, 다시 별.

제3부

낮과 밤

1.  여름의 초입으로 들어선 6월의 바람은 선선했다. 도시의 낮은 외견상 아무런 흔들림 없이 평온하기만 했다. 적어도 낮 동안만큼은 모든 욕망도 소요도 없이 대부분의 사람들은 일상에 매몰된 듯 보였다. 새벽을 지나며 아침이 오면 활기를 되찾았고, 한낮이 되면 잠시 바쁜 일상을 피해 노동의 허기를 달래려 음식점에 모여 들곤 했다. 다시 오후 내내 일에 열중하다가 마침내 저녁이 되면 모든 것을 내려놓고 밤을 맞이하기 위해 집으로, 또 술집으로 돌아가는…… . 이따금 대낮에도 술을 마신 채 싸움이 일기도 하고, 아직 풀지 못한 욕망을 해소하기 위해 쏘다니는 이들도 있었지만, 그것은 극히 예외적인 일부의 현상일 뿐, 분명 낮의 대세는 아니었다.

나 역시도 아직은 낮익지 않은 이 도시에서 낮에 할 수 있는 일이라고는 뻔한 일상이었을 뿐이었다. 종종 수미와 함께 종합시장을 찾아 같이 식사를 하는 정도가 특별한 일이었다고나 할까. 우리는 시장 먹자골목에서도 순댓국집을 가장 좋아했다. 노랑머리로 온통 물들인 마음씨 좋은 경상도 아주머니는 단골 남매가 왔다며, 늘상 건더기를 자기 펑퍼짐한 몸매만큼이나 푸짐하게 넣어주었다. 그 외에도 김밥 집과 비빔냉면집, 돈까스집 등이 우리가 잘 드나들던 곳이었다. 하나만 더 추가한다면 대학 시절 인천이 고향이었던 경화 덕분에 맛들이게 된, 인천 음식이라는 쫄면집도 그 목록에 들긴 했다.

모처럼 보강도 없이 온전하게 쉬는 일요일이 오면, 수미랑 근처 희망대 공원에 놀러 가서 잠시 휴식을 취하곤 했다. 그럴 때면 주인집 젊은 내외가 딸을 데리고 같이 동행하기도 하였다. 우리는 배드민턴을 치거나 몇 개밖에 없던 놀이 기구를 타곤 했다. 그 중에도 회전그네가 가장 스릴 있었다.

희망 공원 한가운데 있는 팔각정 정자 밑에서는 항상 매점 아저씨가 마이크를 들고 자신의 멋들어진 트로트 솜씨를 몇 시간 내내 뽐내는 장면이 인상 깊었다. 그는 주변에 사람들이 몇 모이기라도 하면 더 우쭐해져서 쉬지 않고 노래 불렀다. 설령 아무도 구경하지 않는 순간에도 자기 솜씨에 스스로 도취되어 마이크를 잡고 오직 트로트만을 연속 불러댔다.

6월 중순에 군자가 이 도시로 처음 놀러 왔을 때도 수미까지 포함해 우리는 희망 공원에 가서 몇 안 되는 놀이 기구를 탔고 교

대로 배드민턴을 쳤다. 나중에는 수미를 떨군 채 둘이서만 음악
다방을 찾았고, 거기서 이번에는 사람들 시선을 피해 은밀하게
달콤한 키스를 했다.

낮수업이 끝나고 밤수업에 들어가기 전까지 잠시 집에 와서
혼자 쉴 때면, 흘러가는 시간들이 너무나 무료했기에 자주 본능
이 되살아났다. 그럴 때는 이따금 수음을 하기도 했다. 하지만 대
부분의 경우 모든 욕망은 밤 시간으로 넘어가버렸다. 마치 낮이
라는 시간이 밤이라는 본격적인 욕망의 시간을 예비하는 징검다
리라도 된 것처럼…….

대부분의 경우 태양은 강렬했고, 그럴수록 낮은 노동과 활기
와 평온의 시간이었다. 도시 사람들은 마음껏 일하고 웃고 떠들
거나 자기만의 통제할 수 있는 선한 일을 찾아 나름 보람과 의미
를 추구하기도 했다. 그러다가 태양빛이 약해지거나 비라도 내려
해를 가리는 날이 올라치면, 낮은 후줄근하고 나른해지기도 했다.


2. 그 시절 밤은 나에게 와서 '욕망'과 '방황'의 시간이 되었
던 것 같다. 특히 야간 수업을 마치고서 늦게 맞이한 '나의 밤'을
정의한다면 딱 그 두 마디가 적절할 것이었다. 사실 엄밀히 말해
서 오후 11시 수업을 마칠 때까지 나에게 있어서는 진정한 밤의
시간이 아니었다고 해야 할 것이다. 저녁부터 그 시간까지는 하루
일과의 연장이요, 내가 쌩쌩하게 일하던 시간의 연속이었으니까.

그러다가 11시 20분쯤 모든 걸 마치고 거리로 나서면서부터 본격적으로 밤의 시간이 시작되었다고나 할까. 아니, 밤의 방황이 시작되었다고 하는 것이 오히려 정확할 것이지만! 마침 그때쯤부터, 도시도 외견상 무난하고 일정한 절제가 있는 밤의 1라운드를 끝내고, 본격적으로 숨기고 있던 자극과 일탈을 막 꺼내며 위험한 밤의 2라운드를 시작하는 시각이었으리라. 그 시각쯤 도시의 한가운데와 주변을 걷기 시작하면 이제 막 스멀스멀 피어오르는 본능과 욕정의 기운이 서서히 풍겨오기 시작했다. 사내들은 하나둘씩 전봇대나 담장을 잡고 구토하기 시작했고, 술에 취해 혀가 꼬부라진 여인들이 자신을 완력으로 붙잡고 데려가려는 사내들의 억센 손길을 간신히 뿌리치며 도로를 비틀비틀 활보하거나 급히 택시에 오르는 모습도 보였다.

그러다가 밤 한두 시 전후해서 본격적인 심야의 라운드가 열리면 그때까지 남아 있는 상당수 도시 사람들의 눈빛은 한결 본능으로 가득 차버렸다. 여기저기 헤매는 남자들이 늘어났고, 그들을 유혹하려는 무리들의 손짓이나 외침이 더 거세어졌다. 고갯길 중간에 있는 잘 다니지 않는 골목이나 단대천변의 으슥한 수풀 속, 변두리 낮고 허름한 건물이나 가로등조차 없는 외진 주택가에서는 실제 부둥켜안은 채 애무에 열중하고 있거나, 아예 노골적으로 하의를 무릎께까지 내린 채 정사에 몰두하고 있는 쌍쌍들이 이따금 목격되기도 하였다. 그 시각쯤 지나다 보면 천변이

나 골목 사이에 주차되어 있는 승용차가 조금씩 규칙적으로 들썩거리는 모습이 보이기도 했다. 뿜어내는 욕망의 거친 숨결이 수증기가 되어 뿌얀 차창 너머로 슬쩍 들여다보면, 옷을 풀어 헤치거나 아예 벌거벗은 채로 서로의 육체를 탐닉하기에 몰입해 있는 남녀가 보이곤 했다.

도시의 그런 풍경들은 그러지 않아도 가뜩이나 부풀어 있는 내 욕망의 풍선을 더 팽창시켜 놓았다. 그러다가 그것이 끝내 거대한 애드벌룬이 되어 도저히 채워지지 않는 어떤 날은 정말 곤혹스러울 정도였다. 결국 새벽 가까이가 되어서까지 그 욕망의 기구가 하늘 끝으로 날아올라 스스로를 통제할 수 없게 만들려는 어떤 날은 여인숙을 혼자 찾거나 '중동 붉은 거리' 근처를 서성여야 했다. 물론 그런 날들은 예외적이었을 뿐이고, 대부분은 도저히 풀리지 않는 욕망의 응어리를 손아귀에 가득 움켜쥔 채 속으로만 삭이면서 집으로 향했지만!

돌이켜보면 그 청춘의 시절, 자신이 어느 곳에 있었고, 어떤 모습으로 자리 잡고 있었던 지와 상관없이 나의 욕망은 스스로를 어떻게든 괴롭혀 나갔을 것이었다. 다만 분명한 것은 그 시절 나는 그렇듯 그 도시에 있었고, 늦은 밤 시각을 운명처럼 본능적으로 헤매면서 좀체로 해소되지 않는 욕망을 부둥켜안은 채 고통스러워했다는 사실이었다.

적어도 이 도시에서만큼은 밤은 그렇게 야수와도 같은 변칙적이고 돌발적인 모습으로 내게 다가왔다. 아니라면 내면 깊숙이 이미 태생적으로 자리 잡고 있어 도저히 부정할 수 없는 스스로의 저열한 본능이 나를 그렇게 도시의 한밤 속으로 은밀히 이끌었을 것이었다. 마치 자신에게 가장 잘 어울리는 최적의 터전을 발견하기라도 한 듯이……. 많은 도시 사람들에게도 밤은 가식과 위장의 탈을 벗고, 알몸으로 마주하는 통제하기 힘든 본능의 분출로 인해 곤혹스럽게 다가오곤 했을 것이었다.

3. 밤이 몹시 늦은 시각, 거리를 헤매다 지쳐 돌아오는 골목 곳곳에는 여관이나 여인숙들이 많았다. 신흥동 집으로 향하는 네 번째 라인 중간쯤에서, '비디오'라는 엉성한 글자가 간판 옆에 쓰여 있는 여인숙을 발견한 것은 6월 초입의 어느 날이었다. 그 날도 나는 끝내 해소되지 못한 충동을 안고 방황하다 지쳐 귀가하던 길이었다. 최근까지 성행하던 키스방이나 전화방 같은 향락업소가 아예 없던 시절이었으니까.

생전 처음 보는 문구였지만, 전에 '야한 비디오'는 몇 차례 본적이 있어 대충 짐작은 하였기에, 잠시 망설이다가 결국 들어갔던 거였다. 마른 체구의 중년 사내는 구석의 초라한 골방으로 데려가서 서양 남녀가 등장하는 포르노 비디오를 틀어주고 떠났다. 나는 한쪽 모퉁이 자리에서 구질구질한 홑이불을 덮어쓰고 하의를 탈의한 채 그것들에 열중하곤 했다. 밖에서 사내가 "아가씨를 불러 드릴까요?" 하고 몇 차례 물었지만, 그때마다 괜찮다고 거부하면서! 그리고 중간이나 후반부쯤에는 꼭 자위를 하곤 했다. 하지만 두루마리 화장지 조각이 손바닥과 페니스에 묻은 채로 여인숙을 나서는 심정은 그다지 밝지 못했다. 그럴 때면 욕망이 충분히 해소되기는커녕 도리어 더 강하게 변형되어 꺼림칙하게 남아 있는 그런 느낌이었다고나 할까. 두 번 더 그렇게 그곳을 찾긴 했지만, 곧 그만두었다.

대신 나를 오래도록 끈질기게 미혹시켰던 것은 '붉은 거리'였다. 6월 하순 무렵 중동 근처를 지나다 나는 다시 서른다섯 살가량의 여인에게 이끌리고야 말았다. 그렇지만 이번에는 거의 자발적인 상황이라고 해야 옳을 것이었다. 단대천변을 막 벗어나 중동 쪽으로 접어들려는 찰나, 3월 초처럼 나이 든 여자가 잡아 이끌기 시작했다. 아직 스쳐 지나가며 가볍게 눈요기하려던 '붉은 거리'에 도달하기 전이었고, 또 막상 거기 어린 여자 중에 하나가 아니었는데도 그날 나는 이상하게 그 여인에게 쉽게 이끌리고야 말았다. 어쩌면 한밤에 접한 그녀의 유달리 구릿빛이 강한 피부가 자극적이었는지도 모를 일이었다. 아니면 이미 그날은 일을 저지르기로 결심했던 스스로의 내면이 거추장스러운 절차와 시비를 거치기 전에 때마침 다가든 내밀한 제안에 바로 굴복했던 것도 같았다.

여인은 나를 낡은 건물의 나무 층계를 올라 이층 다락방으로 데려갔다. 그리고 정말 매매춘이라고 할 수 없을 만큼 몹시 정성 스럽게 최선을 다해 구석구석을 핥아주었다. 삽입이 시작된 이후 에도 절대 재촉하지 않고, 오히려 천천히 쾌락을 느껴가도록 유 도했다. 솔직히 대학 시절 두어 번 매음굴을 다녀봤던 나로서는 가급적 빨리 끝내도록 유도하는 직업여성들과는 다른 그녀의 자 세가 당황스러울 정도로……. 결국 그 후로도 세 번 정도 더 이층 다락방으로 그 여인을 찾아야 했다.

물론 나이가 들어서는 매매춘을 하지는 않는다. 그 이유는 그 것이 상호 주고받는 진정한 교감의 행위가 아니라는 생각이 강하 게 들기 때문이다. 하지만 그때는 충분히 젊었고, 젊은 만큼 더욱 더 스스로 통제하기 힘든 욕망에 늘 괴로워하던 시기였으니까! 그것도 마땅한 설명 거리가 안된다면 남자들은, 아니 여자들까지 포함해 대부분의 사람들은 틈만 나면 하루에도 수십 번씩 성적 판타지를 강하게 품는다니까! 낮 동안부터 종일 내내 누적되어 있을 욕망의 엑기스들이 밤을 맞아 한층 활활 타오르다가 마침내 그때쯤이면 어떻게든 해소하지 않으면 안 될 듯한 고통을 선물 하곤 하였으니까! 솔직히 말해 그 시절 나는 그렇듯 부풀어 올라 도저히 해결되지 않는 욕망으로 힘겨울 때면, 그것을 가슴 가득 부여안은 채 이따금 그 거리를 찾곤 했다.


4. 꽃봉투는 항상 짙은 향기를 품고 있었다. 그것은 봉투 자체

가 풍기는 향에다 그녀가 뿌렸을 적지 않은 양의 향수가 늘 짙게 배어 있기 때문이었다. 편지는 여러 예쁜 꽃들과 다양한 모양의 나뭇잎들로 매번 새로운 얼굴을 하고 나타났다. 자수가 직접 새겨진 것도 종종 있었다. 나는 그것을 열 때마다 언제나 그윽한 향기의 숲 속으로 달콤하게 빠져드는 기분이었다고나 할까. 한 걸음 두 걸음 스리살짝 다가와 도시 생활에 지친 내게 잠시 휴식을 주는…….

5월 내내 배달되던 꽃편지는 6월 들어서도 어김없이 일주일에 두 번 정도씩 책상 앞에 놓여 있곤 했다. 동료들은 그럴 때마다 한편 놀려 대면서도 한편 부러워했다. 연하는 5월에는 편지가 놓여 있을 때면 꼭 한 마디씩 뭐라 던지더니, 그 일이 있고 난 6월에는 내내 모른 척 외면했다.

처음에는 그냥 학원생 중 하나려니 무심코 흘렸지만, 시간이 갈수록 궁금증은 더해만갔다. 원생이라면 그냥 책상 위에 두면 될 터인데, 항상 우체국 소인이 찍힌 채로 배달 형식을 취하는 것도 이상했다. 하지만 그것도 자기 정체를 학원 사람들에게 들킬까 봐 그러는 거일 수도 있으려니 했다. 어지간한 검정고시반 여자애들의 글씨체는 대충 눈에 익었기에 입시반이나 공무원반 중에 하나려니 하고 짐작할 뿐이었다.

글씨는 소담스럽고 정갈했다. 무엇보다 글자마다 또박또박 정성껏 눌러쓴 기지런한 배열이 상쾌함을 주었다. 내용은 추상적인 그리움을 문학적으로 표현하는 것이 주를 이루었다. 항상 중간이나 말미에 아름다운 시나 소설, 수필 등의 구절이 덧붙어 있었다. 한 번 보낼 때마다 깨알 같은 글씨로 너댓 장을 가득 채우면서! 분명 나를 향한 그리움을 나름 형상화한 것이 분명했다. 몹시 소녀 같은 순수함이 넘쳐 났지만, 어딘지 성숙한 느낌도 주었다. 누구일까. 시간이 흐를수록 그 정체가 한편 궁금해졌지만, 다른 한편으로는 늘 그러려니 지나쳐가버렸다.

그랬는데 받은 것이 모두 열 통을 넘어설 즈음에 그 정체의 비밀을 알려준 것은 뜻밖에도 수미였다. 사랑니 때문에 아래층 치과를 며칠 다니던 수미가 하루는 치료를 끝내고 싱글벙글 웃으며 교무실로 올라온 거였다.

"오빠. 그 편지들 누가 보냈는지 알았어."

동생의 입가는 장난기로 가득했다. 누군데? 선희 언니야! 선희? 그게 누군데? 4층 치과 간호원 언니!

그녀를 처음 본 것은 학원에 온 지 한 달 정도 지나서였다. 3층에서 4층 계단으로 올라가다가 웬 간호사 복장을 한 아가씨와 맞닥뜨린 거였다. 계단을 오르다 마주 내려오는 그녀와 이삼 초가량 눈이 똑바로 마주치긴 했다. 순간 그녀는 어쩔 줄 몰라 하며 거의 쓰러질 지경이었다. 몇 초간 휘청거릴 듯하더니 결국 계단 벽에 비스듬히 기댄 채 아련한 시선으로 나를 응시하기만 했다. 눈동자에는 약간은 겁먹은 듯도 하고, 한편으로는 애잔한 듯도 한 그런 묘한 시선을 담고……. 나는 그때 그런 이상한 모습을 보며, 잠시 그녀가 어디가 아프거나 정상의 몸 상태가 아닌 건가 하는 생각이 들었었다. 허구적인 드라마나 과장된 소설에서나 보던 첫인상에서의 충격이란 것을 나중에사 알고 어떻게 그럴 수 있나 의아했지만! 그 후로 마주칠 때마다 그녀는 멀리서부터 부끄러워하며 시선을 지긋이 회피하는 것이 역력했다. 얼굴이 온통 홍조로 빨갛게 물들어 가면서.

그러다가 수미가 몇 번 치료 받으러 다니면서 친해졌고, 동생이란 것을 처음에는 모른 채, 너네 국어 샘이 너무 좋다고 고백하며 비밀로 해달라 했다는 것이었다. 자기가 계속 편지를 몰래 보낸다는 사실도 넌지시 알려주며……. 결국 비밀을 한 시간도 못 지키고 내게 알려준 수미는 미안한 나머지 다음날 모든 사실을 그녀에게 털어 놓았고, 그때부터 그녀는 나 대신 수미를 만나러 자주 학원에 드나들곤 했다.

"처음엔 평생 처음 경험하는 그 첫인상의 주인공이 누군지 전혀 몰랐었대. 그러다가 나중에 학원 전단지를 보고서야 정체를 알게 되었대. 정말 마음씨가 본 적이 없는 천사 언니야. 오빠 새언니 하자."

동생은 늘 그렇게 나를 놀려댔다. 자기 정체가 드러난 후로는 일주일에 한 번 정도로 횟수가 줄긴 했지만, 내가 그 학원을 그만둘 때까시 그 예쁜 꽃편지는 이어졌다. 아니 그 뿐만이 아니었다……. 다만 세월이 아주 흐른 지금에 이르러 그녀에게 몇 년에 걸쳐 받았던 그 아름다운 순백의 편지를 한 장도 갖고 있지 않다는 사실이 간혹 아쉽기는 하다. 하지만 그 시절 그 꽃편지들은 분명 아직도 진한 향기와 함께 내 마음 어디선가 살아남아서 일상에 지친 나를 살며시 위로해주고 있는지도 모른다! 우수에 잠긴 듯하면서도 한편 한없이 맑은 눈에 볼이 도톰한 그녀는 적어도 내 마음 속에서마저 동생의 말처럼 언제나 천사였으니까.

5. 그 시절 일요일이나 공휴일마저도 온전한 휴식의 날만은 아니었다. 토요일까지 쉬지 않고 밤낮으로 이어진 학원 강의는 일요일에도 두 번에 한 번꼴로 내 발목을 잡곤 했다. 학원에서는 휴일에도 가급적 보강을 해주도록 유도했다. 결국 다른 주요 과목 강사들과 협의해서 지그재그로 시간을 피해가며 입시반이나 검정고시반의 보강 수업을 진행하곤 했다. 아이들도 그런 시스템에 이미 길들여져 있어 보강을 해주는 날에는 거의 대부분 참여했다.

다만 내 보강 수업이 있는 날이 남들과 좀 달랐다면, 그것이 어느 반이든 수업 후반부에는 반드시 노래를 가르쳐주는 걸로 인식되었다는 점이었다. 나는 교과 수업이 끝나면 칠판에 이번에 배울 노래의 가사 전체를 적어 놓고, 먼저 선창으로 시범을 보인 후에 한 구절씩 따라하게 했다. 그렇게 구절별로 두 번 정도만 하면 감각이 좋았던 아이들도 세 번째에는 전체를 스스로 불러내곤 했다. 어느 누구 할 것 없이 자기들 공책에 꼼꼼히 따라 적으며 가르쳐주는 노래를 열심히 배울 때마다 나는 뿌듯해졌고, 결국 그렇게 노래 가르쳐주기는 훗날까지도 젊은 시절 내내 나의 학원 생활에 길게 이어지긴 했다.

그 시절 내가 즐겨 가르쳐주던 노래는 〈둥강둥(둥강개)타령〉이나 〈산타령〉 같은 민요, "이 풍진 세상을 만났으니 너의 희망이 무엇이냐" 하는 〈희망가〉, "타박타박 타박네야 너 어드메 울고 가니" 하는 〈타박네〉 같이 아이들이 잘 접하기 힘들었던 것들이었다. 드보르작의 고향곡 〈신세계로부터〉에서 따온 가곡 〈꿈속의 고향〉 같은 가곡도 있었다. 가끔은 그들이 원하는 가요를 칠판에 써 놓고 같이 부르기도 했다. 음악 시간이 따로 없었던 아이들은 나를 '국어 겸 음악 선생님'이라고 부르며 놀리기도 했다.

6월 중순의 일요일에 나는 보강을 마치고 내 딴에는 좀 특별한 노래를 하나 칠판에 써 놓았다. 그것은 어머니께서 즐겨 부르던 곡 중 하나였다. 1절은 우리말로, 2절은 일본어로 부르시는 것이 아마도 일제시대 때 배운 거라고 짐작이 가는! "저 언덕 넘어가는 호로마차는~~" 하고 시작하는 짧은 노래였는데, 좀 확실치 않았던 부분은 내가 개사를 했다. 그 노래의 끝은 그랬다. "나는 야 열여섯 만주 아가씨. 아이고나 부끄러워 시집을 못 가요~~" 짧은 노래였지만 아이들은 그날 재미있게 따라 불러줬다.

6. 내가 열여섯 은정이와 남한산성을 찾게 된 것도 그 즈음이
었다. 낮수업을 마치고 세 시쯤에 집으로 가던 중이었다. 책을 사
러 서점에 들르려고 평소와는 달리 4차선 고갯길을 오르다가 중
간쯤 횡단보도 옆 버스정류장에서 낯익은 얼굴을 발견했다. 바로
은정이었다. 긴 생머리에 체리 무늬 블라우스와 연분홍 스커트를
입고 있던 은정이는 이미 나를 먼저 알아보고 그윽하게 미소 짓
고 있었다. 그 애는 버스를 기다리는 무리에서 빠져나와 반갑게
내 앞에 마주 섰다.

"집에 가는 중이었어요. 그렇지 않아도 오늘 좀 우울했는
데……. 이렇게 선생님 만나서 너무 좋아요."

"무슨 안 좋은 일이라도 있니?"

"아뇨. 그건 아니고…… 다만……."

"다만?"

잠시 대답하기를 망설이는 그 애에게 재차 다그쳐 묻자 겨우
그렇게 말했다.

"그저께가 제 생일이긴 했어요. 아무도 기억해주지 않아서
좀……."

그 애는 쓸쓸하게 웃을 뿐이었다. 생일상도 못 먹었어? 그건
아니고요. 할머니가 미역국은 해주셨죠……. 하지만 "그렇다면
작은 선물이라도 하나 사줄까?" 하는 제안에 고개를 가로저었다.
주변 만두가게나 빵집이라도 갈까 하는 다음 제의에는 점심을 먹

어서 괜찮다며 한사코 사양했다. 그러다가 문득 생각난 듯 두 눈을 크게 뜨며 갑자기 말했다.

"선생님. 지금 야간수업 시작까지 시간 있으시죠. 그럼 우리 잠깐 어디 놀러가요."

느닷없는 그 애의 제안을 받고 잠시 주저하다가 그것도 기분 전환 겸 좋은 일이라는 생각이 들었다. 아니 다음 순간 내심으로는 가장 아끼는 마음이 강했던 소녀와 잠시 나들이를 떠날 수 있게 되리라는 생각에 무엇보다 즐거움마저 생겼다고나 할까. 결국 나는 흔쾌히 동의했다. 어디가 좋을까 잠시 생각하던 우리 앞으로 마침 남한산성으로 향하는 버스가 왔고, 그 표지를 보는 순간 둘 다 이심전심으로 합의의 눈길과 손짓을 주고받고는 바로 버스에 올랐다.

마침 뒷부분에 비는 좌석이 있어 나란히 앉았다. 산성으로 향하는 내내 이런저런 이야기를 나누었지만, 그 애는 자신의 상황에 대해서는 잘 말하지 않았다. 좀 더 물어 보았으나, 할머니와 아빠와 셋이 사는데, 아빠는 사업 때문인지 잘 안 들어오셔서 주로 할머니와 단 둘이 지낸다는 것 정도의 익히 전부터 알고 있던 수준 외에는 말하기를 꺼려했으므로 나도 더는 물어 보지 않았다. 대신 은정이는 자기가 좋아하는 음악과 버릇, 취미 등에 대해서는 평소와 달리 신나게 이야기 했다.

"사실 저는 종이학 같은 거 접어 보내는 거는 무시하곤 했어요. 쓸데없는 짓한다고 말이죠. 그런데 제가 스승의 날에 그걸 선생님께 보내 드렸잖아요. 근데 솔직히 말하면 고역이긴 했어요. 열 개나 스무 개만 접을까 하다가 그래도 이왕에 시작했는데, 너무 적어도 성의 없어 보일 거고, 억지로 백 개를 채운 거죠. 내가 그런 짓을 할 줄은 몰랐는데…….”

산성에 도착해 버스에서 내리면서 그렇게 말하며 까르르 웃어댔다. 아무튼 고역이긴 했어요.


7. “근데 진짜 궁금한 게 있어요. 영혼은 존재하는 건가요?”

산성을 완주하기에는 남은 시간이 턱없이 부족했으므로 우리는 둘레길 중에서 산성종로에서 출발하여 남문과 동문을 거쳐 지수당 연못과 개원사 절을 지나는 코스를 선택했다. 대략 한 시간 남짓하면 다 돌 수 있었으므로 크게 무리는 없어 보였다. 산성 로터리에서 남문으로 접어들었을 때, 소녀가 내게 처음 던진 질문은 그렇듯 형이상학적인 거였다. 나는 영혼의 존재에 확신이 없으며, 나 스스로도 원래 허무주의자였음을 강조했다.

“다니던 절 주지스님께서 그러셨어요. 보이는 건 다 환상이래요. 다만 죽어서는 영혼이 있어 생전의 죄업에 따라 벌을 받기도 한데요.”

“그렇지. 보이는 것은 다 환상일 수도 있지. 하지만 나는 그 다음 얘기는 알 수가 없다고 생각해. 차라리 영혼이라도 있어 영생

할 수 있다면, 인간은, 또 우리의 삶은 헛되지 않고 오히려 죽어서 더 행복할 수도 있겠지. 그런다면야 얼마나 좋을까마는……."

"전에 샘이 수업 중에 상상해보라고 하셨을 때, 제가 죽지 않는 불멸의 삶을 말씀드린 적 있었죠. 전 정말 죽는 게 싫어요. 아니 죽어서 영혼이라도 영생하면 좋겠어요. 그렇지 않다면 다 무서워요."

"나도 너 만할 때 그랬어."

"알아요. 샘도 내 나이 때 죽음에 대한 공포 때문에 늘 괴로워했다고. 특히 자고 일어났을 때의, 죽음을 간접 경험하고 난 듯한, 영원한 사별 때문에……. 그래서 선생님한테 동질감을 느꼈던 거 같아요. 그 후로 저는 수업 중에 하신 얘기 다 머릿속에 기억해뒀어요."

성곽으로 오르는 길에는 각종 푸른 들풀과 강아지풀들이 늘어서 있었다. 하늘을 향해 쭉쭉 뻗은 울창한 소나무 숲이 성곽 길을 따라 끝없이 이어졌다. 제가 샘께 배운 노래 중에 제일 많이 부르는 게 뭔지 아세요? 소녀는 강아지풀 하나를 뽑아서 손에 들며 물었다. 뭔데?

"바로 〈처녀총각〉이에요, 일제강점기 때 대히트 쳤다던."

그러면서 한동안 연분홍 스커트가 실바람에 나풀거리도록 슬쩍슬쩍 도는 시늉을 하며 노래 불렀다. 스커트 아래에는 하얀 타이즈가 빛나고 있었다. 봄이 왔네. 봄이 와. 숫처녀의 가슴에도.

나물 캐러 간다고. 아장아장 들로 가네. 산들산들 부는 바람. 아리랑 타령이 절로 나네. 음음음음 음음음음 음음음음 우우우우우우 우우우웅~~

8. "지금부터 우리 선생님의 비밀을 폭로하겠습니다. 두둥~~"

파란 하늘 밑 푸른 소나무 숲의 성벽을 따라 앞쪽으로 몇몇 사람들이 간편한 차림으로 걷고 있었다. 은정이는 주위 시선은 전혀 의식하지 않은 채 들떠 말을 이어갔다. 때마침 제비 두 마리가 앞서거니 뒤서거니 정겹게 교차하며 날아갔다. 옆쪽으로 이제 막 꽃피웠을 주홍빛 봉선화와 보랏빛 제비꽃이 듬성듬성 보였다.

"일찍이 선생님께서는 이마에 피도 안 마르신 아주 어린 나이에 이성에 눈을 뜨셔서 국민학교 5학년 때 서울서 전학 온 효정이를 짝사랑하게 되었답니다. 중학생이 되어서도 잊지 못하고 편지질을 하시다가 고등학교 2학년 때 마침내 첫사랑과의 데이트에 성공하고 편지를 주고받게 됩니다. 하지만 첫데이트는 다른 여자랍니다. 중3 때 잠깐 다녔던 교회에서 알게 된 중2 거미와 첫데이트부터 여러 번 만남을 가진답니다. 그러다가 완고한 교감 선생님이신 거미의 아빠에게 들켜 못 만나게 되는 완전 바람둥이시죠. 대학교 1학년 때는 통학차에서 만난 여고 일학년생 옥이에 푹 빠져 옥이네 학교까지 찾아갔다가 옥이가 던진 짱돌에 사망하실 뻔도 하셨습니다. 대학 2학년 때는 미스코리아 나가서 미스 충남이 된…… 누구더라…….”

하나하나 신기할 정도로 다 기억해내는 그 애가 우스워 나도 모르게 그만 알려주고 말았다.

“자경이.”

“아. 맞다. 자경이. 아무튼 자경이하고 대학 축제 때 블루스까지 추고 나서 밤이 늦었다는 핑계로 대전 그녀의 이모네에 같이 가서 자고 오십니다.”

그쯤에서 나는 더 이상 견디지 못하고 폭소를 터뜨렸다. 그래도 그 애는 개의치 않고 이어갔다.

“3학년 때는 드디어 과커플인 운명의 경화를 만나서 멀리 공대 빈 강의실을 밤늦게까지 전전하며 몰래몰래 데이트를 즐깁니다. 그리고 같은 과 남자들에게 떠벌렸다는 오해를 받아 크게 싸운 뒤 서로 시간을 갖고 지켜보기로 합의하고 일단 헤어집니다. 다음해 개강파티에서 지켜보기로 한 약속을 어기고 경화에게 같이 춤추자고 추근대다가 거부하는 경화의 뺨을 때린 후 선배들에게 얻어지고 공개 사과까지 하십니다. 완전히 채인 꼴이죠. 경화에 대한 복수심으로 불타던 4학년 때는 이웃 영문과 경은이의 도발적이고 세련된 몸매와 우울한 눈에 빠져듭니다. 경은이에게 ‘블루 아이스’라고 별명을 붙인 후 따라다니며 꼬시다가 겨우겨우 데이트도 하긴 합니다. 하지만 그건 순전히 사랑이 아닌 경화에 대한 보이기였을 뿐이랍니다. 여기까지가 주요 바람둥이 행적이고요. 본인 왈 잔챙이들까지 합하면 셀 수 없이 많답니다."

순간 나는 그 애의 의도적인 표정과 손짓, 음성과 함께 나의 부끄러움과 민망함이 범벅으로 뒤섞인 채 한동안 웃음을 그칠 수 없었다.

"정말 모든 수업에서 하나씩 알려준 내용들을 놀라울 정도로 정확히 기억해 꿰맞추는 걸! 백 점 만점에 백점이야."


9.  성곽 길로 오르는 가파른 계단을 지나 다시 성곽 위쪽에 이르자 멀리 파란 하늘 아래 도시의 시가지와 빌딩, 아파트, 집들이 시원하게 보였다. 다행히 유난히도 맑은 하늘빛 아래였다. 성곽을 따라 아래로 흘러내렸을 단대천의 물길도 복잡한 도시 구조 사이로 희뿌연하게 보였다.

"그런데 궁금한 게 있어요."

우리는 성곽 위쪽에서 잠시 쉬며 시원스럽게 펼쳐진 도시의 전경을 바라보았다.

"뭐가?"

"선생님께선 콤플렉스 같은 것이 없나요? 저는 워낙 많아서 말이죠."

"음. 콤플렉스라……. 그렇게 따진다면 하나 있긴 하지."

"어떤 건데요?"

"그건. 아마도 '가난'일 거야. 5학년 때 집이 철거되고 그 후 아버지께서 화병으로 돌아가시기 전부터 지금까지 오랜 세월 항상 가난에 눌려 시달렸거든. 가난은 정말 성장 과정의 나에게는 넘어설 수 없는 어마어마한 장벽이었어. 늘 내 자존심을 철저하게 짓밟아 대는."

"그렇다면요. 더 궁금한 게 또 있어요."

"그건 또 뭔데?"

"샘이 저만할 때 아버지가 일찍 돌아가셔서 어쩔 수 없이 대전고등학교를 포기하고 상고에 가시기로 하셨잖아요."

"그랬었지."

"그러다 중3 때 고입 원서 쓸 때 말이죠. 자기보다 공부 못하는 애들도 서울대 가겠다고 대전고등학교 원서 쓰는데, 선생님께서는 상고 원서 쓰면서 서러워서 펑펑 우는 바람에 담임선생님이 달래줬다고…… 그리고 상고를 수석으로 합격하고 서울 친척네 집에 다니러 갔다가 남산에 오르셨잖아요."

"맞아. 실은 그 몇 달 전에 독지가 한 분이 대전고에 보내주고, 하숙까지 시켜주겠다고 담임선생님을 통해 제안했었어. 사립 중학교라 재단 관계된 분이라면서. 하지만 내가 가정 형편상 상고를 가기로 하고 사양했던 거야."

"그때, 중3 겨울방학 때, 남산 꼭대기에서 저 멀리에 막 짓고 있던 수십 층 고층 빌딩을 바라보며, 나중에 반드시 저 빌딩보다 더 큰 빌딩을 짓겠다고 결심하셨댔잖아요."

나도 다시 그때가 떠올랐다. 그러긴 했지…….

"그랬는데 왜 다 포기하고 국문과에 가셨어요. 동일계로 서울대 경영학과에 갈 수 있으셨다면서요."

순간 나는 이 애가 몰라서 묻는 얘기가 아님을 알 수 있었다. 그냥 확인하고 싶을 뿐이리라…….

"고1 때 폐병에 걸려서 몇 달 휴학했잖아. 그때 쉬면서 마음이 많이 바뀌었어. 고2 때 주위의 반대를 무릅쓰고 고집을 부려 일년을 아예 더 휴학했던 것도 불투명한 내 인생의 갈 길을 다시 정립해보고 싶어서였고! 매일 하루에 두세 종류 약을 이삼십 알씩 복용하며 치료하고 있었기 때문에, 어느 정도 효과도 나타났고, 의사도 다니면서 치료해도 된다고 굳이 다시 휴학하는 것을 말렸지만 내가 고집을 부린 거지. 그때 글을 쓰는 게 너무 좋아서, 또 돈을 버는 것이 삶의 목표가 되어서는 반드시 행복하지만은 않을 거라는 생각에 그랬던 거야. 억지로 학교에 기를 쓰며 다니기보다 좀 더 오랫동안 쉬고 싶은 마음도 강했고!"

그 순간 그 애는 가장 크게 동의하는 듯한 시선으로 고개를 끄덕였다.

"저도 사실 그랬어요. 제가 선생님께 끌렸던 가장 큰 이유도 바로 그거예요. 아주 어릴 때부터 커서는 돈을 많이, 정말 엄청 많이 벌어야겠다고 수없이 생각했거든요. 그랬는데 그 생각에 회의가 들 때쯤 마침 선생님께서 우리 학원에 오신 거예요.”

소녀는 그때까지 손에 들고 있던 강아지풀을 자신의 볼에 살살 부벼대며 요청했다. 샘, 내 나이만 한 때 인상 깊었던 일 하나만 얘기해줘요. 그러고는 강아지풀의 풀대를 아예 입술 사이로 나긋이 물었다.

“음. 고2 휴학 중일 때 한 번은 그런 일이 있었어. 당시는 월간지 「샘터」가 가장 교양지였던 시절이야. 지금도 「샘터」가 있긴 하지. 한 번은 내가 보낸 수필이 실렸었거든. ‘비누장수’라는 제목이었는데, 늙은 홀어머니를 모시고 살며 다리를 절뚝거리면서 비누를 팔러 다니는 아저씨가 있었거든. 그 사람에 대한 감회를 쓴 수필이었어. 마지막 구절이 생각나. “당신은 그를 위해 비누 하나를 사줄 수 있습니까” 하는 다분히 감상적인 마무리였지.”

“괜찮은데요.”

“그랬는데 문제는 그 수필을 보고 샘터사 직원이라는 사람이 시골까지 주소를 보고 찾아온 거야. 놀래서 알고 보니 영업부 직원이었어. 그 사람은 글을 보고 내가 교사거나 적어도 의사같이 괜찮은 직장에 다니는 성인인 줄 알았는데 고등학생이라 놀랐던 거고. 그러면서 솔직히 글을 보고 잡지를 정기구독해달라고 부탁하러 찾아왔던 거였다는데…….”

“그래서요.”

“그랬는데 내가 너무 어려 놀랐다며, 또 우리방이 셋방살이에

구멍가게를 하는 모습을 보고는 오히려 자기가 감동 받았다며, 그 기념으로 일 년 동안 자기가 대신 돈을 내고「샘터」를 보내주겠다 약속하고 떠났어."

"이야. 그래서 오긴 왔어요?"

"정말 계속 보내주셨지. 그분 이름으로. 실제 자기 비용으로 그랬는지, 아니면 영업부에 있으니까 그 정도는 무료로 보내줄 수 있었는지는 모르지만. 어쨌든 그분께 감사하는 마음이었지."

은정이는 손뼉을 치며 좋아하는 척해주었다. 대단하세요. 역시. 그 바람에 나는 더 우쭐해져서 덧붙이고 말았다. 이래봬도 당시에 편지 부치러 우체국에 가면 우체국 누나들이 좋아해주었어. 내가 낮에 하는 라디오 음악 방송에 보낸 글들이 채택되어 한 달에 두세 번씩 몇 달 나갔거든. 청취자들에게 에세이를 공모해서 뽑힌 긴 한 편의 글을 매일 음악들과 함께 사이사이 나누어 연속 읽어주는 프로였지. 그때나 지금이나 라디오 음악 프로가 제일 인기잖아. 마침 옆집 누나가 거기 근무하고 있었는데, 지역하고 동네에다 내 이름이 자주 나오니까 다들 누나를 통해 알게 된 거지. 누나들이 그 프로를 항상 들으며 근무했거든. 얘가 바로 그 애야. 그 후로 누나들에게 이쁨 받았지. 채택 고료도 짭짤했어. 당시로는 내게 큰 수입원이었지. 내 글은 보내면 다 뽑혔으니까. 그게 전부 다 고1 때와 고2 때 휴학 시절 이야기야. 고2는 일 년을 아예 쉬는 바람에 다시 다녀야 했지.

"그러게요. 제 나이 때였는데. 무슨 내용들을 써 보내셨는데요?"

"주로 자연과 전원 생활. 그리고 삶과 죽음 등의 명제와 고뇌…… 그런 것들!"


10.  파란 수국과 보랏빛 수국이 풍성하게 핀 수풀을 보자 은정이는 곧바로 그쪽으로 내달렸다. 그러고는 그 속에서 잠시 포즈를 취했다. 카메라가 없었던 나는 손으로 가짜 카메라를 만들어 찰칵 찍어주는 시늉을 했다. 얼마 후 소녀는 수풀에서 나와 라라라~~ 콧노래를 부르며 연못 쪽으로 향했다.

지수당 연못은 디귿 자형이었다. 지금이야 들어가지 못하게 가지런히 물가를 따라 울타리가 잘 쳐져 있지만, 당시에는 땅과 연못의 경계가 전혀 되어 있지 않았다. 그냥 자연스럽게 펼쳐져 있어 물가가 가까운 아무 데나 쪼그리고 앉아 물놀이도 하던!

연못가에서 두 팔을 걷어 올리고는 쪼그리고 앉아 손을 모아 물을 긷던 은정이는 마침내 개구리알들을 발견하고는 탄성을 질렀다. 얕은 물속 연꽃잎 위에 많은 알들이 붙어 있었다. 그 애가 양 손바닥에 가득 올려놓은 알들 중에 어떤 것들은 벌써 꼬리가 생긴 모습이었다.

"이게 올챙이가 되고 다시 몇 주 후면 개구리가 되어 이 연못을 뛰어다닌단 말이죠!"

은정이는 신기한 표정을 지으며 한참을 들여다보며 놀다가 얼마 후 다시 연잎 위에 그대로 올려주었다. 그러고는 떼 지어 있는 연분홍과 붉은색의 잉어들을 잡으려는 듯 몇 번 물속을 움켜쥐었지만 번번이 허탕만 치고 말았다. 절대 못 잡을 거라는 내 놀림에 그렇게 답하며 까르르 웃었다. 물론 잡을 수 없죠. 그냥 장난쳐 봤어요!

"선생님. 피곤하시죠. 여기 잠깐 누워 쉬세요!"

연못 바로 옆 팔각정 정자 앞에 있는 벤치에 앉았을 때, 소녀는 그렇게 말하며 자기 무릎 쪽을 가리켰다. 괜히 저 땜에 쉬시지도 못하고……. 아냐. 덕분에 정말 즐거운 시간인 걸! 정말요? 그렇담 다행이지만요. 나는 은정이의 연분홍 스커트와 하얀 타이즈를 신은 무릎에 머리를 베고 누웠다. 누워 보는 그 애의 눈동자는 정말로 맑고 그윽했다. 마치 그 속으로 빨려 들어가 결국 저 파란 하늘 위로 날아오를 것만 같이! 그리고 잠시 그런 생각이 들었다. 만약 내가 학교에서 이 아이를 만나 3년이라는 정해진 시간 속에서 여유 있게 정식으로 가르쳤다면 우리는 어떤 인연의 실타래를 풀어갔을까 하는. 그리고 학교의 이런 벤치에 앉아 문학과 인생을 마음껏 얘기했다면.

제가 샘께 배운 노래 중에 진짜 제일 좋아하는 노래가 뭔지 아세요? 그 애는 시종 누운 내 눈을 뚫어지게 응시했다. 〈처녀총각〉이라며? 그건 가장 즐겨 부르는 거죠. 그게 아니라 제일 좋은 노래. 그건 또 뭔데? 바로 '타박네'예요. 아...... 그러고는 은정이가 내 머리칼을 살포시 어루만지며 노래하기 시작했다. 그날 나는 파란 하늘과 푸른 잔디와 우거진 수풀과 울창한 나무 아래에서 그 소녀의 청아한 목소리를 또 마음속에 담아야 했다. 명태 줄까~~ 명태 싫다. 가지 줄까. 가지 싫다. 우리 엄마 젖을 다오~~ 우리 엄마 젖을 다오~~

어쩌면 노래 부르는 이 소녀가 마치 엄마와 같은 포근함을 준다고 착각까지 잠시 하면서! 그러면서 어머니는 어떻게 된 거냐고 물을까 잠시 망설이다 이내 그만두고 말았다.

11. 지수당과 정자에서 오랜 휴식을 취하는 바람에 예정보다 시간이 많이 걸려버렸다. 우리는 마지막 코스인 개원사 절을 찾기로 합의하고 좀 걸음을 빨리 했다. 두 개의 문을 지나 절의 경내에 들어서서 잠시 둘러본 후에 다시 계단을 올라 대각전에 이르렀다. 그러고는 은정이가 강하게 원했기에 같이 신발을 벗고 들어가 불상 앞에 절을 하고 경배한 뒤 나와야 했다. 서로 무슨 소원을 빌었냐고 물어 보았지만 아무도 고백하지는 않았다. 나는 그때 솔직히 이 소녀가 잘되게 해달라 빌었었다. 다른 것도 있었지만.

"선생님. 부탁이 있어요."

절을 나서며 은정이가 다소 비장한 어조로 말했으므로 긴장해야만 했다. 무얼?

"나중에 말예요. 아주 먼 나중에라도 말이죠."

때마침 멀리서 구슬프게 들려오는 소쩍새 소리가 그 애의 나지막하고 애잔한 어조에 같이 실려 어우러졌다. 오늘 우리가 만났던 거를 잊지 말아주세요. 나도 선생님과 함께 했던 오늘을 잊지 않을래요. 샘한테는 별 의미 없을지 몰라도 저에게는 오늘 나누었던 얘기들이 다 소중하거든요. 아냐. 내게도 잊을 수 없는 정말 소중한 추억이 될 거야. 그럼 약속하시는 거죠? 약속!

산성 로터리에 되돌아왔을 때, 우리는 늘어선 음식점들 중에서 대대로 이어져 온다는 순두부집으로 들어갔다. 은정이는 먹지 않아도 된다고 버텼지만 어차피 내가 저녁을 먹어야 한다는 논리에 굴복하고 말았다. 그러고는 순두부 전골과 닭볶음탕을 섞어 먹었다.

돌아오는 버스에서 소녀는 많이 밝아진 표정이었다. 그렇지만 헤어질 시간이 다가오면서 다시 눈가에 그림자가 지며 진지한 표정이 되었다. 어떻게 해야 행복해질까요. 글쎄……

"큰스님께서는 애써 행복을 추구하지 말라 하시긴 했어요. 너의 생각이 너의 행동을 지배하는 거라고."

"옳으신 말씀이지. 근데 내가 은정이에게 조언을 한다면, 항상 어깨를 펴고 자신감을 가지고 세상에 나가봐. 너는 충분히 똑똑하고 매력이 넘치니까. 그리고 항상 주어진 현재가 지금은 최선이지만, 그래도 앞으로는 더 나은 미래가 펼쳐진다는 확신을 가지고 살아봐. 과거에 연연해하지 말고, 다가올 벅찬 미래를 꿈꾸고 하나하나 실현해나가려 노력하면서 말이지. 또 매일매일의 사소한 일상을 즐기는 자세로……."

무언가 좋은 얘기를 들려줘야 한다는 중압감에 나는 그렇듯 두서없는 상투적인 말들을 늘어 놓아야 했다. 다만 그날 마지막 순간에 들었던 확실한 느낌은 왠지 오늘 이 만남이 나에게도 평생 기억되리라는 것이었다. 그리고 정말 살아가면서 많은 이별을 했고, 그때마다 그 순간을 잊지 말아 달라는 부탁을 받곤 했지만, 그날 단 세 시간 동안의 그 소녀와의 추억만은 다른 기억들 이상으로 간직되어져 있다!

은정이는 버스에서 내리기 직전에 마지막으로 그렇게 덧붙여 물었다. 그런데 말이죠. 샘께 진짜로 궁금한 게요. 도저히 이해가 되지 않는 게 하나 있긴 해요. 말해봐. 선생님께서는 경화를 그렇게 좋아하시면서도 손만 잡은 게 전부라고 하셨잖아요. 그랬지. 그랬는데 애들이 수업 중에 숫총각이냐고 물으니까 절대 아니라고 그것도 경험이 많다고 하셨잖아요. 응! 그게 도저히 이해가 안 가요. 어떻게 그럴 수가 있죠? 사랑은 하나이고 그렇다면 한 사람하고만 육체적 관계를 맺거나 정신적 사랑만 하거나 해야 하는 거 아닌가요? 제가 보기에는요. 샘은 분명 변태시거나 나쁜 사람이에요!

12. 6월 중순에서 하순으로 넘어가는 즈음에 나는 또 한 명의 도시 여자와 관계를 갖게 되었다. 나이는 서른넷이었고, 다섯 살 난 딸이 있는 이혼녀였다.

그날 나는 야간수업을 하기 위해서 평상시보다 이른 오후 다섯 시쯤 학원으로 가는 길이었다. 특별히 할 일이 없는 대부분의 날은 여섯 시가 넘어서 학원으로 향했다. 그러면 수업 시작 삼십 분 전 정도로 여유 있게 학원에 도착해 저녁 식사 배달을 주문하고는 수업 준비를 하거나 담임을 맡은 야간 8월반의 출석 체크를 하면 되는 거였다. 십 분이면 배달 음식이 왔고, 오 분이면 금방 해치울 수 있었다. 수미가 독서실에 가지 않은 날 같은 경우에는 조금 일찍 출발해 종합시장에 함께 들러 저녁을 사 먹기도 하였다. 그런 날은 동생에 맞춰 식사 시간이 십여 분 정도로 다소 길어지기는 했다.

그렇지만 그날은 학원에 다른 정리할 일이 있었으므로 평소보다 일찍 다섯 시경에 저녁 출근을 하던 참이었다. 문제는 그날따라 평소에 잘 다니지 않던 두 번째 라인을 선택했다는 거였다. 두 번째 라인 골목길은 대부분이 평범하면서도 허름한 집들로 이어져 있었다.

신흥동 집에서 출발하여 중간쯤에 이르렀을 때, 여자의 날카로운 비명 소리가 연이어 들렸고, 이따금 분노한 남자의 욕지거리가 같이 들렸다. 다가가 보니 골목길에서 웬 여자가 억센 사내의 손길에 머리채를 잡힌 채 질질 끌리고 있는 중이었다. 여자의 얼굴에는 시퍼런 피멍이 들어 있었다. 그녀는 풀어진 머리칼 사이로 눈동자 가득 증오를 담고 사내를 노려보며 고래고래 소리 질렀다. 그러나가 겨우 일어서서 대들자 이내 사내의 무차별적인 폭력이 다시 시작됐다. 결국 그녀는 주변에 도와 달라고 요청했지만 다들 힐끗거리고 지나가기만 할 뿐이었다. 어지간한 싸움을 목격해도 대부분 스쳐 지나가기만 했었던 나도 그냥 개인사려니 하고 그 장소를 지나쳐 오려던 중이었다. 순간 여인은 나를 지목해 다급히 부르며 제발 도와달라고 다시 간청하였다.

그녀가 지목하였기 때문에 순간 잠시 망설여야 했다. 그러다가 어쩔 수 없이 다가가 물었다. 남편 아니신가요? 그러자 여인이 급히 도리질을 했고, 사내는 남의 일에 간섭하지 말라고 위협하기 시작했다. 남편이 아니라는 말과 여인의 다급한 눈짓에 다소 명분과 용기를 얻은 나는 마침내 본격적으로 개입하고야 말았다. 결국 다시 나에게 화가 치민 사내는 여인을 놓아주는 대신 내 멱살을 잡고 분노를 표출했고, 그 행위는 이번에는 나를 본격적으로 분노하게 만들었다. 결국 심한 몸싸움이 벌어졌다. 하지만 이미 흥분한 사내는 완력에서 젊은 나를 당할 수 없었다.

씩씩거리며 돌아서 가는 사내를 향해 여인은 다시는 내 집에 오지 말라며 마음껏 욕지거리를 되돌려주었다. 다소 안정을 찾은 여인에게 남편이 아니면 무엇이냐고 묻자 자기는 이 년 전에 이

혼했고, 이 남자는 '둥기(기둥서방)' 격이었는데, 환멸을 느끼고 몇 달 전부터 출입을 금지시키자 가끔 저렇게 와서 행패를 부린다고 하였다.

"딸과 함께 바로 저 집 문간방에 살아요. 딸은 지금 주인아주머니가 봐주고 있지. 이런 싸움을 자주 하니까 그러려니 하고 둘 다 안 나오고 있는 거야요."

그러면서 인사하고 돌아서 가려는 나를 잡아 세웠다. 정말 고마워요. 어떡하지? 내가 저녁이라도 살게요. 나는 그녀 눈가의 시퍼런 멍을 보면서 괜찮다고 말하고는 다시 돌아섰다. 그러자 여인이 재빠르게 앞쪽으로 막아서며 다시 물었다.

"그런데 대학생인가 봐요. 이 시간에 이렇게 돌아다니고, 검은 테 안경도 곱상하게 쓴 것이."

순간 내가 아무 대답도 안 하고 잠시 머뭇거리자 그녀는 '맞네' 하며 다시 확인하려 물었다. 결국 직업을 밝히기 싫었던 나는 그녀의 재촉에 마지못해 고개를 끄덕여주었다. 그러자 여인은 몹시 반가워하며 곧바로 반말로 다시 제안했다.

"어쩐지 순진하게 생겼더라. 그럼 오늘 내가 은혜를 톡톡히 갚을 테니까, 다 솔직히 말해봐. 밥을 먹으러 가든지…… 아니면 솔직하게 나랑 여인숙에 갈까? 내가 보답할게. 학생이 무슨 돈이 있겠어. 내가 낼 테니까. 원하는 걸 말해봐. 응?"

갑작스런 제안에 내가 당황해 하자 여인은 아예 들러붙어 옆구리를 쿡쿡 찌르며 웃었다. 나는 잠시 혼돈스러웠다. 아직 수업 시작까지는 충분한 시간이 남아 있긴 했다. 그러나 다음 순간 여인의 헝클어진 머리와 퍼렇게 부은 눈자위가 다시 클로즈업 됐고 결국 괜찮다고 사양해버렸다. 때마침 주인집 아주머니로 보이는 여자가 옆의 대문을 열고 아이를 데리고 나왔다. 우리 딸이야. 다섯 살이지. 예쁘지?

"아무 때나 우리방에 놀러와. 바로 이 집 첫 번째 문간방이야. 낮이든 밤이든 다 괜찮으니까. 문이 잠겨 있으면 두드리고 학생이라고 말해. 열어줄게."

그날 그렇게 나는 여인과 여인의 딸과 손을 흔들어 작별한 뒤 학원으로 향했다.


13. 그날 밤 수업이 끝나고는 특별히 헤매지 않고 곧바로 집으로 갔다. 다음날 밤 수업이 끝나고 다시 도시의 거리를 오랫동안 돌아다녔다. 집으로 돌아오면서 잠시 여인의 말이 생각나기는 하였으나 왠지 꺼림칙한 것들이 쉽게 발길을 향하게 하지는 않았다.

내가 결국 그녀의 방을 찾아간 것은 그 일이 있은 뒤로 정확하게 사흘째 되는 날의 밤늦은 시각이었다. 그날도 나는 심야까지 도시를 헤매며 돌아다녔다. 그러다가 지쳐 돌아오던 길에 다시 그녀를 떠올렸던 거였다. 이미 오래전부터 해결되지 못해 팽창해 있던 욕망들이 결국 아무 때나 자기를 찾아도 좋다는 그녀의 말

앞에 무기력하게 소환되고 만 꼴이었다.

두 번째 라인으로 접어들며 대문이 닫혀 있으면 어떡하나 걱정이 됐다. 그녀의 집 가까이 다가가자 아까까지는 잘 몰랐던 을씨년스런 밤기운이 초여름인데도 골목을 뒤덮고 있는 듯한 기분이 들었다. 문제는 너무 늦은 시간에 어쩔 수 없이 그녀를 떠올렸다는 거다! 점점 조심스럽다 못해 다소 초조해지기까지 했다. 어둠에 싸인 대문은 한없이 무겁게만 여겨졌다. 그러나 손잡이를 잡고 슬쩍 밀었을 때 너무 가볍게 스르르 문이 열렸다. 다행히 대문이 잠겨 있지는 않다!

다음 순간 살금살금 다가가 문간방 앞에 섰을 때, 심장이 두근거리기 시작했다. 이미 밤 두 시가 넘어 있었다. 안쪽은 모든 불이 꺼져 있어 컴컴했다. 문은 위쪽에 작은 창틀이 부착되어 있는 널문이었다. 문 바깥의 도어를 잡아 당겼지만 잠겨 있어 꼼짝하지 않았다. 어찌해야 좋을지 잠시 생각해보았으나 도저히 막막하기만 했다. 용기를 내어 딴에는 작게 두드렸음에도 소리는 밤공기를 타고 몹시 크게 확산돼버렸다. 그 뜻밖의 확산에 흠칫 놀라 다시 아주 작게 두드렸지만 마찬가지였다. 마치 그 마찰음들이 마음 한구석에 숨어 있는 떳떳치 못함을 후벼내는 듯했다. 그렇다고 모두가 깊이 잠들어 있는 이 평화의 질서를 깨고 소리 내어 불러댈 수는 없는 노릇이었다. 더구나 이 도시가 저렇듯 두 눈 부릅뜨고 지켜보고 있는데!

다시 풀이 죽어 어찌 할 바를 몰라 서 있던 내 시야에 위쪽 창의 모서리 한쪽이 깨져 있는 것이 포착되었다. 그 모습을 보는 순간 퍼뜩 희망이 스쳐 지나갔다. 다행히 깨진 구멍은 주먹이 들어갈 정도는 되었던 것이다. 혹시나 하는 기대감에 한쪽 팔을 넣어보았다. 그렇지만 문의 여닫이까지는 미처 닿지 않았다. 그렇게 몇 번 시도하다가 안 되겠다 싶어 양 발을 최대한 모으고 발끝으로 곧추 선 자세를 해보았다. 그러자 간신히 미닫이끝 부분이 감촉되었다. 하지만 아무리 초집중해도 미닫이를 여는 부분까지는 거리가 있었다.

집중해갈수록 흐르던 땀이 결국 비 오듯 쏟아지기 시작했다. 심장 박동도 점점 빨라졌다. 이것은 불법이 아니야! 이미 그녀에게 허락받은 것이 이 심야의 시간에도 유효하다고 속으로 자위하면서 닿을 듯 말 듯한 최종 관문과 한동안 씨름하여야 했다. 그래도 다 닿지 않자 어쩔 수 없이 발끝을 모아 세운 상태에서 슬쩍 점프를 시도했다. 아악!

다음 순간 팔 끝에 날카로운 고통이 재빨리 스쳐갔다. 놀라 팔을 조심스럽게 빼고 보니 익숙해진 어둠 속에서 창틀의 깨진 유리 조각에 베여 피가 검붉게 맺힌 채 타고 흐르는 모습이 보였다. 하필이면 반팔을 입기 시작한 지 얼마 지나지 않아서였다. 찢어진 살갗 사이로 강한 통증이 밀려 왔다. 그러나 한편으로 통증보다 더힌 밍설임이 온몸을 타고 흘러내렸다. 그녀를 소리 내어 부를 수는 없다! 결국 모든 도전을 포기해야만 했다. 나는 잠시 심호흡을 크게 하고 뛰는 가슴을 진정시킨 후 대문을 나섰다.

그랬는데 골목을 타고 한동안 걸어오다가 어느 집 앞에 버려진 큼지막한 시멘트 벽돌 두 개가 눈에 띄었다. 다음 순간 사위어가던 욕망의 불길이 다시 급속히 불붙기 시작했다. 나는 그 벽돌들을 들고 돌아와 다시 여인의 집 대문을 열고 문간방문 앞에 섰다. 그러고는 아주 쉽게 문을 열 수 있었다.


14. 문간방문을 열자 작은 간이부엌과 부뚜막이 있었다. 그녀의 방문은 창호지 창살에 미닫이문이었다. 이제는 저 문이 잠겨 있어도 작게 두드리면 되리라! 하지만 방문은 살짝 힘을 가하자마자 스르르 열렸다.

구두를 조심스럽게 벗고 방안에 들어서니 달빛조차 없어 바깥보다 훨씬 짙은 어둠으로 온통 깜깜했다. 그 암흑에 익숙해지는 데는 다소 시간이 걸렸다. 여인은 아무것도 덮지 않은 채 깊이 잠들어 있었고, 딸은 옆에서 작은 홑이불을 덮고 있었다.

한동안 어찌해야 하나 망설이다가 모로 누워 있는 그녀 어깨를 흔들어 깨우기 시작했다. 막상 여자의 숨소리와 체온을 가까이 하자, 이미 그렇게 하지 않고는 못 견딜 정도로 격심한 본능이 되살아났던 것이다. 그녀의 얼굴 가까이에 다가가자 더운 체온과 열기가 강하게 느껴졌다. 그 온도의 변화는 나를 더 흥분시켰다.

아까보다는 덜했지만 다시 심장이 두근거리기 시작했다. 여인이 아무리 그래도 야심한 밤에 불청객이라고 화를 낼지도 모른다는 생각이 스쳐갔다.

누, 누, 누구세요? 그녀는 암흑 속에서 깊이 잠든 자기를 누군가가 깨우자 자다가 심하게 놀라고 겁먹은 목소리로 더듬거리며 스타카토로 끊어 외쳤다. 하, 학생이에요. 나 역시 겁먹은 목소리로 하지만 그녀보다 훨씬 낮은 톤으로 그렇게 얼버무리듯 대답해야 했다. 네에? 나는 다급히 다시 말했다. 학생이요. 그제야 상황을 알아차리고 다소 안심이 되는 듯 그녀의 톤이 중간 정도로 바뀌었다. 아……, 그런데 여기는 어떻게? 그녀의 목소리는 점차 안정적으로 바뀌어갔다. 어떻게 들어올 수 있었어?

잠시 후 그녀가 벽을 더듬어 불을 켰다. 그녀는 주황색 나시 티와 하얀 치마를 입고 있었다. 나시의 슬림한 어깨 끈 사이로 풍만한 젖가슴이 두드러져 보였다. 눈가에는 좀 나아지긴 했지만 파란 멍이 아직 있었다. 그걸 보고 나도 팔에 긁힌 상처를 보여주며 유리창에 긁혀 그랬다고 알려주었다. 그 상처는 그녀에게 큰 동정심을 일으킨 듯했다. 여인의 어조는 그 후로 더욱 부드러워졌다. 아이는 고운 얼굴로 쌔근쌔근 잠들어 있었다. 사정을 다 알아차린 그녀는 그렇게 무마해주었다.

"그렇게 내가 보고 싶었어?"

그러고는 바로 다시 불을 꺼, 내 부끄러움을 덮어주었다. 무척

하고 싶기도 했구나! 다가와 귓가에 속삭이고는 내 목을 끌어안
으며 누우려는 자세를 취했다. 나는 급히 그녀의 볼에 내 볼을 마
구 비벼 대며 서서히 여인을 눕혔다. 빨리 하고 나가. 애가 자니
까. 그녀는 한 손을 등 뒤로 대고 천천히 누우며 동시에 다른 손으
로 팬티를 벗어 던졌다. 하지만 다 누워서는 브래지어를 벗기려
는 내 손을 세게 붙들며 제지했기 때문에 나는 급히 서둘러야 했
다. 결국 옷은 그대로 다 입고 그녀는 팬티만, 나는 바지와 팬티만
벗은 상태에서 섹스가 시작됐다.

"모레 일요일에 만나. 내가 그날은 화려하게 해줄게."

그리고 손을 더듬어 페니스를 찾아 주무르려 했다. 하지만 이
내 뻣뻣해 있는 왕권을 확인한 후 흐뭇해했다. 이야, 벌써 화가 단
단히 나 있네! 그러고는 그 끝을 잡아 이끌며 곧바로 삽입으로 유
도했다.

힘든 과정을 통해서 마침내 들어간 그녀의 속은 정말 말할 수
없는 놀라운 감촉으로 보드랍게 조여드는 느낌이었다. 그 과정에
서 충분히 달아올라 있던 나는 바로 일을 치르는 것이 한편 섭섭
하기도 했지만 한편 오히려 홀가분해진 마음으로 곧바로 피스톤
운동을 빠르게 시작했다. 그러자 여인이 능숙하게 같이 움직여주
었으므로 그 끈적끈적한 쾌감의 농도는 걷잡을 수 없이 상승해버
렸다. 그 바람에 내 심장은 아까보다 더 빠르게 수축과 팽창을 거
듭해야만 했다.

오래지 않아 마침내 오르가슴에 도달하려는 순간 사정해도 되는가를 물었을 때, 여인이 그러라고 허락해주었으므로 더 강렬한 최상의 희열을 위해 마음껏 폭주할 수 있었다. 비록 섹스의 시간은 평소보다 훨씬 짧았지만 절정의 쾌감만큼은 비할 수 없이 강렬했다고나 할까. 어쩌면 몰래 죄를 짓듯이 숨어 들어와 억지로 얻어낸 쾌락의 결과이기에 더 그런지도 몰랐다. 잠시 후 그녀는 씻겠다며 바로 나를 밖으로 몰아내고는 간이부엌으로 나왔다. 우리는 이틀 뒤 일요일 오후 다섯 시에 집 앞에서 만나기로 하고 급히 헤어졌다. 그녀의 방 문 앞에 놓여 있는 이층 벽돌을 다시 들고 나와 걷다가 아까 놓여 있던 자리쯤에 되돌려 놓았다.

15.  약속대로 우리는 일요일 다섯 시에 그녀의 집 근처에서 만났다. 먼저 도착한 내가 바로 집 앞까지 가는 것은 좀 쑥스러워 멀찌감치 있었기에 대문을 나선 그녀는 한참을 두리번거리다가 이쪽 끝에 있는 나를 발견하고는 반갑게 뛰어와야 했다.

"왜 이렇게 멀리 있어!"

딸을 맡기고 와서 시간이 별로 없다며 여인숙에 곧바로 가자는 그녀를 데리고 나는 근처 여관으로 향했다. 그러고는 내가 먼저 비용을 지불하자 그녀는 놀라는 표정이었다. 우리는 번갈아가며 대충 씻고 침대로 향했다. 이번에는 나보다 그녀가 더 흥분되어 있는 상태였다. 여인은 몹시 달아 오른 채 조금만 애무를 해도 계속 헉헉거렸다.

그날 잊을 수 없었던 것은 그녀는 '발 성애자'라고 할 정도로 발에 대한 집착이 심했다. 아니 그게 아니었다. 나는 그때를 계기로 비로소 모든 여인의 발이 얼마나 민감한 성감대인 지를 깨닫고 응용할 수 있게 된 거였다. 여인이 가르쳐주는 대로 발가락 하나하나와 발가락 사이사이를 입술과 혀로 부드럽게 핥아주고, 오랜 시간에 걸쳐 집중적으로 정성껏 애무해나가자 그녀는 더 한층 고조되어 황홀하게 낙원에라도 오르는 듯 지그시 눈을 감은 채 계속 들떠 신음 소리를 냈다. 처음 보는 그런 반응이 신기하여 손톱 끝으로 발바닥 중심을 살짝살짝 간질여주자 이번에는 심한 자극에 미치겠다는 듯이 몸부림치다가 웃다가를 반복하였다.

그렇지만 그날의 하이라이트는 발가락 사이 애무에 몰입해 있던 내가, 그렇다면 클리토리스를 동시에 자극하면 어떤 반응을 보일까 하는 호기심에, 발가락 사이를 정성껏 핥아나가면서 음핵을 다른 손의 검지 끝으로 좌우로 연속 터치해줄 때의 반응이었다. 그 순간 나는 일찍이 본 적이 없는 너무나도 격렬하다 못해 몸부림치며 울부짖는 장면을 섹스 중에 목격하고야 말았던 것이다. 뿐만 아니라 그 순간마다 그녀의 질 입구 쪽에서 쉬지 않고 끝없이 흘러내리는 애액의 분출에 당황하고 말았다. 결국 그녀의 그 무한정한 질액은 음핵을 부벼주는 내 오른손 팔뚝을 타고 줄줄 흘러내리는 장면까지 연출하고야 말았다.

어떻게 저런 반응을 보일 수 있을까 하는 나의 의구심은 훗날에도 계속되는 탐험심을 유발했고, 나는 그날 그녀 덕분에 상당수의 여성들에게 통용됨을 알게 되었다. 또 잘 통용되지 않는 여성들에 대한 보완 방법까지…….

결국 두 시간 가까이 진행된 섹스에서 중반 이후 한 시간 정도는 그녀가 그 멀티 자극만을 요구했으므로 오히려 간단하게 여인을 만족시킬 수 있었다. 막상 발 애무를 좋아하던 그녀도 이렇게 음핵이 동시 자극될 때 어떻게 그런 터져 나갈 듯한 쾌감이 올 수 있는지 신기해했다. 그러는 사이 그녀는 일곱 여덟 번 정도 절정에 오르는 듯했고, 그 바람에 나는 나름 자신감이 생겨 있었던 질 내부 공략을 하지 않아도 되었다.

섹스를 끝내고 가야겠다는 그녀를 같이 밥이나 먹고 가자고 붙들고 바로 근처 식당으로 데려갔다. 거기서도 내가 밥값을 내자 여인은 더 놀란 눈으로 응시했다. 너, 학생 아니지? 순간 고개를 끄덕이자 "그럼 뭐하는데?" 하고 되물었고, "그냥 회사원"이라고 답해주었다. 그녀도 더 이상은 묻지 않았다.

그녀의 집 가까이에 이르렀을 때, 여인은 한쪽 집을 가리키며 알려주었다.

"우리 계약이 끝나서 며칠 안으로 저 집으로 곧 이사 가. 앞으로는 저 집으로 와. 올 때는 밤에 오지 말고 오늘처럼 낮에 찾아. 알았지?"

**16.** 그렇지만 내가 그녀를 마지막으로 찾아가 섹스한 것도 깊은 밤중이었다. 일요일 두 번째 섹스 이후 거의 보름 동안이나 나는 그녀를 찾지 않았다. 물론 그 사이에도 이틀에 한 번꼴로 밤거리를 헤매고 다니긴 했다. 그 일은 이미 이 도시에서의 거의 주기적인 행사가 되어버렸다. 아니 행사라기보다 아예 일상이 되어버린 셈이었다.

그렇게 여전히 헤매고 돌아다니면서도 여인의 집 쪽으로 발길이 쉽게 떨어지지 않았다. 더욱이 그녀의 당부대로 낮에 그 집을 찾는다는 것은 더 꺼려지는 일이었다. 그나마 밤이 깊어지면 해결되지 못한 강한 충동으로 잠깐 여인을 떠올리기도 하였으나 막상 실행에 옮기지는 않았다. 그러다가 결국 이 주쯤 지나갈 무렵, 누적된 본능의 절대 총량이 더 이상 해소하지 않고는 지탱하기 힘들어졌을 즈음에 비로소 두 번째 라인으로 발길을 돌렸던 것이다. 문제는 이번에도 밤새 헤매다 밤 두 시가 넘어서였다는 점이었다.

여인의 저번 집에서 몇 집 지나지 않아 이사 갔을 집이 있었다. 알려준 이사 예정일이 이미 열흘가량 지나 있었으므로 옮겼을 것임이 분명했다. 그 집 앞에 당도해 이번에도 열려 있기를 갈망하는 심정으로 손잡이를 당겨 보았다. 그렇지만 칠이 여기저기 벗겨진 철제 대문은 굳게 닫혀 있었다. 몇 번 연속 당겨 보았지만 꿈쩍도 하지 않았다. 다음 순간 시야에 들어온 것은 높지 않은 시멘트 담장이었다. 키가 내 목 정도밖에 안되었기 때문에 크게 무리하지 않아도 넘을 수 있을 것 같았다. 담장을 넘기로 결심한 순간부터 다시 강하게 흥분되기 시작했다. 이전보다 훨씬 대담해진 나는 그 앞에 서서 잠시 심호흡을 했다. 그러고는 급기야 담장을 넘어버리고야 말았다. 이번의 월담이 저번보다 큰 잘못이리라는 것을 뻔히 자각하면서! 다만 묵묵히 지켜보기만 할 뿐인 도시에 얼마간의 미안함을 느끼면서!

작은 마당을 지나 오른쪽으로 돌자 개방형 좁은 복도의 마루로 연이어 붙어 있는 방 두 개가 보였다. 두 방 가운데 어떤 것이 그녀의 방인지는 단번에 알 수 있었다. 첫 번 방 앞에는 구두와 운동화가 두 개 있었지만, 두 번째 방 앞에는 여성용 샌들과 앙증맞은 어린이용 구두가 나란히 놓여 있었다. 나는 살금살금 첫 번 방문 앞을 지나와 구두를 벗고 마루를 건너 두 번째 방문을 열었다. 다행히 이번에도 방문은 잠겨 있지 않았다.

흔들어 깨웠을 때 여인은 의외로 놀라지 않고 자연스럽게 일어났다. 아니 그녀가 놀란 것은 오히려 깨운 이가 나라는 사실을 알았을 때였다. 마치 이제는 누군가가 깨우는 것에 익숙한 사람처럼!

"너였어? 아닌 줄 알았잖아."

그녀는 이번에는 짜증까지는 아니었지만, 상당히 못마땅한 어조였다. 그러고는 불을 켜지 않고 그대로, 옆방에 들리면 안 된다며 절대 소리 내지 말 것을 나지막한 어조로 주문했다. 그녀의 이전과는 다른 반응은 나를 무척 당황하게 했다. 그래도 좀 시간이 흐르자, 다행히 저번처럼 빨리 끝내고 나가라며 팬티를 벗어주었다.

그렇지만 분위기가 달아오르자, 점점 가빠지는 내 숨결을 막으려는 듯, 한 손으로는 허리를 감싸 안으면서도 다른 손으로는 입을 아예 계속 막으려 했다. 그러고는 내가 결국 거친 호흡을 내뿜으며 동시에 거세게 사정하는 순간에는, 부르르 떨면서 양손으로 자기의 입을 가로막아버렸다. 그때 칸막이로 되어 있어 방음이 약해 보이는 옆방에서 웬 사내의 헛기침 소리가 들렸다.

잠시 후 그녀는 불을 켰다. 순간 나를 바라보는 시선에는 저번과 같은 따뜻함이 없어 보였다. 그러고는 잘 새겨들으라는 듯 단호하게 말했다. 사실 저번 주인 여자가 잘해줬음에도 이 집으로 이사 온 것은 평소에 호감을 보이던 이 집 주인이 거의 반값으로 방을 내주었기 때문이었는데, 며칠 전부터는 아예 같이 합쳐 살자는 제안을 받았다는 거였다. 주인 사내에게는 중학생 아들이 하나 딸려 있긴 하지만, 결국 어린 딸 때문에라도 자신은 사내와 함께 살아야 할 것 같으며, 아직 최종 결정을 하지 않아서 사내가 자신의 대답을 기다리는 입장이지만, 마음속으로는 합쳐 살기로 결심이 섰다는 거였다. 이제부터는 낮이든 밤이든 절대 날 찾아오지 마! 나도 저 애랑 살아가야 하잖아!

"거기 무슨 일 있어요?"

곧 바로 옆방에서 사내의 짜증 섞인 둔탁한 소리가 들려왔다. 아니요. 별일 아니에요. 그러면서 그녀는 이제 나가라는 눈짓을 보냈다. 정말 아예 오지 마. 내 마음 흔들리지 않게!

그날 그 집 낡은 철문을 나서며 나는 기분이 몹시 착잡했다. 아니 한편으로 오히려 다행이고 여인의 가족을 위해 잘되었다는 생각이 들었다. 그리고 그 후로 절대 그녀를 찾지 않았으며, 두 번째 라인도 가급적 지나지 않았다.


17. "'로리타 콤플렉스'가 심하신 것 같아요."

6월 내내 말도 잘 붙이지 않던 연하는 6월 하순의 어느 날, 은정이가 내게 질문을 하러 교무실에 다녀간 직후 심드렁하게 말을 던졌다. 그날 은정이는 노란 반팔 티셔츠에 각이 잘 잡힌 하얀 면바지를 입고 있었다. 예의 시원한 단발머리에는 핑크빛 리본이 매달렸고, 목에는 가느다란 은빛 체인의 목걸이가 출렁이고 있었다.

"왜 그런 말을 하시죠?"

"사실이 그렇잖아요. 어떤 애만 나타나면 어린 학생을 보는 건지 이상형의 연인을 보는 건지 게슴츠레 실눈을 뜨고, 아예 몰두해 빠져버리듯 아련하게 쳐다보시잖아요."

그 말에 내가 푸하하 웃어넘기려 하자, 그녀는 자기가 게슴츠레 실눈을 치켜뜨며 마치 내가 그런 모양으로 바라보곤 한다는 뉘앙스를 풍기려 애를 썼다.

"사실 눈을 보면 알 수 있잖아요. 공허한 눈, 진실한 눈, 사랑을 담은 눈. 그 사람을 보는 눈을 보면 대충 알 수 있죠. 상대가 나를 보는 눈에서도 어느 정도는 파악이 되고요. 어쨌거나 방금 그 애를 바라보는 눈은 몹시 기분 나빴어요."

6월 말의 일요일 저녁에 나는 은정이와 연숙이를 비롯한 17명의 아이들과 함께 음악다방에 갔다. 다방은 도시의 대표적 전통시장인 성호시장의 한복판에 위치한 3층 건물의 2층에 있었다. 좌석이 무려 백 석 가까이 되는 큰 규모였다.

발단은 주간 문과반 반장이었던 승엽이의 제안으로부터 시작한 거였다. 실제로는 나보다 한 살 많았던 그는 내가 자신보다 세 살 많은 줄 알고 있었기에 언제나 깍듯하게 존댓말을 했다. 물론 나도 양심에 찔려 같이 존대를 했다. 그럴 때마다 그는 반말을 해달라 부탁하곤 했지만, 차마 그럴 수는 없었다. 그는 도시에서도 알아주는 음악다방의 디제이였기에 아이들 사이에서도 꽤 알려져 있었다.

하루는 그가 주간반 수업이 끝나자마자 교무실로 찾아와 이번 주 일요일에 자기네 다방에서 열리는 '불우이웃 돕기 사랑의 1일 찻집' 티켓을 몇 장 사달라고 부탁했다. 평소에 수미와 내게 몹시 잘해주었기에 처음에는 동생 것까지 두 장 달라고 했더니 좀 더 사달라고 말했다. 그래서 잠시 고민하다가 내친 김에 10장을 사겠다고 약속해버렸다. 그랬는데 '8월반' 종례에 들어가 일요일 저녁에 올 사람을 물어 보니 절반가량인 17명이 손을 들었다. 경복이와 민구를 비롯한 남학생 대여섯 명을 빼고는 주로 여학생들이 많았다. 경복이는 학원 관리를 기상이에게 잠시 부탁하고 기어이 나왔다. 대신 기상이헌티 야간반 애들헌티는 비밀로 해달라 캐심더.

일요일 저녁 여섯 시가 십 분 정도 넘어 다방에 도착하자 아이들은 아직 들어가지 않은 채 입구에 모여 떠들고 있었다. 샘, 지각하셨어요. 연숙이가 다가와 팔짱을 끼며 안으로 끌다시피 들어가자 다들 따라 들어왔다. 드디어 우리 학원의 스타 선생님이신 국어 선생님께서 입장하셨습니다. 마침 투명 유리창 너머 디제이박스에서 한껏 멋을 부린 고동색 뿔테 안경을 쓰고 마이크를 잡은 채 멘트 중이던 승엽이는 그렇게 말하며 박수를 유도했다. 갑자기 쏟아지는 박수와 뒤따라오는 아이들의 환호 소리에 순간 나는 머쓱해졌다. 박스 한쪽에는 기다란 진열장에 3단으로 나란히 진열되어 있는 수천 장의 LP판들이 보였다. 박스 다른 쪽에는 전축에 연결되어 있을 대형 앰프가 걸려 있었다.

하지만 요즘처럼 아이돌도 없던 시대에 그 지역의 진정한 스타들은 유명 디제이라고 해야 할 것이었다. 벽을 따라 놓인 테이블에는 디제이들이 받았다는 천 마리 종이학이 가득 담긴 호리병들이 십여 개나 전시되어 있었다. 난 겨우 백 개밖에 못 접었는데……. 옆을 지나면서 은정이는 그 병들을 가리키며 미안한 표정을 지었다.

벽에 넓게 마련되어 있는 게시판에는 각종 사연이 구구절절이 예쁘게 담긴 대표적인 '신청 쪽지'들을 압정으로 부착해 전시해 놓았다. 미리 집에서 정성껏 신청 사연이나 시를 쓰고, 온갖 화려한 색조의 물감이나 파스텔 등으로 쪽지나 편지지, 노트 용지 사이사이에 아름답게 색칠한 것들이 많았다. 심지어 "13인의 아해가 도로를 질주하오"로 시작되는 이상의 〈오감도〉까지 있었다. 다른 벽면에는 영화 포스터들이 여러 장 붙어 있었다. 입구 맞은편 벽에는 방송 시간과 담당 디제이 이름들이 아담한 칠판에 여러 색깔의 분필로 적혀 있었다.

서빙을 맡은 여자 중 하나가 우리 일행을 승엽이가 미리 마련해두었다는 자리로 안내했다. 대부분 꽉 차 있었는데, 우리를 위해 비워둔 고급 소파로 된 특별석이었다. 그렇지만 모두 여섯 자리였고, 전체 좌석도 거의 차 있었으므로, 일단 자리를 잡지 못한 몇 명은 나중에 다시 부르는 조건으로 옥상에 있다는 건물 공용 테라스로 가야 했다. 거기도 스피커 선이 연결되어 시원하게 야경도 보며 들을 수 있어요! 가기를 주저하는 아이들을 서빙하는 아가씨는 그렇게 달랬다. 일단 남자애들은 모두 옥상이 좋다고 합의를 보았다.

은정이와 연숙이는 '자리잡기 가위바위보'까지 이기며 악착같이 내 옆에 앉았다. 잠시 후 신청 쪽지가 배달되었고 아이들은 하나씩 곡을 써냈다. 팝송이 많았지만, 그때쯤 전후해서 막 일기 시작한 국내가요도 만만치 않았다. 나는 산울림의 〈청춘〉을 신청했다. 승엽이는 다른 사람들에 미안하게도 쪽지 순서를 무시하고 내 신청곡을 먼저 틀어주었다.

"저 노래가 왜 좋으세요?"

연숙이의 질문에 그렇게 대답해주었다.

"곡도 선율도 다 애잔하고 괜찮지만, 내가 유독 좋아하는 구절이 있어서 그래."

어디가요? 거기 있잖아. 날 두고 간 님은 용서하겠지만, 날 버리고 가는 세월이야~~ 그러자 은정이가 시니컬하게 말했다.

"결국 선생님은 사랑하는 연인은 누구든 가도 되지만 자신의 죽음은 두렵고 싫으시다는 거네요!"

"뭐 그렇다고도 할 수 있지. 아니 그런 셈이지. 인간은 최종 지점에 죽음이 있어 허무한 거니까."

순간 은정이는 화를 버럭 냈다. 그런 게 어디 있어요. 진짜 이기적이시네요.

"그렇지만 잘 생각해봐. 그 가사 구절에는 그만큼 사랑하는 이와의 이별이 미치도록 슬프다는 역설도 숨어 있는 거야."

나는 화가 나 있는 은정이를 그렇게 달래며 넘어가야 했다. 이 날만큼은 모두 '일일 찻집 티켓'을 끊고 온 사람들이기 때문에 누구든 커피나 생맥주 중에 하나, 그리고 김밥이나 샌드위치 중에 하나를 선택해 주문할 수 있었다. 추가 주문은 자유였지만! 우리는 미성년자들도 있었으므로 커피와 샌드위치로 통일했다.

그렇게 두 시간쯤 지나고 일어서려는 참에 방송을 끝낸 승엽이가 일인용 간이 의자를 들고 테이블로 찾아왔다. 먼저 감사를 표한 후에 그는 자신의 에피소드를 몇 개 재미있게 들려주었다. 특히 이야기 말미에 음악다방을 비롯해서 이 도시의 상권에 주먹 세계와 연결된 여러 파벌이 존재하며, 향락업소들은 대부분 그들에게 매달 정기적으로 헌납한다고 말해 아이들을 놀라게 했다. 그러고는 자기 오른팔 안쪽에 있는 칼자국을 보여주었다.

"저도요. 이 자리 때문에 뺏기지 않으려고 몇 번 싸웠다니까요."

다방을 나와 다 같이 옥상 테라스에 들렀다. 남자애들은 이미 오래전에 음악다방으로 내려와 놀다가 먼저 간 후였다. 우리는 테라스 파라솔 아래 의자에 앉아 도시의 야경을 배경으로 다시 삼십 분가량 머무르다가 일어섰다.


18. 7월 초순이 지나가면서 본격적으로 여름의 무더위가 시작됐다. '8월반' 아이들은 이때쯤부터 한낮의 수업을 버거워하기 시작했다. 6월 하순에 이미 다들 검정고시 원서 접수를 마치고 8월 10일에 있을 시험을 대비하는 중이었다. 6월 말부터 총정리 문제풀이로 들어갔고, 거기에 맞춰 내 수업 속도도 전보다 두

세 배는 빨라져 있었다.

수업이 한창인데 그만 경복이가 심하게 조는 바람에 몇 번이나 다시 깨우고, 또 수업하다 멈추고 해야 했다. 그 외에도 두세 명이 간간이 조는 모습이 보였다.

"다들 너무 힘들지요? 반장은 도대체 몇 번을 깨워도 또 졸고……. 오늘도 꿈속에서 내 대신 공자님 만나 가르침을 받고 있는 거지?"

늘 졸 때마다 하는 상투적인 말들임에도 한바탕 웃음이 쓸고 갔다. 그러자 아까부터 마찬가지로 졸음기가 가득했던 열세 살 지혜가 자신의 졸음을 쫓아내려는 듯 갑작스럽게 요청했다.

"선생님께서 꾸신 꿈 중에 재미있던 것들 얘기 좀 해주세요."

"내 꿈 얘기라…… 좋습니다. 인간의 꿈은 정말 정교하죠. 상당수 과학자들은 컬러 꿈을 꾸는 것이 과학적으로 불가능하다고 말합니다. 컬러 색을 본다는 것은 눈에 보이는 가시광선을 인지할 때만 가능하며, 이러한 현상은 눈을 뜨고 있을 때만 색깔 구분이 가능하다는 과학적 근거에 기반 한 주장이긴 합니다. 그렇지만 적지 않은 대중들은 자신이 분명 가끔씩 컬러 꿈을 꾼다고 증언합니다. 저도 가끔씩 분명 컬러 꿈을 꾸곤 합니다. 더구나 꿈 도중에 몹시 생생하게, 화려하고 다양한 색깔 인식을 한 상태에서 그 즉시 깨어난 경우도 많아서 컬러 꿈은 가능하다고 생각합니다. 그렇다면 왜 그럴까요. 내 견해인데요. 아마도 우리가 잠을 자며 꿈을 꾼다는 것은 평상시에 깨어 있는 자각 상태에서 색을 인지하는 것과는 다른, 우리의 잠재의식이나 놀라운 집단 무의식 같은 것을 모두 끌어내어, 오랜 학습과 경험으로 견고하게 다져진, 우리의 탁월한 내면이 만들어 가는 빛나는 또 하나의 세계이기 때문에, 그 속에서 현실적인 색채 인식과는 상관없이 평상시에 저장되어 있던 색채 기능이 내재적으로 작용하여 인식하게 된다는 것이죠. 저도 문학을 하지만 평상시에 생각도 못 했던 경이로운 스토리 구조를 꿈속에서 자유자재로 만들어 가는 모습에 스스로 놀라곤 합니다. 깨어나서 바로 그것을 정리해야지 해도 미처 기억의 편린들이 다 남아 있지 않아 당황스러운…… 심지어 꿈속에서 꿈을 꾸면서 스스로의 창의성에 놀라 이건 반드시 깨어 자각하는 순간 기록해야지 하면서 꾸어 나갈 때도 있는데 말이죠. 그만큼 인간의 꿈이 만들어 내는 세계는 무궁무진이고, 평상시 창조해낼 수 없는 스토리 구조도 가능하고, 비록 과학자들의 지적처럼 실제 인지한 것은 아니라 해도 기억의 회로에 남은 잠재적 역량만으로도 그 컬러들을 모두 종합시켜 인지한 것처럼 인식하게 하는 것이 가능하다고 짐작됩니다. 이미 오래전에 잊혔던 먼 과거의 인물이 옛날 그 모습 그대로 생생하게 등장해 깨어난 뒤에 당혹스러워 하듯이 말이죠."

그러자 여기저기서 웅성거렸다. 어려워요. 너무 어려워요. 쉽게 설명해주세요. 더 졸려요. 그 바람에 전에 '이상'의 시를 가르칠 때 기본적으로 적어주었던 프로이트의 세계에 대해 다시 언급해주어야 했다. 나중에 대학가면 프로이트나 융의 세계를 반드시 배워보고,『꿈의 해석』같은 것을 읽어야 한다고 말해주었다. 컬러 꿈을 꾼 기억이 있는 경험을 묻자 여러 명이 손을 들었다.

"그런 재미없는 거 말고, 선생님이 꾸었던 꿈 얘기요."

지혜가 다시 칭얼댔으므로 나는 어쩔 수 없이 최근에 꾸었던 중에 인상 깊었던 두 가지를 들려줬다. 하나는 점점 좁아지는 부채 같은 평면에 금강산이나 중국의 장가계 같은 기암절벽으로 이루어진 산들이 원근법을 따라 펼쳐지던 꿈이었다. 그 꿈이 정말 특이했던 것은 좁아지는 부챗살 같은 평면의 안 쪽에만 화려한 풍경이 연속 펼쳐지고 그 바깥은 마치 도화지의 아무것도 그려지지 않은 평면처럼 아무것도 없는, 비어 있는 면 자체였다는 점이었다. 부챗살 안의 풍경은 파노라마처럼 연속 심층적으로 펼쳐지는데……

또 하나는 그림으로 보았던 레오나르도 다빈치가, 허연 수염의 노인 모습 그대로 멀리서 지켜보는 가운데, 나 혼자 그가 발명했다는 행글라이더 모양의 비행기구를 타고 날아다니던 꿈이었다. 첫 번째 비행은 여러 번 오르내리기를 위태롭게 반복하는 바람에 결국 마지막 순간에 바닥으로 고꾸라지고 말았다. 하지만 두 번째는 다시 나무숲과 땅에 부딪히는 등 아슬아슬하게 오르내리긴 했지만, 앞의 비행을 경험했기 때문에 그래도 스스로 조절하며 여러 번 오르내리다가 마침내 착륙에 성공하고야 말았다.

"그때 지켜보던 다빈치 할아버지께서 그렇게 뿌듯해 할 수가 없었답니다!"

그러자 지혜가 "개꿈이에요" 외치는 바람에 한바탕 폭소가 일었다.

"채워지지 않는 욕망 같은 의미 아닐까요?"

은정이가 조심스럽게 평했다.

"맞아. 저번에 샘께서 자기가 많이 꾸는 수영하는 꿈이나, 공중에 날아오르는 꿈을 꾸는 사람 손들라고 했고, 결국 그것들은 프로이트에 의하면 '성적 욕망'이라고 하셨잖아. 그것도 모르고 나도 그런 꿈 자주 꾼다고 손들어서 나중에 창피 당했지만!"

연숙이가 은정이의 말에 동의하며 덧붙였다.

"허황한 바람기 같은 거 아닐까예? 샘이 마구 지니고 계신!"

어느새 정신이 든 경복이가 그렇게 말하는 바람에 다시 한 번 웃음이 터졌다. 잠시 후 자신이 꾸었던 특이한 꿈을 누구든 말해 보라 하자 몇몇이 자기 경험을 들려주었다. 어느덧 다들 정신은 맑아진 듯했다. 그렇지만 수업이 재개된 얼마 후에는 경복이가 다시 혼미한 꿈속으로 점점 빠져 들어갔다. 그 모습을 보며 나도 조금씩 몽롱해지는 상태로 문제를 풀어나가야 했다.


19. 7월 초순에서 중순으로 넘어가는 무렵에 부끄럽게도 나

는 그해 도시에서 가장 나이 많은 여자와 섹스를 했다. 단 한 번이 었지만 나름 인상 깊긴 했다.

사실 그날은 평소처럼 도시를 방황했던 것도 아니었다. 11시 20분경 수업과 종례를 마치고 학원을 나와 다시 10분가량 지난 11시 30분경이었다. 미처 저녁식사를 챙기지 못한 상태였다. 야간 수업을 하러 학원에 재출근하며 도착하자마자 주문하던 평소의 버릇을 야간반 학생 하나가 기다리다가 긴급 상담을 요청하는 바람에 깜빡 잊은 거였다. 상담이 끝나고 수업 시작 시간이 되어서야 아차 생각이 났지만, 평상시에 끼니를 잘 넘기던 버릇대로 그냥 먹지 않고 버틸 심산이었다. 나는 습관적으로 한 끼나 심지어 두 끼를 거르더라도 잘 인지하지 못한 채 넘어가는 경우가 많았으니까.

그랬던 것이 막상 야간 5교시의 수업이 끝나고 그 시간이 되자, 몹시 출출해졌다. 집으로 오던 도중에 4차선 도로를 지나 2차선 도로로 접어들었던 거였다. 도시는 야간에도 도심지 중심으로 인구의 유동이 많은 편이었고, 밤늦게까지 하는 식당들은 여기저기 널려 있었다. 2차선 도로의 언덕길 중간쯤에 이르렀을 때 입구에 네온 안내판이 켜져 있는 식당 하나를 발견한 것이 11시 30분경이었다. 그런데 그 안내판을 따라 좁은 통로로 이어진 식당 입구에 서자, 영업을 하는 것인지 애매하여 잠시 망설여야 했다. 통로 입구 정식 식당 간판의 네온은 이미 꺼져 있었다. 그에 비해 다른 옆의 조명들은 켜져 있었다. 잠시 망설이다가 내친 김에 안으로 들어서자 다시 내부의 전구들도 반은 꺼져 있고, 반은 켜져 있는 상태였다. 테이블에는 손님이 아무도 없었다.

다만 저쪽 방에 두 여인이 앉아서 술을 마시고 있었다. 끝났나요? 머쓱해진 내가 묻는 소리에 여인들이 동시에 돌아보았다. 한 여인은 꽤 젊었고, 다른 여인은 나이가 많아 보였다. 네, 끝났어요! 젊은 여인이 먼저 대꾸하는 바람에 나는 돌아서 나오는 중이었다. 그랬는데 나이 든 여인의 목소리가 잡아 세웠다. 그녀는 급히 소리쳐 말했다. 손님. 이리 오세요. 뭐든 차려 줄게요. 잠시 망설이다가 이왕 온 김에 하는 심정으로 뒤돌아섰던 거였다.

구두를 벗고 방안으로 들어가 마주 앉자, 나이든 여인은 밥을 차려주는 대신에 일단 같이 술 마시기를 권유했다. 밥은 이따 다시 차려줄게요. 원하는 메뉴 뭐든지! 긴 파마머리 여인이 48세로 이 식당 주인이라고 했다. 남편과는 오래전에 헤어져 혼자 살아왔고, 하나 있는 고등학생 아들은 지네 아빠랑 산다는 거였다. 짧은 파마머리 여인은 31세로 바로 이웃에 혼자 사는데 잠시 놀러온 거라 했다. 언니는 이제 식당 안 해요. 쌍까풀 수술을 했을 짧은 머리 여인은 그렇게 말하며 미소 지었다.

"요즘 장사가 안 돼서…… 가게 접으려구요. 요 며칠 혹시나 하고 모처럼 다시 열었었는데. 역시 안 되겠어."

눈이 가느다란 긴 머리 여인은 그렇게 대응하며 쓸쓸하게 웃었다. 대신 우리 오늘 마음껏 마시고 놀자구. 이렇게 소주든 맥주는 차고 넘치니까. 그녀는 한쪽 모퉁이에 있는 냉장고 박스를 가리켰다. 정말 그 속에는 술들이 가득한 채였다. 아예 간판을 내려야 해. 자꾸 성가시게 저걸 보고 들어온다니까. 잠시 후 긴 머리 여인은 일어서서 스위치를 몇 개 내렸다. 입구부터 완벽하게 차단된 전구는 이제 이쪽 방만 남겨두고 다 꺼져버렸다.

긴 머리 여인이 연신 냉장고에서 장조림과 나물, 멸치볶음, 생선조림, 두부조림, 젓갈 등을 가져왔고, 우리는 그것들을 안주 삼아 마음껏 술을 마셨다. 모두 공짜니까 마음껏 들어. 오늘 찾아온 귀한 도련님을 위해서 내가 내는 거니까. 여인은 나를 보고 윙크하며 그렇게 건배를 제의했다. 나는 한편으로 무척 미안하기도 하고 안쓰러운 기분이 들기도 했다.


20.  그날 우리는 밤 깊도록 얘기도 나누고, 번갈아가며 노래도 부르면서 술을 연거푸 마셨다. 그랬는데 문제는 세 시쯤 되어 발생했다. 이미 소주와 맥주를 섞어 마신 바람에 셋 다 심하게 취한 상태였다.

"총각. 오늘 우리 집에 가서 나랑 놀자. 내가 잘해줄게."

술이 가득 취한 짧은 머리 여인이 먼저 유혹하는 바람에 두 여자 사이에 나를 두고 다툼이 시작되고 말았던 거였다. 이거 왜 이래. 우리집에 온 귀한 손님이고, 내가 접대 중인데. 그러면 안 되지 동생. 안 그래? 긴 머리 여인도 이미 혀가 꼬인 상태였다. 어이. 총각. 나랑 자자. 내가 나이는 많아도 오늘 놀라게 해줄게.

몇 번 그렇게 주고받으며 옥신각신하다가 결국 커다란 다툼으로 비화되고 말았다. 두 여인은 결국 서로에 대한 심한 적의와 질투심까지 드러내 보였다.

"쟤네 집에 가면 안 돼. 쟤는 몸도 파는 애야. 지금 말은 저렇게 해도 따라가면 화대 내라고 할걸. 그뿐인가! 둥기도 있어서 자주 그 방에 온다니까 그래!"

그 말을 들은 짧은 머리 여인은 거의 발악하는 수준으로까지 갔다. 결국 자신은 나에게 절대 돈을 받지 않을 것이며, 최선을 다해 서비스해줄 것이고, 기둥서방이 오더라도 문을 안 열어줄 테니 걱정 말라는 말들을 연신 토해냈다. 몹시 취한 두 여인을 최대한 달래 보았지만 쉽사리 진정되지 않았다. 이미 좀 전의 평화로운 상황으로는 돌아갈 수 없는 지경이다! 방법은 내가 빨리 둘 중 하나를 택할 수밖에 없다!

내가 자신을 선택하자, 긴 머리 여인은 환호하며 득의양양했다. 그녀는 계속 욕지거리를 해대며 극심하게 불만을 토로하는 젊은 여인을 내쫓고는 아예 식당 문을 걸어 잠갔다. 그리고 돌아와 손을 부여잡고 거푸 고맙다고 뇌까렸다.

돌이켜보면 그날 내가 왜 그녀를 선택했는지 지금도 스스로 의아하기만 하다. 사실 둘이서 격렬하게 싸울 때에는 잠시 이들을 다 두고 도망쳐 나올까 하는 생각도 들었었다. 하지만 그러기에는 이미 밤사이에 가득 충전되어버린 내 욕망의 배터리가 그녀들을 향해 찰싹 붙어 있어 그 에너지를 방출하지 않고는 어찌할수 없는 지경이었다. 밤새 술을 마시며 세 사람이 쏟아낸 열기에다가 가까이서 느껴지는 여인들의 체온을 두고 나온다는 것은 무리였다.

그렇다면 하필 31세 여인을 두고 나이 많은 여인을 택한 것은? 어쩌면 그것은 선택이 아니라 부득이한 귀결이었을 거였다. 우선 그녀가 화대를 요구할 것이라는 점이 걸렸다. 그날 나는 주머니에 돈이 얼마 없었다. 아니, 그녀가 절대 받지 않겠다고 약속했으므로 그것도 문제되지는 않았다. 또 한 가지, 그녀의 기둥서방이 올지도 모른다는 불안정성 등이 꺼림칙했을지도! 이미 식당 안은 안정된 공간이었으니까! 무엇보다 처음에 들어오라 한 것도 긴 머리 여인이었고, 정성껏 술과 안주를 내주어 마음껏 먹고 난 뒤에 짧은 머리 여인을 따라간다는 것이 그녀의 성의를 배반한다는 생각이 들었는지도! 더구나 그녀는 장사가 안되어 상황이 좋지 않은데…….

아무튼 그냥 나왔으면 그만인 것을 그러지도 못하고 그런 쓸데없는 생각에 빠진 나를 쿡 찌르며 여인은 옷을 같이 벗자고 제안했다. 그러고는 일어서 마지막 전구를 껐다.

21.  여인은 색다른 기억을 주었다. 그녀가 좋아하는 것은 여성 상위였다. 그녀는 위에서 자신이 플레이하는 것을 무척 즐겼다. 페니스를 삽입하기 전에도 귀두를 부여잡고 자신의 음부나 음핵에 비비기를 즐겼고, 귀두 부분만 질 입구에 살짝살짝 넣었다 뺐다 하기를 즐겼다. 한참 후 페니스를 충분히 집어넣은 뒤에는 상하나 좌우로 흔들어 대기를 즐겼다. 특히 왕권 전체를 가장 깊숙이까지 푹 집어넣은 채, 능수능란하게 원을 그려나가면서 총체적인 마찰로 인한 쾌감의 극대화를 즐겼다. 그녀가 노련하게 빙빙 돌 때마다 내 페니스는 그 질속을 타고 줄줄 흘러내리는 액질의 몹시 보드라운 윤기를, 발기된 부위 전체에 질펀하게 자극받으며 끝없는 쾌락으로 빠져 들어갔다. 여인은 속도를 아주 느리게 부터 시작하여 점차 빠르게 돌려나가다가 결정적인 순간에는 몹시 빠른 속도로 쾌감을 최대치로 끌어올려주곤 했다.

"사정하지 마!"

그러나 항상 절정을 맞이하려는 듯한 순간에는 그렇게 날카로운 고음을 공중에 짧게 토해내며 멈추거나, 조금만 이상하다 싶으면 아예 빼내는 방식으로 쾌락의 분출을 통제시켰다. 안 돼. 하지 마. 절대! 극강의 오르가슴 직전에 나는 그녀의 단호한 외침에 따라 폭발을 자제하곤 해야 했다. 여인은 사이사이 삽입한 상태에서 고개를 숙여 내 유두를 부드럽게 빨아주었다. 여기가 급소네! 그럴 때마다 나의 민감한 뒤틀림이 재미있는 듯 연신 입으로는 한쪽 유두를 핥아주며, 다른 손으로는 반대편 유두를 슬쩍슬쩍 꼬집어 주었다. 그러다가 다시 노련한 롤링까지 곁들여지면 그때마다 나는 격심한 자극을 받아야 했다. 그날 밤 신기했던 것은 여인이 워낙 잘 리드해나갔기 때문에 그 상태로만 한 시간 넘게 사정을 하지 않고 오래도록 마음껏 즐겨나갈 수 있다는 거였다. 시간이 흘러갈수록 술기운은 점점 없어져갔고, 그와 반비례하여 온몸의 신경 세포와 피부의 쾌감은 더해져만갔다. 나도 사이사이 몸을 약간 일으켜 위에서 움직이는 그녀의 양쪽 유두를 동시에 슬쩍슬쩍 꼬집어주거나 핥아주었다.

그렇게 한 시간이 넘게 나는 아주 편하게 누워서만 수십 번의 절대 희열을 느껴나갔다. 여인은 위에서 두 무릎을 아예 꿇고 롤링해대거나 한쪽 무릎은 꿇고 한쪽 무릎을 기역 자로 세워 버틴 자세이거나, 어떨 때는 아예 앉은 자세로 빠르기와 각도에 변화를 주어가며 공략해왔다. 중간에 아예 뒤돌아선 자세로 흔들어댈 때는 내가 살짝 비스듬히 몸을 세워서 양쪽 젖가슴을 주물러 주기도 하고, 등허리나 팔, 머리카락을 쓸어주기도 했다.

그렇지만 마지막에 절정에 오른 것은 다시 마주 보고 두 무릎을 꿇은 자세에서였다. 서로 더 이상 견디지 못하고 오르가슴의 신호와 대화를 노골적으로 주고받은 후 우리는 쾌락의 극치를 향해 마음껏 내달렸다. 나 역시 밑에서 가능한 한 최대치의 빠르기와 각노로 깊숙이 몸을 흔들어댔다. 마침내 여인은 외마디 비명을 지른 후에 다시 연속적인 신음 소리를 내질렀고, 나도 거의 동시에 몸부림을 치며 뜨거운 액질을 마구 쏟아내며 퍼부어댔다.

섹스가 끝났을 때, 사라져 가던 취기가 다시 노곤함으로 변해 밀려들기 시작했다. 머리가 조금씩 지끈거려 오는 느낌이었다. 그렇게 새벽 다섯 시가 다 되어서 나는 그대로 벌거벗은 채 잠이 들었다.

22. 다시 잠이 깬 것은 어렴풋한 의식 속에서 누군가가 숨어 있던 쾌락 세포를 끄집어내어 계속 자극을 가하는 듯한 느낌 때문이었다. 무엇보다 그 쾌감의 자극은 육체의 아랫부분에 집중되어 있었다.

잠에서 완전히 깨어나며 의식을 회복했을 때, 나는 그것이 페니스에 계속 가해지는 달짝지근한 쾌감이었음을 알아차렸다. 같이 잠들었을 여인은 어느 틈에 깨어 내 왕권을 덮고 있던 살가죽을 벗겨낸 채 입안 전체로 그것을 핥아나가는 중이었다. 사이사이 곁들여지는 혀의 부드러운 놀림이 스르르 귀두를 지나가기도 했다.

실내에는 어느새 밝은 빛이 가득해 있었다. 눈부신 아침 기운을 받으며 누운 자세로 벽의 시계를 보니 일곱 시를 막 지나고 있었다. 그녀와 섹스를 마치고 깊게 잠든 지 딱 두 시간이 흘러 있었다. 여인은 내가 부스럭 깨는 것을 알아차리자, 잠시 행위를 멈추고 고개를 들이밀며 미소 지었다. 잘 잤어? 그러고는 능숙하게 혀를 내밀며 내 귓가를 섬세하게 훑어 준 후 곧바로 키스를 시도했다. 나는 그녀의 입을 살짝 밀어내며 그녀를 반듯이 뉘었다. 이미 페니스는 그녀의 계속된 공략으로 솟구쳐 있는 상태였다. 슬쩍 여인의 사타구니 쪽을 만져 보니 애액이 충분히 나와 있는 상태였기에 곧바로 삽입을 해버렸다. 이미 충분한 교접 후에 황홀한 사정을 경험했던 질속은 더할 나위 없이 뜨거우면서도 보드라웠다.

그러나 그 상태에서 열심히 흔들어대던 나의 행위는 다시 그녀의 강한 제지로 인해 중단되어버렸다. 여인은 흥분한 나를 제어시키며 일어나 앉아서는, 나를 다시 누이고 여성상위로 돌아가버렸기 때문이었다. 그렇게 상위를 좋아하는 여인에 의해 아까 전에 했던 코스가 또 반복되었다. 절대 사정하지 마! 아침 여덟 시가 넘어가도록 그녀의 화려한 리드와 결정적인 순간의 절제는 수없이 되풀이되었고, 나는 그때마다 다시 수십 번의 불꽃놀이를 즐길 수 있었다. 그렇게 별로 기대치 않았던 나이든 여인과의 섹스는 나름 독특하면서도 강렬한 희열을 주었다. 그날 나는 또 다른 기교와 절제의 미덕을 배웠다고나 할까!

두 번째 섹스가 끝나고, 식당 구석에 있는 간이 목욕탕에서 같이 목욕하고 가라고 여인은 권유했다. 하지만 나는 식당 부엌에서 대충 씻기만 하고 황급히 거기를 빠져나왔다. 자주 놀러 와야 해. 꼭! 학원에 도착한 것은 아홉 시 시작 시간 직전이었다.

그 후로 나는 그곳을 자주 가기는커녕 일주일쯤 뒤에 딱 한 번 찾았을 뿐이었다. 밤 열두 시가 넘은 시각이었다. 불은 거의 꺼져 있었지만 다행히 식당 문이 잠겨 있진 않았다. 그랬는데 문제는 안으로 들어서자 여인의 옆에 고등학생인 아들이 함께 있었다는 점이었다. 나를 보고 반기는 그녀를 못마땅한 시선으로 보는 아이의 눈총을 의식하며 나는 바로 밖으로 나와버렸다. 그러자 여인이 따라 나오며 같이 잠시 외출하고 올까? 제안했지만, 나는 오늘은 괜찮으니 다음에 오겠다고 말하고는 돌아서버렸다. 꼭 와야 해. 알았지?

그날 여인의 그 목소리는 왠지 무척 공허하게 들렸다. 그 후로 나는 어떤 경우에도 여인을 다시 찾지는 않았다.


**23.** 7월 중순의 일요일에 학원 인근 태평동에 있는 태평국민학교 운동장에서 체육대회가 열렸다. 학원에서 학교 측에 정식으로 빌려 개최한 정규 행사였다. 전임 강사들은 모두 체육복을 입고 모자까지 쓰고 와야 했다. '8월반'은 시험까지 채 한 달이 남지 않았지만, 모두들 고대해온 행사였기에 주간과 야간 모두 참석했다. 평소에 운동을 좋아하던 나도 다소 어색하긴 했지만, 그래도 무척 들뜬 마음으로 수미와 같이 학교로 갔다. 유난히 여름 하늘이 맑게 갠 청청한 날이었다.

운동장 교단에 원장이 올라 있었고, 우리는 그 아래 운동장에서 학생들을 마주 보며 섰다. 아이들은 줄지어 서서 장난질을 치곤했다. 국기에 대한 경례에 이어서 애국가 제창이 이어지자 여기저기서 키득거리던 아이들은 마침내 '원장님 훈화 말씀' 시간이 되자 노골적으로 웃음을 터뜨리곤 했다. 그 모습을 보다가 그만 내가 경망스럽게도 따라 웃었고, 젊은 국어 선생의 그런 모습은 급기야 운동장 전체를 폭소의 도가니로 만들어버렸다. 그러자 그때까지 억지로 웃음을 참으려 애쓰고 있던 바로 옆줄의 연하가 더 이상 못 견디고 몸을 비틀 듯이 하며 흐느끼다시피 웃어댔기에 운동장은 아예 난장판이 되다시피 했다. 다행히 그 광경을 본 원장이 따라 웃으며 넘어가주었기에 별 문제는 없었다.

그때는 잘 몰랐지만 돌이켜보면, 그래도 도시의 크지 않은 학원에서 비록 학교를 빌어서였으나, '전체 체육 대회'라는 행사를 열어준 원장이 고맙게 여겨지긴 한다! 물론 훗날에 서울 종합반에서 체육대회를 열거나, 심지어 수필이나 소설, 시 등을 공모하여 '학교 문예지' 비슷한 '교지'를 펴낸 낭만적인 학원도 당시에는 있었고, 나도 주관과 심사를 맡아야 했지만! 어쨌든 그날 우리는 학원에서 주는 도시락과 음료수로 점심까지 잘 해결했으니까!

원장의 어설픈 연설이 끝나자, 태권도 도장 사범이었던 주간 이과반의 기수가 고급 태권도 기술을 선보여 박수를 받았다. 특히 기수는 계속 던져지는 배구공들을 공중으로 날아오르면서 회진으로 연속 돌려 차는 묘기를 선보여 감탄을 자아냈다. 진행과 중계방송을 맡은 승엽이는 마이크를 붙들고 시종 재치 있는 코멘트로 유명 디제이다운 면모를 뽐냈다.

그렇지만 아무래도 그날 행사의 중심은 반별 대항으로 펼쳐진 축구와 농구와 배구 시합이었다. 나는 모든 경기에 다 참여하여 강철 체력으로 애들을 놀라게 했다. 특히 농구 경기에서 드리블로 두세 명을 제치고 골을 넣을 때마다 은정이와 연숙이를 비롯하여 모두 열광해주었다. 수미는 다른 쪽 구석에서 그런 광경을 볼 때마다 키득거리며 다소 비웃는 듯한 수신호를 보내곤 했다.

그날 내가 아이들을 가장 웃게 했던 해프닝은 점심시간이 끝날 무렵에 일어났다. 점심 시간 내내 자신은 식사를 거른 채 음악을 틀어주고 멘트를 날리던 승엽이가 갑자기 당시 유행하던 마이클 잭슨의 '빌리진'을 틀자, 아이들이 집단 심리로 나에게 잭슨 춤을 출 것을 아우성치며 요구해왔던 것이다. 내가 자꾸 빼며 거부하는 사이 곡이 상당 부분 흐르자, 이번에는 승엽이가 다시 처음부터 틀며 국어샘을 기어이 춤추게 하겠다는 멘트를 날렸고, 나는 하는 수 없이 일어나 춤을 시작해야 했다.

그랬는데 다음 순간 재미있는 해프닝이 벌어졌다. 내가 잘 밟지도 못하는 잭슨의 '문워크' 스텝을 뒤로 밟으며 얼마 후 쓰고 있던 모자를 벗어 뒤로 홱 던지는 순간, 갑자기 아이들의 폭소와 환호가 들렸다. 뒤돌아보니, 던진 모자가 날아올라 마침 옆에 패여 흐르고 있던 작은 도랑물 중심에 정확하게 떨어졌던 거였다. 폭소 속에서 은정이가 모자를 건져 내어 옆의 수미에게 전해주었다.

그러자 한껏 흥이 난 승엽이가 이번에는 연하를 타깃으로 멘트를 날려댔고, 결국 몇 번 내빼던 그녀는 내가 했던 것처럼 거의 반강제적으로 불려 나가 한바탕 줌 솜씨를 과시해야 했다. 글래머에 가까웠던 연하는 풍만한 몸매와 어울리는 상체와 하체의 육감적이면서도 유연한 율동으로 환호를 받았다. 그랬는데 문제는 내 뒤의 아이들이 춤을 추는 연하 앞으로 나를 떠밀면서 다시 발생했다. 결국 그녀와 나는 아이들에 둘러싸여 함께 리듬을 타야 했다. 같이 추는 내내, 또 춤이 끝난 얼마 뒤까지도 연하는 그윽한 시선으로 모처럼 환하게 웃어주었다.

점심 식사 후에 오후 내내 경기가 흥미 있게 진행되었다. 하지만 그날의 하이라이트는 뭐니뭐니해도 '여자 400미터 계주'였다. 시종 환호 속에서 엎치락뒤치락하며 진행되다가 우리반의 세 번째 주자인 연숙이에 이르러 마침내 선두에 이르자 아이들은 다시 열광하였다. 그렇지만 마지막 주자였던 은정이가 간발의 차로 이 등으로 골인하고 말았다.

나는 그때 학원에 와서 처음으로 연숙이가 뒤늦게 들어온 은정이를 따뜻하게 맞이하며 감싸 안아주는 장면을 보았다. 은정이는 언니의 품에 안겨 거의 울음을 터뜨리다시피 했고, 연숙이는 그런 소녀를 안아준 채 달래주었다.

체육 대회가 끝났을 때 다행히 우리반은 많은 상품을 받을 수 있었다. 마지막으로 반별 종례 시간에 나는 그것들을 골고루 나누어주며, 오늘은 덕분에 다 잘 놀았지만, 곧 다가오는 8월 시험에 다시 잘 대비하자고 주문했다. 은정이는 연숙이와 손을 잡고 웃으며 학교 문을 나섰다. 그것이 내가 학원 생활에서 본 그 아이의 마지막 모습이었다. 나는 때가 잔뜩 묻은 체육복 차림으로 동생과 함께 집으로 돌아왔다.

24. "샘께서 못 나오실 줄 알았어요."

다음날 수업 시작 전 아침 조례를 들어가자 우리반 애들은 와아~~ 탄성을 질렀다. 자기들끼리는 축구와 농구와 배구까지 여러 경기를 뛴 내가 분명 못 나올 것이라고 예상했다는 거였다. 검정고시 본시험을 한 달도 남겨두지 않은 시점에서 진행된 거였지만, 체육 대회는 분명 아이들에게 활력소가 된 것만은 확실해 보였다. 반 전체 분위기는 활기가 넘쳤다. 그런데 유독 은정이만 보이지 않는 것이 마음에 걸렸다. 지각이겠지…….

그러나 2교시 국어 수업에 다시 들어갔을 때에도 보이지 않았다. 무슨 일이 있나 걱정이 되어 수업 중 아이들이 잠시 문제를 푸는 도중에 교무실로 나와 교무 수첩을 열고 은정이네 집으로 전화를 걸었다. 신호가 여러 번 가도 아무도 받지 않았다. 간혹 지각이라도 하는 날 걸면 할머니께서 받으셨는데……. 하지만 그날 수업이 다 끝나도록 그 애는 보이지 않았다.

다음날이 되고, 다시 여러 날이 지나도록 은정이는 오지 않았다. 나는 생각이 미칠 때마다 전화를 걸어보았으나 웬일인지 아무도 받지 않았다. 원서도 다 내놓고서 시험이 다가오는데…….수업 도중에 간혹 그 아이의 빈자리가 느껴져, 은정이가 즐겨 앉던 창가 쪽 자리를 응시할라치면, 걱정스런 시선으로 나를 바라보는 연숙이의 눈빛과 마주치곤 했다. 소녀의 빈자리를 의식하며 진행하는 수업은 한낮인데도 무기력증을 유발했다고나 할까! 야간 수업을 마치고 학원을 나오며 바라본 맞은편 건물의 유니콘 네온도 그즈음은 힘없이 깜빡거리는 듯 여겨졌다. 도시에 온 후로 늘 소녀의 존재를 자각하던 낮과 밤에서, 소녀가 부재하는 낮과 밤으로의 변화는 마치 전혀 다른 세계인 듯 또 다른 느낌으로 다가왔다. 그렇게 은정이는 내 곁을, 아니 우리의 곁을 떠났다.

그렇게 일주일여 흐른 뒤, 낮 수업을 마치고 돌아오다가 신흥동 비탈길 골목 집 앞에서 기다리고 있던 연숙이와 마주쳐야 했다. 그 애는 종례가 끝나고 어느새 익혀 두었는지 우리 집 앞에 미리 와 기다리고 있던 터였다. 연숙이는 놀라 다가간 내게, 이번에는 입술이 아니라 볼에 키스를 해버렸다. 그러고는 작심한 듯 그렇게 말했다.

"사랑해요."

양 볼 가득 부끄러움을 담은 채 잠시 응시한 소녀는, 어떻게 이 일을 처리해야 하나 망설이는 내게 시간적 여유를 주지 않고 곧바로 뒤돌아 뛰어갔다. 이미 이 애는 어느 틈에 내가 사는 집도 정확하게 익혀 놓은 거였다! 내가 주로 다니는 길도! 나는 잠시 어안이 벙벙하여 서 있다가 집 문을 열었다.

25. 그 즈음 어쩌면 나의 공허한 시선을 눈치채고 반응을 보였던 것일지도 모르는 이는 또 있었다. 돌이켜보면 그날 그녀는 도시를 떠날지 여부를 두고 내게 마지막 승부를 걸었던 것도 같았다. 만약 뜻대로 되지 않으면 이 부조화의 공간으로부터 영원한 탈출까지 이미 염두에 두면서! 젊은 날 애증의 모든 갈등은 그 밤, 단 네 시간 사이에 모조리 결정되었으니까.

7월 하순으로 넘어가던 토요일 밤, 야간 수업을 다 마치고 나서였다. 이번에는 비가 한 방울도 내리지 않은 날이었다. 학원 앞 횡단보도를 건너 몇 걸음 디디지 않았을 때 다시 클랙션이 울렸다. 연하였다!

"타세요."

그날따라 그녀의 눈빛은 비장해 보이기까지 했다고나 할까. 옆좌석에 오르자마자 문을 닫으라 말했고, 곧바로 내달렸다. 커브를 도는 것도, 액셀러레이터를 밟아나가는 것도 평소보다 한두 박자 빨랐다. 행선지도 말하지 않았으나, 이미 도시를 벗어나 서울 쪽으로 향하는 것만은 분명했다. 다만 저번처럼 잠실이나 미사리 쪽이 목표가 아니었다.

처음 보는 건물들과 도로들이 연이어 나왔다. 한밤이라 또 차량이 적었던 시절이라 신호등에 걸리는 외에는 시원스럽게 빠져나갔다. 차안에는 감미로운 팝송만이 연이어 흘렀다. 도시를 벗어나 서울에 진입하고도 어언 이십 분가량이 더 지난 후에야 한강이 보이기 시작했다.

연하가 다시 말문을 연 것은 네잎클로버 같은 로터리를 지나 다리로 진입하면서였다.

"제3 한강교예요. 아……, 저번 달에 한남대교로 이름을 바꾼다고 발표했죠."

"어디로 가나요?"

"남산이나 한번 가보려구요. 아니…… 사실은 그냥 달려본 거지만."

나는 잠시 남산을 목적지로 한 것과 그냥 달려본 것 사이에는 어떤 연관성이 있을까 생각해보았다. 혹시 그냥 달리다가 남산 가까이까지 오게 된 것은 아니었을까? 그러나 남산 중턱에 차를 세워둔 채 차창 밖으로 서울의 야경을 보면서 연하는 그 추측이 틀렸을 수도 있음을 암시해주었다.

"사실은 그놈이랑, 아니 이젠 오빠라고 다시 해야겠네요. 이젠 원망조차 다 없어져버렸으니까요. 사실은 오빠랑 학창 시절에 자주 놀러오던 곳이었어요."

과거 사랑의 장소가 그리워 되찾게 된 것이다! 그렇다면 그녀는 왜 하필 이곳으로 나를 데려왔을까?

"그런데 실은 여기 오기 전까지는 오늘 이곳에 오려고 생각했던 건 아녜요. 어쩌다 보니 오게 되었네요."

연하는 다시 내 처음의 추리가 맞았음을 암시하고 있었다. 그냥 달리다 남산 가까이 오게 되었고, 그곳은 옛 연인과의 추억의 장소였을 뿐이다! 그렇듯 누구든지 사랑과 이별은 우연처럼, 또 운명과 필연처럼, 다시 우연처럼 연이어 전개되는 건지도 모를 거니까.

"남산에 와 보신 적 있으세요?"

"중3 겨울방학 때, 입시를 마치고 서울 외사촌 댁에 왔다가 외사촌 형님과 누나와 수미와 와봤던 적이 있었어요. 그때가 처음이었죠. 성벽 위에서 낮에 본 서울은 정말 크고 아름다운 도시더군요."

"지금 밤에 저와 같이 보신 소감은요?"

"······."

나는 그녀가 무슨 말이 듣고 싶은 걸까 잠시 생각해보다가 끝내 답하지 못 했다. 자정이 막 넘은 시각에 처음 보는 수도의 야경은 휘황찬란했다. 그렇게 음악 속에서 경치에 심취해 있던 중에 불현듯 그녀가 내 어깨에 고개를 파묻고 자신의 이마를 슬쩍 부벼오기 시작했던 거였다. 한동안 그대로 내버려 두다가 잠시 후두 손으로 고개를 받쳐 들어주었다. 순간 나를 응시하는 연하의 눈동자는 열망과 원망이 함께 담긴 듯싶었다. 그 눈빛이 익숙해진 어둠 속에서 반짝이면서도 촉촉하게 젖어 있는 것 같았다. 나는 살짝 입술을 대고 키스해주었다.

얼마 후 우리는 남산을 내려와 인근 주점으로 들어갔다. 거기서 노래는 몇 곡만 불렀다. 다만 노래를 부르며 다시 가장 뜨거웠던 예전의 분위기를 되살릴 수 있었다고나 할까.

"저도 오늘만은 취하도록 마실래요. 차는 두고 가면 되니까."

항상 운전해야 한다며 만날 때마다 맥주 한두 잔 정도가 전부였던 그녀는 그렇게 선언한 뒤 정말로 세 병 정도를 거푸 마셨다. 단지 가슴 아프게 남아 있는 것은 학원에서 항상 꽉 차 보이고 당당하던 그녀가 그날은 안 보였다는 점이었다. 연하는 내내 가녀리고 애달프기만 했다. 글래머에 가까운 몸매가 어찌 그리 왜소해 보이기만 하는지 나는 그 착시 현상의 근원을 알 수는 없었다.

그날 그녀가 가장 많이 했던 얘기는 "마음이 아파요"가 아니었을까. "당신이 가여워 보여요!" 이 말도 두세 번 했다. 그러나 "가엾다"거나 "불쌍해 보인다"는 말은 내가 그때 연하에게 몇십 번이라도 해주고 싶었던 얘기였을 뿐이다. 결국 우리는 적어도 그 부분만큼은 서로에 대해 비슷한 인상과 감정을 품고 있었던 것일지도 모른다. 판단의 기준과 성격은 달라도 감정은 유사한 그런! 그렇지만 뒤이어 전개된 상황은 점점 더 엇나가버리고야 말았다.

**26.** "요즘도 꿈에 나타나지 않나요?"

술에 취해가는 연하가 그렇게 물었을 때, 인정하지 않았어야 했다.

"며칠 전 그녀가 꿈에 또 나타나더군요."

"거봐요! 사랑의 상처가 있으셨잖아요!"

순간 연하가 전에 지적했던 '사랑의 상처의 표식'을 처음으로 인정하는 꼴이 되고 말았다. 나는 이내 꿈에 대한 언급을 후회했다.

"어떤 꿈이었는데요?"

연하가 다시 물어왔고, 이번에는 아무 대답도 하지 않았다. 며칠 전 꿈에서 나는 학교의 정문 앞 횡단보도를 내려다보고 있었다. 서커스단이 어깨에 걸치는 장대같이 내려갈 수도 없는 외줄로 된 높디높은 망루 위에서 나는 빨간 츄리닝을 입고 위태롭게 앉아 있었다. 저 멀리 아래쪽으로 경화가 정문을 나와 횡단보도를 쓸쓸히 혼자 건너가는 모습이 보였다. 다 건너간 그녀는 마침내 외줄 망루 위의 나를 발견하고 아련한 시선으로 응시했다. 그러고는 잠시 망설이더니 다시 횡단보도를 건너와 망루 아래에 섰다. 그러나 다음 순간 복학생들이 다가와 시시덕거리며 그녀를 에워쌌고, 그렇게 그들에 둘러싸여 점점 망루로부터 다시 멀어져 갔다. 나는 허공에서 내려갈 수도 없는 채로, 나를 응시한 채 아스라이 멀어져가는 그녀를 보며 가슴 아려 하다가 깨어난 거였다.

"정말 미치겠어요. 2학년 봄에 만났거든요. 공대 다니는 오빠였어요. 군대에서 막 나와 같은 2학년으로 복학한 거죠. 사진을 찍는 서클이었는데, 그러다 보니 야외나 관광지 등에 나갈 기회가 많았죠. 처음에 오빠는 너무도 친절하게 항상 내 곁에 붙어서 모든 설 가르쳐주고 헌신적으로 대해주었어요. 그러다 정식으로 사귀게 된 거죠. 4학년 가을에 졸업을 앞두고 아예 헤어진 후로 2년 동안 정말 힘들었어요. 아니 고통의 나날이었죠. 이 학원에 오기 직전에 겨우 다 잊었고 이젠 그 지긋지긋한 사슬에서 완전히 벗어났다는 확신이 서더군요. 그렇게 이 학원에 왔고 선생님을 만난 거죠. 다 잊었는데, 분명 그랬는데 요즘도 꿈에는 그 남자가 자주 나타나는 거예요. 마치 아직도 내 뇌리 어딘가에 생생하게 각인되어 있는 기억의 천형처럼!"

연하는 맥주잔을 거푸 비우며 사이사이 회상하다가 눈물을 흘리다가 다시 과거를 끄집어내기를 반복했다. 그러는 동안 나 역시도 잊었던 과거가 새록새록 되살아났다. 그날 우리는 추억의 레일 위에 서 있었다. 하지만 그것은 마주 보고 가는 레일이 아니라 점점 벌어지며 멀어져가거나, 잠시 마주쳤을 뿐 서로 반대 방향을 향하고 있었을 거였다. 그녀가 추억을 더듬으며 괴로워하는 사이사이 나는 자신의 아린 기억들을 떠올렸을 뿐이니까.

연하는 술잔을 든 손이 때로 떨리거나 목젖이 가끔 오랫동안 사라지도록 숨을 멈추고 또 흐느껴 가면서 말을 이어갔다.

"그렇게 행복하다가 위기가 찾아온 것은 4학년 1학기 때였어요. 졸업반이 되면서 뭔가 오빠가 달라져 간다고 여기게 된 거죠. 왜 여자들은 직감이 있잖아요. 처음엔 변화를 모르다가도 아니 부정하다가도 아차 싶어지면 순식간에 감지하는 거! 제가 그랬죠. 그 여자애가 같은 서클의 간호학과 신입생이었거든요. 어느 때부터인가 이상하게 오빠가 어딜 가든 그 애와 내 곁에 있는 시간이 비슷해져갔던 거예요. 아니 나중에는 점점 그 애와 있는 시간이 더 많아져갔고, 내게 그랬던 것처럼 언제나 친절하게 그 애의 손과 어깨를 잡고 하나하나 가르쳐주는데……."

경화와 갈등이 있던 늦가을에 국문과 3학년 전체가 내장산을 갔다. 기차 안이 승객들로 가득했기에 여학생들이 주로 앉았고, 남자들은 선 채로 몇 시간을 가야 했다. 그 혼잡한 객실 속에서 나는 과 애들의 시선을 피하려 노력하면서도 그녀 가까이 가고 싶었고, 결국 경화가 앉은 좌석 앞의 손잡이를 잡고 서 있는데 성공했다. 그것이 실수라면 실수였다. 사실 그때까지 누구도 우리 사이를 눈치채지 못 했었다. 그 오랜 시간 옆에 서 있던 부대표가 이런저런 대화 중에 어느 순간 내게 그런 말을 건넸던 거였다. 정말 애들이 해도 너무 뻔뻔해. 어떻게 여기서 같은 과끼리 연애질할 생각들을 하지? 그 한 달 사이에 복학생을 낀 커플이 커밍아웃을 한 이후로 갑자기 서너 커플이 드러나기 시작했던 거였다. 누구와 누구가 커플이다 아니다를 놓고 여기저기서 쑥덕거리기 시작했다.

그때 경화는 그 지적이 우리를 향한 거라고 오해했었다고 나중에 말하긴 했다. 그때부터 그녀의 얼굴이 급격히 어두워졌다. 나는 정읍역 앞에서 우리가 자주 듣던 음악이 흘러나오는데도 망연히 웅크려만 있던 그녀의 아련한 모습을 잊지 못한다. 내장산 아래 연못에서 옆으로 다가가 돌을 던져 물수제비뜨기를 할 때도 경화는 나를 피해 멀리 달아나버렸다. 과 애들이 기타를 치며 노래 부르고 춤을 출 때도 그녀는 이쪽으로 오지 않은 채 저 멀리서 먼 산을 응시하고 있었을 뿐이었다. 산을 오르다가 경사가 급한 바위 위에 내가 먼저 올라가 있다 힘들게 매달린 자신에게 손을 내밀었을 때에도 일부러 외면한 채 내가 포기할 때까지 하염없이 머무르기만 했다. 훗날 내가 일부러 떠벌려 놓고 남들 보게 티를 내려 하는 걸로 오해했다면서!

　그 슬픈 여행길에서 그녀가 딱 한 번 눈길을 주었던 것은 밤늦게 돌아오는 기차가 대전역 이전에 나의 고향역에 도착했을 때였다. 내가 그녀를 항상 생각하며 오르내리던 고향역에 내려 플랫폼에 서 있을 때 스르르 미끄러지듯 멀어져가는 열차 안에서 나를 향해 응시하던 그녀의 시선을 잊을 수 없다! 아니 나는 솔직히 말해 그녀의 얼굴을, 모든 공간과 상황에서 지었던 표정들을, 그녀와의 모든 것을 하나도 잊지 않고 있었다. 도대체 어떻게 그 순수하고 싶었던 시절의 아련한 영상들을 잊을 수 있겠는가?

　"그때부터 오빠랑 심하게 다투기 시작했어요. 처음에는 주변에서 아무리 조심하라고 암시를 줘도 믿지 않으려 했죠. 하지만 오빠의 행동은 하나부터 열까지 이전과 다르게 변화해갔고, 결국 내가 아무리 호소해도 그때만 건성으로 돌아온 척했을 뿐 돌아서면 이내 약속을 밥 먹듯이 어겼어요. 결국 한 번은 비가 내리던 여름날 밤에 집앞으로 찾아가 빌다시피 매달렸죠."

3학년 기말고사가 끝나고 마지막으로 만났던 날, 우리는 심하게 다투었다. 경화는 이제야말로 모든 게 다 끝났다고 선언했다. 나도 실제 이별하려는 듯 그녀를 버스에 태우려 했다. 경화는 나의 돌변에 당황한 듯, 또 아쉬운 듯 눈을 껌벅거렸다. 그러나 다음 순간 다시 나꿔채자 다행스러운 표정을 지었던 거였다.

이제 어떡하면 좋겠어? 다시 들어간 커피숍에서 그녀가 물었다. 내게 기회를 줘! 정말 이제부터는 멋진 모습만 보여줄게. 네가 스스로 돌아올 때까지 의연하게 기다릴게. 경화는 모처럼만에 미소 지었다. 좋아. 한 번 기회를 주겠어. 대신 잘해야 해. 그것이 우리의 마지막 만남이었다. 버스를 타며 손을 흔들어주었다. 그녀는 나의 기다림의 약속을 믿었을 거였다.

"그 일이 일어난 것은 뜨거운 여름의 어느 일요일이었어요."

그 사건이 터진 것은 4학년이 된 지 한 달 정도 지나 수업이 일찍 끝나고서였다.

"그날 나를 피하는 오빠네 자취방에 전화를 한 거였죠."

국문과 4학년이 나이트클럽을 통째로 빌려 개강 파티를 하는 자리였다.

"전화를 받은 오빠는 내 목소리가 들리자 아무 말도 안 했어
요."

사이키 조명 사이로 경화가 교민이와 무대에서 가볍게 춤을
추고 있었다.

"그때 그 여자애의, 그 간호학과 애의 목소리가 들렸어요. 누
구야 오빠?"

그 순간 복학생 하나가 경화 앞으로 춤을 추며 다가가는 모습
이 보였다. 그는 가을 내내 경화가 좋다고 떠벌리고 다녔었다.

"순간 견딜 수 없는 질투심이 폐부 안쪽으로부터 솟구쳐 올라
왔어요."

다행히 경화는 그를 피해 구석으로 갔다. 교민이가 따라갔고,
둘이서만 춤을 추는 중이었다.

"나는 아무 말도 할 수 없었어요."

처음에 나는 그저 바라보고만 있었다.

"그런데 이상하게 오빠가 전화를 끊지 않았어요. 나는 차라리
제발 끊어주길 바라고 있었어요."

다음 순간 그가 다시 경화 쪽으로 스텝을 밟으며 움직여갔다.

"그놈은 일부러 끊지 않았던 거예요. 나중에 그러더군요. 너
정 떨어지게 하려고 부러 그랬다고."

경화의 미산이 찌푸려졌고. 이번에도 그녀는 다른 구석으로

옮겨갔다.

"그리고 서서히 묘한 소리가 새어 들리기 시작했어요. 그놈은 내 몸을 더듬으며 내게 했던 말과 비슷하게 그 여자애를 공략해 나갔어요."

나는 더 견딜 수가 없었다. 자리에서 일어나 무대로 나갔다. 그리고 경화가 있는 쪽으로 다가갔다.

"결국 그 애의 신음 소리가 커졌고, 더 이상 참지 못할 지경이 되었어요."

나는 기다림의 약속을 어겼고 그녀 앞에 서서 몸을 흔들어댔다. 순간 조명이 미친 것처럼 나를 공중으로 땅으로 흔들어 날렸다. 음악 소리는 클럽 안을 넘어 세상이 온통 요동치게 했다.

"참다못해 내가 악을 써댔어요. 야! 야! 아아아! 야!"

경화가 그 모습에 더 견디지 못하고 얼굴을 찡그리며 다른 곳으로 옮겨갔다. 나는 다시 그쪽으로 따라가며 춤을 마구 추어댔다.

"그러자 여자애의 놀란 목소리가 들렸어요. 오빠 이게 무슨 소리지?"

경화가 춤추기를 포기하고 계단을 올라 이층의 자기 자리로 급히 돌아갔다. 그 모습을 보고 교민이도 따라 돌아가 옆자리에 앉았다.

"여자애가 말했어요. 전화기에서 소리가 들려. 어떤 미친 여자 같애."

나는 더 견딜 수가 없었다. 급히 이층 계단으로 따라 올라갔다. 그녀 앞에 서는 순간 교민이가 일어서며 나를 막아섰다.

"내가 그 순간 할 수 있는 것은 발악하는 것뿐이었어요. 야! 야! 이 미친 것들아! 야아~~"

나는 교민이를 무시하고 경화에게 외쳤다. 같이 춤추자고! 그 순간 그녀가 벌떡 일어섰다. 경화의 눈은 분노로 이글이글 불타오르고 있었다.

"그러자 이번에는 여자애가 수화기를 들고 내게 욕을 퍼붓기 시작했어요. 야! 너 도대체 누구야? 미쳤어? 왜그래?"

그리고 경화는 내게 외쳤다. 너가 말한 기다림이 고작 이 정도야? 나는 그녀의 입에서 우리가 만난 이래 처음으로 '너'라는 말이 나오는 순간 견딜 수 없었다. 내 오른 손바닥이 경화의 왼뺨을 힘껏 찰싹 갈겨버렸다.

"그러자 이번에는 오빠의 고함 소리가 들렸어요. 야! 이제 제발 그만해라. 응? 그만두라구!"

그러자 경화가 외마디 비명과 함께 푹 주저앉아버렸다. 이어 교민이가 내게 욕을 하며 달려들었다. 나는 힘껏 밀었고 교민이는 치마가 홀러덩 벗겨지며 뒤로 나자빠졌다.

"그리고 우리는, 그러니까 나 혼자와 그 년놈이랑은 한동안 전화기에 달라붙어 싸웠어요. 아니 내가 불쌍하게 혼자 발악하다 당한 셈이지요. 목이 쉬고 입이 헐어서 며칠 고생했지만요."

그 광경을 보고 복학생들이 내가 여학생들에게 행패를 부리는 걸로 알고 떼로 달려들었다. 그중 하나가 멱살을 잡아당기며 욕을 했고, 나는 그를 향해 주먹질을 해댔다. 그러자 평소에 복학생들에게 눌려 쌓인 게 많았던 재학생들이 떼로 몰려들었고 내 편을 들었다. 주먹이 여기저기서 오가며 난장판이 되었다.

"사랑을 자주 고백하지 말았어야 했어요. 물론 처음에 먼저 고백한 것은 오빠였죠. 그런데 내가 그 후에 오빠를 믿었고 어리석게도 오빠보다 자주 사랑을 말했죠. 그러다 보니 나중에는 나 혼자만 사랑이라 하고 있더군요."

우리는 누구도 사랑을 한 번도 말하진 않았다. 다만…… 그날의 충격으로 내가 학교 나가기를 거부하고 장편소설만 쓰던 며칠 후에 과대표 형이 시골집으로 찾아왔다. 나는 일단 초라한 단칸방을 들켜버려 너무도 창피했다. 형은 내게 어려운 얘기지만 꼭 할 수밖에 없으니 이해해달라 했다. 교수들이 회의 끝에 내린 최종 결정은 중징계 대신 나의 공개사과라는 거였다. 며칠 만에 잠간 학교에 들렀고 내 사과를 듣기 위해 A반과 B반이 모두 모인 자리에서 공개 사과를 해야 했다. 경화도 한쪽 구석에 있었다.

나는 사랑을 말한 적이 없다. 다만 그 자리에서 "지금 이 사과는 그녀에게 한때 사랑하던 여자로서가 아니라 같은 과의 공동 구성원의 일원으로서……"라고 표현했던 것이 전부였다. 그러자 여기저기서 야유와 탄식이 쏟아졌다. 복학생 하나가 "이건 사과가 아냐. 다 무효야” 외치는 소리도 들렸다. 그래도 내 편이었던 종은이와 선배 두 명은 그동안 내가 매일 보다시피 하는 자기들 조차 일 년 내내 감쪽같이 속이고 비밀로 했던 점에 서운해 하면 서도 한편 대견해 해주었다. 왜 나는 그렇게 오랫동안 비밀스럽 게 지키고 싶어 했던 젊은 날의 사랑을 한순간에 놓치고 말았을까.

어쩌면 그녀는 변함없었는데 스스로 사랑의 무게를 감당하지 못해 무너져버린 것은 아닐까. 아니 그것은 아닐 것이다. 그녀는 나처럼 맹목적이지 않았으니까. 나를 끝까지 아껴주셨던 지도교 수가 말했다. 바보야. 여자는 기다리면 돌아오게 되어 있어. 조용 히 기다려봐. 가끔 변함없다는 사인 정도만 주고! 교수 회의에서 징계를 결정적으로 막아주셨던 그분은 여성이셨다.

“그 일이 있고 정말 견디기 힘들 만큼 고통스러웠어요. 아니 그 오래전부터 점점 아픔이 커지다가 그 사건 이후로는 불면증에 시달릴 정도로 하루하루가 숨 쉬기 힘들 정도였지요. 이제 벗어 나야 되겠다 싶었어요. 그래서 우리가 나누었던 모든 표지를 없 애버렸어요. 커플티부터 목걸이, 팔찌, 반지까지도요.”

그러고 보니 나는 그녀에게 선물한 것이 없었다.

“마지막으로 연애 초기에 받았던, 나를 설레게 했던 그 편지 들만 남았어요. 망설이다가 결국 그것들도 다 조각조각 찢어버렸 죠.”

그러나 니는 그 순간부터 기나림을 포기하는 척했다. 50일 뒤

학교에 복귀해서는 이제는 다른 여자를 좋아한다고 떠벌리고 다녔다. 한 번은 교민이가 내 옆으로 지나가는 화려한 경은이를 보며 피식 웃었다. 이제 저 영문과 애를 좋아한다며! 어쩌면 나는 그녀가 돌아올 길을 아예 막고 있었을까. 아니 이제는 그녀 스스로가 돌아오기를 기다리고 있었을 거였다. 우리 만남의 장소를 벗어나기 전에!

"그러다 졸업을 앞둔 가을에 서클에서 양수리로 마지막 사진 여행을 갔어요. 갈등 끝에 마지막이라 참가했던 거죠. 그 간호학과 애가 안 보이더군요. 알고 보니 바로 직전에 아예 헤어졌다는 거예요. 여름에 나랑 전화 사건이 있었고 그 얼마 후인 것 같았어요. 자기들 문제겠지만요. 오빠가 내 쪽 텐트로 와서 잠깐 보자고 하더군요. 우리는 강가를 걸으며 마지막 데이트를 했어요. 오빠가 자기가 잠시 미쳤었다며 미안하다고 하더군요. 이제부터 한눈 팔지 않고 잘하겠다고. 우습죠? 제가 단호하게 거절했어요. 그리고 끝이었어요."

여름에 제주도로 졸업여행을 간다고 했을 때 나는 가지 않았다. 다만 단풍이 들었던 11월 초에 동학사로 마지막 짧은 과여행이 있었다. 절 바로 아래 야외주점에서 그날 나는 노래 부를 타임이 아니었는데도 막걸리를 마시다가 혼자 쩌렁쩌렁 노래 부르는 객기를 부렸다. 그날 노래 부른 사람은 나 혼자였으니까. 가지 말라고 사랑한다고 하는 〈가지 마오〉라는 나훈아의 트로트였다.

나는 사실 그때 별 생각없이 부른 거였다. 그렇지만 아무도 믿지 않았다. 주변에서 모두들 경화를 겨냥해 부른 거라 단정지었다. 내가 훨씬 전부터 이제는 영문과 경은이를 좋아한다고 그렇게 말하고 다녔는데도. 경화는 저쪽에서 묵묵히 듣고 있기만 했을 뿐이었다.

"그런데 더 솔직히 말하면요. 그날 편지를 다 찢었잖아요. 분명! 그랬는데 며칠 동안 그 조각들을 버리지 못하다가 결국 다시 하나씩 맞추어서 밑에 종이를 대고 다시 풀칠해 붙여놓았어요. 참 어리석죠? 무슨 미련이 남았다고. 마지막에 헤어지자고 한 것은 나였는데, 분명 그랬는데 아무리 생각해도 내가 버림받았던 거예요. 우리 사랑에서! 그리고 2년 동안 헤매다가 이 학원에 오기 직전에 겨우 다 잊었고, 그때 비로소 그 조각난 편지들을 다 깡그리 불태웠던 거죠."

그러나 경화는 끝내 돌아오지 않았다. 졸업식장에서의 모습이 마지막이었으니까.


27. "내가 왜 이런 얘기를 했을까요. 정말 바보같이!"

그녀는 아예 엎드려 흐느끼고 있었다. 어깨가 가녀리게 흔들거렸다. 나는 왜 그런 바보 같은 생각을 하고 있었을까! 나도 퍼뜩 정신이 들었다. 그리고 연하의 옆으로 다가가 앉았다. 흔들리는 어깨를 두 손으로 잡아 일으켜 세우자, 그녀는 눈물과 콧물을 닦으며 부끄러운 표정을 지었다. 다시 연하가 내 앞으로 쓰러져 왔고, 그렇게 우리는 포옹과 키스를 했다.

"우리 기분 전환해요!"

그녀가 생글거리며 먼저 무대로 나가는 바람에 나도 따라 일어서야 했다. 마침 노래 부르려는 이는 우리밖에 없었다. 그 뒤로 주로 부른 노래는 '사랑의 듀엣송'이라고 해야 할 것들이었다. 그때 부른 것들이 〈사랑하는 사람아〉〈가슴앓이〉〈갯바위〉〈내 마음의 보석 상자〉〈어서 말을 해〉〈그댄 봄비를 무척 좋아하나요〉 같은 것들이었으니까.

자리에 돌아온 연하는 한결 생기 있어 보였다. 그녀가 술 한 잔을 다시 들이키며 물었다.

"그런데요. 사랑은 도대체 무엇일까요? 사랑이 없는 삶은 황폐하기만 할까요?"

나는 아무 대답도 하지 않았다.

"사랑은 여자에게 욕망이라기보다 본능이고 로망 같아요. 그런데 정말요. 거지같은 게."

그러고는 나를 힐끗 노려본 뒤 말했다.

"정말 거지같은 게 내가 이런 촌스러운 남자에게 꽂혔다는 사실이에요."

그녀는 서서히 취해가고 있었다. 아무리 생각해도 이해가 안 돼요. 그랬었다. 거기까지였다. 그녀가 딱 거기까지만 했더라면 우리는 같은 공동체에서 더 지켜보며 좋은 기회를 가지지 않았을까? 문제는 그때부터 연하가 토해내지 않아야 할 말을 성급하게 뱉어내기 시작했던 거였다.

"어때요. 우리 사랑할까요?"

내가 아무런 반응이 없자 그녀의 음성이 초조해지기 시작했다. 몇 번 더 보채다가 그래도 내가 대답이 없자 외치기 시작했다. 혀가 조금 꼬부라져 있었다.

"저는요. 이제 더 이상은 사랑에 치이고 상처받고 싶지 않다고요. 제발!"

그러나 나는 아무 말도 할 수 없었다. 결국 연하가 화를 내고 일어서며 채근해왔을 때, 겨우 그렇게 말 했을 뿐이었다.

"나는 이제 아무 사랑도 하지 않아요. 아니 설령 다시 사랑을 한다 하더라도 이미 돌아가야 할 사람이 따로 있어요."

정말 그랬을까? 내가 돌아갈 사람이? 내가 그녀에게 돌아갈지도 모른다고 생각했을까? 아니었다. 나는 이미 경화에게 돌아가지 않을 것임을 알고 있었다. 그렇다고 한 번도 꿈에 나타나지 않았던 경은이를 찾아가지는 더더욱 않을 것이다. 그래도 경화는 자주 꿈에 보였으니까.

그때 그 말이 실수였던 것 같다. 순간 연하는 더 이상 참지 못하고 자리에서 벌떡 일어나 밖으로 뛰쳐나갔다. 얼굴이 몹시 일그러져 있었다. 나는 그렇게 멍히니 있다가 징신을 차리고 카운

터에 계산을 한 뒤 따라 나갔다. 이미 그녀는 주차해두었던 차를 가져와 있었다.

연하는 술에 취해 있었고 나는 운전을 만류해야 했다. 도어를 열고 앞좌석에 앉자 그녀는 운전대에 손을 얹은 채 아무 말도 하지 않고 있었다. 만류해보았지만 들은 척하지 않았다. 그러다가 한참 후에야 다시 물었다.

"왜, 사랑을 찾아 정착하는 게 두려우세요?"

내가 말했다.

"그냥 그래서요. 철새처럼 날아다니고 싶네요."

순간 그녀가 급발진을 시작했다. 연하의 자주색 차는 그날 처음부터 전속력으로 도로를 질주했다. 나는 안전벨트도 없던 시절, 서울 한복판에서 공포에 벌벌 떨어야 했다. 마침내 제3한강교를 지나갈 때는 당시 차종으로서는 불가능에 가까웠던 160킬로를 계속 찍었으니까. 그녀는 취해 있었고, 어느 새 머리카락이 산발한 채 풀려 내려와 있었다. 달리는 차속에서 힐끗 훔쳐본 연하의 모습은 무서울 정도였다. 다리를 초고속으로 건널 때 두세 번 차가 비틀거렸고, 그때마다 나는 아까의 대답을 후회해야만 했다. 그 찰나에 이러다 죽겠구나 하는 지독한 공포심이 엄습해 왔다고나 할까.

다행히 연하는 다리를 건너 강남 한쪽 길가에 차를 세워주었다. 그러고는 운전대에 엎드려 한동안 오열했다. 나는 어떻게 위로해야 할지 방법을 찾지 못해 가만히 있어야 했다. 그랬는데 얼마 후 고개를 쳐든 그녀가 갑자기 결심한 듯 단호한 어조로 말했다.

"우리 자러 가요."

"네에?"

"섹스하러 가자고요. 당신이 내게 원했던 게 그거 아닌가요?"

"그건⋯⋯."

"괜찮아요. 저도 처녀 아니에요. 오빠랑 한 사람뿐이었지만요. 이젠 상관없어요. 가요!"

그녀는 내가 만류할 겨를도 없이 다시 발진을 시작했다. 아까만큼은 아니었지만 제법 빠른 속도였다. 어느 호텔 앞에서 나를 내리라 한 뒤 잠시 기다리라는 말을 남기고 지하 주차장으로 사라졌다. 잠시 후 호텔 정문 쪽에서 나온 그녀는 자기가 모든 절차를 마쳤다며 들어가자고 팔짱을 끼고 이끌었다. 그녀가 팔짱을 낀 것은 그때가 처음이었으니까.

거기까지였어야 했다. 이번에는 그녀가 아니라 내가 딱 거기에서 멈추고 제지하며 설득했어야 했다. 그랬더라면 어쩌면 그녀는 떠나지 않았을 것이고, 우리는 다시 기회를 갖지 않았을까? 나는 왜 그때 그녀를 따라 어정쩡하게 들어갔을까? 이미 그녀를 잡을 마지막 기회를 잃고 있었던 거였다.

룸에 들어섰을 때 연하는 이미 결심이 선 듯 덤덤한 표정이었다. 먼저 씻고 나오라고끼지 했을 때 가슴이 미어지는 아픔이 휩

쓸고 지나갔다고나 할까. 연하가 저런 말까지 하다니! 그날 처음
으로 여자 앞에서 옷을 벗는다는 것이 부끄러움을 느꼈다. 그때
내가 멈췄어야만 했다! 나는 옷을 하나도 벗지 않은 채로 욕실에
들어갔다. 거기서 잠시 생각해보다가 샤워를 마치고 호텔 가운으
로 갈아입은 후 나왔다.

　하지만 연하는 이미 떠나고 없었다! 갑자기 모든 상황이 정리
되면서 여러 생각들이 스쳐 지나갔다. 탁자 위에 메모가 한 장 보
였다. 다가가 다소 떨리는 마음으로 읽어나갔다. 글씨는 휘갈겨
쓴 듯 어지러운 필기체였다.


　　　그동안 정말 즐거웠습니다. 못난 여자를 그래도
　　챙겨 다녀주셔서 감사드려요. 뜻밖의 공간에서 좋은
　　사람을 만난 것 같아 하염없이 기뻤습니다. 저는 줄
　　곧 인연이라 말하고 싶어 했고, 사랑을 향해 한 발짝
　　씩 나간다고 생각했는데……. 그렇지만 저의 그런 마
　　음을 추호도 허용하지 않겠다는 듯이 오늘 가혹하
　　게 하신 말들이 제 심장을 마구 찔러대는군요. 앞으
　　로 그렇게 방황만 하지 말고 좋은 사람 만나서 꼭 사
　　랑하시기 바랍니다. 우리는 다음 생에서라면 모를까
　　이번은 아닌 것 같아요. 그래도 잠깐이었지만 괜찮은
　　추억으로 간직해보겠습니다.

철새는 언제나 철새일 뿐!

순간 머릿속이 송연해짐을 느꼈다. 특히 마지막 구절이 한참
동안 골수에 박혀 떠나지 않고 왱왱 맴도는 기분이었다고나 할
까? 철새는 언제나 철새일 뿐!

28. 그렇게 일요일 아침과 오후가 지나고 다음날인 월요일,
학원에 도착했을 때 다행히 연하는 나와 있었다. 그렇지만 나와
는 의도적으로 시선을 마주치지 않았다. 냉랭한 기운만이 감돌
뿐이었다. 그렇게 이틀이 흘러갔다.

화요일 저녁이 되어서야 나는 나 모르게 이미 모든 일이 빠르
게 진행되었음을 알게 되었다. 야간 수업 시작 직전에 연하는 자
기 2년 선배 언니라며 교무실로 데려왔고, 교무는 반갑게 맞이한
후 우리에게 일일이 소개시켰던 거였다.

"새로 오신 선생님입니다. 아 참 그리고요. 선생님들께 당부
말씀드립니다. 주 선생님께서 조용히 떠나고 싶다고 학생들에게
끝까지 비밀로 해달라 하셨으니까 수업 중에 절대 내색하지 말아
주십시오. 내일이면 저절로 알게들 될 거니까요."

순간 선생들의 아쉬운 탄식이 교무실에 가득했다. 선배가 인
사를 마치고 떠난 후 쉬는 시간에도 그녀는 내내 내 시선을 피했
다. 마지막 교시가 끝나고 종례를 마친 후에야 계단에서 잠시 얘

기할 수 있었다.

"꼭 거기 때문에 그만두는 것은 절대 아네요. 원래부터 여기를 벗어나고 싶은 마음이 강했죠. 물론 그 사이 애들하고 정도 많이 들어서 아쉽긴 하지만…… 아무튼 선생님 때문이 아니니 마음 놓으세요."

나는 무슨 말인가 더 나누고 싶었다. 그러나 그녀는 빠른 걸음으로 주차장 쪽으로 가버렸다. 잠시 후 자주색 차가 건물 앞으로 왔다. 연하는 창문을 내리고 고개를 까딱 숙이며 인사했다.

"안녕히 계세요."

그녀가 떠난 곳을 망연히 보며 나는 한동안 생각에 잠겨야 했다. 왜 그랬을까? 어쩌면 나에게는 연이어 사랑할 열정이 남아 있지 않아서였을까? 최소한 그녀는 사랑을 하고 싶어 했고, 연이은 감정에 충실하려는 사랑의 기본자세를 갖추고 있었는데! 나는 그녀가 판도라의 상자에서 새로운 사랑을 꺼내려는 것을 두려워했던 것은 아닐까?

그러나 세월이 흘러 지금 생각해보니, 이미 나도 그즈음 사랑에 가까이 다가갔던 것만 같았다. 가끔은 이미 그때 나는 변형된 사랑을 혹시 했던 것은 아닐까 하는 착각까지 하면서!

자줏빛 차는 그녀를 실고 이 도시를 완전히 떠나버렸다. 나는 그 차가 이미 사라진 쪽을 그렇게 오랫동안 응시하고 있어야 했다.

**29.** 대전에서 친구 호진이가 놀러온 것은 7월 하순의 일요일 오전이었다. 그는 대전에서 여자 중학교의 국어교사였다. 평소에 전화로 서로의 안부를 주고받다가 학교 여름방학이 시작되자마자 기분 전환 겸 도시로 놀러온 거였다.

"계집애들이 얼마나 극성스러운지 하루하루가 정신없이 흘러간다니까!"

그는 불평스러운 듯 투덜거렸지만, 그래도 젊은 총각 선생의 행복한 비명을 자랑스럽게 들려주었다.

"그래도 난 네가 부럽다."

그의 여중에서의 무용담을 들으며 솔직히 나는 부러운 마음이 어느 정도 들긴 했다. 내가 일요일 아침에 일찍 올라오라 했기 때문에 호진이는 대전에서 첫 고속버스를 타고 강남터미널을 거쳐 10시 반경에 도시에 도착한 거였다. 마침 열두 시에 보강이 예정되어 있었기에 그는 학원 교무실에서 기다리고 있던 나를 찾아왔고, 우리는 근처 다방으로 가 시간을 때웠다.

열두 시 보강 시간이 되자, 호진이는 다른 데서 기다리느니, 내 수업을 들어보고 싶다고 졸랐다. 결국 하는 수 없이 친구인 걸 비밀로 하는 조건으로 맨 뒤에 앉아 듣기로 합의를 보았다. 이번 보강은 검정고시를 앞두고 있던 우리반의 주야간 합동 '문제풀이 총정리'였다. 두 반을 합치면 80명 가까이 되었기 때문에 입시반 강의실을 빌려서 하는 거였다. 중요한 시험을 앞두고 있었으므로 그날은 노래 가르쳐주기를 생략했다.

"이야, 학원 강의는 진짜 다른걸! 속도가 우리 수업 대여섯 배로 빨라! 문제 핵심을 짚어주는 것도 아주 명쾌하고!"

학교 교사인 친구가 듣는다는 것을 의식한 나는 그날 평소보다 더 정제된 강의가 되도록 신경 쓰긴 했다. 나도 네 스타일을 배워서 수업에 써먹어야겠어! 올라온 보람이 있다야! 그는 내 수업 중 말투를 흉내 내며 재밌다는 듯이 자꾸 주절거렸다.

두 시간 가까이 진행된 보강이 끝나자, 어디 가서 점심을 먹을까 고민하다가 나는 차라리 남한산성에 가서 좀 둘러보며 좀 더 배고프게 한 후에 거기서 닭죽을 먹자고 제안했다. 어차피 찾아온 친구에게 어디든 도시의 대표적인 구경거리도 보여줄 겸 하는 계산이었다. 호진이는 흔쾌히 동의해주었다.

버스를 타고 산성 로터리에 이르러 어느 코스로 갈까 잠시 망설이다가 남문에서 수어장대를 거쳐 서문과 북문을 차례로 지나는 가장 일반적인 코스를 선택했다. 이번에는 시간도 충분했고, 무엇보다 여유 있게 거닐며 서울 주변의 여러 산들과 한강 주변의 서울 풍경도 보여주는 것이 좋을 듯싶었다.

40일 만에 다시 찾은 산성은 변함이 없었다. 성곽 주변 소나무 숲은 여전히 푸르렀다. 아니 여름이 깊어지며 푸르름을 더욱 과시하는 듯했다고나 할까! 그 숲길을 지나며 풀과 꽃들을 볼 때마다 은정이의 모습이 잠깐씩 스쳐갔다. 소녀는 떠났는데, 숲은 변함없다는 감상에 사이사이 젖어야 했다. 특별한 일이라면, 성곽 가장 높은 지점인 연주봉 옹성에 올라 멀리 서울 쪽 풍경을 감상하고 있을 때, 군복을 입은 미군 청년이 다가와 영어로 말을 걸었다는 정도였다. 호진이와 나는 서툰 영어로 겨우겨우 의사소통을 해야 했다. 성남 비행장 근처 미군부대에서 근무한다는 그는 멀리 서울의 63빌딩 쪽을 가리키며, 자신이 한때 거기에도 근무했다고 알려주었다. 그리고 자기 고향인 버지니아에 대해 쉽게 설명해주었다.

미군과 헤어지고, 다시 성곽을 따라 돌다가 우리는 두 시간가량 만에 산성 로터리로 돌아왔다. 거기서 늘어선 식당 중 한곳에 들어가 막걸리를 반주 삼아 닭죽을 먹었다.


**30.** 도시에서 또 하나의 잊을 수 없는 뜨거운 밤을 만든 것은 호진이가 찾아왔던 바로 그날이었다. 남한산성 나들이를 마치고 다시 시내로 돌아와 우리는 종합시장 근처 음악다방으로 갔다. 거기서 두어 시간가량 음악도 듣고 밀린 이야기도 나누며 시간을 보냈다. 호진이 역시 잠깐 지나가며 본 풍경이었지만, 내가 처음 이곳에 와서 받았던 느낌과 비슷한 인상을 도시에서 받은 듯했다. 다방을 나와서는 다시 부담 가는 식사를 하기보다 술과 안주로 대체하기로 합의하고, 시장 인근 생맥주집을 찾았다. 거기서 우리는 또 서너 시간을 보냈다.

"뭐 재밌는 일 없어?"

나의 학원 생활과 그의 학교생활, 이 도시의 독특한 인상 등에 대해 늘어놓던 중에 호진이가 대뜸 그렇게 물었던 거였다. 그 말에 곰곰이 생각하다가 불현듯 그 나이트클럽을 떠올리며 데려가면 어떤 반응을 보일까 궁금해졌다. 시간은 이미 열두 시를 향해 가고 있었다.

종합시장 골목에 있는 나이트클럽에 들어서자 호진이의 눈이 휘둥그레졌다. 떼 지어 일사불란하게 군무를 추던 노랑머리 패거리는 보이지 않았지만, 실내조명과 분위기와 남녀가 연출해내는 풍경은 변함없이 화려하기 그지없었다.

"이래서 촌놈들은 불쌍하다니까. 이런 멋진 곳도 못 보고 쟤들처럼 놀지도 못 하고 청춘을 보내니까!"

클럽의 화려함에 넋이 나간 그에게 내가 반발했다. 야. 대전이 여기보다 크고, 인구도 더 많고, 큰 나이트도 있잖아. 나는 잠시 '졸업 사은회'가 끝나고, 국문과 남녀 전원이 대전 홍명상가의 중앙 데파트 근처 대형 나이트클럽에서 가졌던 파티를 떠올렸다. 그날 묘한 조명 아래 벌거벗은 여자 무용수의 누드쇼를 게슴츠레한 눈으로 지켜보며 만족스런 웃음을 흘리던 어느 교수가 떠올랐다. 그는 학점이나 장학금을 미끼로 여자애들에게 성관계를 요구하는 걸로 은밀히 소문나 있었다.

"아니야. 여기는 분위기도, 애들이 옷 입은 품새도 노는 모양도 달라. 저렇게 자연스럽게 관능적이잖아!"

두 시간가량 거기에서 우리는 같이 어울려 즐기기보다 오히려 구경꾼의 입장이었다고 해야 옳을 것이었다. 나도 문제가 있었지만, 특히 호진이가 스테이시에 나가는 것을 꺼렸기 때문에 맥주만 마시며 그렇듯 관조만 하다가 별 소득 없이 밖에 나왔다. 시간은 이미 두 시가 넘어 있었다. 이대로 특별한 일 없이 밤이 지나가는가 보다 하는 마음으로 골목길을 나와 신흥동 집을 향해 한참 걸었다. 그랬는데 중간에 흐르는 좁은 개천의 작은 다리 입구에서 잠시 휴식을 취하고 있을 때 일이 생긴 거였다.

우리는 다리 입구의 돌비석 옆에 앉거나 기대선 채 휴식을 취하고 있었다. 그때 갑자기 저쪽 골목에서 한 젊은 여자가 소리를 지르며 이쪽 큰길로 비틀거리다시피 뛰어왔다. 그녀는 우리 앞에 이르자 숨을 몰아쉬면서도 안도한 듯한 표정이었다. 입에서는 술 냄새가 강하게 풍겨 나왔다.

"저기, 저, 저 남자가 나를 쫓아와요. 자꾸만 싫다고 해도."

여자는 이미 혀가 한참 꼬부라져 거의 인사불성 지경이었다. 모르는 사람인가요? 네⋯⋯. 아니 같이 술을 마시기는 했어요. 얼마나요? 한 소주 다섯⋯⋯ 병. 네? 아⋯⋯ 세 시간 정도⋯⋯.

"그런데요."

"그런데 자꾸 여관에 가자고⋯⋯. 싫다는데 자꾸⋯⋯ 저렇게⋯⋯."

쫓아오던 사내는 계속 우리를 노려보며 주위를 맴돌면서 추이를 살피는 눈치였다. 그럴수록 그녀는 우리 둘의 팔을 붙잡다 못해 아예 번갈아가며 나와 호진이의 품에 안기려는 듯한 자세를 취했다. 우리 또한 상황이 그런지라 그녀가 보이지 않게 감추려는 자세로 방어막을 쳐줘야 했다. 그가 나서면 그냥 두지 않을 듯한 위압감도 풍기려 노력하면서.

결국 얼마 후 그는 돌아가버렸다. 그녀는 자신이 우리보다 한 살 어린 스물세 살이며, 회사에 다닌다고 알려주었다. 마치 마릴린 먼로 같은 풍만한 몸매에 짙은 호선의 눈썹과 두툼한 입술을 가진 그녀는 노란 원피스를 입고 있었다. 먼로와 다른 점이라면 백치미가 아니라 술에 취한 것만 뺀다면 나름 지성적으로 보였다는 점이었다. 그렇게 잠시 다리 위에서 이야기를 나누던 중에 갑자기 그녀가 꼬부라진 소리로 제안했던 거였다. 오늘, 도와주신 고마운 두 분과 같이 있고 싶지만, 자기 혼자이니 둘 중에 한 분하고만 밤을 새우겠다는 취지였다. 어차피 너무 늦어서 대문도 잠겨 있을 거고, 가봤자 혼나기만 해요…….

그 돌발 상황에 당황한 우리는 잠시 서로를 바라보았다. 어떡할래? 하지만 잠시 후 찾아온 손님을 위해 내가 양보하겠다고 말하자 호진이는 입가에 미소를 가득 띠었다. 넌 우리 집 길도 모르잖아. 그렇게 말하며 나는 팔짱을 낀 두 사람에게 손을 흔들어주며 뒤돌아섰던 거였다. 좋은 추억 만들어라! 그랬는데, 돌아서 걸어오는 나를 향해 갑자기 그녀가 소리 지르며 뛰어와 팔을 잡아 끌었다.

"나, 오빠야가 좋아. 오빠랑 같이 있을래!"

그 뜻밖의 상황에 나는 몹시 난처해졌다. 얼마 동안 여러 차례 달래보았지만, 이미 그녀는 막무가내였다. 그런 변화된 상황은 호진이를 몹시 화나게 했다. 그럴수록 나는 그녀를 더 설득해야만 했다. 결국 화가 치민 호진이가 니네끼리 잘 놀아라! 소리 지르며 근처 여관에 가겠다고 돌아서는 바람에 상황이 정리되었다. 호진이는 돌아서 가며 그녀를 향해 한바탕 욕지거리를 날리긴 했다.

"아침에 학원 들렀다 가라."

잠시 후 우리는 팔짱을 낀 채 근처 여관을 찾았다. 그녀의 걸음걸이는 아슬아슬한 것이 여전히 위태로웠다.

31.  여관 입구에서 나는 잠시 시간을 허비해야 했다. 하루 종일 생각 없이 쓰느라 주머니에 얼마 남아 있지 않았던 것이다. 그렇다고 만취해 있는 그녀에게 손을 벌릴 수는 없는 노릇이다! 나는 그녀를 배정된 방에 누이고 잠시 나와 나머지 반은 근처 집에 다녀와 아침 일찍 주겠다고 약속한 뒤 대신 주민증과 시계를 맡겼다. 여관 주인은 좀 찜찜해 하면서 제안을 받아들였다.

방에 들어서니 여자는 아예 뻗어 있다시피 했다. 가서 씻고 오지 않겠느냐는 말에도, 원피스가 구겨지니 벗고 누우라는 말에도 다 고개를 저었다. 다만 소변이 마렵다며 일어서서 화장실에 다녀왔을 뿐이었다. 다시 침대에 누우려던 그녀는 그제서야 내 존재를 제대로 의식한 듯 두 눈을 부릅뜨고 한 번 쳐다보더니 이내 목을 끌어안고는 강제로 쓰러지게 만들었다. 나는 그렇게 기습 키스를 하며, 사이사이 옷을 벗으라고 달래 보았지만 막무가내였다. 급기야 나라도 가서 씻고 오겠다는 말에도 도리질을 해댔다. 결국 나는 그 어정쩡한 상태에서 목욕도 하지 못한 채, 옷을 하나씩 벗어 나가야 했다. 다행히 그것까지는 제지하지 않았으므로, 위아래 옷을 차례로 벗을 수 있었다.

"불을 꺼줘……, 오빠야……."

잠시 눈을 뜨다가 찡그리며 그녀가 부탁하는 바람에 나는 일어서 불을 끄고 다시 그녀에게로 갔다. 그녀는 되돌아온 내 목을 아예 힘주어 끌어안은 채 이번에는 놓아주지 않았다. 잠시 아래로 내려가 브래지어를 걷으며 애무해보려 시도했지만 이내 그녀의 거센 손길에 끌려 고개를 들어야 했다. 술에 취한 사람은 어디서 나오는지 모를 순간적인 힘을 발휘하곤 한다. 나는 그 힘에 목을 잡힌 채 끌려 내내 상위 자세에서 섹스를 해야만 했다. 다행히 팬티를 벗겨내는 데까지는 성공할 수 있었다. 귀두를 음부에 여러 차례 비벼 보니, 이미 흥건히 젖은 상태였다. 그렇지만 비비는 행위도 그녀가 싫다는 듯이 몸을 비틀어 기에 곧 중단해야 했다.

애무도 일체 못 하게 하였으므로 결국 방법은 오직 하나, 삽입뿐이었다. 나는 조심스럽게 만취한 그녀의 질 입구 쪽으로 페니스를 들이밀기 시작했다. 그렇지만 그녀가 이내 입구를 강하게 오므리며 힘을 가해왔으므로 그것마저도 용이하지 않았다. 결국 에액이 다고 흘러 몹시 매끄러운 질의 입구를 아주 조금씩 열어가는 기분으로 몹시 천천히 마찰과 진입을 시도해나가야 했다. 그럴 때마다 그녀 역시 방어의 힘을 더 세게 가해왔다.

그렇게 십여 분이나 오랜 시간이 흐른 뒤에야 마침내 그녀의 방어 능력과 무관하게 질속으로 미끄러져 들어가기 시작했다. 그 변화는 우리 둘 다에게 강한 쾌감을 주었다. 그녀는 귀두가 미끄러져 들어갈 때마다 취한 속에서도 몽롱한 어조의 신음 소리를 토해댔다. 나는 조금씩 더 들어가거나 매끄럽게 들락거릴 때마다 유례없을 정도의 강한 쾌감을 맛보았다. 여자의 철저한 방어막이 뚫리며 오랜 시간에 걸쳐 얻어낸 보드라운 마찰이 급기야 최절정의 희열을 이끌어낸 거였다. 절정의 순간에 이르면 최대치의 팽창에다가 다시 더 뻣뻣하게 부풀어 오르는 기적 같은 모습을 보이곤 하던 페니스는, 아마 그때 최대치 기록을 경신했을 거였다.

이번에는 오히려 내 스스로가 더 깊숙이 진입할 수 있음에도 적당한 선에서 멈추기를 반복하며 그 쾌락을 유지하고 확대시키려 노력했다. 다시 그렇게 이삼십 분이 흐르는 동안, 그녀는 다소 정신이 든 듯 소리를 지르거나 부르르 떨기를 여러 번 반복했다. 특히 오르가슴에 오른 듯 몸서리지며 발광하다시피 할 때에는 내가 의도적으로 페니스를 최대한 깊숙이 찔러 넣곤 했다. 그럴 때면 익숙해진 어둠 속에서 그녀의 감은 눈썹이 약간 열리며 눈자위가 위쪽으로 향한 채, 반쯤 치켜 뜬 모습이 보이곤 했다. 설사 그런 절정의 순간에도 나는 절대 속도를 빨리 하지 않았다. 그것은 나도 마찬가지 쾌락에 들떠서 붙들고 있던 마지막 쾌락의 끈마저 놓친 채 폭발해버리지 않고, 이 절대쾌락의 시간을 연속해 즐겨가기 위함이었다. 거기에다 군이 속도를 빨리 하지 않고도 그녀가 충분히 누릴 수 있는 최고의 오르가슴을 느끼게 해줄 수 있다는 자신감도 있었던 거였다. 지금은 군이 빠르게 할 필요가 없는 엑스터시의 상태다!

그렇게 완급과 깊이를 조절하며 한 시간가량이 흘렀을 때, 마침내 그녀가 모든 힘주기를 포기하고 힘없이 음문을 스르르 열며 마구 흔들어대기 시작했다. 그 순간에 이르자, 나 역시도 모든 조절을 포기하고 마구 흔들어댔다.

그렇게 한참의 몸부림의 시간이 흐른 다음 순간, 여자는 몸을 심하게 떨며 다시 질입구의 격렬한 수축을 시작했다. 빠르게 규칙적으로 수축과 조임을 반복해대자, 결국 나도 더 이상 참을 수 없는 지경이 되고 말았다. 사정해도 되는지 물어봐야 한다는 생각도 잠시뿐, 급기야 더 참지 못 하고 뜨거운 액질을 마구 쏟아내고야 말았다. 그녀는 미처 준비되지 않은 채 맞는 남자의 분출에 당황한 듯싶었지만, 아직은 취한 상태였기에 크게 반발하지는 않았다. 다만 흠칫 하며 놀란 듯 반응했을 따름이다! 그 격심한 쾌락이 거세게 휩쓸고 가자, 비로소 술기운과 피로가 밀려오기 시작했다. 그녀는 이미 모든 저항을 포기한 채였다. 옆에 누워 이번에는 양쪽 유두를 꼬집으며 잠시 장난쳐 보았다. 그래도 그녀는 잠이 든 듯 이번에는 별다른 반응이 없었다. 그렇게 벌거벗은 상태에서 정신이 나른해지다가 그만 스르르 잠이 들었다.

32. 눈을 뜬 것은 새벽 기운이 깔린 어스무레한 시각이었다. 둘러보니 나는 벌거벗고 있었고, 그녀는 노란 원피스를 입은 채 깊이 잠들어 있었다. 다시 깨워 섹스라도 청할까 하다가 그녀가 워낙 곤히 자고 있었으므로 일단 그러지는 않기로 했다. 여자는 그렇게 몇 시간이라도 잘 듯한 기세였다. 결국 집에 가서 급히 돈을 가져오기로 결정했다. 시계와 주민증도 찾아야 하니까! 삼십 분 정도면 충분히 가능하다!

그런데 그 사이 여자가 일어나 가버리면 어쩌지 하는 생각이 들었다. 다음 순간 여관 주인에게 볼펜과 종이라도 빌려 잠깐 기다리라는 말과 내 주인집 전화번호라도 써 놓을까 하는 생각으로 잠시 망설였다. 그렇지만 그것도 번거로운 일이다! 새벽 무렵에 보는 잠든 그녀의 모습은 젊고 충분히 매력적이었다. 이렇게 매혹적인 여인과 아까 섹스를 했다니! 나는 그녀와 더 만남을 유지하고 싶어졌다. 그러고는 일단 빨리 다녀와서 그때쯤 그녀를 깨우고 이야기를 나누든, 사랑을 나누든, 섹스를 하든 하자! 나는 옷을 급히 입고 밖으로 나왔다. 여관 주인에게 말하고 다녀오려 했으나, 그 역시 입구방에서 잠들어 있었다. 어차피 곧 올 거니까! 그러고는 종종 걸음으로 집 쪽을 향했다.

그렇지만 삼십 분이 안 되어 급히 되돌아왔을 때, 그녀는 직전에 떠나고 없었다. 나머지를 계산해주려 하니 주인은 이미 그녀에게 받았다고 말했다.

"그 여자가 좀 전에 깨우며, 손님이 어디 갔냐 묻길래 방에 없다면 도망쳤을 거라 욕하며 말해줬더니, 나머지를 자기가 계산하고 금방 나갔네요."

그 말을 듣는 순간 나는 무척 허무한 기분이 들었다. 아니 그렇게 허망할 수가 없었다고나 할까. 주인은 더는 받지 않고 시계와 주민증을 돌려주었다. 기다리라는 메모와 최소한 전화 번호라도 남겼어야 했다! 그녀가 나가면서 나를 얼마나 치졸하다고 생각했을까 생각하니 눈앞이 캄캄해졌다. 무엇보다 더 만나보기를 내심 원했는데!

급히 여관 밖으로 나오며 그녀가 어느 쪽으로 갔을까 둘러보았지만, 오리무중이었다. 이미 새벽도 가고 아침이 밝아오고 있었다. 다시 그녀와의 뜨거운 밤을 찾을 수는 없다! 그렇게 이상하게 뜨거웠던 내 육칠월의 밤들이 날아가버렸다.

제4부

위험한 불꽃놀이

1. 8월이 시작되자 학원은 4일 동안 여름방학을 주었다. 불과 4일 동안의, 그것도 일요일을 끼고 있어 실제로는 3일 동안의 휴가였지만, 그래도 지친 우리에게는 처음 찾아오는 제법 긴 휴식이었다. '8월반'에는 시험을 앞두고 개인별 총정리 기간이면서, 과목별로 제시된 '직전문제 대비' 숙제 시간이기도 했다.

나는 3박 4일 동안 고향을 다녀오기로 결정했다. 그 사이 수미는 도시에 그냥 남아 독서실이나 개방된 학원 강의실 등에서 공부하기로 했다. 다행히 할머니께서 건강이 회복되시어 올라오는 길에 어머니를 모시고 올 겸 해서였다. 이제 그동안 숙원이었던 어머니와 함께 다시 우리 가족이 모여 살게 된 거였다! 병철이 형을 만날 생각을 하였으나 형은 때마침 방학을 맞아 서산 집에 들렀다가 서울의 문학 모임에 가는 일정이 잡혀있다 하며 다음에 성남으로 놀러 오기로만 약속했다.

형과의 만남이 귀향 기간의 리스트에서 삭제되자, 남은 이들은 전부 여자로만 채워져버렸다. 이번 휴식 기간에 멋진 추억들을 반드시 만들고 오리라! 그러고는 이미 수첩에 있어 별도로 정리할 필요가 없는데도, 굳이 백지 한 장에 다시 그녀들의 목록을 뽑고 전화번호를 하나씩 기입했다. 적어도 한 명 이상과 근사한 섹스를 하고 오리라 꿈꾸면서! 8월 초의 날씨가 청명한 날 정오쯤에 할머니께 갚아 드릴 돈에다가 어머니께 처음으로 드릴 돈을 가득 담은 봉투를 바지 주머니에 두툼하게 넣은 채 도시를 떠났다. 오빠! 돈 관리 잘해. 잊어 먹지 않게! 시종 못 미더운지 수미가 몇 번이나 주지시켜주었다.

도시를 떠나기 직전 공중전화 박스에서 전화를 걸었을 때, 천안에 사는 정선이가 반갑게 받았으므로, 대전을 거쳐 고향으로 가는 여정에서 맨 먼저 천안을 들리기로 결정했다. 그런데 정선이가 천안역에서 만나자고 하는 바람에 강남터미널 대신 서울역으로 향해야 했다.

정선이는 대학 시절 내내 호의적이었다. 나이트클럽 사건으로 경화와의 사귐과 갈등이 뒤늦게 알려지며 내가 궁지에 몰렸을 때에도 다가와 감싸주며 격려해주곤 했다. 어쩌다 마주치면 데이트 한번 해달라며 늘 환하게 웃곤 했었다! 그러던 그녀의 밝은 얼굴에 그늘이 진 것은 4학년 때, 당했던 강간 사건이 학내에 알려진 직후였다. 큰 고소 사건으로 비화까지 한 그 사건 이후 그녀는 잘 나타나지 않았고, 간혹 나타나도 우리는 이미 내막을 다 알고 있으면서 모른 척 해주어야만 했다. 정선이는 그때쯤 내게 꼭 만나 달라고 전화번호까지 주었었는데……. 마지막으로 보았던 졸업식에서도 학사모를 쓴 채 어여쁘게 웃으며 천안 집 번호를 적은 쪽지를 주었던 거였다.

"정말 오랜만에 이제야 연락해주었네요."

당시 우리는 같은 과 동급생임에도 남녀끼리는 어지간히 친하지 않으면 존댓말을 썼다. 특히 서로 존중하는 사이에서는 친하더라도! 3시쯤 천안역에 도착했을 때, 마중 나온 그녀는 정말 오랜만에 환하게 웃는 모습을 다시 보여주었다. 그녀는 가지런한 이를 드러내고 정갈하게 웃을 때가 매력적이었다. 그러나 인근 술집에서 여섯 시까지 낮술을 마시도록 나는 그녀를 유혹하기를 아예 포기해버렸다.

"아마 한국 남자보다 미국 남자랑 결혼할 확률이 훨씬 높을걸요."

그녀는 한국 생활을 접고 다음 달에 고모가 있는 미국으로 건너가, 거기서 살 거라고 말하며 쓸쓸하게 웃었다. 이미 미국 생활계획과 구체적인 일정이 잡혀 있다면서! 더구나 심한 성폭행의 아픔을 가지고 있는, 그러면서도 순수하게 나를 좋아해주던 여인에게 추호도 이상한 모습을 보일 수는 없는 거였다.

"살아생전 우리가 다시 볼 수 있으려나요?"

기차에 오르는 내게 배웅용 입장티켓을 끊고 마중 나온 그녀
는 그렇게 말하며 손을 흔들어주었다. 대전역에 도착한 것은 8시
가 지나서였다. 여름이라 아직 어둡지는 않았지만, 그래도 늦은
시각이었다. 급히 역 광장을 지나 공중전화 박스에 들어서며 내
심 미리 전화를 돌리지 않고 온 것을 후회했다.

처음 전화를 건 것은 경은이였다, 영문과였던 그녀를 따라다
닌 것은 4학년 때였다. 어쩌면 경화와의 사건 이후 반동 심리가
작용했는지도 모르지만, 하여튼 화사하게 아름다웠던 그녀에게
끈질기게 구애했고, 몇 번 데이트도 하긴 했으니까. 전화를 받은
그녀의 어머니는 익히 나를 알고 있던 터라 서슴없이 바꿔주었
다. 하지만 둘 사이에는 큰 벽이 있었다. 나는 모처럼 전화 거는
곳이 그녀가 사는 대전이 아니라 당연히 성남인 듯 둘러대며 시
작했으니까. 이따금 전화 걸 때마다 자기도 학원 쪽으로 끌어달
라고 농담처럼 말하던 경은이는 이번에 대덕 연구 단지에 취직이
되어 곧 나가게 됨을 알려주었다. 그렇지만 그녀가 일정한 거리
를 유지하고 있어서였는지, 아니면 내가 진심으로 혼신의 열정을
다해 접근하는 것이 아니란 것을 눈치채고 있어서였는지 모르지
만 둘 사이에는 엄연히 큰 거리감이 존재했다. 나는 마지막까지
내가 이곳에 왔음을 눈치채지 못하게 하면서 전화를 끊었다.

다음으로 전화한 것은 같은 과였던 상순이였다. 신입생 중에
서도 날씬한 몸매와 유독 짙은 눈썹으로 모두의 시선을 끌어 별

명이 '엘리자베스 테일러'였던 그녀는 입학 직후부터 의대 신입생과의 염문으로 유명했다. 그녀는 대학 시절 내내 과에서는 조용한 이미지로만 일관했다. 하지만 4학년 초에 3년간 사귀던 의대생과 헤어진 후에야 과 친구들과 소통을 시작했고, 경화와의 파동으로 위축돼 있던 나와는 동병상련인지 그때쯤부터 유독 친하게 지냈었다. 둘만 있을 때는 늘 "지금 여기서는 그러기 뭐하니까, 졸업한 후에 연애하자"고 합의한 내용을 거듭 장난스럽게 다짐하곤 했으니까! 급기야 졸업을 앞둔 마지막 순간에는 "연애하자"란 표현이 "뜨겁게 연애하자"로 은밀하게 바뀌었고, 그럴 때마다 그녀는 시원시원한 눈, 코, 입이 훨씬 커지도록 마음껏 웃곤 했었다. 그러나 전화를 받은 어머니는 그녀가 얼마 전, 취직했다고만 알려주었다. 그제야 다급해진 나는 취업한 곳이 학교인지 회사인지 물어보았지만, 어머니는 그 다음 내용은 일체 알려주지 않았다. 결국 상순이와는 졸업 사은회 나이트클럽에서 같이 춤춘 것이 마지막이 되고 말았다.

누구보다 이번 여행에서 기대를 걸었던 것은 철학과였던 향미였다. 무엇보다 그녀는 신입생 시절 내게 키스와 섹스의 달콤함을 가르쳐 준 여자였으니까! 어쩌면 향미는 이번 여행에서 최후의 비상존재면서, 마지막에는 양보할 수 없는 마지노선 같은 존재였다고나 할까! 그렇지만 그녀는 집에 없었다! 그렇게 다시 서니 명에게 전화해보았으나, 모두 집에 없거나 연결이 되지 않았다. 최소한 미리 전화를 돌리고 내려왔어야 해! 나는 공중전화 박스에서 나와 그렇듯 멍하니 잠깐 서 있어야 했다.

"미안한데요. 십 원짜리 두 개만 빌릴 수 있을까요?"

그때 낙심해 있는 내 의식을 퍼뜩 일깨운 것은 꼬들꼬들한 파마머리를 길게 늘어뜨린 아가씨였다. 그녀는 제법 큰 키에 야한 옷차림이었다. 나는 퍼뜩 정신이 들어 주머니를 뒤져 보았다. 그러고는 남아 있던 백원짜리 동전을 건네주었다. 고마워요. 금방 통화하고 나올 테니까 조금만 기다리세요. 이 은혜를 갚아야지요.

2. 정말 채 1분도 안 되어서 나온 그녀와 함께 우리는 역전 광장 끝의 지하 계단을 지나, 지하상가를 거쳐 홍명상가 쪽으로 왔다. 그리고 근처 생맥주집으로 들어갔다. 시간은 아홉 시를 지나 이미 한참 어두워져 있었다. 문제는 두 시간 남짓 술을 마시면서 여자가 점점 이상해져갔다는 거였다. 우리는 돈까스 안주를 하나 시켜놓고 생맥주 여러 잔과 소주 여러 병을 각기 급하게 마셔댔다. 마치 얼른 술에 취한 후 그걸 핑계 삼아, 조급하게 무슨 일인가를 저지르려는 것처럼! 생맥주집 스탠드에 나란히 앉아 애기하다가 점점 취기가 오르며 서로 농염한 애무와 마침내 키스가 오고 간 것까지는 좋았다.

"너. 나랑 하고 싶지?"

두 번째 짙은 키스가 오간 뒤에 그녀는 갑자기 3만 원을 주면 여관에 가주겠다고 노골적으로 제안했다. 점심과 저녁 식사를 거른 채, 천안에서부터 빈속에 술만 마시다가 다시 대전에 와서 급하게 들이부어 댄 탓에 나는 평소와 달리 그날따라 애진작에 만취한 상태였다. 여자의 급작스런 제안에 한동안 망설이다가 고개를 가로저었다. 솔직히 잠시 마음이 흔들리긴 했다. 그렇지만 애초에 이번 여행의 목적에 매매춘은 없었으므로, 이내 단호하게 거절했던 거였다.

"그럼 2만 원만 내. 그걸로 다 해줄게. 그러자 그녀가 수정 제안을 했고, 나는 이번에는 그 즉시 고개를 저었다. 2만 원도 없어? 너 가난뱅이구나."

결국 여자가 술값이나 내라며 술집을 먼저 뛰쳐나가는 바람에, 황당해진 나도 잠시 후 계산을 치르고 밖으로 나와야 했다. 밖에 나오자 저쪽 골목에서 여자가 두 명의 사내와 서서 이야기를 나누는 장면이 어렴풋이 포착됐다. 이미 심하게 취해 있던 나는 비틀거리며 그쪽으로 다가갔다. 어쩌면 여자는 새로운 사내들에게 매매춘을 제안하고 있는지도 모를 일이었다. 나는 그쪽으로 다가가 그녀의 앞에 섰다. 그러고는 주머니에서 지폐가 가득한 월급봉투를 꺼내 열고는 왼손 위에 올려놓고 오른손으로 하나씩 세어나갔다. 그러자 그녀가 놀라는 표정을 지으며 내 쪽으로 비틀거리며 다가오는 것이 느껴졌다. 나는 곧바로 계속 돈을 세는 자세는 유지한 채 그녀를 피해 뒷걸음쳤다. 마침내 여자의 걸음이 빨라져 한 걸음 차 정도로 가까워졌을 때, 돈 뭉치와 봉투를 주머니에 대충 구겨 넣은 채 뒤돌아서서 마구 달려버렸다. 그러고는 완전히 나 혼자임을 자각한 뒤에는 중앙 데파트와 홍명상가를 넘나드는 개천과 도로를 연속 헤매며 한동안 걸어다녔다. 몽롱한 속에서도 그 옛날 경화와 다정하게 쏘다니던 '클래식 음악다방'과 중국집과 쫄면집들을 연속 지나치면서! 마치 성남에 와서 익숙하게 배인, 밤마다 헤매던 솜씨를 대전에 와서 새롭게 발휘라도 하듯이! 하지만 나를 기다리고 있을 그녀는 이제 이 거리 어디에도 없고 손가락 끝의 감촉은 느껴볼 희망조차 없다!

그렇게 떠돌며 헤매다가 지쳐 중앙 데파트 앞 광장 가장자리에 있는 보도블록 위에 주저앉아 쉬고 있을 때, 문득 저쪽에서 한 여자가 다가와 근처에 주저앉았다. 문제는 그녀가 간헐적으로 흐느끼는 소리가 들렸던 거였다. 결국 참지 못하고 다가가 달래며 사연을 물었을 때, 그녀 역시 이미 만취한 상태였다. 2년 사귄 애인과 방금 전 이별했다는 여자는 뜻밖에도 같은 대학 졸업생임을 알게 되자 경계심을 다소 늦추었다. 하지만 자기 역시 이번에 이과를 졸업했다는 정도만 알려주었다.

우리는 근처 늘어선 포장마차 중 하나에 들어가 다시 소주 몇 병을 마셨다. 밤 세 시가 너머 망설이는 그녀를 채근해 나는 근처 여관으로 데려갔다. 주인은 3층 방의 호실 열쇠를 던져주었다. 둘 다 심하게 취해 있던 우리는 2층에서 3층으로 오르는 계단에서 그만 동시에 나동그라지고 말았다.

방에 들어서서 비로소 처음 키스를 할 때 그녀는 순순히 응해주었다. 그렇지만 팬티와 치마를 벗기려 하자 곧 심하게 저항했다. 머리가 지끈거릴 정도로 취한 상태에서도 나는 그녀를 달래가며 서서히 자극을 가해나갔고 마침내 팬티를 벗기고 페니스로 음부를 비벼나가는 데까지 성공했던 거였다.

그런데 그 순간 참아 왔던 소변을 더 이상은 어쩔 수 없으므로 잠시 화장실에 다녀오기로 한 것이 화근이었다. 나는 일어서 화장실로 들어가 충분히 소변을 본 후, 바지를 내리고 페니스를 씻으며 가벼운 뒷물 정도로 마무리했다. 자칫 그녀가 달아나버리면 모든 게 수포로 돌아간다! 다행히 삼사 분 정도 충분한 시간이 있었음에도 그녀는 도망가지 않고 그대로 있었다. 나는 고마운 그녀에게 다시 가볍게 키스해준 후 바지와 팬티를 벗었다. 그런데 이번에는 그녀가 소변이 마렵다고 한 거였다. 결국 그녀가 화장실에 들어가 있는 동안에 기다리다가 그만 깜빡 잠이 들고 말았다. 들어간 지 삼사 분이 지나고, 씻고 나오려는 건지 좀 늦는다 정도 자각하다가 아예 깊은 잠에 빠지고 말았던 거였다. 그렇게 한두 시간 정도 흘렀을까! 시계를 보니 다섯 시가 넘어 있었다. 그녀는 아예 떠나고 없다!

그렇게 허망하게 잠시 멍하니 있다가 돈 봉투에 생각이 미치사 정신이 번쩍 들었다. 옆에 나뒹굴고 있는 바지주머니를 뒤져 보았지만 지갑도 없고, 무엇보다도 빈 봉투만 있을 뿐 정작 돈은 없었다. 화들짝 놀라 바지를 급히 대충 입은 채 아까 뒹굴었던 아래쪽 계단에 이르자 다행히 지갑이 층계 사이 화분 옆에 떨어져 있었다. 그렇지만 돈은 아무 데도 없었다! 바로 내려가 주인에게 말할까 하다가, 다시 방으로 돌아와 침대 밑까지 구석구석 뒤져보았으나 보이지 않았다. 결국 그녀가 가져갔거나 계단 위에 있던 걸 지나가는 이가 주워갔으리라. 그녀는 전혀 그렇게 보이지 않고 착했는데! 그렇게 곱씹으며 집으로 갈 차비조차 없는데 어찌해야 하나 하는 패닉 상태에 잠시 빠져버렸다.

그랬는데 술기운이 아예 달아나는 것이 세수나 할 겸 하고 다시 화장실에 들어섰을 때, 한쪽 구석 바닥에 지폐들이 다발로 놓인 모양이 시야에 확 들어왔다. 다행히 돈을 가져간 사람은 아무도 없었던 것이다! 그제야 아까 골목 여자 앞에서 돈을 세고 난 후, 급히 돈과 봉투를 따로 주머니에 넣은 채 도망쳐 왔던 생각이 스쳐갔다. 이제 다시 할머니 돈도 갚고 어머니께 드릴 수도 있게 된 거였다! 그리고 곧바로 여관을 나와 대전역으로 갔다. 얼마 후 모처럼만에 고향으로 내려가는 기차를 탔다. 대학 내내 타고 다니던 기차는 그날따라 더없이 상쾌하기만 했다. 다만 한 가지, 새벽에 잠이 드는 바람에, 모든 것을 다 열어주려던 이름도 모를 대학 동창생 그녀가 그냥 떠나게 둔 것을 못내 아쉬워하면서!

3. 집에 도착하자 어머니와 할머니께서 모두 반겨주셨다. 다만 할머니의 눈가는 이제 어머니마저 떠나면 우리 가족 모두와 이별이라는 점 때문인지 한편으로 좀 어두워 보이긴 했다. 마당에는 여전히 두 분이 일구고 가꾼 각종 채소들로 가득했다. 가장자리에 울타리처럼 빙 돌아가며 잘 자라나 있는 옥수수 풀대들은 이전보다 더 무성해 보였다.

내가 방에 들어가서 맨 처음 한 일은 젖어 있는 돈 뭉치를 꺼내 일일이 펴 놓고 말리는 거였다. 어머니는 여러 줄로 펼쳐져 있는 지폐들을 재미있다는 듯 들여다보다가 하나씩 세어보기도 하셨다. 돈이 마르는 사이 차려주신 아침밥을 대충 먹고 누웠다가 깜빡 잠이 들어버렸다.

눈을 떴을 때는 정오가 막 지나고 있을 무렵이었다. 어느 정도 말라 있는 지폐들을 다시 모은 후 쓸 돈만 빼고, 할머니와 어머니께 나눠 드렸다. 할머니는 이자라고 얹어 드린 액수를 한사코 돌려주셨다.

"너 장가갈 때 보태 써."

그러고는 각시가 생기면 꼭 데려와서 인사시키라며 덧붙이셨다. 내가 그때까지 살아 있으려나…….

시간이 다시 흐르며 무료해진 나는 서서히 움직여볼 요량으로 공중전화가 있는 구멍가게로 갔다. 처음 전화한 곳은 여진이네였다. 2학년 때까지 봉학차 친구였던 여진이는 결혼한 언니네 집에서 살았다. 나를 무척이나 좋아해서 자주 자기방으로 초대했고, 우리는 그럴 때면 늘 뜨겁게 뒹굴곤 했었다. 한 번은 그녀 언니의 묵인 아래 그 방에서 잠까지 자고 온 적도 있으니까. 그렇지만 여진이가 전문대를 졸업하고 내가 3학년이 되면서 자연스럽게 발길이 끊겨버렸다. 이따금 오가다가 마주치기라도 하면 내 팔을 잡고 꼭 놀러오라고 당부했었는데! 그녀는 졸업한 후에도 대전을 다녀오는 길이라며 일부러 통학차 시간에 맞추어 나를 찾아오곤 했었다!

"여진이 지난 가을에 시집갔는데. 아직 몰랐었구나!"

오랜만에 전화걸기가 겸연쩍어 망설이다가 용기를 내어 다이얼을 돌린 거였다. 그랬는데 전화를 받자마자 그렇게 건네 온 언니의 말은 나를 더욱 부끄럽게 만들고 말았다.

다음으로 전화한 것은 같이 교생실습을 다녀왔던, 역시 통학차 친구 미희네였다. 그녀는 실습 기간 중 모교의 교장부터 모든 간부에게 호평 받았고, 졸업하자마자 사회 교사로 채용되었다. 저번 통화에서 혹시 뒷돈도 준 거 아니냐고 물었을 때, 웃음을 흘리며 그런 거 없다고 말하긴 했다! 두 명 이상이 되어야 교생을 받아주는데, 결국 내가 너의 채용에 기여한 게 아니냐 따졌더니 다음에 내려오면 한턱 크게 쏜다면서! 하지만 전화를 받은 미희 어머니는 그녀가 방학과 휴가철을 맞아 친구들과 긴 여행을 떠났고, 주말에나 온다고 알려주었다.

다음으로는 농협에 다니는 민지가 떠올랐다. 민지하고는 아무런 이성적 감정이 없는 말 그대로 친한 고향 친구일 뿐이었지만, 여기까지 와서 전화 한 번 없이 가기도 그렇고, 무엇보다 그 애가 마당발이기 때문에 몇몇 소식도 들을 수 있을 거라는 기대감에서였다. 전화를 받은 여자는 급히 민지의 이름을 부른 후 그쪽으로 돌려주었다. 마침 한 시부터 시작되는 오후 근무를 5분 남기고 휴게실에서 점심시간의 마지막 여유를 즐기고 있었다며 호들갑스런 목소리로 말을 이었다.

민지는 두 가지 결혼 소식을 전해주었다. 하나는 자경이가 두 달 전 부산으로 시집갔다는 놀라운 사실이었다. 그것도 자기보다 열두 살 더 많은 띠동갑의 사내에게! 뭐하는 사람인데? 해양건축업 하는 사업가래! 그런 것도 있어? 자경이네는 읍내에서 큰 병원을 하고 있었다.

자경이는 나와 헤어진 뒤 어느 날 통학차에서 내 앞자리에 앉아서는 펑펑 울고 간 적도 있었다. 그 직후에 미스코리아에 나가 미스 충남이 되었다. 신문에 실린 인터뷰에서 지금은 애인이 없지만, 오늘 같은 날은 사랑하는 이에게 꽃다발을 받고 싶은 심정이라고 말했었다. 설마 그 사람이 나는 물론 아니었겠지만!

또 하나는 선배인 은희 누나가 약혼식을 마치고 오는 가을에 서울에서 결혼식을 올린다는 거였다. 은희 누나와 민지와 나는 셋이서 잘 어울려 놀았다. 국민학교 때 탁구 선수였던 누나는 탁구를 몹시 잘 치는 나보다도 더 잘 쳤다. 우리는 탁구가 끝나면 술을 마시거나 밥을 사 먹곤 했다. 집이 잘살았던 누나가 모든 비용을 냈기 때문에 전혀 부담 없이! 밤에도 심심하면 셋이 누나네 방에 모여 고스톱을 치거나 TV나 비디오를 보며 밤늦게 놀기도 했다.

사실 그만큼 격의 없이 놀다보니 민지는 모르는, 누나와 나만의 부대낌도 두어 차례 있긴 했다. 한 번은 아침이 되어 민지가 먼저 나가고 단둘이 있게 되었을 때, 누나가 평생 키스 한 번 못해봤다고 한탄을 했다. 그 바람에 내가 불쌍하다며 그 느낌을 알려주겠다 하자 호기심이 동한 누나가 허락하는 바람에, 나름 달짝지근한 첫키스의 추억을 심어줄 수 있었다. 그렇지만 이어 가슴을 더듬으려는 내 손길은 완강하게 뿌리쳐버렸고, 나는 쫓겨나다시피 그 집에서 나와야 했다.

한 번은 민지와 누나와 셋이서 잠을 잘 때 일이었다. 그날 우리는 침대가 아닌 바닥에 누워 비디오를 보다가 그만 그 상태로 잠이 들었던 거였다. 한밤중에 깨어나 보니, 누나가 내 바로 옆에서 잠들어 있었고, 민지는 반대쪽이었다. 어느 틈에 잠에 밀려 바로 옆에서 더운 입김을 품어대며 잠든 그녀를 보는 순간 나는 강한 욕망이 솟구치고 말았던 거였다. 다가가 티셔츠 위의 젖가슴을 슬쩍 터치해나가자 약간 호흡이 가빠지는 정도일 뿐, 큰 반응이 없었다. 그 바람에 용기를 낸 나의 행위는 더 대담해져갔고, 급기야 바지를 아예 벗어 내린 채 페니스로 누나의 팬티 위에서 페팅을 시작했던 거였다. 하지만 얼마 지나지 않아 민지가 뒤척거리는 소리가 들렸고, 결국 놀란 누나 역시 부시시 일어나 한참 앉아 있다가 옆의 침대 위로 가버리고 말았다. 그렇게 나는 한동안 뛰는 가슴을 쓸어내려야 했다.

그렇지만 다 지난 일이고 철없던 시절의 뜬구름 같은 가벼운 해프닝일 뿐이다! 누나가 서울의 좋은 집안 멋진 남자와 결혼한다는 말을 듣고 참 잘되었다고 말해주었다. 사실 그때만 해도 지금과 달리 대학을 졸업하면 바로 결혼하는 여성들이 많던 시기였으니까!

다음으로 전화한 것은 읍내에서 큰 여관을 하는 친구 경식이네였다. 사실 엄밀히 말하면 경식이 때문에 전화한 것은 아니었다. 경식이는 이미 서울에 취직해 직장에 다니고 있었으니까. 그 애의 두 살 어린 여동생 은경이 때문이었다. 이제 대학 3학년이 되어 있을! 가끔 통학차에서 마주치면 은경이는 멀리서도 달려와 인사하며 옆에 앉곤 했다. 항상 자기네 집에 놀러와 오빠랑 같이 놀자면서! 신입생이던 봄에 은경이는 자기 어머니와 함께 3학년이던 나를 찾아왔고, 대학에 와서 처음 맞는 축제에 파트너가 없으니 나랑 같이 가달라고 부탁했었다. 다른 사람은 믿을 수 없고, 나랑 가면 마음이 놓인다면서! 그렇지만 그때 나는 왜 그랬는지 오히려 그런 호의가 부담스러웠고, 다른 일이 있다며 핑계를 댔던 거였다. 내가 졸업반이 된 후로는 가끔 마주친 은경이의 초대가 더욱 적극적이곤 했다!

전화를 받은 중년 여인은 여관 주인이 그새 바뀌었고, 자기가 새 주인임을 알려주었다. 나는 몹시 허망해져서 수화기를 놓았다. 은경이는 몹시 착하고 예뻤는데! 왜 그렇게 부담스러워 했을까!

결국 고향에 와서 이 읍내 여자 중에, 별도로 적은 종이에 마지막 남은 것은 혜진이 뿐이었다. 나는 한참을 망설이며 갈등하다가 그만 다이얼을 돌리고야 말았다.


4.  혜진이는 통학 기차가 아닌 통학 버스에서 알게 된 후배였다. 내가 대학 졸업반일 때 그녀는 전문대 졸업반인 2학년이었다. 키가 크고 날씬한 몸매에 계란형 얼굴로 전형적인 전통 미인상이었다고나 할까! 4학년이 되면서 경화와의 사건 이후 50일간 학교를 나가지 않은 이후의 통학에서는 자연스럽게 기차보다 버스를 타게 되는 경우가 많아지면서 몇 번 마주친 인연으로 데이트를 하곤 했다.

그녀의 유두를 처음 애무할 수 있었던 것은 버스에서 내려 귀가하던 중에 들른 읍내 술집이었다. 부모님과 언니가 엄하게 관리한다는 그녀는 늦어도 밤 아홉 시까지는 집에 들어가야 했기에 항상 버스를 타고 통학했고, 그만큼 시간의 여유가 없었다. 그러나 그날 가슴 애무 이후에는 점차 나와 같이 데이트하는 시간이 조금씩 길어져갔다.

"나 오빠가 장난으로 이러는 거 아니란 거 잘 알아!"

가슴을 맡길 때마다 혜진이는 자꾸만 불안한 듯 내 진심을 확인하려 들며, 그렇게 뇌까리곤 했다. 우리는 점차 익숙해져 어떤 날은 내가 그녀의 학교 앞에까지 가서 데려오기도 했다. 그러다가 결국 졸업을 앞둔 늦가을 어느 날, 우리는 여관으로 갔고, 밤늦게까지 섹스에 몰입해버렸다. 그날 나는 의외로 그녀가 숫처녀가 아니란 걸 확인했다. 혜진이는 세 시간가량 펼쳐졌던 우리의 첫 섹스에서 시종 강한 자극을 원했다. 난 오빠가 장난으로 이러는 게 아닌 걸 잘 알아. 그때도 그 말을 여러 번이나 반복했다.

밤 열한 시가 다 되어 막차를 타고 겨우 읍내에 도착해 시외버스에서 내렸을 때, 버스정류장에는 그녀의 부모와 언니, 그리고 이웃집 아주머니까지 나와 있었다. 혜진이는 변명을 하며 둘러댔지만, 우리는 그날 아버지와 언니로부터 심한 꾸지람을 계속 받아야 했다. 다행히 온화하셨던 그녀의 어머니와, 같이 나오신, 나를 평소에 잘 아시던 이웃 아주머니 덕에 다소 누그러들긴 했지만!

"내가 누구보다 보장한다니까! 평소에 얼마나 착하고 모범생인데!"

이웃 아주머니는 그렇게 감싸주었고, 그날 나는 속으로 미안함을 금할 수 없었다. 전문대를 막 졸업한 그녀는 어쩌면 취업해 다른 곳에 있을지도 모른다! 그래도 아버지나 언니가 받으면 어쩌나 걱정하면서 다이얼을 돌렸던 거였다. 다행히 전화를 받은 것은 할머니였다.

"혜진이 성당 갔는데. 오늘 세 시부터 세례 받는 날이라!"

가는 날이 장날이라고, 하필 세례를 받으러 갔다는 말에 나는 마치 큰 죄라도 들킨 사람처럼 화들짝 놀라고 말았다. 그것도 성당에서!

어찌해야 할까 한동안 갈등하다가 결국 성당에는 가 보기로 했다. 그렇지만 오늘 같은 날 그녀를 유혹할 수는 없는 거였다. 더구나 가족들이 있을 텐데! 결국 잠시 들러 축하만 해주고 오기로 마음먹었다.

수미와 군자도 잠깐 다녔던 성당은 읍내의 오랜 전통 구조물 중 대표적인 하나였다. 들어서면 언제나 경건함과 엄숙함이 넘치곤 했다. 나는 넓은 홀의 맨 뒷좌석에 앉아 진행되는 세례미사를 바라보며 중학교 때 잠시 다녔던 교회를 떠올렸다. 중2 때 처음 마스터베이션을 알게 되었고, 그때는 수음을 하고 나면 교회당 성모 마리아의 성화 앞에서 참회하며, 다시는 자위를 하지 않게 해달라고 순진하게 기도하기도 했었다! 중 3으로 올라가며 여러 가지 회의가 들며 바로 그만 다니고 말았지만!

혜진이는 하얀 면사포를 쓰고 촛불을 든 채, 십여 명의 동료들과 함께 세례 의식을 하고 있었다. 앞줄 왼쪽에 어머니와 언니와 대모로 보이는 여성이 나란히 앉아 있었다. 신부님의 장엄한 목소리와 맨 앞에 도열해 선 성가대의 경건한 합창이 울려 퍼질 때마다 나는 마치 죄를 지은 듯이 가슴이 움츠러드는 것을 느꼈다. 옆자리의 사람에게 왜 하필 월요일에 하느냐고 묻자, 그는 평상시에는 주말에 주로 하고 월요일엔 유아 세례 정도 하는 게 관례인데, 마침 휴가 기간이라 월요일을 잡은 거라고 친절하게 일러 주었다. 전에도 한 번 월요일에 하긴 했어요!

그냥 가버릴까 하다가 그래도 이왕 온 김에 축하의 말 정도는 해주자는 마음으로 기다렸다. 얼굴만 보고 바로 떠나야지! 그랬는데 사진 촬영까지 모든 의식을 마치고 나오던 그녀는 나를 발견하자 화색이 돌며 자꾸만 따라 나왔다. 그 바람에 그녀의 언니가 걱정스런 시선으로 같이 따라 나왔다. 제법 오래 진행된 의식에 지쳐 있었는지, 혜진이는 인사만 하고 나오려는 내 팔을 붙들었다. 결국 우리는 어머니와 대모는 보내 드리고, 혜진이와 언니와 함께 근처 다방에 가서 커피 한잔하는 걸로 타결을 보았다. 내가 바로 데리고 들어갈 테니까 걱정 마 엄마. 언니는 우려의 눈길을 보내는 어머니에게 그렇게 말했다.

그랬는데 작은 문제가 커피숍에서 일어났다. 셋이서 얘기 나누며 커피를 마시다가 내가 주머니에서 지갑을 꺼내 수첩을 빼들고는 잠시 다른 곳에 전화를 걸기 위해 일어났던 거였다. 그 사이 그녀의 언니가 테이블 위에 놓인 내 지갑에서 포개져 튀어나와 있는 쪽지 하나를 발견하고는 꺼내 펼쳐 보았던 것이다. 통화를 마치고 자리에 돌아와 보니, 그녀와 언니의 시선이 둘 다 곱지 않았다. 언니의 손에는 여자들의 전화번호가 **빽빽**하게 적힌 그 종이가 펼쳐져 들려 있었다. 그중에 반 이상은 내가 덧보태 놓은 가위표가 새겨진 채로! 물론 혜진이 이름도 맨 밑쪽에 적혀진 채! 그리고 우리는 곧바로 커피숍을 나와야 했다.

혜진이와 헤어져 어디로 가야 하나 생각하다가 끝내 찾아간 곳은 읍내 오거리에 있는 '청농원' 꽃집이었다. 수미네 학교하고도 가까워 수미나 군자와 함께 나도 자주 드나들다가 친해진 꽃집 아가씨와 그간 돌아가는 소식도 알 겸, 시간도 보낼 겸 해서였다. 그녀에게는 일 년 전에 젊은 애인이 생겼고, 조만간 결혼할 예정이라는 소식까지 들었었다!

꽃집에 들어서자, 커플이 반겨주었다. 나는 다행히 한 시간 넘게 꽃집에 머무르며 시간을 보낼 수 있었다. 그리고 여섯 시 반이되어 농협에서 퇴근하는 민지와 만나기로 한 레스토랑에 갔다. 다시 거기서 식사와 커피 타임까지 두 시간이 넘게 시간을 때운 후 아홉 시쯤에 집으로 돌아왔다. 기대와는 달리 큰 소득은 없었지만, 그래도 나쁘지 않은 하루였다고 자위하면서!

이미 이 고향에는 논두렁에서 밤늦게까지 섹스 하던 영미도, 자기 방에서 내 페니스를 빨아주며 자신이 수신호를 보내면 뒷산에서 만나자 했던 이웃집 근영이도 다 서울로 떠나버렸으니까! 어린 근영이는 자신이 입안에 넣고 정성껏 보드랍게 애무해주는 데도 내가 서툴게 그녀의 이빨 사이로 페니스를 흔들어 대는 바람에 짜증을 내곤 했었다!

어머니는 저녁상을 차려 놓고 기다리시다가 내가 먹고 왔다고 하자, 좀 서운해 하시는 눈치였다. 그래도 우리는 이제 모여 살게 되었으니까.


5. 화요일 아침이 되자 나는 다소 초조해졌다. 모처럼의 휴가와 귀향에서 애초에 꿈꾸었던 근사한 섹스는커녕 제대로 된 데이트도 못하다가 내일이면 떠나야 한다는 생각 때문이었다. 자신의 대학 4년 동안 시절과 고향에서의 인연을 총동원했는데도 그 정도밖에 안된다! 물론 개중에는 대학을 졸업하고 다른 곳으로 취직했거나 시집을 갔거나 이사 가기도 했다! 고향에서는 고등학교를 졸업하고 도시로 취업 간 애들도 많으니까! 하지만 아무리 그렇더라도 이건!

정오가 다 되어 대전의 후배 건숙이에게 전화를 걸었다. 건숙이는 반가워하며 성희에게 연락해 함께 나오겠다고 말했다. 그러면서 성희가 저번에 대학문학상에서 소설이 당선되었음을 알려주었다. 건숙이와 성희는 대학 시절 '아싸'였던 나를 유난히 따르던 후배들이었다. 어쩌다 한 번 문학 모임에 참석하면, 꼭 내 주위에 둘러 앉아주었다. 모임이 끝나면 정식 2차는 팽개치고, 기필코 나를 졸라 셋이서만 몰래 빠져나와 별도의 2차를 가던!

나는 시간이 많이 걸리는 기차 대신 시외버스를 타고 서대전까지 와서, 다시 시내버스를 타고 유성으로 왔다. 그리고 우리가 가끔 찾았던 캠퍼스 정문 앞 술집에서 둘을 만났다. 두 시가 넘어 서였다. 미리 와 있던 두 사람은 나를 보자 환호성을 지르고 끌어 안다시피 했다. 뒤늦은 그 모습은 침체되어 있던 내게 큰 활력을 주었다.

"안 보는 사이 더 예뻐지고 성숙해졌네들!"

우리는 지난날을 추억하며 막걸리와 소주를 마셨다. 이번에 당선된 성희의 소설 세계와 나의 학원 생활, 두 사람의 불확실한 장래에 대한 기대와 추측 등이 주요 화제였다. 사이사이 돌아가 며 노래도 불렀는데, 특히 건숙이는 나를 위해 '진주난봉가'를 두 번이나 불러야 했다. 언젠가 문학 모임에서 그녀가 워낙 호소 력 있게 부르는 모습을 보고 감동한 나는 셋이 만날 때마다 그 노 래를 다시 부르게 하곤 했다.

여섯 시가 되어 성희가 가족 식사 모임 때문에 가야 했기에 우 리는 아쉬움을 남기고 헤어졌다. 그렇다고 해서 건숙이와 나, 둘 이서만 식사하러 가는 것은 우리끼리의 불문율에 어긋나는 거였 다. 그렇게 나는 다시 그들에게 좋은 인상을 남긴 채 헤어졌다!

시내버스를 타고 시외버스를 갈아타러 서대전으로 향하다가 버스 안에서 문득 다시 떠오른 것이 향미였다. 그저께 대전에 도 착해 전화했을 때는 집에 없던 그녀에게 혹시나 하는 생각이 들었던 거였다. 나는 도중에 내려 급히 공중전화 박스를 찾았다.

다행히 이번에는 집에 있었다. 그리고 일곱 시가 조금 넘어 중앙 데파트 근처 레스토랑에서 만날 수 있었다.

대학 신입생 시절, 철학과였던 향미는 유독 나를 좋아해줬다. 문과대 캠퍼스에서 마주치면 늘 곁에 앉으며 술 마시러 가자고 보채곤 했다. 한 번은 자기가 아르바이트로 돈을 벌어 한턱 쏘겠다며, 자신이 알바 하던 레스토랑으로 나를 초대한 거였다. 그날 마주 앉아 식사하던 그녀는 식사가 끝나자 갑자기 옆으로 다가와 앉았다. 그리고 사랑을 고백하더니 과감하게 내 고개를 잡아당겨 입술을 열고 키스를 퍼붓기 시작했던 거였다. 그녀의 풍만한 육체만큼이나 길고 풍성했던 혀는 그날 나에게 전혀 다른 키스의 달콤함과 쾌락을 삼십 분 넘게 선물해주었으니까!

"왜 이렇게 부들부들 떨어! 순진한 것이 귀엽게!"

그때 나는 정말로 심하게 떨고 있었고, 노련한 향미는 그 모습을 보고 재미있는 듯 연신 키득거렸다. 이미 섹스와 키스 경험이 있었으면서도 나는 왜 같은 신입생이던 그 애 옆에서 벌벌 떨어야 했을까! 어쩌면 그만큼 그녀가 적극적이었고 능숙해 보였기 때문이었는지도 몰랐다. 때로는 당신 생각에, 잠 못 이룬 적도 있었지~~ 그러자 향미는 눈가를 실룩거리며 능청맞게 그 노래를 불러주었다. 그 후로도 나를 만날 때마다 그렇게 〈사랑 사랑 누가 말했나〉를 불러주곤 했다. 그렇지만 그날 그녀는 섹스하자는 내 요청은 거부했다. 담배 연기를 내게로 뿜으면서 너무 좋아하는 사람하고는 그러고 싶지 않다며! 물론 난 처녀는 아니야! 그녀는 중학교 때 오빠 친구네 방에서 첫 섹스 했던 이야기를 들려주었다. 그 이후 몇 명하고 더 섹스 했지만, 그래도 자신은 대전여고를 나오지 않았냐면서!

내가 결국 그녀와 섹스할 수 있었던 것은 2학년 여름방학이 끝날 무렵이었다. 그때 나는 학교에서 주선해준 교통정리 알바를 방학 동안 했었고, 그 돈으로 얻어먹기만 했던 향미에게 식사 대접을 했던 거였다. 이미 고등학교 때부터 시골에서 과외를 두어 개 했었던 나는, 과외가 금지된 대학생 시절에도 비밀과외를 몇 개 하긴 했었다. 일주일에 두세 번 정도 대전에서 과외가 끝난 날은 밤늦게 기차를 타거나 시외버스를 타고 와야 했다. 그 돈들을 장롱 한구석에 모아 두었다가 용돈이나 데이트 비용으로 쓰곤 했었으니까. 지금과 달리 아르바이트 자리가 귀했던 시절에 교통정리 알바는 과외 못지않은 수입을 안겨주었었다.

그날 나는 그녀가 처음에 했던 것처럼 레스토랑에서 식사를 마치고 그녀의 옆에 다가가 앉아 키스를 퍼부었으며, 이번에는 그녀를 시트 위에 누인 채, 애무를 해나갔다. 끝까지 거부하지 않고 받아들이던 향미는 마침내 내가 자신의 팬티를 벗기고 삽입했을 때에도 가만히 지켜보기만 해주었다. 거기에다 위험하지 않다며 질내사정까지 허락해주었으니까!

"그래도 넌 여전히 서툴러!"

섹스가 끝나고 내가 자신의 담배갑을 빼앗아 피지도 못하는 담배를 한 대 입에 물며 어설프게 연기를 내뿜자, 살포시 미소 지으며 그렇게 쏘아붙였었다. 아무리 그래도 그때 그녀는 어딘지 앳된 표정도 가득했었는데!

모처럼 다시 만난 향미는 훨씬 노련해 보였다. 그맘 때쯤의 여자는 어쩌면 일 년이 다르게 변해가는 것 같았다. 하긴 특히 여자들의 경우 교생 실습 때 보았던 고2와 고3 교실의 분위기가 아예 다르고, 대학 3학년과 졸업반의 치장과 분위기가 너무 다른 모습에 놀라곤 했었으니까! 남자도 그렇겠지만 누구보다 여자들은 어떤 한순간의 계기나, 시간의 흐름 앞에서 급변하기도, 또 성숙하기도 하는 것 같았다.

오랜만에 만난 우리는 다시 예전처럼 레스토랑에서 식사를 했다. 그리고 식사가 끝나자마자 내가 그녀 옆으로 다가가 오랫동안 키스를 했고, 그 후에 커튼을 내린 채, 옛날처럼 레스토랑의 기다란 소파 위에서 섹스에 열중했다. 3년 전보다 오랜 시간이 걸렸고, 제한된 공간 안에서 여러 변화된 기교를 섞어 쾌락을 탐닉해나가긴 했지만, 또 서로 무척 더 능숙해진 듯도 했지만, 크게 보아 별 차이는 없었다고 해야 할 것이었다. 향미는 이번에도 여관에 가자는 제안을 거절했다! 여관에 갈 경우를 대비해 새로 익힌 여러 가지를 마음껏 펼쳐 보리라던 잠재적 계산이 틀어져버려 다소 아쉬웠지만! 그래도 그녀와의 오랜만의 조우는 후련하기까지 했다고나 할까! 그렇게 우리는 헤어졌고, 나는 별이 뜨기 시작한 아홉 시가 다 되어 한결 유쾌해진 기분으로 시외버스를 탈 수 있었다.

6. 수요일 아침이 되자, 할머니는 텃밭에서 딴 오이 몇 개와 아직 다 익지 않은 옥수수 몇 개를 전해주셨다. 어머니는 바로 옆방이긴 하지만, 할머니를 초대해 아침을 대접하셨다. 상 위에는 이 집에서는 거의 볼 수 없었던 불고기가 상추쌈 옆에 수북하게 차려졌다.

두 분 다 말은 안하셨으나, 이번 성남행이 우리 가족의 완전한 이향이 될 것이고, 자주 보지 못하게 되리란 것을 예감하고 계셨으리라! 어머니는 우리를 늦게 낳으셔서 예순셋 이셨고, 할머니는 그보다 스무 살 많은 여든셋 이셨으니까!

수미와 나는 할머니 하면 떠오르는 큰 공통 기억이 두 가지 있었다. 하나는 허리가 안 좋으셨던 할머니께서 우리에게 자주 허리를 "밟아달라" 하셨고, 그럴 때마다 몸이 가벼웠던 수미는 엎드린 할머니 위에 신 나게 올라타서는 마구마구 밟아대곤 했다. 그렇지만 내 차례가 오면 몸무게 때문에 조심스럽게 밟아나가야 했다. 성이 '소' 씨요 이름이 '애기'이셨던 할머니를 우리끼리는 "소 발바라 여사님"이라고 몰래 부르면서 킥킥거렸다.

다른 하나는 눈도 멀고 발음도 성치 않았던 막내 아드님에 대한 기억이었다. 할머니의 다른 아들딸들은 읍내에서 잘살고 있었는데, 한두 달에 한 번 정도 찾아와 인사하곤 했다. 그중에서도 큰아드님 집에 빌붙어 사는 막내아드님은 매일 아침저녁으로 할머니를 모시러와 함께 성당에 다니시곤 했다. 그분은 눈이 먼데다 걸음걸이가 게처럼 옆으로 천천히 한 걸음씩 걸어나가야 했기 때문에 어떻게 보면 오히려 할머니를 모시러 온 것이 아니라 할머니가 이끌고 가는 것처럼 보였다.

그래도 지극정성으로 할머니만 찾았기 때문에 효성이 자자할 정도였다. 성당에 예배드리고 와서는, 항상 옆방에서 할머니와 함께 기도드렸는데, "하늘에 아버지 하나님께서 계실라와……" 하고 시작되는 기도문을 떠듬떠듬 읊조리곤 했다. 그런 연유로 우리끼리는 "계실라와 선생님"이라고 남몰래 부르며 키득거렸다. 어쩌다 우리가 자기 때문에 웃는 소리를 눈치채면 저쪽 방에서 따라 웃으시곤 했다. 그래도 수미하고는 평소에 농담도 잘하면서 예뻐해주셨다. 그렇게 가장 불우했던 시절, 마음씨 좋으신 할머니를 만난 것은 우리 가족에겐 더없는 행운이었다!

정오가 다 되어 짐을 챙기면서 일단 내가 썼던 모든 원고들을 가방에 챙겨 넣었다. 가족 사진집과 어머니의 사진, 수미와 나의 각종 졸업 앨범들까지 챙길까 하다가 원고만 해도 워낙 가득했기 때문에 그만두었다. 나중에 다시 정식으로 와서 여기 책상과 짐들을 동시에 옮겨 가지 하는 생각이었다. 그렇지만 그때 사진집들을 챙기지 않은 것이 실수였다!

이별의 순간이 다가오자 누구보다 할머니께서 어두워지셨다. 끝내 대문 앞을 나설 때, 할머니는 어머니 손을 잡고 꺼이꺼이 우셨고, 어머니도 시종 눈물을 보이셨다. 그리고 우리는 고속버스 터미널로 왔다. 버스 속에서 이것이 고향 땅과 삶의 터전으로서의 완전한 작별이라는 생각에 씁쓸해졌다. 또 한 가지, 성남에서의 나의 방황이 도시의 묘한 환경 탓 때문이 아니라 이번 여행에서처럼, 스스로의 본질적인 부황끼나 역마살 같은 것 때문인지도 모른다는 생각이 들었다.


7.  8월 10일 검정고시가 치러지면서 자연스럽게 '8월반'은 해체되었다. 나중에 발표된 결과는 주간반과 야간반의 70프로가 전과목 합격이라는 우수한 성적이었다. 나머지도 거의 대부분 한두 과목 정도 과락하는 괜찮은 결과였다. 개중에는 늦게 합류한 아이들도 있었기에 평상시보다 매우 우수한 합격률이라는 학원의 평가를 받았다.

연숙이와 민구는 물론 다행히 몸이 아팠던 영철이마저도 전과목 합격을 했다. 경복이는 영어를, 어린 지혜는 수학을 과락했다. 학교 소사인 야간반 기상이는 세 번째 도전인 이번 시험에서 수학과 국사 두 과목만 과락하는 이변을 연출했다. 평소에 놀러 다니는 기분으로 문제를 전혀 들여다보지 않았던 그는 그래도 대부분 커트라인을 넘자 감격해버렸다.

"그래도 국어랑 영어까지 합격했지라! 이제 한 번만 더 다니면 될 거 같당께요!"

민구는 집에서 홀로 공부하다가 내년 초에 서울의 입시 종합반에 정식으로 다니겠다고 말했다. 영철이 역시 좀 쉬면서 슬슬 공부도 하고 건강도 관리하다가 내년에 우리학원 입시반에서 대입을 준비하겠다고 알려줬다. 전 여기가 편해요. 수업 중에 피곤하면 조퇴도 잘 시켜주고…… 무엇보다 샘들이 내 사정을 잘 알아주시니까. 지혜는 남은 기간 집에서 공부하면서 내년 계획을 세워 보겠다고 말했다. 올해는 언니가 대학 들어가야잖아요. 저는 어차피 떨어진 수학을 내년 4월 시험 대비해 집중하면서, 입시 대비는 천천히 할 생각예요. 집에서도 아직 어리니 여유 있게 생각하래요!

경복이는 어차피 형편상 학원에서 근로장학생을 해야 하기에 바로 입시반으로 옮겨 영어 대비와 입시 준비를 동시에 하기로 했다. 기상이는 다음번에야말로 놀러 다니는 기분이 아니라 불을 켜고 하겠다고 다짐했다. 이번엔 진짜랑께요. 두고 보면 다들 알겠디! 그는 새로 생기는 야간의 '신규 8월반'과 기존의 '4월반' 사이에서 갈등하다가 '4월반'을 선택했다. 그려도 짬밥이 있는디!

연숙이는 교무실로 찾아와 내게 직접 말했다. 연말까지 집에서 도서관이나 다니면서 혼자 하다가 내년에는 아예 서울 종합반으로 갈 거예요. 여기서는 샘 때문에 더 이상 공부가 안될 거 같아요! 그 말을 듣고 내가 "너는 여기서도 이번에 우수한 점수가 나왔잖느냐"고 반문했다. 그건 제가 머리가 좋아서죠. 물론 샘들께 잘 배우긴 했지만요…….

"어쨌든 여기 있으면 샘 때문에 더는 안 되겠어요! 그렇다고 나를 특별히 이뻐해주시는 것도 아니고."

아무튼 저는 이제 이 학원 학생이 아니라 졸업생이에요! 교무실을 나서며 연숙이는 그 말을 남겼다. 그렇게 이 도시에 와서 지친 나를 가장 반겨주었던 '8월반'은 내 곁을 떠나갔다. 그 과정에 여러 아쉽고 안타까운 일들이 있긴 했다. 내가 도와줄 수도 간섭할 수도 없었던! 또 한 가지 아쉬웠던 것은 불과 시험을 한 달 남기고 그렇게 차분하게 준비해왔던 은정이가 중도탈락하고 말았다는 거였다. 그 애는 그렇게 공부욕심이 많았었는데! 사실 따지고 보면, 내가 도시에 와서 만 5개월 만에 '8월반' 아이들과 이별하였고, 은정이는 그보다 불과 한 달 앞서 4개월 만에 이별했을 뿐이었다. 어차피 예정된 이별에 한 달 차이일 뿐인! 그렇지만 아무리 그렇게 자위하려 해도, 그 애가 소기의 과정을 마치지 못하고 떠났다는 것이 못내 마음에 걸렸다. 물론 나중에라도 어디서건 다시 잘 헤쳐나가겠지만!

'8월반'이 떠나고 얼마 지나지 않아 새로운 '8월반'이 생기긴 했다. 그렇지만 이제부터는 학원에서의 이야기를 변두리 이야기 정도 빼고, 더 이상 구체적으로는 말하지 않으려 한다. 어차피 나머지 반들 얘기는 뻔한 일정의 반복일 뿐이고, 새로운 반들 얘기도 더 이상은 식상해버릴 것 같기 때문이다. 그렇게 이 도시에서 청춘의 시절 순수하게 만났던 '나의 8월반'이 떠나갔다! 그래도 다행인 것은 내가 이 도시를 떠나기 전에 그들이 먼저 내 곁을 떠나가주었다는 점이었다고나 할까.


8. 8월 하순의 어느 날 밤에 나는 '붉은 거리'를 헤매다가 그 거리를 바로 지난 옆 골목에서 한 아가씨에 이끌리고야 말았다. '붉은 거리' 여자애들 못지않게 젊었고, 무엇보다 내가 좋아하는 예쁘고 착한 얼굴상이었다. 그녀의 방은 기다랗게 획일적으로 펼쳐진 허술한 시멘트 건물의 두 번째였다. 방 한쪽 구석에는 책상 대신 밥상 위에 자신이 좋아한다는 곰돌이 인형이 놓여 있었다.

스무 살이라는 그녀는 강원도가 고향이라고 했다. 초라한 이불과 매트가 깔린 허름한 방이었지만, 그녀는 마치 정겨운 연인처럼 섹스를 이끌었다. 이전의 '35세 구리빛 여인'보다도 더 섬세하게 페니스를 핥아주었고, 여유 넘치는 삽입 섹스를 유도했다. 그 덕에 나는 매매춘이 아니라 정든 애인과 섹스하는 기분을 느낄 수 있었다. 물론 그래도 섹스가 끝나고 돈을 지불할 때는 진한 아쉬움이 밀려들곤 했다.

그 후로 나는 가을이 깊어갈 때까지 그 방을 몇 번 더 찾았다.

그렇지만 10월 중순의 어느 날, 그녀가 있던 방에 그녀는 없었다. 나는 그 방의 새로운 여자와 습관적인 매매춘을 했고, 다시는 그 방을 찾지 않았다. 그리고 비록 밤거리에서의 스쳐가는 만남이었지만, 곰돌이를 좋아하던 그 아가씨의 앳된 모습이 가끔은 떠오르곤 했다.

    9.  그 일이 있었던 것은 막 가을로 들어가려는 9월 초순의 밤이었다. 그날도 11시 20분경부터 시작된 정처 없는 방랑이 30분가량 지난 때였다. 종합시장 입구 골목에서 서성이고 있던 내 등을 누군가가 쿡 찔렀던 거였다. 뒤돌아보니 방금 전까지 수업을 들었던 야간 문과반의 여자애였다. 나이가 좀 들어 보이는 그녀는 금테 안경을 쓰고 있었다. 평소에 항상 뒷좌석쯤에 앉아 혼자 말없이 수업을 듣다가 간혹 농담을 할라치면, 입을 가리며 웃는 모습이 인상적이었다고나 할까. 그 외에는 그냥 평범해서 특별한 기억은 없는 그런 착한 이미지였다. 뒤돌아보고 깜짝 놀라는 내게 그녀는 조심스런 미소를 지으며 말했다.

    "선생님. 조금만 시간 좀 내주실 수 있으세요?"

    갑작스런 등장과 뜻밖의 제안에 놀란 나는 잠시 망설이다가 얼결에 고개를 끄덕였고, 그녀는 옆의 카페로 나를 이끌었다. 자정이 거의 다된 시각인데…….

    "마음 편하게 가지세요."

당황한 나를 진정시키려는 듯 그녀는 맥주와 안주를 주문한 뒤, 자기가 꼭 사고 싶어 그러는 거니까 전혀 부담 갖지 말라 했다. 맥주를 두어 잔 마시며 들려준 얘기는 그런 것이었다. 그녀의 나이는 스물셋 이었고 도시의 무역 회사에 다니고 있었다. 자신의 집이 종합시장에서 가까운데, 내가 밤에 헤매는 모습을 처음 본 것은 두 달쯤 전이었다. 그 후로 가끔씩 이쪽을 지나는 시간쯤에 맞춰 잠깐씩이나마 몇 번 뒤따르기도 했었다는 거였다. 오늘은 이렇게 술 한잔 대접하고 싶었을 뿐이에요!

다시 30분 정도 술을 마신 후 부담스러워진 내가 그만 일어서 자고 말하자 그녀는 무척 아쉬워하며 덧붙였다. 이렇게 헤매시지 말고, 정 그러고 싶으시면 저를 부르세요. 그러면서 자신의 명함을 건네주려 했다. 내가 그것이 오히려 부담스럽다고 받지 않고 일어서버리자 퍽 당혹스러운 눈치였다. 그렇지만 이 상황은 너무 부자연스럽다! 하긴 일주일에 세 번 정도씩 늘 밤거리를 헤매면서, 마음 한 구석에서 잠재적으로 걱정했던 것은 국사 오 선생처럼 학원생이 보면 어쩌나 하는 것이었다. 현재 재원생이 모두 600명인데다, 그 사이 거쳐 간 숫자까지 더하면 천 명 정도 되니까! 그날 나는 평소보다 일찍 바로 집으로 돌아와야 했다.

그랬는데 두 번째로 밤거리에서 그녀를 만난 것은 그로부터 일주일쯤 지난 때였다. 그날은 한 시가 넘어서였다. 제법 긴 시간 거리를 헤매다가 디소 지친 몸을 이끌고, 단대천의 포장마차에서 홀로 소주를 마시던 중이었다. 그때 누군가가 내 옆자리에 와서 앉았다. 선생님. 저랑 같이 마셔요. 쳐다보니 바로 그녀였다. 그녀는 이미 술을 꽤 마신 듯 약간 취한 상태였다. 어쩔 수 없이 서로 두 잔쯤 오갔을 때, 그녀는 내 팔을 슬쩍 끌어 잡으며 조심스럽게 제안했다.

"밤마다 헤매시는 울 선생님. 불쌍해서 어쩌나. 오늘 밤은 저랑 같이 있어요."

그러나 그녀의 그런 모습은 그때 내게 진정 부담스럽기만 했다. 제가 옆자리를 지켜줄게요! 결국 그 말이 떨어지자마자 강한 거부감을 느꼈고, 자리를 박차고 일어났다. 그리고 계산을 급히 마친 후, 막아서는 그녀를 피해 집으로 향했다.

그녀를 마지막으로 본 것은 그로부터 다시 이틀 뒤였다. 야간 수업이 끝나고 교실을 나올 때 그녀는 쪽지를 건네줬다. 그 바람에 남들이 볼세라 그것을 급히 구겨 주머니에 넣어야 했다. 교무실에서 펼쳐 보니, 내일 수업이 끝나고 기다릴 것이며, 내가 오지 않으면 자기는 이 학원을 끊겠다는 내용이었다. 다음날 나는 당연히 그녀가 지정한 레스토랑에 나가지 않았다.

그 후로는 그 모습을 정말 볼 수 없었다. 학력고사를 불과 삼 개월 정도 남긴 시점에서 걱정이 되긴 했다. 내가 더 지혜롭게 대처할 수는 없었던가? 그렇지만 젊은 나로서도 어쩔 수 없는 노릇이었다. 얼마 후 보이지 않는 그녀의 행방을 탐문해보니, 다행히 도시의 다른 학원 입시반에 다닌다는 것을 알게 되었다. 당시 도시에는 우리 학원과 같은 성격의 경쟁 학원이 종합시장 뒤쪽에 하나 더 있었던 것이다. 어디서든 포기하지 않고 도전하면 되는 거니까!

그 일이 있고 며칠 뒤에 밤거리에서 나의 방황을 이미 다 알고 있다는 듯한 눈치를 또 보낸 이는 야간반 기상이였다.

"샘. 밤에 너무 다니시면 몸에 해롭지라!"

기상이는 그렇게 말하며 눈을 찡긋거렸다.


10. 그렇지만 내가 어느 상황에서든 그렇듯 떳떳하기만 했던 것은 아니었다. 특히 국사 오 선생이 보여준 결벽증에 가까울 정도의 꼿꼿함에 비하면 더없이 그랬다.

그는 9월 말에 어린 시절부터의 오랜 연인과 결혼을 앞두고 있었다. 9월 초에 가졌던 갈매기살 모임의 끝무렵에 강사들은 오 선생에게 술집 여자와의 하룻밤 이벤트를 제안했다. 부끄러운 문화이고 지금 기준으로는 극심하게 비난 받을 일이지만, 당시에는 군대에 가거나 결혼하는 동료나 친구를 위해, 입대나 결혼식 직전에 직업여성과 섹스하게 하는 것이 하나의 선물이요, 관례이다시피 했다. 아마도 이 잘못된 관습 앞에 직간접적으로 전혀 연관되어 있지 않아 자유로울 수 있는 이 땅의 남성은 거의 없으리라.

우리가 경례 모임에서 그 제안을 하자, 오 선생은 뜻밖에도 순순히 받아들였다. 그때 나는 속으로 그 역시도 별 수 없는 남자구나 생각했었다. 갈매기살 모임이 끝나자 먼저 갈 사람들은 가고, 우리 지원자 몇 명은 돈을 걷어 속칭 '니나노 술집'에 들어갔다. 거기서 옆에 한 명씩 여자를 앉히고, 노래 부르며 놀았던 것이었다. 드디어 흥이 무르익고, 오 선생이 파트너와 외박을 나갈 차례가 되었을 때였다.

그는 그 순간, 우리의 호의와 기대를 외면한 채 갑자기 박차고 일어서더니 여기까지만 하고 집으로 돌아가겠다고 선언했다. 그러고는 술값도 자기가 재빨리 계산하고는 뛰쳐나갔다. 급히 따라나가며 내가 왜 그러느냐고 묻자 그렇게 대답했다.

"선생님들의 호의는 받아야지요. 그렇지만 어릴 때부터 사랑해온 약혼녀를 배신 할 수는 없는 것 아니겠어요?"

그로부터 열흘쯤 뒤인 9월 중순에는 그런 일도 있었다. 일요일인 그날, 시험을 앞두고 있던 공무원반에다 입시반까지 지그재그로 보강을 하는 바람에 정오에 시작한 것이 저녁이 다 되어 끝나버리고 말았다. 마지막 시간에 끝낸 것은 나와 오 선생이었다. 우리는 휴식도 취하며 잠시 이야기도 나눌 겸 해서 인근 지하에 있는 카페를 찾았던 거였다.

그런데 막상 들어가 보니 술을 마시면서 노래를 부를 수도 있게 된 단란주점 비슷한 카페였다. 더 놀라운 일은 그 다음에 일어났다. 그냥 나오려는 우리를 알아보고 반갑게 다가온 카페 여주인 때문이었다. 다름 아닌 야간 검정고시 '4월반'의 정미 씨였던 것이다! 나이가 서른 살로 우리보다 많았던 그녀는 결석을 꽤 하는 바람에 자주 교무실로 불려와 선생들 모두에게 잘 알려져 있었다.

그녀는 나가려는 우리를 반강제로 끌다시피 좋은 자리에 앉히고, 기분 좋게 말했다.

"오늘은 특별히 이렇게 찾아주신 샘들을 위해 내가 다 한턱 쏠 테니까 부담 없이 마시고 노세요!"

나는 속으로 즐거운 마음이었지만, 오 선생은 몹시 부담스러워 하는 눈치였다. 맥주잔이 몇 잔 오고간 뒤, 그녀는 우리에게 뜻밖의 제안을 했다.

"다 좋은데 지금 짝이 안 맞잖아요. 내 친한 친구를 오라 할 테니까 우리 같이 마시고 놀아요. 네?"

순간 나는 거의 고개를 끄덕이려 했다. 그랬는데 옆의 오 선생이 고개를 크게 젓는 바람에 멈칫거릴 수밖에 없었다. 그러자 당황한 정미 씨는 수정 제안을 해왔다. 올곧으신 우리 국사 샘께서 저 땜에 부담스러우신가 보네요. 그렇담 내 대신 친구 둘을 오라고 할 테니까 마음껏 노세요. 저는 빠지고. 그건 괜찮죠? 그 말에 나는 급히 고개를 끄덕거리고 말았다. 그렇지만 이번에도 그가 강하게 가로젓는 바람에 모든 것이 수포로 돌아갔다. 오 선생은 노래라도 몇 곡 부르고 놀다 가시라는 정미 씨의 말을 뒤로 한 채 내 팔을 잡아끌었다. 결국 나는 마음과는 달리 그곳을 나와야 했다.

그때, 그렇게 나오면서 그가 던진 질문은 송곳 같이 내 가슴을 후비며 파고들었다고나 할까.

"그래서 욕망의 구도자가 되어 그렇게 헤맨 결과 그 실체를 찾으셨나요?"

"찾긴요. 선생님께서 지적하신 대로 더 깊은 욕망의 수렁에 빠져드는 기분이었다고나 할까……."

"아마도 방황과 일시적 충족이라는 테두리 안에서만 지나치게 갇혀 있었기 때문일 겁니다."

9월 말 토요일 그의 결혼식에는 원장과 수업이 없던 이과 수학 유 선생이 대표로 참석했다. 우리 모두는 수업 시간과 겹치는 바람에 가보지는 못했다. 대신 수업이 없던 많은 학생들이 다녀왔고, 그들은 한결같이 신부가 그렇게 예쁠 수가 없었다고 증언해주었다.


11.  고향 여자를 만난 것은 오 선생의 결혼이 있던 9월 하순이었다. 단대천 포장마차 중에는 지역 이름을 상호로 가진 곳들이 꽤 있었다. 그곳 주인이 고향에 대한 그리움을 잊지 못해 그런 면도 있겠고, 어쩌면 그 지역 사람들의 향수를 자극하는 마케팅 전략이 섞였을 수도 있을 거였다. 그런저런 연유로 나도 「충청집」이라는 포장마차를 가끔 찾곤 했다. 그럴 때마다 마음씨 좋

으신 주인아주머니는 충청도 중에서도 나와 같은 읍내 출신이 몇 명 더 단골이라고 일러주었다. 아까도 거기 여자 한 명이 왔다 갔는데. 조금만 일찍 오시지. 그렇게 잠깐 사이로 엇갈렸다는 남녀가 줄잡아 너댓 명은 되었다.

그렇게 엇갈리다가 결국 9월 하순의 어느 화요일 밤에 같은 고향이라는 여인을 만날 수 있었다. 자정이 넘은 시각이었다. 나보다 두 살 더 많아 스물여섯이라는 여인은 나이보다 피부에 윤기가 없어 보였다. 짙은 화장을 하지 않아서 눈가에는 주근깨와 기미들이 많이 보였다.

"주점에서 마담 생활을 오래 했어요."

소주가 계속 들어가자, 여인은 스스럼없이 자기 얘기를 들려주었다. 그녀는 도시의 대형 주점에서 코너를 하나 임대받아 운영했다고 말했다. 자기 밑에 두세 명 어린 여자애들을 데리고서! 매출의 부침이 심했는데, 얼마 전에 사기를 크게 당해 부득이 그 사업을 사 년 만에 접고 지금은 집에서 쉬며 다음을 도모하는 중이라는 거였다. 그녀는 사이사이 고향 얘기를 섞어 하며 내게 큰 호의를 표했다. 여인의 고향은 읍내에서도 한참 들어간, 작은 면의 진짜 시골이었다.

소주를 대여섯 병 나눠 마시며 우리는 둘 다 유쾌하게 취해버렸다. 두 시가 넘어가면서 그녀는 자신의 집으로 가서 자기 친구들을 불러 같이 놀자고 제안했다.

그녀의 집은 뜻밖에도 우리집 근처의 네 번째 라인이었다. 내가 근처 슈퍼에서 술과 안주거리를 살 때, 그녀는 슈퍼 앞 공중전화 부스에서 친구에게 전화를 걸었다.

"둘이 같이 사는 애들인데, 마침 일이 끝나 같이 온대요."

그녀는 함석지붕으로 된 집 대문의 문간방에서 혼자 살았다. 우리가 같이 들어가 먼저 두어 잔 마시는 사이에 친구들이 왔다. 재미없게 둘이서 술만 마시고 있었어? 그 사이 좀 뜨거운 일이라도 벌이지! 그녀들은 신이 나서 그렇게 떠들어 댔다. 그중에 하나가 돈내기 고스톱 판을 벌이자고 제안했고, 우리는 술을 마시며 새벽 다섯 시까지 그렇게 고스톱을 쳤다. 결국 내가 돈을 좀 잃어주었다고나 할까. 어쨌든 기분 좋게 판을 마치고 일어서려 하자, 고향 여자가 늦었으니 그냥 여기서 자고 가라고 했다. 나는 속으로만 집이 바로 근처인데…… 하였을 뿐 내색하지는 않고, 그래도 괜찮겠느냐고 반문해보았다.

"당연하죠. 괜찮은 정도가 아니라, 이왕 이렇게 된 김에 우리 셋, 그러니까 여자 셋이랑 다 같이서 옷 벗고 잡시다!"

친구 하나가 그렇게 말하자 순간 까르르 웃음이 터져 나왔다. 그러자 옆의 친구가 되받아쳤다. 그럼 우리 넷이서 같이 섹스 하는 거야? 다시 그 말에 웃음이 터졌고, 뒤이어 계속 장난스런 말들이 난무했다. 물론이지! 그럼 누가 맨 먼저 해? 네가 먼저 해. 두 번째 할게. 싫어. 두 번째가 젤 오래하잖아. 두 번째만 좋게? 네가 마지막에 해. 내가 두 번째 할래. 아니야. 마지막이 더 길게 끌 수도 있어. 근데 힘이 있으려나. 그럴 정도의? 충분할 거 같은데. 코가 크잖아!

불을 끄면서도 계속 이어진 농짓거리의 향연 속에서 우리는 잠을 재촉했다. 방이 넷이 자기에는 비좁은 편이어서 나는 옆의 고향 여자와 거의 살이 맞닿아야 했다. 잠을 재촉하는 한편으로 여인들의 뜨거운 열기와 바로 옆 그녀의 따뜻한 살의 감촉을 강렬하게 느끼면서! 그녀도 잘 잠이 오지 않는 듯 뒤척거리다 결국 여섯 시가 다되어 우리는 가슴과 살을 부대끼기 시작했다. 그렇게 시작된 터치와 포옹은 갈수록 진해졌고, 결국 그녀의 바지와 팬티를 벗겨 낼 수 있었다. 나는 바지와 팬티만 급하게 벗고는 바로 삽입 위주의 섹스로 들어갔다. 그래도 가급적 사정을 하지 않으려 늦추면서. 그녀의 호흡이 가빠지다가 결국 폭발하기 직전에 옆의 친구 중에 하나가 킥킥거리며 웃는 소리가 들렸다. 하지만 나는 이번에는 늦추지 않고 거칠고 빠르게 움직여 나갔다. 마지막 순간에 그녀가 밖에다 사정하라고 내뱉었고, 나는 다시 크게 터진 친구의 웃음소리를 들으며 더 강렬하고 빠르게 움직여 나갔다. 그리고 마지막 순간에 급히 빼내어 밖에다 쏟아내버렸다.

그 후로 며칠 뒤 밤에 다시 그녀의 집을 찾았을 때, 대문이 잠겨 있었다. 다행히 길가에 있는 그녀 방의 창살을 두드리자 창문을 열고 확인한 그녀는 대문을 열어주었다. 그렇지만 여인은 이미 많이 취해 있었고, 직전에 계속 울었던 듯, 눈가에 마스카라가 다 지워져서 얼굴에 번져 있었다. 눈이 좀 부어 있는 듯했다. 그 이후에도 계속 그런 모습으로 말없이 누워만 있었고 방안에는 무거운 냉기만 계속 흘렀다. 몇 마디 붙여 보았으나 별 대답이 없었다. 나는 얼마 후 다음에 오겠다며 나와야 했다.

그리고 다시 보름쯤 후에 찾았을 때는 불이 아예 꺼져 있었고, 이사를 가서 비어 있는 듯했다. 대문에 '방 세 놓음'이란 종이가 새롭게 붙어 있었다.


**12.** 병철이형이 도시로 나를 찾아온 것은 10월 초였다. 8월 초에 초강력 태풍처럼 전국을 강타했던 '민중교육' 사건이 일어난 지 거의 두 달이 지나서였다. 8월초부터 모든 매스컴에 심상치 않게 보도되던 그 사건이 중순으로 넘어가며 형은 끝내 학교 교육 현장에서 느닷없이 체포되어 운동장에 대기하고 있던 경찰차에 실려 연행되었다. 그리고 경찰서 유치장에서 열흘 동안 구류를 살다가 겨우 풀려 나왔다. 이미 학교에서 강제 해직된 뒤였다. 그 후로 형은 긴긴 해직 교사 생활을 감내하며 힘들게 투쟁해야 했다.

형이 잡혀갔다는 뉴스가 나온 직후 나는 학교로 전화해보았으나, 별 소식을 알 수 없었다. 소식을 비교적 정확하게 전해준 것은 며칠 후 중호형 집에 전화해보았을 때였다. 형의 구류 소식을 전해주며 중호형도 병철이형이 유치장에서 매일 맞지 않을까 걱정했다. 그렇지만 그로부터 보름쯤 후 간신히 통화가 된 형은 별로 맞지 않았다며 애써 태연해 했다.

"곧 성남에 놀러 갈게. 이젠 학교도 짤리고 갈 곳도 없잖아."

그로부터 다시 한 달 반쯤이 지나서야 형은 내가 말한 일요일에 도시로 나를 찾아왔다. 왜 이렇게 늦었느냐 묻자 형은 여기저기 뛰어다니며 생각보다 할 일이 많았음을 토로했다. 이제 내가 실업자니까 네가 나보다 낫다! 걱정 마 형. 술은 내가 다 살게. 그날 형은 밤늦게까지 술을 마시며, 자신이 살고 있는 이 땅이 얼마나 비민주적이며, 자신이 불행한 시대를 살고 있는지 강변했다.

"아냐 형. 잘 생각해봐. 어쩌면 형처럼 민주를 얘기하고 진실을 외칠 수 있는 시대가, 지나고 나면 역설적으로 더 행복하게 여겨질 수도 있어. 지금은 옳고 그름이 명확하게 나누어지는 시대잖아. 오히려 세월이 흐르고 정치적, 사회적 선악의 구분이 점차 불명료해지는 시대가 되면, 이 시절 띠를 두르고 진실과 정의를 자신 있게 외쳤던 때가 그리워질 수도 있어. 쉽게 말하면 진리를 명확하게 말할 수 있는 시대가 그렇지 않은 시대보다 명쾌하다는 얘기고, 그만큼 먼 훗날 형은 지금의 선택을 만족해하며 이 시절 느꼈던 감정을 행복해할 거란 얘기지! 물론 역설적인 이야기일 뿐이고, 당연히 사회는 정의롭게 진보해가야하는 것이 변함없는 순리지만!"

그러자 형은 "넌 항상 궤변으로 날 현혹시키려 하는구나" 하고 불평했다. 그 말에 나는 "이번 사건으로 드디어 역사의 한 페이지에 찬란하게 이름을 새긴 형께 존경의 박수를 보냅니다" 외쳐주며 너스레를 떨었다.

더 놀다 자고 가라고 만류했지만, 형은 밤늦게 서울의 모임에 약속이 있다며 일어섰다. 형이 수미와 통화하고 싶다고 했기에 술집 전화를 잠시 빌렸다. 그리고 집주인을 통해 수미를 바꿔주었다. 형은 동생에게 꼭 시험 잘 보라고 격려해주었다. 내가 할 수 있었던 것은 형이 부탁한 투쟁 모임에 정기적으로 찬조금을 약간 내주는 것뿐이었다. 형은 고맙다고 말하며 그렇게 덧붙였다.

"너는 무조건 학원에서 성공해야 해. 애초에 너 스스로 원해서 온 것도 아니고, 네가 여기서 크게 성공한다고 해서 아무도 뭐라고 할 자격이 없는 거니까."

그것은 우리가 나눈 대화 속에서 내가 얼핏 피력한 진로에의 회의감 같은 것을 형이 정확하게 간파하고 던진 말이었다. 나는 속으로 형의 넓은 마음 씀씀이에 다시금 고마워졌다.


13. 군자가 친구와 함께 도시로 놀러 온 것은 10월 초순의 일요일이었다. 그날 군자는 내게 흥미 있는 제안을 했다.

우리는 종합시장 근처 음악다방에서 셋이 먼저 만났다. 데려온 친구 은혜는 군자와 같은 학보사 기자로 국문과 신입생이라고 했다. 길게 늘어뜨린 생머리와 쓰고 있는 갈색 비니 모자가 유독 눈에 띄었다. 쌍까풀의 위와 아랫부분 중앙부터 눈썹이 끝나는 지점까지 어두운 감청색 색조로 짙게 바른 아이샤도우가 그녀의 까만 눈동자를 더욱 빛나게 했다. 우뚝 선 콧날과 적당하게 도톰한 입술도 매력적이었다. 오빠 벌써 은혜한테 빠진 거지? 완전히 눈이 돌아갔는데!

"내가 원래 눈이 깊고 무언가를 말해주는 듯한 여자를 좋아하잖아. 눈동자가 고혹적인걸!"

그러면서 눈치를 살피자, 군자는 오히려 만족스런 웃음을 흘렸다. 괜찮아 오빠. 오늘은 내가 은혜를 소개시켜주러 온 거니까. 뭐라고? 정말이야?

"나 사실 얼마 전에 남자 친구가 하나 생겼어. 아직 서로 탐색하는 중이긴 하지만. 오빠보다 내가 먼저 바람 피는 중이야. 그래서 미안해서 얘를 소개시켜주려고. 오빠도 한번 바람 펴봐. 그리고 우리 둘 다 헤어지면 나중에 정식으로 연애하자 응. 어때. 좋은 생각이지?"

친구를 바로 앞에 두고 면전에서 툭툭 던지는 군자의 말에 나는 몹시 당황스러웠다.

"괜찮아. 오빠. 은혜도 내가 오빠 좋아한 거 다 알아. 내가 오빠가 충분히 멋진 남자이고 아마 너랑 잘 어울릴 수 있을 거라고 꼬셔 온 기야. 그러니까 둘이 잘해봐."

잠시 후 독서실에서 공부하던 수미가 왔고, 군자는 두 시간을 줄 테니 그 사이 잘 유혹해보라고 당부하면서 나갔다. 마지막으로 그런 말도 던지면서.

"얘도 나처럼 쌩처녀야. 그러니까 어떻게든 차지해봐. 우리 내기하자. 오빠가 은혜를 먼저 유혹하는지, 내가 먼저 그 남자애를 내꺼로 만드는지."

그렇게 군자와 수미는 같이 키득거리며 나갔고, 나와 은혜는 한동안 멋쩍어 해야 했다.

"쟤는 원래 저래요. 아까 둘이 있을 때도 나한테 저랬어요."

그러면서 은혜는 내게 호의적인 표정을 지어 보였다. 나는 돌발 만남에서 어떻게 행동해야 좋은지 잠시 생각해보았다. 그렇지만 모든 일이 억지로 만들어가려 하면 오히려 잘 안 될 때가 많은 법이다. 군자가 미리 재단해놓은 성격의 만남에서 공감대가 없이 무작정 만난 여대 신입생을 정신적으로 단 번에 매료시키기에는 힘겨운 면이 있었다고나 할까. 더구나 내 스스로 아무런 성취동기가 없는 상태에서. 그녀는 충분히 매력적이긴 했지만, 나는 한동안 이 만남의 성격을 어떻게 리드해가야 할 지 망설였다.

그렇게 두 시간이 흐르고 우리는 오히려 점점 더 멀어져 가는 느낌 속에서, 억지로 음악 신청을 하며 간간이 대화를 이어 나갔다.

"어때. 좋았어? 울 오빠 멋지지?"

수미와 같이 돌아온 군자의 확인에 은혜가 아무 응답을 안 하자 군자는 고개를 갸우뚱거렸다. 아마 네가 아직 오빠의 매력을 발견하지 못 했을 거야. 다방을 나서며 군자는 은혜에게 그렇게 말했다. 우리 네 사람은 집에 가서 잠깐 이야기를 나누며 놀기로 했다. 군자가 왔으니까 나 오늘은 몇 시간만 쉴게. 수미는 그렇게 핑계 대며 아예 공부를 놓았다. 집에 들어가자 어머니께서 군자를 반갑게 맞이해주신 뒤, 마침 얼마 전에 사귀어 놓은 윗집으로 놀러 가시며 자리를 피해주셨다.

은혜의 시선이 다소 호감으로 바뀐 것은 내가 기타 치며 노래를 몇 곡 부른 뒤였다. 나는 일부러 분위기 있는 곡보다 비트가 강한 신나는 곡으로 마구 소리치며 분위기를 이끌었다. 그녀는 재미있는 듯 시종 흥겨우면서도 진지한 표정으로 박수치며 장단도 맞춰주고 따라 부르기도 했다. 다같이 부르는 시간이 지난 뒤 '기타 연주곡'을 몇 곡 들려주었다. 먼저 〈로망스〉를 3절까지 연주하여 분위기를 잡은 후, 〈로렐라이〉〈보리밭〉〈엘리제를 위하여〉, 김대현의 〈자장가〉, 금수현의 〈그네〉 등을 연주해나가자 은혜의 시선이 점점 호감으로 바뀌어갔다.

그녀가 결정적으로 바뀐 것은 군자가 친구에게 내 소설을 보여주라고 요청해 읽은 뒤였다.

"너도 문학하잖아. 오빠 소설 보면 생각이 바뀔걸!"

대표작 하나만 읽게 보여주라는 군자의 요청에 어떤 것을 선택할까 잠시 망설이다가 병철이형이 가장 탐냈던 중편소설 『소리의 늪』을 선택했다. 그것은 철거민들과 도시 룸펜들의 고뇌와 저항을 적나라한 사실성과 '구렁이 울음소리'라는 고도의 상징성으로 처리한 작품이었다. 철거 예정인 룸펜들의 마을에 어느날 정체불명의 소리가 들리고 밤마다 사람들이 구렁이 울음이라며 꾸역꾸역 몰려들어 장사진을 이루면서 시작되는…… 은혜가 읽어나가는 사이 우리는 잠시 희망대 공원을 다녀왔다.

"정말 놀랐어요. 완전히 소설가 선생님인걸요!"

한 시간쯤 뒤 방에 들어서자마자 그녀는 정말 놀란 듯 쌍까풀진 눈을 더 동그랗게 뜨고, 상당히 고조된 어조로 말했다. 그전까지 나를 별다른 호칭으로 부르지 않던 그녀는 그때부터 항상 "선생님"이라고 깍듯이 불러주었다. 그치? 네가 이제야 오빠의 진가를 알아보는구나! 군자는 자기가 신이 나서 덩달아 들뜬 어조가 되어버렸다.

잠시 후 우리는 다시 밖으로 나갔다. 그리고 저녁을 먹은 후 헤어졌다.

"네가 하고 싶을 때 아무 때나 오빠한테 데이트 신청해."

군자가 말하자, 은혜는 정말 그렇게 해도 돼? 하고 반문했다. 다 되지. 대신 나에게는 비밀로 해도 돼. 아니 비밀로 해. 괜히 알면 내가 샘이 나서 방해할지도 모르잖아. 그렇게 까르르 웃으면서 군자는 장난스럽게 덧붙였다. 아예 몰래 가져버려!

14.  정말로 그녀에게서 연락이 온 것은 그로부터 엿새가 지난 토요일이었다. 다음날에는 보강이 잡혀 있어 우리는 네 시에 만나기로 했다. 내가 서울로 갈까 했더니, 자신이 이 도시로 오는 것이 편하다고 말했다.

일요일 네 시에 우리는 일주일 전의 그 음악다방에서 다시 만났다. 그녀는 전보다 훨씬 우호적인 시선으로 일관했다. 말머리나 말끝마다 잊지 않고 "선생님" 호칭을 불러주었다. 그러면서 자신이 좋아하는 음악 세계와 작가들, 취미, 기호 식품에 이어서 심지어 색깔이나 사소한 버릇까지 시시콜콜 알려주었다. 은혜의 그런 변화는 대화를 무척 부드럽게 만들었다.

여섯 시가 넘어 종합시장 먹자골목에서 쫄면과 비빔밥으로 간단하게 요기를 때우고, 다시 레스토랑으로 들어갔다. 그리고 아홉 시 정도까지 맥주를 마셨다. 그런데 바로 그때였다! 아홉 시가 넘어 가며 이제는 그녀가 일어나야 하지 않을까 생각할 즈음에 은혜가 내게 뜻밖의 제안을 해왔던 것이었다. 저…… 사실 말이죠……. 그녀는 몹시 부끄러운 듯, 얼굴을 붉히며 떨리는 어조로 말을 겨우 이어 나갔다. 시선은 나를 똑바로 보지 못하고 아래로 향해 있는 채.

"저…… 이런 말 드리면 어떻게 생각하실지 모르지만, 군자 말대로…… 사실…… 경험이 없어요. 아……직……."

그러면서 힘겹게 겨우 내뱉은 말들의 쉬지는 무척 두렵고 겁이 나긴 하지만, 어릴 때부터 궁금증과 호기심이 늘 있어 왔기에 한번 경험해보면 어떤 기분일까 궁금하므로 이왕이면 나하고 관계를 가져 보고 싶다는 거였다. 저번에 헤어지고 나서 며칠 고민했어요. 사실…… 그렇다고 절대 가벼운 여자는 아니니……. 또 그렇다고 전혀 부담도 갖지 마시구요…….

그다지 술에 취한 상태도 아니어서 느닷없는 제안에 나는 정신이 번쩍 들었다. 그리고 오랜 시간 망설이자 은혜는 오히려 더 대담하게 말했다.

"부담 되면 마시고요. 저 역시 부담 갖기 싫으니까요. 잘은 모르겠지만, 내가 젊어서든 평생이든 왠지 꼭 한 사람하고만 관계할 것 같진 않아요. 사랑도 그렇고요. 그런데 그날 선생님과 헤어지면서 솔직히 좋은 감정은 싹트긴 했지만, 그렇다고 '운명적인 남자다'라는 생각까진 아직 들지 않았어요. 그러기에는 내가 아직 어린 것도 있겠지만요. 그래서 막연하게 지녀오던 섹스에의 호기심과 무지함을 털어내는 계기로 삼으면 밑질 것 없겠다는 계산이 섰던 거예요. 저도 소설을 쓰는데 그 정도는 경험해야 무언가 해내지 않겠어요? 그렇다고 막연하게 기다리다 아무 하고나 할 수는 없는 노릇이고요."

그러나 그날 나는 그 순백한 아가씨의 갑작스런 제안을 받아들이지는 않았다. 그냥 돌려보내자 은혜는 아쉬운 표정을 지었다. 며칠 뒤 두 번째 찾아왔을 때도 그녀는 조심스럽게 같은 제안을 했고 나는 이번에도 거절을 했다. 하지만 은혜는 이번만은 물러설 수 없다는 듯 자기는 어떤 경우라도 충격을 받지 않을 결심이 서 있으며, 오히려 그 길이 좋은 글을 쓰고 싶고, 인생의 경험을 넓히고 싶은 자신을 도와주는 거라 강변했다.

15. 그렇지만 정작 여관에 들어서기 전부터 그녀는 심하게 떨고 있었다. 방에 들어서서는 내가 불을 켠 후에도 한동안 그대로 멍하니 선 채 창밖만 응시했다. 괜찮겠어? 뭐하면 이쯤에서 그만두고! 그 모습을 보고 말을 던지자, 은혜는 고개를 가로 저었다. 그러고는 갑자기 침대로 다가가 모서리에 먼저 걸터앉았다.

얼마 후 나는 그녀의 옆에 다가가 앉았다. 그리고 고개를 살며시 당겨와 내 쪽을 보게 만들었다. 순간 은혜는 앞으로 쓰러지듯 고개를 약간 떨궜고, 나는 그녀를 향해 조금 더 다가갔다. 그 바람에 우리는 자연스럽게 입술이 마주 닿으며 키스를 시작할 수 있었다. 은혜는 조심스럽게 입을 서서히 열어 나갔고, 혀끝을 슬근슬근 움직여나갔다. 나는 그녀의 입 안에서 살살 장난치듯 혀끝을 간질이고 톡톡 노크하듯 입술과 입 안쪽을 혀로 두드려나갔다. 특히 입술 안쪽과 아랫입술 안쪽이 그녀의 도톰한 입술 언저리에 잘 닿도록 내밀하게 밀착시키며 움직여 나갔다.

티셔츠를 걷어 올리고 허리와 옆구리를 조심스럽게 핥아나갈 때마다 그녀는 몸을 심하게 움칫거렸다. 마침내 브래지어를 걷어 올리며 젖가슴 주변 아래에서부터 동그랗게 원을 그린 후, 혀끝으로 점점 원을 작게 그리며 젖꼭지 근처로 천천히 올라가자, 아아 신열에 들뜬 소리를 내기 시작했다. 결국 유두를 부드럽게 핥아주면서 오른손 엄지와 검지로 반대쪽 유두를 살짝 꼬집은 채 연속 비틀어주자 더 이상 견디기 힘든 듯 몸을 강하게 뒤틀기 시작했다. 그렇지만 나는 멈추지 않고 입과 혀, 손을 번갈아 가며 그렇게 양쪽 젖꼭지를 교대로 동시에 자극해나갔다.

마침내 오른손이 내려가 바지의 지퍼를 내리자 그녀는 별 저항을 하지는 않았다. 음부를 손가락으로 쓸어 보니 음모에 보송보송한 털의 촉감이 느껴졌다. 마치 보드라운 양털의 감촉같이 포근하면서도 순한 느낌이었다. 손을 조금 더 내려 손가락을 밑으로 넣어 보니 이미 애액이 가득 흘러넘치고 있었다. 자신의 액이 남자의 손길에 닿고 있다는 걸 감촉했는지, 순간 그녀는 다시 아아 들뜬 비명을 내며 몸서리를 쳤다. 나는 그 순간 잠깐 더 손가락 끝으로 조갯살처럼 매끄럽게 벌어진 음부 끝을 타고 위아래로 살짝살짝 훑어 내렸다. 그러자 그녀의 계속되는 신음과 함께 더 많은 액이 흘러내렸다. 처녀성을 간직한 육체는 정말 신비한 것이어서 아주 작은 터치의 변화에도 극도로 민감하게 반응하고 수많은 액을 쏟아냈다.

드디어 검지 끝으로 클리토리스의 끝을 살포시 스쳐주었을 때, 은혜는 지금까지 중에 가장 미묘한 신음을 토해냈다. 그것은 마치 저쪽 세상에서 아련히 들려오는 듯 순수하면서도 육감적인 이중의 느낌으로 나를 더욱 자극시켰다. 잠시 후 엄지와 검지로 음핵 끝의 표피를 슬쩍슬쩍 꼬집어주자 그녀는 이번에는 아예 엉엉 우는 듯한 소리를 내기 시작했다. 그만, 그만요……. 제발요……. 하지만 나는 멈추지 않았다. 오히려 유두를 만지던 왼손까지 끌어내려 아래로 가져와서는 음핵의 약한 표피를 양쪽으로 눌러 벌려 놓고는 혀끝을 조심스럽게 가져 댄 후 아주 미약하게 좌우로 연신 스쳐주었다. 그러자 그녀는 마치 발광하듯이 심하게 몸부림치다가 아예 몸을 일으켜 세우고는 두 손으로 음부를 가리며 나를 저지했다.

"그만할까?"

내가 묻자, 은혜는 그렇게 앉아서 머리카락을 내려 얼굴을 가린 채로 한참을 멈추어 있었다. 그렇게 꽤 오랜 시간이 흘렀고, 이제는 정말 여기까지인가 보다 싶을 무렵, 그녀가 문득 일어서며 스스로 옷을 벗어 나갔던 거였다. 그러고는 정말 실오라기 하나 안 걸친 눈부신 나신이 되어 나를 잠깐 흘겨본 후 이불 속으로 들어가버렸다. 불을 꺼주세요.

불을 끄고 이불 속으로 따라 들어가자, 그녀는 아프지 않을까요? 하며 걱정스러운 듯 물었다. 괜찮아. 조금 아프긴 하겠지만 내가 최대한 부드럽게 해볼게. 어떻게요? 지금까지 벌써 질 입구를 벌려 놓았거든. 경험이 없는 여자는 내가 처음이세요? 아냐. 전에도 있지. 출혈은요. 좀 다르긴 하지만. 솔직히 꽤 흐르긴 해…….

은혜의 어조가 계속 걱정스러웠으므로, 나는 이번에는 출혈을 줄이는 방법이 무얼까 생각해보았다. 그리고 어둠과 이불이 가린 속에서 검지 끝으로 질 입구를 조심스럽게 문질러나가며 처녀막을 찾아보았다. 그렇지만 워낙 어두워서 잘 찾아지지 않았다. 전에 보았던 여자애의 막은 말 그대로 예쁜 선홍빛이었는데! 겨우 짐작되는 곳을 찾은 다음 손가락을 슬쩍 밀어 보려 하였지만 어림도 없었다. 그래 이번에는 새끼손가락 끝을 넣어보려 했지만 역시 아예 불가능했다. 뭐하세요? 그녀는 생각보다 막이 좁은 여체였던 것이다!

나지막한 목소리를 들으며 어떻게든 그녀를 만족시킨 후에 삽입의 통증을 낮추어 놓으리라 마음먹었다. 외음부 표면과 클리토리스의 동시 터치가 시작되자 그녀는 들뜬 소리를 토해내기 시작했다. 그렇게 오 분가량 흐른 후, 다시 음핵을 핥아주고 꼬집으며 비틀어주기를 반복해나가자 그녀는 점점 고조되는 듯 몸부림쳐댔다. 아까보다 더 많은 애액이 아예 손바닥을 타고 넘쳐흘렀다. 그렇게 다시 오 분 정도 흘렀을 때, 은혜는 두 발로 자전거페달을 빠르게 밟듯 공중으로 양발을 내지르기 시작했고, 두 발을 심하게 힘주어 오므리며 내 손을 아예 꼼짝 못하게 무릎 사이로 가두어버렸다. 잠시 후 양발 끝으로 경련을 일으키듯 힘을 주며 파르르 떠는 것이 느껴졌다. 동시에 입으로는 미묘하면서도 격한 신음 소리를 토해냈다. 나는 그녀에게 오르가슴이 도달했음을 직감했다. 그리고 가두어진 손끝으로 그 상태서 클리토리스를 계속 비벼주었다.

방금 격렬한 쾌감이 휩쓸고 지나가지 않았느냐 묻자, 그녀는 낮은 어조로 "네"라고 대답했다. 시간을 물으니 10초가량이었던 것 같다고 말했다. 그것이 오르가슴이었다고 알려주자 어떻게 바깥에서 그럴 수 있느냐고 되물었다. 더 진행해도 되는지 다시 확인했을 때, 잠깐 망설이던 그녀가 아예 다 끝내 달라고 조심스럽게 요구했으므로 나는 최종 결심을 굳힐 수 있었다.

"다음에 해도 되는데, 지금 괜찮겠어?"

익숙해진 어둠 속에서 고개를 끄덕이는 모습이 보였다. 나는 그제야 팽창해 있는 페니스를 조심스럽게 질 입구 쪽으로 옮겨갔다. 다행히 질 주변은 액이 넘쳐 충분히 매끄러웠다. 그러고는 더 고통의 시간을 연장하지 않도록 최대한 빠르고 힘차게 왕권을 내리 꽂았다. 순간 그녀는 으악 하는 비명을 단말마적으로 내질렀다. 하지만 순식간에 수직의 힘을 가했음에도 질 입구만 다소 넓혀졌을 뿐 미처 다 들어가지는 않았다. 나는 다시 한 번 세차게 힘을 주었으나 이번에도 마찬가지였다. 은혜의 고통 소리를 들으며 다음에는 아예 연속 동작으로 세차게 반복해나가버렸다. 그날 그녀는 몹시 많은 출혈이 있었다. 첫 섹스가 끝나고 오랫동안 숨죽이며 움츠려 있는 그녀를 꼬옥 안아주었다. 막상 다 끝난 후에는 다행히 울지 않았다.

16. 그 다음 주 일요일에도 그녀가 찾아왔다. 이번에는 음악 다방을 빼고 레스토랑에서 만났다. 거기서 정식을 먹은 후, 맥주를 마시며 여러 이야기를 나누었다. 한참 후 첫경험에 대한 소회를 묻자, 은혜는 생각보다 충분히 자극적이었고, 너무나 황홀하기도 했으며, 무엇보다 마지막에 눈물이 찔끔거리게 몹시 아프고 고통스러워 혼났다며 웃었다.

"무엇보다 내 육체 한편에 그런 쾌락의 회로가 신기할 만큼 유기적으로 숨어 있었다는 사실에 놀랐어요."

"그렇지. 남녀 사이에서 섹스만큼 자극적인 것이 없지. 사랑의 추억이 무척 달콤하고 행복하다면, 섹스의 기억은 너무나 황홀하고 쾌락적이어서 특히 남자들은 그 마약과도 같은 행위를 찾아 헤맨다니까!"

"얼마나 자극적인데요. 남자들에게는."

"아마도 대부분의 남자들은 세월이 흐르고 나면 사랑했던 여자에 대한 그리움만큼이나 강렬한 섹스를 나누었던 여자와의 기억을 생생하게 추억할걸! 나만 해도 매년 연말이 되면 매스컴이 그러듯이, 그해의 가장 인상 깊었던 이슈들을 회상해보며 자신만의 '십대 뉴스'를 선정하거든. 그때 어김없이 꼽히는 것들은 물론 우선적으로 사랑했던 여자와의 데이트지만, 그에 못지않게 꼽히는 것들이 강렬했던 섹스의 추억이지! 어떤 때에는 과거 경험 중에 가장 황홀했던 추억들을 연속 떠올리며 자위하기도 하고! 무엇보다 나는 가끔 연도별로 섹스 했던 여자의 숫자를 세곤 해. 아마 나처럼 대부분의 남자들도 그럴거야. 또 친구들끼리 그 숫자를 물어보며 비교하기도 하고. 단순히 숫자가 중요한 것이 아니라, 그만큼 섹스에 대한 집착을 보이는 행태인 거지."

"결국 남자들에게는 사랑했던 여자에 대한 추억만큼이나 섹스 했던 여자에의 기억도 중요한 거네요."

"물론 이왕이면 사랑하는 여자와의 잊을 수 없는 섹스가 훨씬 더 좋겠지만! 좀 더 심하게 말하면 그럼에도 대부분의 연애 소설이나 도식적인 드라마는 그 진실을 외면한 채 마치 사랑만이 전부인 듯 왜곡시키는 거라 할 수 있지. 사랑이 전부라는 진부한 도식은 여자에게라면 모를까. 하지만 상당수의 여자들에게도 마찬가지 아닐까?"

"그럼 저도 세월이 흐르면 사랑했던 남자에 대한 추억만큼이나 진한 섹스를 나눈 남자에 대한 강한 기억을 지니고 살겠네요."

그녀의 말에 내가 "나와 비슷한 개성이 은혜는 있으니까, 아마 가끔은 연도별로 섹스한 숫자를 셀지도 모르지" 하고 대꾸해 주었다. 어쩌면 해마다 십대 뉴스에 남플래 그것들을 집어넣고 말이죠! 그렇게 주고받으며 우리는 유쾌하게 웃었다.

"도대체 섹스는 왜 그렇게 강렬한 걸까요?"

"그것이 경우에 따라서는 우리의 심리나 행동 양태를 지배할 수도 있고, 무엇보다 남녀가 섹스를 한다는 것은 순간적인 충동이나 욕구에 의해서도 가능할 수 있겠지만, 단순히 그런 순간적인 것이 아니라 사랑하는 사이라든가 최소한 관심을 가진 사람들 사이에서 벌어지는 섹스는, 그것이 가능하기 위해서는 수많은 온갖 유기적인 상호 커뮤니케이션의 축적이나 종합적인 감정과 육체의 조응이 있어야만 가능하기 때문이 아닐까? 결국 그 순간적이거나 지속적인 교감 아래서 서로의 모든 가식을 떨치고 가장 적나라하게 노골적으로 진행되는 데다 섹스가 아니고서는 경험할 수 없는, 다른 어떤 행위나 기제들이 넘볼 수 없는 쾌락과 남녀의 은밀한 교감을 선물해주니까! 결국 우리는 섹스에의 욕망으로 인해 남녀가 가장 근원적으로 순간적이든 지속적이든 교류하고 소통하게 되는 거지. 마약보다 강한 쾌락을 동반한 채."

"그렇군요."

"단지 그것만이 아냐. 남자들이 그것에 근원적으로 몰입하게 만드는 섹스의 본질 중에는 프로이트 식으로 말하면 원초적인 생명의 발원지였던 엄마의 자궁 속으로, 그러니까 모성회귀로의 본능 때문이라고도 할 수 있지."

"오호라!"

"결국 하나의 소우주와 다른 소우주가 만나는 순간이라고나 할까? 우리의 육체는 알다시피 수많은 태양계격인 원자들과 은하계격인 분자들부터 시작해서 그 오묘한 연속적인 구조의 전개가 가히 신비로운 대우주의 축소판이라 할 수 있을 정도잖아. 어쩌면 우리는 한 번의 섹스를 할 때마다 한 번의 소우주의 생성과 소멸을 경험하는 건지도 몰라."

"그건 너무 거창해요. 논리의 비약 아닐까요?"

"어쩌면 우리는 섹스를 할 때마다 생명의 과정을 간접 경험하는 것이고, 남녀가 섹스를 한다는 것은 우주의 탄생과 소멸을 약식으로 대리 체험해본다고나 할까. 그만큼 남녀 사이에서 섹스야말로 무한대로 신비스러운 현상이지. 동물들도 그렇기 때문에 죽음을 불사하면서도 그 행위에들 올인 하는 것일 테고."

"그, 그렇군요……. 그럴싸한 면도 있네요."

"그런 면에서 본다면 어쩌면 섹스야말로 순수한 사랑과는 또 다른 성격에서의 순전한 행동 양식이라 할 수도 있겠지. 아니 모든 가식을 뛰어넘어 아예 순수함 그 자체인…… 자궁과 질과 페니스와 정자의 만남 그 자체인 셈이라고나 할까. 그 과정에서 애액이나 분비물이 그 순전함의 증표로 배출되는 것이고……. 어쨌든 제대로 된 섹스에의 경험은 단순한 차원을 넘어서 마치 그 밑도 끝도 없는 심오한 쾌락이 영원의 세계를 경험한 듯한 행복감까지 줄 수도 있는 거니까."

그러자 은혜는 잠시 깊은 생각에 잠긴 듯하더니 입을 열었다.

"그런 말씀을 들으니 마침 드는 생각이 있네요. 사실은 제가 요새 그렇지 않아도 주위 친구들에게 모니터링을 많이 했거든요. 여대라 그런지 여자들끼리 있으면 그런 노골적인 얘기들을 많이 해요. 놀라운 것은 수없이 많이 섹스한 애도, 여러 명 하고 섹스한 애도 아직 실제 행위 중에 오르가슴을 대부분 못 느꼈다고 그러네요. 그에 비하면 전 다행이죠. 아니 행운이라 해야 되나요? 저는 첫 경험에서 그 오묘한 신비의 세계를 느꼈잖아요. 그런 면에서 선생님께 고마워해야 할 것 같기도 하고요."

그렇지만 그녀는 어찌 됐든 이후로도 군자에게는 절대 비밀로 해달라 당부했다. 얼마 후 우리는 두 번째 섹스를 위해 레스토랑을 나왔다.


17.  두 번째는 첫 번보다 훨씬 수월했다. 그렇긴 해도 나는 은혜가 삽입하기 전에 충분히 만족하도록 여유 있게 유도해나갔다. 부드러우면서도 강한 쾌감이 이어질수록 그녀는 섹스에 대한 좋은 기억을 가질 것이기 때문이었다. 더구나 그녀는 숫처녀였고, 내가 자신에게 처음 그 소중한 추억을 갖게 해줄 남자이니까!

유두와 클리토리스 애무에서는 저번보다 익숙해진 반응을 보였다. 하긴 그만 때쯤의 여자들은 단 한두 번의 색다른 경험과 쾌락에 금새 젖어들곤 하니까! 그렇지만 처음 시켜보는 내 페니스 애무에는 몹시 둔감한 반응을 보였다. 자꾸 그것을 입안에서 치아를 사용해 아프게 깨물었기 때문에 몇 번이나 부드럽게 잇몸과 입술 안쪽과, 특히 아랫입술 안쪽과 혀가 골고루 동시에 잘 닿도록 핥아나가야 한다고 가르쳐야 했다. 그녀는 펠라티오가 반복될수록 몹시 재미있어 했다. 나중에는 치아가 아예 닿지 않은 채, 보드랍고 빠르게 왕권을 목구멍 깊숙이까지 넣었다 뺐다 하며 제법 괜찮은 연주를 해나갔다. 후반부에는 귀두 테두리만을 양 입술로 문 채, 혀끝을 낼름거려 귀두 끝을 연신 핥아나가며 큰 쾌락을 선물하기도 했다.

도로 눕히고, 다시 자신만을 위한 애무 시간이 되자, 은혜는 아주 편한 자세로 허공을 응시했다. 이번에는 불을 끄라 하지 않았으므로 나는 외음부를 터치하다가 잠시 그녀의 내밀한 곳을 엿볼 수 있었다. 일주일 전까지 뚜렷하게 있었을 처녀막은 이제는 어느 정도 동그란 구멍으로, 예쁜 성기의 일부로 변해 어엿하게 자리 잡고 있었다. 아무리 보아도 저번처럼 새끼손가락도 들어갈 것 같지 않았다. 하지만 막상 검지를 넣어 보니 아예 중간쯤까지 무난하게 들어갔다. 순간 그녀가 움찔하며 뭐하세요? 외쳤기 때문에 나는 급히 손가락을 빼내야 했다.

이어 본격적인 애무를 시작했고, 오랜 시간에 걸쳐 유두와 음부 표면과 음핵을 동시에 자극해주었다. 그 바람에 이번에는 삽입 이전에 두 번의 오르가슴을 선물해줄 수 있었다. 그녀는 더 길

게 이어진 두 번째 오르가슴에서 극심하게 몸부림치며 내 머리를
오랫동안 꽉 부둥켜 안았다.

마침내 질속에 삽입했을 때, 더 이상 출혈이 없으리라는 예상
을 깨고, 상당한 출혈이 다시 펼쳐져 우리를 놀라게 했다. 그뿐만
이 아니었다. 은혜는 처음 몇 분 동안 처음보다는 덜 했지만, 날카
로운 비명을 계속 내질렀다. 그렇지만 십 분 정도 흐르고부터는
이제 다 적응이 되었는지 더 이상 고통스러워하지 않았다. 오히
려 내 피스톤 운동이 빨라질수록 강한 쾌락의 신음을 쏟아냈다.
마침내 내가 폭발하기 직전에 그녀의 질이 급격히 수축하며 짧은
주기로 왕권을 옥죄어댔고, 우리는 거의 동시에 오르가슴에 오를
수 있었다. 마침 닷새 동안의 생리 주기가 전날 끝났다 했기 때문
에 나는 마음껏 질 안에 욕망의 덩어리들을 쏟아부을 수 있었다.

"정말 이상한 느낌이에요. 아까 바깥 자극에서 느끼던 것들과
는 또 다른……."

은혜는 그것이 분명 "질 속에서부터 우러나온 또 다른 느낌의
것"이라고 표현했다. 그렇게 두 번째 섹스에서 그녀는 모두 세
번의 오르가슴을 느꼈다. 그녀가 다른 여자들에 비해 유독 고마
웠던 점이 하나 있었는데, 그것은 잠자리에서조차 언제나 변함없
이 존대를 했다는 거였다. 살아오면서 보아온 대부분 여자의 공
통점은 아무리 나이차가 심하게 날지언정 일단 섹스를 하고 나면
나이 격차와 전혀 상관없이 대부분 반말을 한다는 것이었다. 물

론 섹스 중에만큼은 말을 놓았다가 나중에 다시 존대로 돌아가는 경우도 많았지만! 아마도 그만큼 섹스가 나이 여부를 떠나 알몸이라는 원초적인 상태에서의 부대낌으로 인해 남녀를 가장 가까워지게 한다는 특수성 때문이리라. 그렇지만 은혜는 그 후로도 평상시든 심지어 섹스 중이든 항상 존대를 해주었다.

18. 그 후로도 은혜는 세 주 연속으로 나를 찾아왔다. 세 번째 섹스에서는 네 번의 음핵 위주 오르가슴과 두 번의 질 위주 오르가슴을 느꼈다. 섹스 사이사이 우리는 이불 속과 바깥에서 장난치며 놀았다.

네 번째 섹스에서는 아예 삽입 위주로만 예닐곱 번의 오르가슴을 느끼고 신기해했다. 다섯 번째 섹스가 끝나고서는 그렇게 증언했다.

"같은 과 친한 친구들에게 말하니까 '너는 오르가슴이 무슨 페니스가 들어와 깔짝거려서 잠깐 기분 좋은 건지 아나 보지' 하며 다들 놀려요. '얘, 너 같은 식이면 너보다 비교할 수 없이 많이 섹스한 나는 한 번 섹스에서 수십 번씩 오르가슴 느꼈겠다. 나도 여러 번 해야 한 번 느낄까 말까해' 하며 말이죠. 늘 그런 식으로 모두 안 믿어요!"

만난 지 한 달 남짓 되는 그날 은혜는 내 목을 끌어안고 눈을 응시하며 처음으로 고백했다.

"사랑해요."

진심으로 사랑해요……. 나도 사랑해. 정말요? 응. 그렇지만 그렇게 되묻고 생각에 빠진 듯 조용하다가 얼마 후 다시 말했다. 하지만 우리 사랑은 왠지 오래갈 것 같지는 않아요…….

나는 그때 그녀가 무언가 심각하게 갈등하고 있음을 느꼈다.

"사실 제가 선생님을 만나고 가장 불만인 게 뭔지 아세요?"

"글쎄."

"선생님께선 의도적으로 우리 사이를 너무 한쪽으로만 몰고 가시려 한다는 점예요. 바로 섹스 쪽으로만요. 아직 젊은 나이이시고 분명 제가 가진 사랑의 감정 같은 것도 충분히 가지셨을 테고, 또 군자한테 소개받을 때 대학 시절 사랑의 아픔이 있다고 들었거든요. 군자가 자기도 그 언니를 만난 적이 있다고. 그러신 분이 왜 내게는 의도적으로 섹스 쪽으로만 유도해 강조하시죠? 물론 내가 아무리 그것을 알고 싶다고 처음에 매달리긴 했지만요. 저도 어엿한 젊은 처녀고 나름 매력 있다고 자부하는 데도요. 그리고 무엇보다 제 감정이 변해가는 것을 아실 거면서요."

나는 갑작스런 은혜의 지적에 말문이 막히기 시작했다.

"그렇긴 하지. 그리고 보면 인간에게는, 특히 남자에게는 두 개의 뇌가 작동하는 것도 같아."

"어떤 것들요?"

"이를테면 그런 거지. 쉽게 말해 사랑의 뇌와 본능의 뇌라고

나 할까? 어떨 때는 사랑의 뇌가 전적으로 작동하기도 하고, 어떤 때는 본능의 뇌만 조종하는 그런 거. 우스운 얘기지만……"

"그렇다면 저는요?"

"아까 얘기했잖아. 사랑한다고."

"아니, 사랑이 한 번 형식적으로 얘기하고 까먹는 건가요? 항상, 어느 곳에 있든, 어느 순간이든 느낄 수 있게 저절로 우러나오는 것 아닌가요?"

나는 더 대꾸하지 않았다.

"제가 선생님을 만나면서 가장 싫었던 것은요. 분명 저에게 보이는 감정과 어쩌면 자신도 느껴갈지도 모르는 그런 감정을 스스로 외면한 채 자꾸 섹스 쪽으로만 몰아가려는 그 자세예요. 아니 진실된 사랑 표현까지는 아니더라도 백 번 양보해서 아직 어린 나를 위해 더 자주 그리고 진실이라고 포장해가며 따뜻하게 말해주실 수도 있는 거잖아요. 그런데 일부러 그러시지 않는 모습이 정말 싫어지는 거라구요."

그녀는 정말 괴로운 표정으로 나를 한참 응시한 후 떠나갔다. 그 후로 한동안 은혜는 보이지 않았다.


19. 수미가 학력고사를 두 달 남긴 10월 중순의 목요일에 우리 가족은 모란시장을 찾았다. 평일이라 낮수업이 끝나고 집에 오자, 어머니께서 근처 시장을 보러 간다고 하셨다. 그러자 주인

집 여자가 마침 모란장이 닷새 만에 열리는 날이라 알려주었고, 공부에 지친 수미가 그럼 다 같이 가자고 제안하여 나까지 가족 셋이 나섰던 거였다.

우리는 세 시간가량 여기저기 구경도 하면서 잡곡과 채소, 생선 같은 것을 샀다. 동생은 특이하게도 거리의 꽃집에서 하얀 목화꽃을 사서 어머니께 주었다. 연유를 묻자 그렇게 말하곤 웃었다.

"목화는 꽃말이 사랑인데, 특히 그중에서도 '엄마의 사랑'이래. 옛날에 여인들이 밤새 목화로 베 짜고 그랬잖아. 우리 옷감부터 수건까지 모두 재료로 쓰였고. 무엇보다 색깔도 모양도 엄마를 닮았고……."

우리는 도중에 녹두전과 우묵무침을 사 먹었다. 어머니는 시종 즐거워하셨고, 수미는 덕분에 몇 시간 때웠다고 흐뭇해했다. 그러나 그것이 우리 가족의 마지막 나들이가 될 줄은 꿈에도 모르면서…….


20. 연숙이는 검정고시를 합격한 8월 이후 항상 내 주위를 맴돌았다. 일주일에 두세 번 정도는 낮에 수업이 끝나면 학원 빈 강의실에 와서 자습을 하거나, 교무실로 놀러 왔다. 검정고시는 끝났지만, 내년에 입시반에 등록할지도 모른다는 기대감 때문에 아무도 그 애에게 뭐라고 하지는 않았다. 아니 재원 시절에 환경 미화부터 시작해서 청소까지 가장 열심이었기 때문에 교무를 비롯

해 강사들도 모두 그 애를 예뻐해주었다. 그렇지만 정작 본인은, 나에게는 선생님 때문에 부담스러워 내년에는 서울 종합반에서 대입을 준비할 거라고 되뇌이곤 했다.

"저는 이미 이 학원 졸업생이에요."

이따금 수업이 끝나고 집에 가는 도중에 나타나 편지나 초콜릿을 전해주고는 가버렸다. 급기야 가을로 넘어서면서부터는 가끔씩 따라오며 밥을 사달라고 졸랐기에 몇 번 종합시장 먹자골목으로 데려가긴 했다. 한 번은 어두운 표정으로 식사를 마치고 나오면서, 요즘 주변에 안 좋은 일이 있다며 술이 먹고 싶다고 말했다. 10월 하순의 어느 날이었다. 딱 한 잔이면 되요. 저는 잘 못마시거든요. 저도 이미 성인이잖아요. 나는 잠시 망설이다가 뭐 어떠랴 싶었다. 하긴 따지고 보면 군자나 은혜와 같이 대학 일학년일 나이이니까.

그날 우리는 식사 후 근처 막걸리집으로 갔고, 파전을 안주로 막걸리를 마셨다. 연숙이는 자기 말대로 술에 몹시 약했다. 막걸리를 한 잔 간신히 마시고, 한참 후 두 잔을 채 못 마시며 기권해버렸다. 술집을 나서는 내내 빨개진 볼로 다행히 기분이 좋아졌다며 유쾌해 했다.

21. 11월 중순에 나는 6월에 시험을 치르고 합격하여 공무원이 된 두 녕에게서 며칠 간격으로 각각 연락을 받았다. 하나는 여

자였고, 하나는 남자였다. 먼저 연락한 것은 여자였는데, 그로 인해 좀 이상한 경험을 하게 되었다고나 할까.

당시 도시에는 괴담과도 같은 온갖 소문들이 횡행하고 있었다. 아이들은 수업 중에도 떠도는 각종 풍문을 마치 사실인 것처럼 서로 전하며 공부에의 집중을 방해하곤 했다. 어디를 나가도 점점 부풀려진 불명료한 정보들 탓에 민심이 흉흉해져 있었다.

발단은 가을로 접어들면서 갑자기 모든 매스컴들이 쏟아내기 시작한 보도 때문이었다. 처음에는 한 유력 신문이 이 도시와 동두천, 의정부, 부천, 부평, 인천, 안양, 수원, 용인 등을 대표적인 강력 범죄 사각지대로 규정하고, 정부가 수도권 치안 벨트를 형성해 단호하게 대처해야 한다고 보도하였다. 신문은 최근 그 도시들에서 벌어진 살인과 폭력 등의 주요 강력 범죄에서부터 시리즈로 보도해갔는데, 하이라이트는 갈수록 기승을 떨치는 '부녀자 납치 사건'들이었다. 그러자 모든 신문과 특히 방송들이 연일 특집으로 '조직적인 여성 납치 사건들'에 대해 심층적으로 방송하며 점점 확대 재생산되어버린 거였다. 특히 주요 거점으로 이 도시를 비롯한 신흥 도시들이 중점 거론되었다.

아이들은 옆집의 누가 엊그제 봉고차에 실려 남자들에게 납치되어갔으며, 주변의 나이 어린 여자애가 조직에게 잡혀가 윤락녀가 되었다가 탈출했다든가, 친척 중에 나이 많은 여자도 실종되었다가 섬에서 구출되었다는 등의 소문들을 기정사실들처럼 수

군댔다.

그녀로부터 학원으로 걸려온 전화를 받은 것은 11월 중순의 토요일이었다. 누구인지 이름을 잘 기억하지 못하는 내게 그녀는 공무원 반에서 3개월 가까이 내 수업을 듣고 덕분에 합격해 지금은 도시의 시청에서 근무 중이라고 했다. 그리고 얼굴을 보시면 알 거라며 도움을 요청했다. 내용은 퍽이나 의외의 것이었다.

자신의 여고 시절부터 단짝이었던 친구가 잘못 되어서 지금 용인 근처 요양원 겸 기도원에서 보호 관찰 아래 치료 중인데, 편지나 전화도 주고받고 연락이 잘되다가 한 달 전부터 연락도 끊겼다는 거였다. 부모를 일찍 여의고 친척 정도 남은 친구가 걱정되어 요양원에 자꾸 문의해도 그쪽에서는 구체적인 설명은 없이 상태가 몹시 안 좋아져 특별히 격리 수용 중이며 예의 관찰하고 있다고만 얼버무린다는 거였다. 마침 최근 보도에서 이상한 기도원의 실태도 폭로한 적이 있어, 직접 방문하겠다고 했더니 당분간은 면회 금지라며 오지 말라는 것이 더 미심쩍다는 거였다.

그녀의 설명을 듣던 나는 그렇다면 경찰에 신고해 도움을 요청하면 간단하지 않느냐고 물었다. 그러자 그녀는 경찰에 세 번이나 부탁해 의뢰했으나, 그때마다 요즘 비슷한 신고들이 많지만, 워낙 일손이 딸려 구체적인 상황 증거 없이는 움직이지 못한다는 대답만 돌아왔다는 거였다. 그래서 아는 사람을 동원해 부탁한 네 번째에는 다행히 거기를 방문해서 면회를 강력하게 요청해보고, 그래도 못 만나게 한다면 그때는 나서주겠다는 다짐을 받아냈다는 거였다.

"그런데요. 저 혼자 가기에는 무서워서 그래요. 그랬다가 저마저 납치되거나 감금되면 어떡해요? 그때 갑자기 선생님 얼굴이 떠오른 거예요. 선생님이라면 저를 도와 같이 가주실 거 같은 믿음이 생겨서요."

사정을 다 듣고 어쩔 도리 없이 그래주마고 전화를 끊었지만, 어딘가 부자연스런 구석이 좀 있는 기분이 들었다. 일요일인 다음날 보강이 있었으므로 그녀를 만난 것은 네 시 직후였다. 학원 근처 버스정류장에서 만난 그녀는 막상 보니 익히 아는 얼굴이었다. 주간 공무원반을 다니며 음료수도 자주 건네주던! 식사라도 하시고 출발해야지 않느냐고 물었지만, 나는 그럴 여유가 없지 않느냐 반문한 뒤 같이 버스에 올랐다. 나보다 한 살 어려 스물셋이라는 그녀는 세 달 전부터 시청을 배정받아 잘 다니는 중이라고 했다. 키는 작은 편이었지만 놀란 듯 땡그란 눈이 귀여운!

우리는 그녀의 손에 들린 주소 하나만으로 서울과 용인을 거쳐 요양원까지 무려 세 번을 갈아타야 했다. 그녀도 모르는 초행길이었으므로 많은 이들에게 묻고 또 물어가면서! 요양원은 꼬불꼬불한 비포장도로를 수없이 돌고 돌아가야 하는 실로 오지의 산골 같은 곳에 있었다.

예정보다 늦게 밤 여덟 시가 넘어 힘들게 도착했을 때, 허름한 정문 초소에서 내부와 인터폰을 주고받은 후, 결정을 내려주기까지 다시 오래 걸렸다. 한참 후 나는 초소에서 대기하라 하고, 그녀만 출입이 허용되었다. 그로부터 한 시간 뒤에 나온 그녀는 다행히 친구를 만나 대화하고 나왔다며 흡족해 했다. 저번 만났을 때보다는 불안정해 보였지만, 그래도 많이 좋아진 거래요. 본인 말이!

그렇지만 문제는 열 시가 다 되어 간다는 거였다. 결국 우리는 식사도 포기한 채 급히 귀경길을 찾아 나섰다. 버스를 내렸던 곳까지 걸어와서 이삼십 분 기다려 보았으나, 밤은 깊어만 가고 버스는 오지 않았다. 그렇게 막막하게 기다리다가 마침 2톤 트럭이 하나 왔고, 나는 급히 손을 들어 세웠다. 운전 중인 중년 사내 옆자리에는 중년 여자가 앉아 있었다. 사정을 말하자 그는 두 가지를 말하며 우려했다. 우선 앞에는 자리가 없는 대신 뒤의 화물칸에 약간의 빈 공간이 있다는 거였다. 근데 닭장들로 가득해서 냄새나고 비좁을 텐데…… 또 하나는 삼십분 정도 더 가다가 자기네는 교차로에서 강원도 쪽으로 빠져야 하기 때문에 거기 버스정류장쯤에서 서울로 나가는 버스를 타야 한다는 거였다.

내가 아무려나 괜찮고, 거기까지라도 태워달라 부탁한 후에 비로소 우리는 화물칸에 오를 수 있었다. 짐짝 칸 안에는 각기 수십 마리씩 떼로 나누어 수용되어 있는 닭들로 가득했다. 닭 무리들은 우리가 비집고 들어서자 더 크게 울며 퍼득거렸다. 닭이 내지른 오물과 퀴퀴한 냄새들로 가득했다. 죄송해요. 괜히 나 땜에…… 내가 자기보다 다섯 살 많은 줄 알고 있는 그녀에게 나는 반말로 괜찮다고 말해주었다. 한 가지 더 힘들었던 것은 트럭이 내내 산골의 비포장도로를 덜컹거리며 팡팡 뛰는 바람에 덩달아 우리도 몸이 잠깐씩 떠오르거나 그렇지 않아도 맞닿아 있는 몸이 자꾸 부딪혀야만 했다.

그렇게 시간이 흐르며 자신도 모르게 스르르 잠들었다가 깬 것은 무언가 얼굴을 감싸는 부드러운 느낌 때문이었다. 눈을 떠 보니 그녀가 한 손으로 내 볼을 어루만지며 동그란 눈으로 응시하고 있었다. 나는 잠시 벌어진 상황을 이해하려 머리를 회전시켜 보았다. 잠시 후 그녀의 입술이 다가왔고, 그렇게 우리는 키스를 했다. 그렇지만 곧바로 트럭이 서는 바람에 뒤이어 내려야만 했다.

트럭이 떠나고도 다시 삼십 분이 지나 열한 시 반이 다 되도록 버스는 아예 오지 않았다.

"죄송해요. 너무 늦었네요. 우리…… 저기 가서…… 내일 새벽에 버스로 나가면 안 될까요?"

정류장에서 멀지 않은 곳에 마을이 있었고, 마을에서 더 떨어진 곳에 낡은 여관의 네온이 불빛을 내고 있었다. 그때 나도 잠깐 마음이 흔들렸지만, 왠지 그래서는 안 될 것만 같았다. 무엇보다 그런 식의 접근이 몹시 부담스럽게 여겨졌다. 나는 고개를 저었다.

다행히 한참 후 빈 택시가 지나갔다. 나는 그녀를 먼저 태우고 옆에 앉았다. 다시 삼 십 분 후에 택시 기사가 알려준 성남으로 가는 버스가 지나가는 정류장에 내릴 수 있었다. 한 시가 넘어 도시에 도착해 헤어질 때 그녀는 오늘 입은 은혜를 꼭 갚겠다며 명함을 건네주었다.

"시간 되실 때 아무 때나 연락주세요."

나는 그것을 받으면서도, 괜찮으며, 아마 연락하지 않을 거라고 일러주었다. 그리고 헤어졌고, 그걸로 끝이었다.


22. 바로 그 며칠 뒤인 목요일에 또 한 통의 전화를 받았다. 이번에는 야간 공무원반에서 수업을 듣다가 6월 시험에 합격한 남자였다. 그는 계속 사양하는데도 내 덕분이라며 꼭 한턱을 내겠다고 우겼다. 낮에는 일반 회사 사무실에 다니다가 이번 합격을 계기로 공무원이 되기 위해 아예 직장을 그만두고, 연수까지 막 다녀왔다는 그는 대기 발령 상태이기 때문에 평일에도 상관없다고 말했다. 그래서 금요일인 다음날 11시 20분에 학원 앞 다방에서 만났다.

"국어로 합격했다고 해도 과언이 아니에요. 국어 문법과 한문, 고사 성어까지 완벽하게 만점 맞는 바람에 된 거죠. 다른 과목 성적 때문에 마음 졸였거든요."

지금처럼 경쟁률이 치열하진 않았지만, 당시에도 공무원 시험은 쉽지 않았다. 그는 불안정한 회사 생활보다 안정적으로 정년이 보장되는 공무원이 낫다며, 물론 더 보람도 있을 거 같아서 이번 기회에 아예 전직을 결심했다고 말했다. 스물여섯 나이였기에 나는 존칭을 써주었다. 나가서 밤늦게까지 하는 맛집에 들러 식사 대접을 한 뒤, 룸살롱에 가서 총각인 자신과 함께 밤새 술을 마시자는 거였다. 오늘 제대로 한번 쏘겠습니다. 그렇지만 내가 식사는 괜찮다고 하자, 계획을 바꿔 스탠드바를 먼저 들러 노래도 하고 춤도 추자고 제안하였다.

다방에서 나와 우리는 그가 잘 다닌다는 중동 근처의 스탠드바를 찾아갔다. 말이 스탠드바였지 당시로서도 대형 클럽이나 초대형 단란주점 같은 큰 규모의 곳이었다. 자신의 코너를 따로 운영하는 마담들이 스무 명 정도 되는. 자정부터 두 시쯤까지 우리는 칵테일과 맥주를 거푸 마시면서 거기 여자들과 홀에 나가 춤을 추며 놀았다.

한 시간쯤 지나고 내 차례가 돌아와 무대로 나가 마이크를 잡았다. 기타와 키보드와 드럼을 치는 밴드가 즉석에서 반주를 하면 맞추어 부르는 형식이었기에 밴드와의 호흡이 무척 중요했다. 그런데 첫곡에서 문제가 발생했다. 내 신청곡이 〈한 오백 년〉이었기에 민요에 익숙지 않았던 그들은 킥킥거리며 제멋대로 연주를 시작했다. 나 역시도 밴드를 휘어잡을 실력이 있는 것도 아니어서 그만 엉망이 되고 말았다. 하지만 두 번째 곡인 가요는 반응이 괜찮았다. 두 시쯤 바를 나올 때부터 우리는 취해 있었다.

그는 나를 근처 룸살롱으로 안내했고, 거기서 각자 여자를 앉힌 채 다섯 시까지 세 시간가량 노래도 연속 부르며 마음껏 양주를 마셨다. 그날따라 평소와 달리 이상하게 취해버려 나는 화장실을 두세 번 들락거리며 오바이트를 하곤 했다. 술자리가 끝나 일어나는 순간, 만취한 그는 내게 옆의 여자와 외박을 나가시라고 권유하며 비용을 여자에게 건네주려 했다. 하지만 그보다 더 취해 있었던 나는 절대 그럴 수 없다며 한사코 뿌리쳐버렸다. 거기까지는 좋았다. 문제는 그와 헤어져 혼자 집으로 오던 도중에 일어났다.

거의 유례없을 정도로 인사불성이 되어버린 나는 거의 끊겨가는 의식으로 비틀거리며 집을 향해 오던 중이었다. 종합시장을 지나 신흥동의 골목 라인으로 접어들려는 즈음에 나처럼 만취한 여자가 비틀거리며 다가 왔다. 그녀는 나를 보자 다가와 자기 집이 이 근처라며 지금 정신이 없으니 데려다 달라고 했다. 순간 몽롱한 의식 속에서도 잠들어가던 욕망이 다시 살아나는 듯한 느낌이 들었다. 여자의 팔짱을 끼고 이끌자, 처음에는 그녀도 별 거부감 없이 받아들였다. 우리는 그렇게 엉겨 붙다시피 비틀거리며 신흥동 꼭대기 라인에 있는 그녀의 집 앞에까지 왔다. 그때 나는 흐린 의식 속에서도 여자를 유혹해봐야겠다는 생각이 들었다.

다가가 그녀를 끌어안았을 때까지만 해도 여자는 저항하지 않고 받아들였다. 그런데 입술을 가져대려 하자, 퍼뜩 정신이 들었는지 왜 이래요 하며 거칠게 떠밀었다. 그 바람에 나는 벌렁 나뒹굴고 말았다. 시간이 흐르며 점점 술기가 세게 올라왔고, 그때쯤 이미 아예 중심을 잃고 있었다. 간신히 중심을 잡으려 애쓰며 일어서자, 그녀는 바로 앞의 집 대문을 지나 들어가는 중이었다. 순간 나는 어떻게든 그녀를 잡아 보려고 따라가려다 그만 대문 안으로까지 들어서고 말았다. 대문에서 오른쪽으로 꺾어 들어간 곳에 작은 문이 있었고, 여자가 거기로 사라지는 모습이 어렴풋이 보였다.

그때 나는 거의 실성하다시피 한 상태에서 해서는 안 될 실수를 하고 말았다. 강한 취중에서 그녀가 받아줄지도 모른다는 막연한 기대감으로 여자가 사라진 작은 문 앞에 섰던 것이었다. 그 찰나 문 안에서 나를 발견한 여자가 놀라 아악 소리 질러댔고, 그 외침에 더 놀란 나는 비틀거리면서도 정신없이 뒤돌아 마구 내달렸던 거였다. 거의 몇 번이나 넘어질 듯 비틀거리면서…… 결국 구두 한 짝이 도중에 벗겨져버렸다. 그렇지만 의식이 넘어가는 속에서도 사람들이 쫓아올지도 모른다는 생각에 최대한 내달려야 했다.

한참을 그렇게 마구 달리다 집 근처에 다다라 비로소 달리기를 멈추고 걷기 시작했다. 순간 갑자기 술기운이 한꺼번에 확 깨며 정신이 드는 느낌이었다고나 할까. 나는 지금 무슨 짓을 한 것일까……. 한쪽 구두만 신은 채 진흙투성이가 된 오른발을 보면서 불현듯 이 도시 앞에 부끄러움이 밀려들었다. 도시는 나를 따뜻하게 품어줬는데! 지금 이 순간 내 자신이 늘 밤새 지켜봐주는 도시 앞에 떳떳하지 못하기만 했다. 그렇게 참담한 기분이 되어 집 문 앞에 서서 잠시 밤하늘의 별들을 바라보았다.

방문을 열자 어머니께서 깨어 계셨다. 어머니는 흙이 묻어 꾀죄죄한 내 양말과 옷매무새를 보고 놀란 눈치였다. 그리고 밖에 나가 구두가 한 짝만 있는 것도 확인하고 근심스런 얼굴로 들어오셨다. 하지만 이유를 묻지도 다른 말씀을 하지도 않으셨다. 불이 꺼진 한참 후까지도 잠이 잘 오지 않았다. 신데렐라는 자정이라는 제한 시간에 쫓겨 유리 구두 한 짝을 잃었는데, 부끄럽게도 나는 제한된 욕망에 쫓겨……

다음날 나는 운동화를 신고 출근했다. 그리고 주간 수업이 끝나자 시장에 들러 다시 새 구두 한 켤레를 샀다.


23. 그렇다고 그 일을 계기로 나의 방황이 끝난 것은 절대 아니었다. 수업이 끝나고 밤거리에 나서면 뼛속까지 깊게 후벼드는 욕망의 기운은 이미 그때쯤 해서는 어쩔 수 없는 것이 되어버렸다고나 할까. 그 후로도 오랫동안 그 습관은 쉽사리 꺾이지 않았다.


24. 11월 하순으로 넘어가던 토요일, '4월반'의 3교시 국어 수업이 끝나고 교무실로 들어오는데 그 반의 미리가 뒤따라 왔

다. 언제나 강한 웨이브의, 짧은, 갈색 파마머리가 인상적인 그 애는 초콜릿과 함께 쪽지를 넌지시 건네주었다.

> 선생님, 꼭 보고 싶은 영화가 있어요. 바리시니코
> 프 나오는 〈백야〉요. 일요일에 보여주시면 안 돼요?
> 서울 대한극장에서 해요. 언제나 열심히 가르쳐주시
> 는 우리 선생님. 사랑합니다! 헤헤.

쪽지를 읽는 동안, 열입곱 살 미리는 시종 눈웃음을 보내며 애교를 떨었다. 어떡해야 하나 잠시 생각해보다가 나는 고개를 끄덕여주었다. 그리고 두 시에 학원 앞 버스정류장에서 보기로 했다.

약속대로 일요일 두 시에 우리는 버스정류장에서 만났다. 중간에 버스를 한 번 갈아타고 충무로에 도착하니 이미 매진이라서 어쩔 수 없이 바로 다음 회의 암표를 구입해야 했다. 상영 시간까지는 사십 분 정도 여유가 있었다. 캔 커피와 구운 오징어를 사서 극장 주변 벤치에 앉아 잠시 이야기를 나누며 놀았다. 미리는 원래 자신의 꿈이 발레리나였고, 국민학교 때 이 년 정도 발레를 배우다가 그만두게 되었다고 알려주었다.

"그럼 지금 꿈은 뭔데?"

"지금은 패션 디자이너예요. 나중에 국제적으로도 유명한 디자이너가 되고 싶어요."

"좋은 꿈이야."

영화가 상영되는 내내 그 애는 화면과 스토리에 몰입해 있었다. 돌아오는 버스에서 줄곧 영화에서 받은 감동을 말하고 싶어했다. 특히 바리시니코프와 그레고리 하인즈가 발레와 탭댄스로 끝없는 회전을 과시하며 배틀을 벌이는, 듀엣 댄스 장면에 대해서는 몇 번이나 감상평을 늘어놓았다. 우리는 성남으로 돌아와 종합시장에서 쫄면과 떡볶이를 먹은 뒤 헤어졌다. 헤어질 때도 그 소녀는 영화 주제가인 라이오넬 리치의 〈say you, say me〉를 부르며 탭댄스를 추는 흉내를 내어 미소를 자아냈다.

**25.** 그 즈음의 어느 날, 그날도 나는 야간 수업을 마치고 밤거리를 헤매고 있었다. 겨울을 앞둔 늦가을의 밤은 몹시 쌀쌀하기만 했다. 그날 나는 평소에 가지 않던 쪽으로 발길을 정해 보았다. 큰 길인 학원의 첫 번째 라인을 따라 신흥동 집 옆을 거쳐, 종합시장과는 정반대편인 생소한 길을 택했던 거였다. 이따금 철조망으로 이어진 길도 나왔고, 미루나무와 소나무가 쭉 늘어선 오솔길이 연이어지는 길도 있었다. 사람들의 발길이 드문 데다 자정이 넘어가며 지나가는 차량마저 한산한 그런 길이었다.

한참을 그렇게 걷던 그때, 저 멀리서 어깨에 수트를 걸친 채, 목에 머플러를 두르고, 원피스를 입은 한 여인이 아주 느리게 걸어오는 모습이 보였다. 키가 큰 그녀는 가녀린 몸매로 언뜻 무척 외로워 보이는 그런 느낌을 주었다고나 할까. 점점 가까워 오는데도 여인은 이쪽을 전혀 의식하지 않는 듯, 넌지시 내리 깔은 시선으로 바닥만 응시한 채 다가올 뿐이었다. 그러고는 마치 유령처럼 차가운 기운만 남기며 옆을 스쳐 지나갔다.

그렇게 그녀가 무감각하게 지나간 뒤, 내 시선은 저절로 다시 그녀를 향해야 했다. 얼마 후 뒤돌아보았을 때, 여인은 여전히 흐트러지지 않은 그 모습 그대로 한기를 뿜어내며 느리게 걷고 있었다. 그 모습이 큰 호기심과 일말의 동정심을 유발했는지도 모르겠다! 나는 다음 순간 오던 발길을 되돌려버렸다.

내가 바로 옆에 가까이 다가갔음에도 그녀는 아무 자각이 없는 것처럼 그대로였다. 그렇게 그녀는 소나무와 미루나무 길을 따라, 다시 철조망 길을 따라 걷고 또 걸었다. 한참 후 고개가 연이어 나왔지만, 여인에게는 아무 상관이 없어 보였다. 그녀는 어둠 속에서 고개를 넘고 또 넘어갔다. 이따금 목에 휘감은 머플러 끝자락만이 바람에 나풀거릴 뿐이었다.

여인의 그 무한한 고독의 모습이 나를 유혹했는지도, 혹은 내 비겁한 내면에 용기를 주었는지도 모르겠다! 나는 바로 옆으로 바싹 다가가며 말을 걸어보았다. 하지만 그 순간 그녀는 힐끗 쳐다보았을 뿐, 다시 원래대로 아무 말 없이 바닥만 응시한 채 걸어갔다. 그래도 내가 옆에 같이 걷고 있는 것을 이제는 의식하는 것 같았다고나 할까! 그렇게 그녀는, 아니 우리는 삼십 분 가까이를 걸었다.

여인이 지친 듯 길가 벤치에 앉았을 때, 나도 옆에 따라 앉았다. 그렇게 오 분 정도 시간이 흘렀다. 불현듯 고개를 돌린 그녀가 잠깐 나를 넌지시 응시한 뒤, 몹시 지친 표정으로 쓰러지듯 내쪽으로 몸을 기울이는 바람에 순간 여인을 안아 중심을 잡아줘야 했다. 그때 오렌지색 가로등 불빛 아래 비친 그녀의 얼굴은 놀랄 만큼 창백한 잿빛이었다.

"힘들어요. 쉬고 싶어요."

침묵을 깨고 그녀가 던진 두 마디는 그런 거였다. 눈언저리에는 가득한 기미와 주근깨만큼이나 어둠의 그림자가 짙게 내려 있었다. 좀 쉴 수 있는 데로 갈까요? 내 질문에 고개를 끄덕여주었으므로 일으켜 세운 뒤 근처 여관으로 데려갔다.

침대 위에서도 그녀는 미동도 하지 않은 채 천장 쪽만 응시했다. 내가 머플러와 원피스와 속옷과 브래지어를 차례로 벗길 때에도, 전신과 젖가슴을 애무해갈 때에도 사이사이 움찔거리기만 했을 뿐 크게 반응하지는 않았다. 처음에 음부 쪽에는 아예 애액이 말라 있었다. 나는 처음 느껴보는, 벌거벗은 여자의 깡마른 몸에 가득한 냉기에 놀라 한동안 어찌해야 할지 망설였다. 무엇보다 내게 충격을 준 것은 그녀를 끌어안았을 때의 느낌이었다. 마치 둔탁한 나무나 장작을 넘어, 아예 딱딱한 돌덩어리 같은 등뼈의 무딘 감촉에 머리칼이 솟구칠 정도의 쇼크였다고나 할까. 어

뗗게 사람의, 더구나 여자의 등허리가 그렇게 굳고 단단하기만
한지 이해가 되지 않을 정도였다. 삼십 대 중반 정도일 여체는 무
슨 연유인지 그렇게 화석이 되어 있었다.

그래도 나는 가급적 정성스럽게 꼬옥 안아주었다. 그러고는
늘 하던 음부나 음핵 등의 애무를 포기한 채 곧바로 왕권을 밀어
넣었다. 매끄럽지는 못했으나, 메말랐던 처음보다는 다소 액이
나와 있던 질 속은 그래도 색다른 자극을 주었다. 그때였다. 그렇
게 삽입한 상태에서 내가 세차게 움직여나가자, 여인이 울음을
터뜨리고는 계속 울었던 것이었다. 두 볼에는 눈물이 계속 흐르
면서…….

그날 나는 태어나서 가장 어두운 섹스를 했다. 그래도 마지막
절정의 순간에 사정해도 되는지 물었을 때 끄덕여주었으므로 마
음껏 욕망을 쏟아부으면서.

일주일쯤 뒤 밤에 다시 그 길을 걸었을 때, 저쪽에서 머플러를
두르고, 슈트를 걸친 채 걷고 있는 그녀를 또 보았다. 그렇지만 이
번에는 잠시 뒤따르다가 이내 포기하고 뒤돌아 왔다. 나는 그녀
가 가진 어둠의 무게를 다시는 감당하지 못할 것만 같았다. 한참
뒤 돌아보았을 때, 그녀는 어둠 속에서 까만 점이 되어 도시의 저
편 뒤안길로 아스라이 사라졌다.


26.  11월이 저물어갈 무렵, 어머니의 안색이 점점 윤기를 잃

어가는 듯했다. 그러다 감기에라도 걸린 듯 기침을 간헐적으로 하셨기 때문에 몇 번 병원에 가보자 하였으나 그럴 때마다 지나가는 가벼운 감기라 괜찮다고 마다하셨다. 시간이 흐르며 기침도 사라지고 화색이 다시 돌아왔으므로 나는 마음이 좀 놓였다. 8월 초에 도시에 오신 후 적적해 하던 당신께 친구가 생긴 것은 한 달 만인 9월초였다. 윗집에 세 사는 두 집 가운데 하나가 새로 이사해왔는데, 어머니보다 연세가 열 살 정도 더 많으신 할머니네 가족이었다. 날이 갈수록 두 분은 자주 왕래하셨고, 어머니는 내가 와 있는 동안에는 편히 쉬라며 위층으로 찾아가곤 하셨다.

윗집 할머니는 직장에 다니는 손자와 내 또래의 손녀와, 그렇게 셋이서 사셨다. 싹싹하게 인사하던 손자와 달리 손녀는 나와 마주칠 때마다 처음에는 쌀쌀하게 대했었다. 그러던 그녀가 얼마 뒤 우리 학원에 등록하여 문과반에서 강사와 학생으로 우연히 만나게 되자 놀란 표정을 지었고, 그 후로는 내게 잘해주었다. 이미 대학에서 사학과를 졸업했지만, 전공을 영문학으로 바꾸어 재도전해보고 싶다는 거였다. 가끔 할머니와 함께 우리방으로 놀러오곤 했는데, 그럴 때면 어른들끼리 따로 또 우리끼리 따로 각각 대화하다 가기도 했다.

그 무렵 어머니께서 심심할 때 들으시라고 라디오가 딸린 카세트를, 좋아하시는 옛날 노래와 트로트가 담긴 테이프들과 함께 시 드렸다. 그랬는데 이상하세도 어머니가 가장 좋아하셨던 곡은 우리가 듣는 테이프 중에 있던, 〈로미오와 줄리엣〉 테마곡이었다. 하도 그 곡을 좋아하시는 모습을 보다 못한 수미가 하루는 날을 잡아서 그 비극적인 사랑의 줄거리를 얘기해드리자, 가슴 아픈 얘기라며 한숨 지으셨고, 그 후로 더 좋아하셨다. 그래서 어떤 날은 그 곡을 몇 번이나 틀어드려야 했다. 엄마가 무슨 과거 잊지 못할 사랑의 추억이라도 있나? 그 모습을 보며 수미가 내게 넌지시 말했다.

27. 11월 하순의 어느 날 출근길에서, 함께 학원에 가던 수미가 느닷없이 이따 낮수업이 끝나고 쉬다가, 야간 수업 직전인 여섯 시에 근처 커피숍으로 나오라고 일방적으로 요구했다. 이유를 묻자 나와 보면 안다고만 말하며 킥킥거렸다. 나는 시험을 이십일밖에 안 남은 애가 또 무슨 꿍꿍이일까 궁금해졌다.

야간수업을 오십 분 앞두고 커피숍에 갔을 때, 다 둘러보아도 수미는 없었다. 하는 수 없이 창가 자리에 다가가 앉았다. 그렇게 오 분 정도 흘렀을 때, 낯익은 얼굴 하나가 입구를 지나 내 쪽으로 환하게 미소 지으며 천천히 다가왔다. 순간 놀라 자리에서 일어나야 했다. 바로 학원 아래층의 치과 간호사 선희였던 것이다!

그녀는 막상 나와 가까워지자 더 이상 오지 못하고 주춤 선 채, 하염없이 웃기만 했다. 이미 두 볼 중심으로 얼굴이 빨갛게 물든 채 콧등 아래로 땀송이가 보이면서…… 나도 그런 모습을 보며 어찌할까 하다가 얼마 후 이리와 앉으시라고 말해주었다. 그러자 그 말에 용기가 났는지 내 테이블까지 와서는 다시 멈칫거렸으므로, 한 번 더 자리를 권유해야 했다.

앉아서도 말을 못 하는 그녀가 말문을 열게 하기 위해 나는 몇 번 더 노력해야 했다. 나보다 두 살 적은 스물두 살의 그녀는 이번에 대학을 졸업하고 여기가 첫 직장이라고 했다. 그럴거면 차라리 일요일에 여유 있게 만나지 그랬느냐 지적하자, 내게 부담주는 것도 싫고, 잠깐만 보고 가면 된다는 거였다.

"죄송해요. 편지로 신경 쓰이게 해서……."

그날 나는 비록 삼십 분 정도의 짧은 시간이었지만, 처음으로 그 천사와 대화할 수 있었다. 그냥 딱 한 번만 얼굴 보고 대화하게 해달라 부탁해서 내가 자리 마련한 거야. 그러니 오빠는 언니 놓치지 말고 꽉 잡자. 응? 새언니 감으로 오죽 좋아? 수미는 그렇게 말하며 놀렸다. 그 후로도 꽃편지는 매주 향기를 품은 채 배달되었다.


28. 가을이 다 끝나는 11월 말에 야간 수업을 마치고 교무실에 돌아온 나는 막 걸려온 전화를 받았다. 전화 속 여자는 자신이 지난 오월 '야간 8월반'에서 두 번 수업을 들었던 의숙이라고 했다. 그 말을 듣자 어렴풋이 그 애가 기억이 났다. 등록 후 두 번 나오고는 오지 않아 전화했을 때, 공부가 자기와 맞지 않는다고 핑

계를 대며 더 이상 전화도 하지 말아 달라 신신당부했던 아이였다. 나이는 좀 있었는데……. 전화를 끊고 도중에 그만둔 애들이 따로 있는 생활 기록부를 뒤져 보니, 스무 살이었다. 사진을 보니 말아 올린 긴 머리가 갸름한 턱선과 함께 기억이 났다.

그 애는 근처 커피숍에 있다며 와달라고 간곡히 부탁했다. 목소리가 절박해 보였기에 일단 그러마고 했지만 왠지 떨떠름한 것이 선뜻 내키지는 않았다. 11시 20분경에 도착했을 때 의숙이는 한쪽 구석 2인용 작은 테이블에 앉아 있었다. 놀라셨죠. 갑작스럽게 전화해서…….

사유를 묻자 선뜻 대답하지 않았다. 커피가 나오고도 말이 없던 그 애는 거의 다 마셔 갈 때쯤에야 말문을 열었다.

"저 오늘 선생님 댁에 재워주시면 안 돼요?"

그러고서 구체적인 사유는 말하지 않은 채 지금 갈 곳이 없다고만 반복했다. 내일 낮에 강남 터미널에서 사촌 언니 만나기로 했어요. 언니가 시골서 나 데리러 급히 올라오거든요. 그때부터는 괜찮아요. 시골에 내려가 당분간 살기로 했으니까……. 그러니 오늘만요. 네? 내가 어머니도 계시고 해서 안 된다고 하자, 곰곰이 생각해보더니, 그러면 미안하지만 같이 술이라도 마시면서 밤을 새워달라고 새롭게 부탁했다. 그럴 바에야 차라리 내가 여관비를 줄 테니, 거기서 혼자 있다가 서울로 가라고 제안하자, 그 애는 오늘만큼은 절대 혼자서 못 있겠다며, 그냥 같이 쏘다니면서 밤을 새워달라고 간곡히 말했다. 이유는 묻지 말아주세요. 정말 괴로워요…….

그렇게 말하며 힘겨운 표정이 가득한 의숙이가 순간 위태로워 보였기 때문에 나는 할 수 없이 그렇다면 일단 술이라도 마시러 가자고 달랠 수밖에 없었다. 커피숍을 나오며 밥은 먹었냐고 묻자 하루 종일 굶었다며 고개를 숙였다. 나는 근처 늦게까지 하는 식당으로 그 애를 데려갔다. 마침 나도 출출했으므로 같이 불고기에 식사를 하며 소주를 반주로 마셨다. 다행히 그 애는 점점 화색이 돌며 생기가 넘치기 시작했다. 의숙이가 자신이 이미 작년부터 성인이고 술도 꽤 마신다며 오늘은 취하고 싶은 심정이라고 거듭 강조하였기에, 식당을 나와 다시 주변 주점으로 갔다.

"하긴 내가 학원을 아예 안 다닌 거나 마찬가지니까, 내 선생님도 아니시잖아요. 그래도 학원에 계시니까 선생님이라 불러드리는 것뿐이죠."

술이 들어가자 그 애는 점점 대담하게 말을 쏟아냈고, 나는 그래도 한 번 선생은 영원한 선생 아니냐고 맞받아주었다. 주점에서 서너 시간 소주와 맥주를 섞어 계속 마시며 우리는 둘 다 몹시 취하고 말았다. 좋아요. 이대로 밤을 새우는 거예요. 그러나 다섯 시가 가까워지자 나보다 의숙이가 더 이상 버틸 수 없는 지경이 되고 말았다.

할 수 없이 만취한 그 애를 부축하고 여관으로 향해야 했다.

그러나 여관방을 잡고 들어보낸 뒤, 나오려는 나를 의숙이는 다시 강하게 붙잡았다. 안 돼요……. 그리고 목을 끌어안으며 침대에 눕혀 달라 말했다. 침대에서도 나를 부둥켜안은 채 놓지 않았다. 정말 가시면 안 돼요. 큰일 나요. 아셨죠? 그렇게 우리는 껴안은 상태로 잠이 들었었다. 그렇게 이삼십 분이 흘렀을까! 누가 내 어깨를 흔들며 깨우는 바람에 눈을 떴다. 갸름한 얼굴의 의숙이였다. 그녀는 잠시 응시하다가 내 뿔테 안경을 벗기더니 키스를 시작해왔다. 다시 얼마 후 남방의 단추를 하나씩 끌러나가며 귓가에 대고 속삭였다. 나 잘해요. 기쁘게 해드릴게요…….

그러고는 마치 이 잠자리에서 나에게 원기를 주려는 사람처럼, 아니 어쩌면 자신이 위안을 받으려는 여자처럼, 웃옷과 바지를 벗기고 하나씩 애무해나갔다. 그러나 마침내 그녀의 시간이 끝나고, 내가 애무를 해나갈 때에도, 몸을 점점 빠르게 움직이며 본격적으로 섹스할 때에도 이미 처음보다 생기를 거의 잃고 있었다. 내가 절정에 도달했을 때, 잠깐 격렬하게 반응 했을 뿐, 이내 정적과 고요의 세계로 되돌아가버렸다. 그 모습을 보며, 모든 게 끝나자 내게도 상실감이 밀려 왔다고나 할까.

얼마 후 새벽 시간이 흐르며 그녀는 쌔근쌔근 잠이 들었고, 다시 잠들지 못하던 나는 일어나 옷을 주섬주섬 찾아 입었다. 욕실에 들어가 이라도 닦을까 하다가 집에서 여유 있게 하기로 마음먹고 칫솔과 미니 치약이 담긴 플라스틱 용기를 웃옷 주머니에

꽂았다. 다행히 곤히 잠든 그녀를 보며 다음에라도 도움이 필요하면 연락달라고 메모라도 남길까 하다가 그만두었다. 그리고 드러난 예쁜 가슴을 이불을 올려 덮어준 후, 불은 끄지 않은 채 방을 나섰다.

29.  여관을 나서자 새벽에서 아침으로 바뀌는 데도 찬 기운이 쏟아졌다. 가을은 갔고, 이제 겨울이 오리라! 학원 앞을 지나쳐 오며 보니, 맞은편 건물의 유니콘 네온은 어느새 온데간데없이 다른 무늬로 바뀌어 있었다! 나는 그 앞을 재빨리 지나며 집쪽으로 빠르게 걸어나갔다.

"샘, 좋은 아침이지라!"

그 순간 갑자기 옆에서 따르릉 하는 자전거 벨소리가 울렸다. 돌아보니 기상이였다. 심부름이 있어 학교를 나와 물건을 가지러 간다며 그는 잠시 페달을 멈추고 다가와 웃었다.

"이야. 뜨거운 밤 지내셨구만요잉."

웃옷 주머니에 삐져나와 있는 일회용 칫솔과 치약이 든 플라스틱 용기를 보며 기상이는 모두 다 안다는 듯 누런 이를 드러내고 한바탕 껄껄 웃었다. 그때 나는 심한 부끄러움을 느껴야 했다.

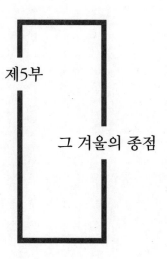

제5부

그 겨울의 종점

1. 12월의 첫날, 그러니까 겨울의 첫 시작인 그날을 나는 좋지 않은 기억으로 열어야 했다. 야간 수업의 마지막 교시인 5교시 수업 중에, 주간 4월반의 미리가 교실 문을 슬쩍 열고 밖에서 내게 수신호를 보냈던 거였다.

뭔가 긴급한 사정이 있음을 직감하고 잠시 문제를 풀라 한 뒤 복도로 나왔다. 미리는 갈색머리가 흐트러진 채 무척 경황이 없어 보였다. 교무실로 데려가 앞의 의자에 앉히고 무슨 일이냐고 묻자 한동안 입을 열지 못했다. 벗어서 팔에 걸치고 있는 밤색 재킷이 심하게 구겨져 있는 것도 같았다. 다음 순간 그 애의 하얀 블라우스 옆구리 쪽에 핏자국인 듯 검붉게 응어리져 있는 넓은 흔적을 보고 나는 깜짝 놀라고 말았다. 마치 무슨 폭행이라도 당하고 난 듯한 인상이었다.

그렇지만 그 애가 그것이 어떤 흔적이고 무슨 일이 있었는지 말하기를 기다리며 선뜻 먼저 내색하지는 못 했다. 잠시 후 입을 연 미리는 피치 못할 사정이 생겨 이 학원을 그만두고 서울 쪽 학원으로 옮길 예정이라 말했다. 담임인 생물 황 선생을 두고 왜 하필 내게 알려주느냐 묻자, 담임선생님에게는 미안해서 차마 말을 못 하겠고, 또 지금은 말하기도 싫다 하였다.

"그래도 왠지 선생님께는 꼭 인사드리고 떠나야 할 거 같아서요. 담임께는 대신 말해주세요."

돌이켜보면 그때 그 아이에게 무슨 일이 있었으며, 그 피의 흔적은 왜 생긴 것인지 꼬치꼬치 물어야 했었다. 그만큼 노련하지 못하고 어설펐던 것이리라. 어쩌면 그래도 그때의 나는 순진하고 세속적이지 않은 면도 있어서였다면 이상하게 들리겠지만! 더 이상 묻는다는 것이 말하기 싫어하는 소녀의 자존심에 상처를 준다는 생각이 강했으니까! 그렇게 열일곱 미리도 가을과 함께 학원을 떠나갔다.


2.  12월 첫째 일요일 정오에 나는 서울 종로 성당 옆 고갯길에 있는 찻집에서 가톨릭 행사에 잠시 다니러 올라온 종은이를 만났다. 종은이는 대학 4년 내내 가장 친했던 친구였다. 늘 문과대 캠퍼스에서 붙어 다니다시피 했으므로 사정을 잘 모르는 다른 과 애들은 우리를 커플로 오해하곤 했다.

하지만 그녀는 말 그대로 순전한 친구일 뿐이었다. 집이 충북

금산이었던 종은이는 이과대에 다니는 남동생과 자취를 했는데, 심지어 어떤 날은 통학차를 타지 않고 그녀의 방에서 밤늦게까지 얘기하며 놀다가 잠은 남동생의 방에서 자고 오기도 하였다. 한번은 동생 수미까지 대전에 놀러와 종은이 방에서 잔 적도 있을 정도였으니까.

그녀는 4년 내내 내 시시콜콜한 연애며 사랑 이야기를 듣고 또 들어주었었다. 그러면서 내게 '영원히 마르지 않는 정열을 가진 영혼'이라는 별명을 붙여주었다.

"자기는 정말 이해할 수 없는 남자야. 오직 한 여자만 사랑하며 행복해 할 수도 있고, 동시에 열 여자도 뜨겁게 사랑할 수 있는, 그런 남들이 이해 못할…… 늘 듣고 또 들어도 화수분처럼 재미난 이야기가 마르지 않고 줄줄 나오니까. 나중에 꼭 '연애학 개론'이나 '사랑학 개론' 강의를 해봐. 엄청 인기 끌거야."

3학년 때 지도교수 시간에 나누어 준 신상 조사 용지의 '취미'란에 '연애'라 적고, '특기'란에 '사랑'이라 적었다가 교수에게 공개적으로 지적 받은 적이 있었다. 그때 종은이가 옆에서 "진짜 맞아요" 하며 외쳐주었기에 한바탕 웃음이 일었었다.

남녀 사이에 친구 관계가 존재할 수 있는가에 나도 늘 반신반의 했지만, 그녀 덕분에 완전히 가능함을 알게 되었다고나 할까. 종은이는 항상 입버릇처럼 자신은 하나님께 시집갈 거라 하였다. 그녀가 자신의 신에게 시집가면 우리는 그야말로 온전한 친구로 남는 것이니까! 대학을 졸업하면 차분하게 정해진 과정을 밟아 수녀가 될 거라면서! 그런 둘의 관계를 보며 한 번은 수미가 농담을 했다.

"오빠, 차라리 언니를 하나님에게 뺏기지 말고 결혼하자 사정해봐. 오빠라면 혹시 결혼해줄지도 모르지. 결혼한 후에는 오빠하고 싶은 대로 바람도 마음껏 피고 여러 여자와 자고 와도 언니는 밥도 잘 먹이면서 이뻐해줄걸. 만나서 데이트한 얘기도 즐겁게 들어줄 거야. 다른 여자와 낳은 아이라도 데려오면 잘 키워줄 거고!"

그 말을 전하자 좋은이는 어이없어 하며 웃었다.

"어림없는 소리! 난 하나님의 영원한 종이야!"

커피를 마시고 성당의 성모 마리아 상 앞에서 그녀는 나를 위해 기도해주었다.


3. 12월 9일, 첫눈이 내렸다. 첫눈 치고는 펑펑 날리는 눈발에 아이들은 환호했다. '주간 4월반'의 4교시 수업을 막 시작하려던 참이었다. 첫눈이 와요. 저렇게 마구 날려요. 수업 하지 말고 놀아요. 아이들은 창문 사이로 소담스런 눈송이가 휘날리는 모습에 한결같이 들떠 있었다.

그날, 나는 4교시 수업을 아예 하지 않았다. 그리고 한 시간 내내 '눈'이나 '겨울'과 관계된 노래 위주로 아이들을 차례로 노래하게 하고, 나도 간간이 부르면서 그렇게 놀았다. 다만 노래 소리가 잘 새어 나가지 않게 너무 큰 소리로 부르지는 말라 하면서.

"그 반은 내내 노래만 했지요."

수업이 끝나고 복도에서 만난 교무는 그렇게 말하며 웃어주었다. 괜찮아요. 그러실 수도 있죠. 아이들도 지쳐 있었을 텐데요 뭐.

밤늦게 다시 내렸기 때문에 야간 수업이 끝나 집에 돌아올 때는 도로에 제법 쌓여 있었다. 그날은 풍성한 눈을 보며 집으로 바로 돌아갔다.


4. 12월 중순의 목요일에 학력고사가 있었다. 충남 교육청으로 원서 접수한 수미의 시험 장소는 대전이었다. 전날 있었던 예비소집에는 동생 혼자 가야 했다. 나는 수업 때문에 가지 못 했다. 수미는 그날 밤을 대전에서 대학 다니며 자취하는 친구 방에서 잤다.

목요일 1교시 국어 시험이 진행될 때 나는 동생과, 내게 배운 학생들이 잘 치르기를 마음속으로 염원했다. 그 후에도 긴 학원 생활 내내 1교시가 되면 속으로 빌어주기는 계속됐다. 학력고사 날 하루는 학원도 전체 휴강이었으므로, 오전에는 쉬다가 오후에 고속버스를 타고 대전의 시험장으로 갔다.

수미가 배정받은 학교는 공교롭게도 국민학교 시절부터 고교 때까지 좋아했던 첫사랑 효정이가 다니던 가톨릭계 여고였다. 효정이는 여고를 대전으로 갔고, 이 학교에 다니던 2학년 때, 우리는 데이트했으며, 편지도 줄곧 주고받았었다. 왜 이리 가톨릭과 스쳐 가는 인연이 많을까 하는 생각이 잠시 들었다. 중학교 때 잠깐 교회에 다닌 외에 나는 허무주의자에다 무신론에 가까운데…… 부정할 수 없는 광대한 우주의 엄연한 존재 앞에 두려워하는 '불가지론자'라고나 할까!

시험이 끝나고 학생들이 계속 쏟아져 나오도록 동생은 보이지 않았다. 그러다가 한두 명씩 천천히 나올 때쯤에야 저 멀리서 오는 모습이 보였다. 힘없이 걸어오다 나를 보더니 반가워했다.

"잘못 본 거 같아."

그날 우리는 수미 친구와 같이 셋이서 홍명상가에 들러 저녁을 먹고 커피를 마신 후에, 버스 대신 기차를 타고 서울을 거쳐 도시로 돌아왔다.


5. 은정이가 내게 전화한 것은 12월 중순에서 하순으로 넘어가는 토요일이었다. 나는 그 애의 연락을 받고 무척 기뻤다. 그렇지 않아도 마음 한 구석에는 잘 지내려나 하는 궁금증이 늘 흐르고 있던 중이었으니까. 어떻게 된 거냐고 묻자, 성남집을 비워둔 채 그동안 아버지를 따라 할머니까지 부산으로 내려가 있다 최근에 다시 올라온 거라 말했다. 줄곧 아버지 일이 잘 정리되면 다시 여기로 올 거였기 때문에 하루하루 미루다가 연락이 늦은 것도

있고, 또 그보다 사실은 왠지 연락을 안 하고 싶었기 때문이라며 웃었다. 그게 말이 되느냐 추궁했더니, "그래야 선생님께서 내 생각을 조금이라도 더 할 거 아녜요" 하며 너스레를 떨었다.

"하지만 꼭 그런 것은 아니니, 더 이상은 묻지 마세요."

다시 학원에 나오라는 말에도 아직 아버지 일이 결정이 나지 않아 다른 곳으로 옮겨야 할 수도 있으며, 곧 학원에 나갈 예정이긴 하지만, 다니더라도 서울로 나갈 거라 했다. 여기는 샘 때문에 공부가 안될 수도 있잖아요. 그 말은 연숙이가 한 핑계와 똑같았다. 그렇지만 다른 사정이 있는 것도 같았다. 그래도 걱정 마세요. 가끔씩 찾아뵐게요. 대신 내일 일요일인데 우리 또 놀러 가면 안 돼요?

다음날인 일요일 10시에 나는 5개월 만에 그 아이를 만났다. 지난밤부터 유난히 많은 눈이 내리는 날이었다. 방송은 수도권이 영하 18도까지 내려간다고 호들갑을 떨었으므로, 가죽 잠바를 입어야 했다. 학원 앞 버스정류장에서 다시 본 은정이는 모자가 달린 연두색 코트를 입고 날리는 눈발 속에 서 있었다. 모자로 동그랗게 얼굴을 가리고 검정 목도리까지 두른 채였다.

우리는 버스를 거쳐 지하철을 타고 동인천까지 갔다. 역에서 내려서는 다시 버스를 타고 월미도까지 갔다. 당시 월미도는 기초적인 놀이 기구 몇 개만 있는 정도였다. 은정이가 제일 좋아했던 것은 회전목마와 특히 요술거울이었다. 무엇보다 날씬한 자신의 몸매가 최고의 뚱뚱보로 나오는 거울과 난쟁이 거울, 키다리 거울을 몇 번이나 돌며 즐거워했다.

공사 중이어서 그랬는지 연안부두를 타고 허허벌판이 많았는데, 한 곳 한 곳 벌판을 건너갈 때마다 손이 너무 시려운 나머지 내 주머니에 자신의 손을 넣고 행복해 했다. 주기적으로 휘날리는 눈은 그렇지 않아도 떨어져 있는 우리의 체온을 더 얼어붙게 했다. 나는 차가운 그 아이의 손이 따뜻하라고 꼬옥 감싸주었다. 벌판 쪽은 세찬 바람 때문에 체감 온도가 훨씬 추워 은정이의 두 볼이 빨갛게 얼었고 입으로는 찬바람을 호호 불어야 했다. 우리는 둘 다 온몸과 발이 꽁꽁 얼었는데도 오랜 시간 그렇게 걸어다녔다.

벌판을 건너갈 때마다 번갈아가며 노래 불렀다. 특히 내가 아다모의 상송 〈눈이 내리네〉를 서툰 프랑스어로 계속 불러대자 꺄르르 웃으며 다시 해달라 했다. 나중에는 우리말로 된 가사를 가르쳐주었고, 결국 둘이서 같이 부를 수 있게 되었다. "눈이 내리네. 당신이 가버린 지금. 눈이 내리네. 외로워지는 내 마음. 꿈에 그리던. 따뜻한 미소가. 흰 눈 속에 가려져. 보이지 않네. 하얀 눈을 맞으며. 걸어가는 그 모습. 애처로이 불러도. 하얀 눈만 내리네. 라~~ 라~~ 라~~ 라~~ 라라라~~ 라라라~~ 음~~ 음~~ 음~~ 음~~ 음음음~~ 음음음~~."

그렇게 다니다가 연안두부로 와서 저녁을 먹은 후, 이층 커피숍으로 가 석양을 보았다. 다행히 저녁 무렵에는 구름 사이로 황혼을 볼 수 있었다. 그 애와 같이 보았던 그날의 구름까지 곁들인 황홀한 낙조는 평생 손가락에 꼽을 수 있는 아름다움이었다고나 할까. 우리가 도시로 돌아온 것은 밤이 깊어서였다. 당시 도시는 눈이 많이 내리면 모두 고갯길이라 교통이 마비될 정도였다. 심하면 차를 도로에 포기한 채 아예 집으로 돌아가는 사람들도 있을 정도로! 그 바람에 우리는 자정이 다 되어서야 헤어졌다. 그날의 모습이 내가 그 애를 본 마지막 것이었다.


6. 크리스마스이브에도 우리는 야간 수업을 정상으로 해야 했다. 크리스마스인 다음날 하루만 수업이 없었다. 시험이 끝나고 집에서 쉬던 수미는 학원에 와서 사귄 친구들과 같이 지내기로 했다며 외출했다.

그랬는데 수업 중간 쉬는 시간에 나를 찾는 전화가 걸려왔다는 거였다.

"예쁜 아가씨 목소린데요!"

싱긋 웃으며 전화를 바꿔준 것은 영어 이 선생이었다. 장난기가 많았던 '이 교수'는 "아마 모르긴 몰라도 묘령의 애인 같다"고 교무실에 대고 외쳤다. 받아 보니 뜻밖에도 은혜였다.

"오늘 이브인데 누구 안 만나세요?"

그녀는 내가 다른 약속이 잡혀 있을까, 걱정스런 어조였다. 기다리고 있었지. 누구를요? 다른 전화? 그대 전화. 아…….

야간 수업이 끝나는 시각에 우리는 도시에서 만났다. 여전히 비니 모자를 쓴 그녀는 자두빛 롱코트를 입고 있었다.

"친구들과 올나이트 하기로 하고 놀던 중에 선생님 생각이 나서 연락한 거예요. 빠져나오느라 혼났어요. 벌금도 많이 냈다니까요."

"대신 내가 행복하게 해줄게."

도시의 밤거리는 성탄의 물결로 가득했다. 건물마다 네온이 더 눈부실 정도로 휘황했고, 골목마다 산타 복장을 한 호객꾼들이 넘쳐 났다. 상점마다 트리와 카드 장식이 걸려 있었다. 끝없이 울려 퍼지는 캐럴과 이따금 쩔렁거리는 자선냄비의 종소리를 들으며 우리는 밤거리를 한참 걸었다. 내가 여자와 함께 팔짱을 끼고 오랫동안 데이트하며 이 도시의 밤거리를 걸은 것은 처음이었다고나 할까. 그렇게 수많은 방황을 하고서도! 나는 새로운 감회로 문득 은혜가 고마워졌다.

"화이트 크리스마스였으면 더 좋았을 텐데…….'

그녀는 시종 눈이 내리지 않는 것을 아쉬워했다. 우리는 음악다방에 가서 한동안 이야기하며 놀았다. 사람들이 너무 북적댔기에 좀 기다려 자리에 앉아야 했긴 하지만! 그리고 주점에 가서 캐럴을 들으며, 또 같이 노래하며 맥주를 마셨다.

네 시가 지나며 새벽이 가까워서야 비로소 여관을 잡을 수 있었다. 앞에 두 커플이 먼저 기다리고 있었는데, 다행히 거의 동시에 방이 세 개나 비는 바람에 얼마 기다리지는 않았다.

두 시간에 걸쳐 여러 번의 클리토리스 오르가슴과, 거기에다 여러 번의 질 오르가슴을 느끼고 나서 그녀는 이불을 덮은 채, 다시 대화하자고 졸랐다.

"사실 이제는 음핵이 자극 받을 때에도 질 속이, 질이 자극 받을 때에도 음부 전체와 음핵까지 같이 흥분되는 거 같아요. 처음에는 구분이 되는 듯하다가도 진짜 절정에 오르면 나중에는 같이 버무려져 동시에 폭발하고 마는 그런 느낌! 그런데 선생님과 첫 경험을 하고, 섹스를 하며 쾌락에 눈뜨게 되면서, 솔직히 고통스러웠던 것이 있어요."

"뭔데?"

"부끄러운 얘기지만요. 얼마 전에 친구랑 이야기하다가 그 애가 여자에겐 '몸정'이란 것이 있는데, 거기에 한 번 길들여지면, 헤어나기 힘들고, 나중에 그 남자를 다시 찾게 된다는 거예요. 심하면 그것 때문에라도 더 사랑하게 되거나 매달리기도 하고! 사실 제가 그랬거든요. 애초에 선생님을 좋아했지만 사랑하는 마음까지는 아니었는데, 자꾸 관계를 가지면서 더 빠져들고 사랑하게까지 되었다고나 할까! 섹스 중에 내 귀에 대고 속삭여주는 말 하나하나, 칭찬해주시는 말 하나하나, 심지어 사랑한다고 반복해 뇌까리시는 날 하나하나에 더 민감하게 반응하게 되고, 정신이 혼미해지며 빠져들게 되는…… 그런…… 물론 습관적으로 하시는 말이고, 진심이 아닌 걸 알면서도요. 그러면서 떨어져 있으면 더 생각하게 되고, 나도 정말 '몸정'이 단단히 들었나봐요."

"진심이었어."

"정말요? 에이 거짓말."

"누구에게나 그러지 않았어. 아마 너한테만 그랬을걸!"

그렇지만 그녀는 끝내 믿지 않으려 들었다.

"섹스는 나에게 큰 과제였거든요. 부담이면서도 솔직히 한편으로는 경이로움이기도 했고요. 그런 막연한 호기심과 동경을 선생님 덕분에 그야말로 제대로 배우고 익힌 거죠."

그러면서 그녀는 나를 보고 싱긋 웃고는 장난처럼 "감사합니다" 인사했다. 그리고 군자가 최근에 그 남자애하고 잤다는 소식을 알려주었다. 군자에게는 자기가 고자질 했다는 것도 우리가 잤다는 것도 절대 비밀로 해달라면서.

"정말 이제 다시는 선생님을 찾지 않을 거예요. 나의 길을 꼿꼿이 가겠습니다."

여관을 나와 헤어질 때 그녀는 그렇게 말하며 미소 지은 채 손을 흔들어주었다. 나는 사실 그 즈음 은혜에게 사랑을 말할까 망설였었다. 정말 그녀는 예쁘고 사랑스러운 아리따운 아가씨였으니까. 무엇보다 내 내부로부터 조금씩 그 비슷한 감정이 싹트고 있었던 것도 사실이었으니까. 하지만 다음 순간 놓아주는 것이 그녀를 위해 순리이지 않을까 하는 생각이 지배했다고나 할까. 은혜는 그 말을 남기며 떠나갔다.

"훗날 우리 서로가 쓴 작품으로나 만났으면 좋겠어요!"


7. 12월 27일과 28일에 나는 연속으로 불미스런 싸움을 벌였다. 27일에는 학원 원장에게 소리 지르며 대들었던 것이었다. 원장은 평소에 불같은 성격이었고, 강사들에게도 화를 잘 냈는데, 특히 여자 선생이나 일어 선생님에게는 지나치다 싶을 정도였다. 그날 교무실에서 사소한 일로 전체적으로 또 나에게도 화를 내는 바람에, 내가 못 견디고 폭발한 거였다. 나는 그 앞에서 책들을 집어 던지며 마구 고함을 질러댔다. 워낙 기가 쎄던지 원장이 피해 버리는 바람에 싱겁게 무마되긴 했다.

다음날 원장은 웬일인지 샘들이 일 년 동안 수고하셨는데, 망년회라도 하라며 고맙게도 교무에게 봉투를 건네줬다. 그 덕에 우리는 매달 초에 하는 갈매기살 모임 외에 한 번 더 모일 수 있었다. 그런데 문제는 그 밤에 일어났다. 그날도 야간 수업이 끝나고 11시 반에 여수동으로 가서 갈매기살 파티를 두 시간 하고 자리에서 일어났던 거였다. 그랬는데 그날 따라 몹시 취해버렸던 교무가 2차를 가자고 했다. 모두들 찬성했고, 우리는 팀을 나누어 택시를 타고 다시 종합시장 근처 번화가로 왔다.

택시에서 내려 번화가로 들어서는 순간 나는 깜짝 놀랐다. 먼저 도착했던, 교무 일행이 젊은 애들 여섯 명과 싸우는 중이었기 때문이었다. 우리 쪽 강사 세 명과 그쪽 여섯 명이 엉켜 붙어 시비 중이었다.

그러다 사내 두 명이 가장 취해 있던 교무에게 다가가더니, 한 명이 어깨를 잡자 다른 사내는 교무의 뺨을 몇 대 때렸다. 그 모습을 보고 내가 다가가 그러지 말라고 소리쳤음에도 그 행위가 계속됐으므로 순간 나는 더 참지 못하고 어깨를 잡은 사내의 발을 걸어 넘어뜨린 후, 때리는 사내의 안면을 향해 주먹을 내리꽂은 거였다. 다음 순간 그의 턱이 돌아가며 피가 튀어나왔다. 그러자 나머지 너댓 명이 욕을 퍼부으며 나를 잡으려 몰려드는 바람에 급히 뒤돌아 달려야 했다. 맞은 사내는 이빨이라도 부러졌는지 입에서 피를 철철 흘리고 있었다.

그들이 계속 쫓아오는 바람에 나는 대로로 빠져나와 택시를 급하게 잡았다. 다행히 아슬아슬하게 그들에게서 벗어날 수 있었다. 다음날 출근하자 선생들이 박수를 쳐주었고, 교무는 의리의 사나이라며 나를 치켜세웠다.


8. 영화 〈겨울왕국〉에서 얼음제국의 멸망을 막아준 것은 진정한 사랑이었다. 주인공 안나를 살린 것은 왕자도 아닌 언니의 사랑, 바로 자매라는 혈육 간의 진정한 사랑이었던 것이다. 그러나 그 겨울에 우리를 진정으로 사랑해주셨던 어머니를 우리는 아

무도 살리지 못하고 말았다. 평생에 걸쳐 변치 않는 사랑으로 세파에 밀려 꽁꽁 얼어가는 우리를 고비마다 따뜻하게 해동시켜주시던 어머니는, 끝내 누구의 도움도 받지 못한 채, 자신이 우리를 위해 열어놓았던 왕국의 성문을, 마지막까지 우리를 위해 걸어 잠근 채, 홀로 동토의 땅으로 쓸쓸히 떠나가셨다.

12월 29일 낮수업을 마치고 집에 오니, 어머니께서 평상시와 달리 기침을 심하게 하시었다. 최근 창백해지는 듯했던 안색은 자세히 보니 아예 핏기가 돌지 않았다. 병원에 어서 가자고 해도 어머니는 자꾸 만류하셨다. 그때 윗집 할머니께서 내려오셨고, 자기가 보기에도 무슨 문제가 있으니 가봐야 한다고 설득하셨다. 나는 마지못해 일어선 어머니를 모시고 동네 병원에 갔다. 청진기까지 대고 진료한 원장은 독감이라 며칠 지나면 괜찮을 거라며 약을 지어주었다. 그날은 그렇게 넘어가는 듯했다.

그런데 다음날인 30일 아침에 일어나 보니, 안색이 더 말이 아니었다. 이번에는 당신께서 병원에 다시 데려가 달라고 하는 바람에 나는 학원에 전화해 낮수업을 포기하고 다시 동네 병원으로 갔다. 원장은 엑스레이 결과 급성 폐렴 같다며, 그제야 아무래도 큰 종합병원으로 가서 다시 정밀검진을 받아보라 하였다.

수미와 나는 도시에서 가장 컸던 '성남병원'으로 가서 입원 수속을 밟았다. 몇 시간에 걸쳐 나온 소견은 단정할 순 없지만, 거의 폐결핵으로 심삭 된다는 거였다. 다른 검사 결과가 이틀 뒤 모두 나와야 정확한 진단이 가능하다면서.

나는 마음이 좀 놓여 당신께 몇 달 약 먹으며 치료하면 된다고 안심시킨 후, 야간 수업을 마치고 다시 병원에 왔다. 그런데 병원에 들어서 로비를 지나다 이틀 전 내가 주먹을 날렸던 사내를 발견하고 말았다. 다행히 사내는 나를 못 알아보는 눈치였다. 병실에 돌아와 어머니께 그 얘기를 하자, 당신께서는 어서 숨으라며 걱정하시는 바람에 나는 한참을 웃었다.

9. 새해 첫날 우리는 하루 종일 정신이 없었다. 최종 검사 결과가 나왔고, 의사는 '소견 불능' 판정을 내렸다. 자기네가 도시에서 가장 크긴 하지만, 병의 종류를 모르니, 치료가 불가능하다며 서울의 최고 병원 쪽으로 옮기라고 하였다. 더구나 어머니께서 호흡 곤란 증세를 약간 보이셨기 때문에 호흡기를 코에 걸어놓은 상태였다. 새벽에 일찍 시골에서 어린 조카들을 데리고 올라와 있던 누나가, 친구가 간호사로 있는 서울대 병원을 거론했다. 나는 급히 내려가 퇴원 수속을 마치고 병원 응급차를 수소문했지만 당장 구할 수가 없었다.

할 수 없이 택시를 대절했고, 어머니는 호흡기를 끼신 채 병원으로 향했다. 눈이 쌓여 차량이 밀려 있어 빠져나가기 힘들자, 택시 기사는 비상 사이렌을 걸었고, 그 덕에 마음을 졸이면서도 간신히 빠져나올 수 있었다.

서울대 병원에 도착해서도 마찬가지였다. 응급실에서 한참을 대기중일 때, 간호사인 누나 친구가 왔고, 그 후로도 한참 후에야 진료와 몇 시간에 걸친 정밀 진단을 받은 후, 밤늦게야 병실에 들어갈 수 있었다. 남은 것이 2인실밖에 없었다. 그렇게 이삼 일 동안 어머니는 하루에도 여러 번 실려 나가서서 검사를 받고 오곤 했다.

입원 첫날, 강사들과 교무가 다녀갔고 곧 복귀하겠다 말해주었다. 그러나 예상을 깨고, 기약 없이 길어질 조짐을 보이는 순간, 나는 학원에 전화해 미안하지만, 더 이상 기다리지 말고 새로 국어 강사를 뽑으라 당부했다. 주저하며 그래도 어떤 경우든 여지를 남기려는 교무를 설득하면서……

새 병원 의사들도 모든 차트와 검사 결과를 봐도 종잡을 수 없다고 고개를 저었다. 어쩌면 폐암이 의심되는데, 너무 빠르게 진전되어서 다른 병증 같기도 하다는 정도였다. 그러는 사이 어머니의 증세는 점점 악화되어만 갔다. 어머니는 의사들이 번갈아 와서 흡연 경력을 물을 때마다, 남편이 생전에 가르쳐주어서 배웠고, 최근까지 25년을 피웠는데, 다시는 피우지 않겠다고 겁에 질려 대답하시곤 했다. 나는 당신의 그 모습에서 죽음에의 공포를 똑똑히 보았다.

1월 4일, 아침부터 어머니의 상태가 급격하게 악화되었다. 낮이 되면서 의사들이 계속 주위를 맴돌며 바쁘게 움직이자 당신께서는 어떤 예감이라도 하신 듯, 갑자기 자기 사진 앨범을 갖다 달라 하셨다. 지금 성남에 앨범이 없으며 시골에 두고 왔다고 대답하자, 몹시 낙심하셨다.

연숙이가 병실을 찾아온 것은 저녁으로 넘어갈 무렵이었다. 내가 계속 학원에 나오지 않아 걱정만 하다가 참지 못해 병문안을 왔다고 말했다. 그때 의사 하나가 들어와 전의 병원에서 찍은 엑스레이를 찾아다 달라고 말하고 나갔다. 그 말을 듣자, 어머니께서 자기 사진첩을 보고 싶다고 다시 힘없이 말씀하셨다. 결국 수미가 성남 병원으로 급히 가서 엑스레이를 찾아오기로, 내가 시골에 가서 어머니의 사진첩들을 가져오기로 결정했다. 나는 어머니의 얼굴에 입을 맞추고, 다 잘될 거니 걱정 마시라 한 뒤 병실을 나섰다.

먼저 병실을 나서는 나를 연숙이가 급히 따라 왔기에 그만 집에 가라고 몇 번이나 타일러야 했다. 하지만 그 애는 같이 가겠다고 끝내 고집을 부렸다. 몇 번이나 거부하다가 나중에는 화를 내며 쫓았지만, 연숙이가 더 고집을 부리며 대들었다.

"이제 저도 한 살 더 먹었고, 내 앞가림 정도는 하니 걱정 마세요!"

결국 경황이 없던 나는 다 포기하고 말았다. 어쩌면 이 애의 말대로 힘든 길에 누구라도 곁에 있는 것이 나을지도 모른다고 막연히 생각하면서.

10.  강남 고속버스 터미널에서 다행히 막차를 잡을 수 있었
다. 연숙이는 옆자리에서 내내 걱정스런 눈길로 바라보며, 이따
금 자기 어깨에 기대라고 말했다. 도대체 어머니가 가장 보고 싶
었던 사진은 어떤 것일까? 내려오는 동안 나를 가장 의문스럽게
만들었던 것은 그 생각이었다.

시골집에 도착한 것은 열한 시가 다 되어서였다. 우리가 살던
방도 할머니 방도 모두 불이 꺼져 있어, 사방이 깜깜하기만 했다.
몇 번 크게 부르자, 불이 켜졌고 할머니께서 나오셨다. 할머니는
야밤에 찾아간 나를 보고 놀라셨다. 누구여? 각시여? 연숙이를 가
리키며 그렇게 물으셨고, 그 말에 나는 미소 짓기만 했다. 그 애도
쑥스러운 듯 살며시 웃었다. 뜻밖의 방문에 놀라셨던 당신은 어
머니께서 위중하시다고 알리자 계속 눈가가 그렁그렁하며 목이
메셨다.

다행히 우리가 살던 방을 남에게 주지 않고, 모든 것이 그대로
였기에 나는 앨범들을 쉽게 꺼낼 수 있었다. 대체 어떤 사진일까?

내 사진첩이나 수미의 사진첩은 일단 아닌 것이 확실했다. 그
렇다면 우리 가족 전체가 있는 것? 거기에는 가족이 다 같이 찍은
사진들 위주로 연도별로 채워져 있었다. 갓난아기 시절, 돌 사진
부터 어린 시절을 거쳐 최근까지 가족이 찍은 사진들이었다. 이
거라면 혹시?

다음으로 아버지 사진 위주로 되어 있는 사진첩은 아닌 것 같

았다. 아버지가 친구들이나 계원들, 동네 분들하고 주로 찍은 것이었다. 다만 일 년 반 전인 1983년 여름, 이 땅을 뒤흔들던 '이산가족 찾기'에서 만난 아버지의 첫째 딸 가족과 우리 가족이 같이 찍은 사진들이 수십 장 담겨 있었다. 물론 아버지는 이미 그 8년 전에 돌아가셨고, 후예들끼리만 기념으로 여행 가서 찍은! 나와는 '배다른 남매'인 그 누나는 아버지가 이북 땅에 두고 온 3남 2녀 중에 첫째 딸이라 나보다도 32살이 많았고, 수미보다는 37살이 많았었다. 이북 누나의 자식인 조카들이 나보다도 나이가 많았으니까. 당시 눈물겨운 상봉의 회오리가 몰아칠 때 우리도 누군가를 찾았다고 말하고 싶었던 수미는, 결국 큰언니를 찾았다고 말하는 게 창피하다며 고모를 찾았다고 친구들에게 자랑했다. 큰누나는 비록 친어머니가 아니었지만, 그래도 일곱 살밖에 차이가 나지 않는 당신께 "어머니"라고 깍듯이 불러주곤 했다. 그래도 이 사진첩은 우선순위가 아닐 것이었다.

시집간 친누나 가족들의 사진? 그것도 아니다. 그렇다면? 그때 내 시선을 고정시킨 것은 아주 먼 옛날, 어머니께서 꽃다운 젊은 시절, 우아한 한복을 가지런히 입고, 의자에 단아하게 앉아 미소 짓고 있는 사진이었다. 어머니께서는 가끔 자신이 서울에서 사진관을 했으며, '1·4 후퇴' 당시 얼어붙은 한강을 넘어오다가 미군의 검문에 걸렸는데, 그때도 남편이 신분증을 만들려는 사람들 사진을 찍어주고 받은 수많은 지폐를 넣어둔 큰 가방을 열어본

미군들이 놀라 입을 쩍 벌렸었다며 자랑스럽게 회상하시곤 했다.

그럴 때면 우리가 "아버지랑 같이?" 하면서 추궁했고, 그때마다 당황하며 고개를 끄덕이곤 했다.

"에이, 거짓말 마. 아버지는 전쟁이 다 끝난 얼마 후에 엄마를 만나서 재혼했다고 했고, 사진관 얘기는 한 번도 없었어."

수미와 나는 어머니의 추억이 아버지와 함께한 것이 아니란 것을 알고 있었다. 우리끼리는 아마도 어머니 역시 말은 안 하지만, 전쟁 중에 전 남편과 사별하였을 것 같고, 3년의 전쟁 직후에 아버지를 뒤늦게 만나 재혼한 것 같다고 추측할 뿐이었다. 나중에 이모 한 분께 어머니께서 전쟁 중에 남편을 잃고 자식을 데리고 살다 쫓겨나와 자식과도 생이별 하였다든가 하는 이야기를 언뜻 듣고, 이모를 다시 추궁하였었다. 그렇지만 아차 싶었던 이모가 다시 말문을 닫는 바람에 그 정도로 그쳐야 했다. 수미와 나는 나중에 우리가 더 크면 어머니 몰래, 외가 식구들에게 물어 어머니의 두고 온 자식을 당신께 찾아주기로 약속까지 했으니까. 거기에다 통일이 돼서 아버지 생전의 부탁대로 북한에 두고 온 나머지 자식들까지 찾으면, 우리 남매는 배다른 남매와 씨가 다른 남매까지, 남매만 열 명 정도 되는 대가족이 된다고 킬킬거리면서.

그 사진은 당신이 가장 젊고 화려했으며, 첫 남편과 첫 자식과 행복했던 시절의 추억이 고스란히 담겨 있을 거였다. 사진 아래에는 「스타 사장」이라는 사진관의 이름이 새겨져 있었다. 아마도 전 남편과 함께 운영하던 곳이었으리라. 그 사진을 찍어준 이도 자신의 첫사랑이었을 첫 남편일 거니까!

나는 다른 모든 사진첩들과 함께, 특히 그 사진을 꼭꼭 챙겨 가방에 넣었다. 그러나 수미와 나의 많은 졸업 앨범들은 넣을 곳이 없어 그대로 두었다.


11. 자정이 다 되어 우리는 잠자리에 들었다. 그때까지 옆에서 배회하시며 잠 못 이루시던 할머니는 자신의 두툼한 솜이불까지 내어주시며 각시랑 둘이서 잘 자라고 당부하셨다. 그렇지만 나는 연숙이에게 할머니랑 같이 자라고 지시했다. 그러자 연숙이는 입을 삐죽거리며 나랑 같이 자겠다고 버텼고, 그 모습에 할머니도 다시금 우리 둘이 자야 한다고 강요하셨다.

"할머니 심심하실까봐 그래요."

나는 끝내 연숙이의 등을 떠밀었다. 불을 끄고 자리에 누워서도 심란한 것이 늦게까지 잠이 오지 않았다. 그렇게 이런저런 생각을 하며 한두 시간가량 뒤척거렸을까.

누군가가 방문을 스르륵 열고 살며시 들어왔던 거였다. 연숙이였다. 순간 마치 어둠을 조요히 헤치고 나온 밤의 요정 같았다고나 할까. 나는 정신이 번쩍 들며 그녀 형체의 동선을 물끄러미 응시하고만 있어야 했다. 그러고는 산들산들 다가와 내 옆에 조심스럽게 누웠다. 아니 어쩌면 나는 일 년 전에 군자가 그랬던 것처럼, 그녀 역시 이 방의 문을 열 것이란 것을 이미 본능적으로 예감하고 있었는지도 모르겠다.

연숙이는 옆에 누워 한동안 어둠 속에서 나를 가만히 응시했다. 잠시 후 양 손을 올려 내 거추장스런 안경을 벗겨내주었다. 그러고 나자 나는 한결 편해지며 자유로워지는 기분이었다. 순간 어둠 속에서 그녀의 뿔테 안경이 위장한 가면 같아 보였다. 나도 다가가 양손을 들어 그것을 가만히 벗겨주었다. 연숙이도 한층 편하고 예뻐 보였다.

그리고 그녀는 다가와 키스를 시작했다. 그렇게 한참이 흘렀을까. 연숙이는 내 웃옷을 걷어 올린 후, 가슴 쪽으로 내려가 유두를 핥아 나갔다. 나도 두 손을 그녀의 허리 사이로 넣어 브래지어 훅을 풀어주었다.


12. 다음날 병원에 도착한 것은 정오가 다 되어서였다. 그렇지만 어머니께서는 밤새 극도로 악화되어, 아침에 급히 수술을 받기 위해 수술실로 들어갔지만, 마취 상태에서 아예 수술조차 받을 수 없는 최악의 상태가 되어 여태 깨어나지 못하시고 있다는 말을 들어야 했다. 수미는 어머니께서 마지막으로 산소 호흡기를 쓰고 마취 상태로 들어가시기 직전에 오빠를 찾았으며, 다행히 자신이 엄마의 손을 꼭 붙잡고, 자기가 열심히 기도할 것이며,

반드시 깨어날 것이니 걱정 말라 해주었다고 말했다.

그리고 닷새 동안 당신은 아예 깨어나지 못하셨다. 아니 시간이 갈수록 더 심각한 상태로만 치달았다. 성남병원에 어린 조카들을 데리고 왔다가 시골로 내려가 있던 누나가 다시 홀로 올라왔고, 이산가족 찾기에서 만난 이복 누나가 자식들과 함께 병원에 찾아왔다. 그렇지만 건강이 좋지 않았던 큰누나는 한참 후 돌아갔고, 대신 누나의 아들과 딸인, 나이 많은 조카들이 교대로 병실을 찾아주었다.

의사들 서너 명이 매달려 원인 분석을 계속 해보았지만, 이런 경우는 처음이라며 혀를 내둘렀다. 그러는 사이 급기야 심정지 상태가 주기적으로 서너 번이나 반복돼 우리를 충격에 빠뜨리곤 했다.

나는 그때 처음으로 의사라는 직업이 인간의 존엄한 생명 앞에 얼마나 고귀한 직업인가 하는 존경심을 갖게 되었다. 특히 미남이었던 젊은 전담 의사는 심정지가 일어날 때마다 수백 번씩 양손으로 어머니의 가슴을 반복해 누르며 최선을 다해주었다.

"쉽게 비유하자면, 어머니의 폐를 공이라고 볼 때, 부드러운 테니스 공이 딱딱한 야구공이 되었다가 지금은 아예 강철 공으로 바뀌는 중이라고나 할까요. 폐암 같긴 한데 이렇게 빨리 악화되는 경우는 처음이라 우리도 당황스럽습니다."

하지만 곧 이어 "정말 폐암이라면 학회에 보고할 큰 사례입니다"라고 하여 우리를 당혹시켰다. 그러나 진짜 어이없는 말이 다음에 이어졌다. "그래도 최선을 다해보겠지만, 정말 힘든 게임이네요!" 그 바람에 우리는 놀랐다. 그가 간 뒤 수미는 "사람의 생명이 오락가락 하는데 게임이라니" 하며 분통을 터뜨렸다. 그래도 그는 진정 존경스러운 훌륭한 의사였다. 뿐만 아니라 전담 간호사도 정성을 다해주는데다가, 워낙 내 스타일의 미인이었기에 나는 이따금 어머니께서 완치되시면 그녀에게 데이트를 신청해볼까 상상해보기도 했다.

또 한 가지 문제는 나날이 늘어가는 비싼 병원비였다. 내가 직장이 학원이라 보험도 되지 않는데다가, 이미 얼마 없던 내 돈은 성남 병원에서 거의 다 지불하였기에 하루가 더할수록 걱정이 늘어갔다. 나는 그제야 사람이 돈이 없으면 가장 사랑하는 이의 목숨도 부담스러울 수 있다는 사실에 깜짝 놀랐다.

1월 9일 아침 다섯 번째 심정지 후에 어머니께서는 최종적으로 사망 선고를 받으셨다. 나는 병원비를 지불하지 못해 애태웠다. 다행히 '이산가족 상봉'에서 만난 나이 많은 조카들이 큰맘 먹고 대신 내주었기에 퇴원 수속을 밟을 수 있었다. 원래는 영구차로 모셔야 했지만, 병원에서도 우리의 처지를 고려하여, 편법이라며 앰블런스를 내주었다.

서울에 살던 고마운 조카들과는 이별하고, 누나와 수미와 내가 셋이서 하얀 천으로 덮인 시신 옆에 나란히 앉아 고속도로를 달렸다. 도중에 살짝 천을 열어보니, 연속적으로 너무 맞은 영양주사가 더 이상 분해되지 못하고 굳어져버려 얼굴과 온몸이 퉁퉁 부어 있었지만, 다행히 그 덕에 수십 년 만에 도로 처녀 때 피부처럼 주름살 하나 없이 팽팽해진 어머니의 피부를 대할 수 있었다. 나는 어머니의 귓가에 대고 당신이 생전에 부르던 노래를 불러드렸다. 나는야 열여섯 만주 아가씨. 아이고나 부끄러워 시집을 못 가요.

앰블런스가 도착하자 할머니께서는 연신 꺼이꺼이 우셨다.

"원래 병원에서 죽으면 집에 들이지 않지만, 그래도 내가 특별히 들이는 거여!"

시골 친구들이 고맙게도 정성껏 도와주는 바람에 우리는 삼일장을 치를 수 있었다. 당신께서는 이북 사람들의 친목회 공동묘지에 묻히신 아버지 곁에 묻히셨다. 그렇게 어머니는 하늘의 별이 되었다.


13. "이제 어디로 가야 하나……."

며칠 아무 일도 하지 않고 쉬다가 나는 불현듯 인천을 떠올렸다. 동인천에 도착해서 내가 찾아간 곳은 예전에 면접을 보았고, 원장이 아무 때나 찾아오라고 했던 학원이 아니었다. 역에 내리자마자 사람들에게 인천에서 가장 큰 학원이 어디냐고 물었다. 그들이 알려준 역 근처의 6층짜리 단독 빌딩에 들어가서 단도직

입적으로 원장을 찾아 이력서를 주자, 원장은 시강도 안 시키고 즉석에서 채용을 선언했다. 입시 종합반과 단과반만 대규모로 있었는데, 내게는 둘 다 밤낮으로 겸하는 조건이었다. 그리고 그 즉시 학원에서 멀지 않은 집을 찾아 새로 계약을 했다.

성남으로 돌아와서는 수미와 집주인에게 알린 후 바로 짐을 싸기 시작했다. 저녁에는 수미와 학원을 찾아 감사의 인사를 드렸다. 다행히 새로운 국어 선생이 들어와 있었다. 선생님들은 모두 아쉬워해주셨다.

다음날, 이삿짐이 별로 없었기에 일 톤짜리 미니 트럭을 불렀고, 동생과 나는 앞의 기사 옆좌석에 탔다. 주인 여자가 어린 딸과 함께 손을 흔들어주었고, 나의 제자인 손녀와 함께 나온 윗층 할머니는 눈물도 흘려주셨다. 최근 이삼 일 내린 눈으로 고갯길을 넘고 또 넘는데 아주 많은 시간이 소요됐다. 트럭이 눈길에 미끄러지며 설 때마다 나는 이별해야 하는, 흰 눈이 쌓인 도시를 창밖으로 바라보며 감회에 젖어야 했다. 도시도 마치 나와의 작별이 아쉬워 떠나보내지 않으려 자꾸만 붙잡는다고 착각에 빠지면서!

그리고 속으로 노래 불러보았다. 아~~ 다시 못 올 흘러간 내 청춘! 스물네 살의 뜨거웠던 시절이여~~.

# 에필로그

그로부터 두 달 뒤, 수미와 나는 큰맘 먹고 시간을 내어 서울 대병원을 찾았다. 마침 그 미남 의사가 알아보고 반갑게 맞아주었다. 그는 "사인이 궁금하셨을 텐데, 왜 진작 오시지 않으셨어요?" 물은 뒤 흡족한 표정으로, "어머니의 사인은 정확히 폐암으로 판명되었습니다. 이렇게 빠른 확산은 처음이라 학회에 보고하려고 정리 중입니다"라며 미소 지었다. 그러자 수미가 내 귀에 대고 그가 알아듣지 못 하게 소근거렸다. 이미 끝난 게임인 걸요! 나는 옆의 그 간호사가 정말 내 스타일이라 튀어나온 아름다운 가슴에 착 달라붙은 이름표의 이름을 기억해두었다. 그 후로 몇 번 전화해볼까 하다가 그만두었다.

4년 뒤인 스물여덟 살 때, 나는 양재동에 있는 「카페 희」라는 룸살롱을 일주일에 세 번 정도씩 들락거렸다. 당시 강북의 대형 단과에 나가면서 밤에만 강남의 학원에 출강 중이었다. 수입은 강남 학원이 더 컸다. 강남의 학원 원장과 영어와 수학의 일타 강사들과 함께였다. 우리 넷은 매주 번갈아 가며 서로 술을 샀다. 그때 나는 공교롭게도 그곳에서, 그 도시에서 수업을 들었던 학생 둘을 만났다. 아마도 양재동이 성남에서 서울로, 그중에서도 강남으로 나오는 길목이었기 때문인 듯싶었다.

첫 번째는 내가 알아보지 못 했다. 술을 마시고 노래 부를 때 웃는 모습이 어디서 본 것 같은 정도였다. 우리는 소위 말하는 '2차'를 나갔다. 호텔에서 옷을 벗고 침대에 앉았는데, 이상하게 옷 벗기를 주저하던 그녀가 무너지듯 주저앉으며 털어놓았던 거였다. "도저히 안 되겠어요. 저 솔직히 성남에서 선생님 제자예요." 그녀는 자신이 당시 야간 문과반에서 수업을 들었다고 고백했다. 미리 카페에 계산한 '외박비'를 내게 직접 돌려주려 하였으나 받지 않았다. 나는 다시 옷을 주워 입었고, 우리는 늦게까지 애기만 나누다가 나왔다.

두 번째는 내가 먼저 알아보았다. 아니 그녀도 알고 있으면서 처음에는 잡아뗐던 것뿐이었다. 그날 밤 나는 새로 들어온 여자가 머리 색깔만 다를 뿐, '4월반' 미리를 닮아 있어 깜짝 놀랐다. 여자도 잠깐 놀라는 듯했으나 이내 아무렇지 않은 듯 행동했다. 술이 한참 들어가고 취한 뒤에 "너 혹시……" 하면서 몇 번이나 추궁해보았으나, 계속 단호하게 고개를 저었다. 마담이 어떤 여자 애였는지 묻기에, 나는 그 애가 발레리나가 되고 싶어 했던 꿈 많고 어여쁜 소녀였으며, 마지막 날 밤에, 하얀 블라우스에 핏자국을 묻힌 채 찾아와 학원을 그만두겠다고 말했는데, 지금 같으면 꼬치꼬치 캐묻고 해결책을 찾아보려 했겠지만, 당시는 나도 어려서 그 애가 부끄러울까 봐 묻지 못하고 망연히 보내주었다고 대답해주었다. 한참 노래 부르고 춤추며 놀다가 밖으로 나간 그녀가 오랫동안 보이지 않았다. 내가 마담에게 확인해보라 하였더니, 잠시 후 돌아온 마담은 그렇게 말했다. "자신이 그 학생 맞다네요. 처음 들어오며 선생님을 본 순간 너무 놀랐지만, 창피해서 잡아뗐던 거래요. 지금 빈 룸에서 펑펑 울기만 해요. 달랬으니 곧 들어올 거예요. 핏자국 얘기는 대답해주지 않네요."

얼마 후 들어온 미리는 눈이 부어 있었다. 죄송해요. 급히 화장을 고치고 왔겠지만, 아직 눈 언저리에 마스카라가 묻어 있었다. 우리는 그 방을 나와 비어 있는 룸으로 단 둘이 갔다. 스물한 살이 된 그녀는 지금 보세 사무실을 직원 세 명을 데리고 자신이 운영하고 있는데, 부침이 심하고, 최근 들어 자금이 딸려 여기 와서 보충하는 거라고 말했다. 그래도 자신은 절대 외박을 나가지 않으며, 마담과도 그런 조건으로 계약했다면서! 나는 그래도 다행이라고 생각했다. 하지만 핏자국에 대한 얘기는 끝내 들려주지 않았고, 꺼리는 모습에 나도 더는 묻지 않았다.

그 후로 미리가 나오는 날에는 꼭 그 애를 파트너로 했다. 물

론 술과 노래와 춤까지만 즐기면서. 한 번은 자신이 옆방에 있었
는데도 마담이 선생님이 오셨는데, 자기를 불러내지 않고 다른
애를 앉혔다고, 그 애에게 악을 쓰며 혼내고, 마담에게 시비걸기
도 했다. 그렇게 두어 달이 지나고 그녀가 보이지 않게 된 뒤에는
오히려 마음이 놓였다고나 할까. 물론 나는 그녀의 연락처를 마
담에게 묻지 않았다. 다만 얼마 후 "다행히 사업이 잘되기 시작
했으며, 나중에 좋은 모습으로 꼭 찾아뵙겠다"는 말을 전해들었
다.

「카페 희」의 마담은 미리와의 일이 있자, "이상하네요. 왜 선
생님은 우리 가게에서 제자들과 인연이 많을까요?" 하며 신기해
했다. 그렇지만 꼭 거기만은 아니었다. 젊은 시절, 나는 그렇듯 서
울과 인천의 술집에서 제자들을 꽤 만났다. 특히 곧바로 강북 대
형 단과학원에서 최고의 스타 강사가 되고, 다시 강남으로 와 새
파란 나이에 전체를 석권한 이후에는 강남의 술집에서 많은 제자
를 만났다. 아니 스쳤더라도 대부분 내가 알아보지 못했을 것이
고, 미리처럼 자신을 밝히지 않은 경우가 훨씬 더 많았을 것이었
다.

은정이에게 내가 연락해본 것은 3년 뒤쯤이었다. 그 애는 도
시에서 배웠던 학생들 중에 내가 먼저 연락한 유일한 존재였다.
어느 날, 문득 이제 열아홉이 되었을 그 소녀의 소식이 궁금해졌

고, 예전의 수첩을 뒤져 집 번호를 찾아냈다. 전화를 받은 것은 할머니였다. 소식을 묻자 대뜸 의심스런 목소리로 누구냐고 물으셨다. 전에 은정이 다니던 학원의 담임선생이었고, 잘 있는지 궁금해서 전화 드렸다고 솔직히 말했다. 할머니께서는 잠시 머뭇거리더니 아까보다 흐릿한 어조로 "은정이가 지금 아빠를 따라 미국에 가 있다"고 알려주셨다. 전화를 끊고 나는 그 애가 간 곳이 정말로 미국이기를, 또 아빠와 함께 잘 살기를 기원해주었다.

연숙이가 인천 학원으로 찾아온 것은 같이 시골을 다녀온 몇달 뒤인, 그해 봄이었다. 그 얘기는 더 말하고 싶지 않다.

성남의 학원에서 수업을 들었던 학생들의 뒷이야기는 수미와 경복이를 통해서 대충 전해 들었다. 수미는 주로 대학에 잘 들어갔거나, 취업에 성공한 친구들의 이야기를 전해주었다. 경복이는 한 번 인천으로 찾아와 몇 시간 놀다 갔다. 그리고 친구들의 소식을 전해주었다. 연락이 이어지던 그는 2년 뒤에 고향인 구미 근처의 대학에 합격해 귀향하게 되었다고 알려왔다.

선희가 인천으로 나를 찾아온 것은 1986년 여름, 소나기가 억수로 내리던 날이었다. 일요일이었던 그날 그녀는 학원에 들러 교무실을 지키고 있던, 나이 많으신 실장님에게 간청해 집 주소

를 알아내고 물어물어 찾아왔던 거였다. "진짜 참하게 생긴 아가
씨가 꽃다발을 한 아름 들고 찾아와 애원하는데, 비는 쏟아붓지,
도저히 안 알려주고는 못 배기겠더라고. 그래서 내가 규칙을 어
긴 거니 양해해줘." 실장은 나중에 그렇게 증언했고, 나는 잘 알
려주셨다고 말했다.

그날 스물다섯의 나는 자취방에서, 인천에서 새로 사귄, 고향
이 강화도라는 스물한 살의 아가씨와 밀회 중이었다. 며칠 전 그
녀가 내게 자기 마을에 있다는, 젊은이들만 밤에 갈 수 있다는
'청춘교'에 얽힌 이야기를 들려줬고, 나를 초대해 같이 거기서
개울에 발을 담근 채 밤새 이야기 나누고 싶다며 웃었던 터였다.

밖에는 몇 시간째 세차게 장대비가 퍼붓고 있었다. 그때 누군
가가 방문을 노크하는 바람에 포옹하고 있던 우리는 화들짝 놀라
일어났다. 잠시 후 "선생님" 하고 부르는 여자의 가느다랗고 앳
된 목소리가 들렸다. 문을 열어 보니, 뜻밖에도 선희였다. 억수같
이 쏟아지는 소나기 사이로 그녀가 장미와 안개꽃 다발을 듬뿍
가슴에 안은 채, 나를 보고 웃고 있었다. 옆에는 방금까지 쓰고 있
었을 노란 우산을 바닥에 내려놓은 채였다. 그때까지 선희는 내
가 다른 여자와 함께 있는 것을 눈치채지 못 했다. 아마도 내 신
발 옆에 놓인 뾰족 구두가 수미 것이려니 생각했으리라. "누구세
요?" 순간 방안의 그녀가 외치며 고개를 내밀었고, 마침내 선희
와 눈이 마주치고 말았다.

뜻밖의 여자와 마주친 순간 선희는 충격을 받은 듯, 동그란 눈이 더 똥그래져 멍하니 바라본 채 서 있기만 했다. 그만 놓쳐버린 장미 꽃다발이 땅바닥에 떨어지고 말았다. 잠시 후 울음을 터뜨리며 우산도 없이 돌아서 빗속으로 내달렸다. 그렇게 하염없이 쏟아지는 빗줄기의 수많은, 어지러운 사선을 나도 멍하니 바라보고 있어야만 했다. "나가보세요. 큰맘 먹고 여기까지 왔을 텐데……. 더구나 이렇게 비가 퍼붓는데……." 다행히 강화도가 고향인 착한 그녀가 그렇게 떠밀어주었으므로, 나는 우산을 쓰고, 또 천사가 놓쳐버린 노란 우산을 들고 따라 나설 수 있었다.

그 천사는 근처 버스정류장에 서서 온통 비를 맞으며 흐느끼고 있었다. 기다란 파마머리부터 온몸이 흠뻑 젖어 있었다. 내가 어디 근처 커피숍이라도 들어가서 물기라도 닦고 가자고 해도 소용없었다. 단호하지만 너무나 착한 목소리로 자기는 괜찮으며, 그냥 이대로 돌아가게 해달라고 애원했다. 아무리 말려 보아도 소용없었다. 잠시 후 버스가 오자 막무가내로, 그렇지만 착한 몸짓으로 올라탔다. 내가 해줄 수 있었던 것은 기껏 그녀의 손에 노란 우산을 되돌려주는 것뿐이었다. 그날 이후로 나는 하덕규의 〈꽃을 주고 간 사랑〉이란 노래를 좋아하게 되었다. 아울러 자우림의 〈스물다섯 스물하나〉도 좋아하게 되었다.

내가 인천에 온 이후로도, 바로 다음해 서울로 옮긴 이후에도, 향기를 품은 그녀의 꽃편지는 계속 이어졌다. 아니 그 뿐만이 아니었다. 빗속에서 울며 떠난 얼마 후 그녀는 아예 인천의 치과 병원으로 옮겨 왔고, 이듬해는 다시 나를 따라 서울의 병원으로 옮겨 왔다. 서울에 온 내 나이 스물여섯, 그녀의 나이 스물넷일 때, 딱 한 번 내가 그녀를 집으로 데려왔다. 그날 그녀는 내 옆에서 행복하게 바라보며 잠을 이루지 못 했다. 우리는 정말 키스도 하지 않았고, 밤새 손만 잡고 누워 있었다.

"바람둥이인 줄 알았더니, 그날 밤 의외였다"는 선희의 고백에, 수미는 "오빠는 사랑하는 것도 좋아하지만 가만히 보면, 사랑의 과정을 즐기는 것도 같애. 진짜 아끼는 여자는 건드리지 않고 멀리 둔 채 바라보며 즐기기만 하는 그런 거지"라고 자기가 말해줬다고 했다.

그렇지만 그 천사는 내가 자신을 끝내 사랑하지 않는다고 판단했고, 세월이 지난 후 화가를 만나 나보다 먼저 결혼했다. 그 후로도 수미와는 소식이 이어지던 어느 날, 그렇게 말했다고 동생이 전해주었다. "수미야, 여자의 행복은 진정 사랑하는 남자와 같이 사는 거야. 난 너네 오빠를 정말 사랑했어."

그 소식을 듣고 의기양양해진 내가 다음날 수업 시간에 비겁하게 그 스토리를 학생들에게 까발리며, "여러분 생각에는 그 천사가 나랑 결혼하는 게 더 행복했을까요, 화가랑 하는 게 행복했을까요" 하고 물었다. 그러자 아이들은 이구동성으로 "화가요" 하고 말하며 폭소를 터뜨렸다. 당연 화가죠! 화가가 훨씬 나아요!

지금도 가끔은 그녀가 자신의 청춘의 시절에 내게 주었던 소중한 사랑을 고맙게 떠올리며, 내가 만약 그때 그녀를 잡았더라면, 적어도 안정적인 삶을 살지 않았을까 쓸데없이 생각해보기도 한다. 아니 그런 과분한 생각은 그만두고라도, 그녀의 꽃편지가 한 장도 남아 있지 않은 것이 아쉽기만 하다. 그 후로 그녀의 꽃편지를 비롯해서 나의 모든 추억의 편지와 사진들을 찢어버린 어린 여자와 결혼했고, 몹시 늦은 나이에 했던 그 결혼마저도 깨어져 지금은 혼자가 되었으니까. 아니 누구보다도 수미는 자기가 나서서 선희 언니랑 그때 결혼시켜야 했다고 두고두고 후회했다.

군자가 나를 인천으로 찾아온 것은 1986년 6월 29일이었다. 그 날짜를 정확하게 기억하는 이유는 바로 다음날 새벽에 멕시코에서 '아르헨티나와 서독의 월드컵 결승전'이 열렸기 때문이다.

저녁 단과에다 야간 종합반 수업까지 마치고 교무실로 오니 뜻밖에 군자가 찾아와 있었다. 오빠, 안녕! 학생들이 지나가며 호기심 어린 눈으로 쳐다보곤 했다. 저녁을 먹지 않았다 해서 앞의 식당으로 가 돼지갈비를 같이 먹었다.

군자는 내일 학교에서 중요한 모임이 있기에 아침 일찍 나가야 한다며 오늘은 오빠랑 같이 자고 가겠다고 선언해버렸다! 나 사귀던 그 애와 헤어졌어. 잘했지? 나는 그녀를 데리고 슈퍼를 들러 집으로 왔다. 수미는 어머니께서 돌아가신 충격에서 헤어나지 못하고 공부를 포기한 채 시골에 내려가 친구와 지내고 있었다. 우리는 세 시까지 술을 마시고 노래도 부르며 내 방에서 놀았다. 그리고 오랫동안 키스를 했다. 거기까지였다. 순간 그녀가 자기도 모르게 무언가 더 예감할 거라는 생각이 막연히 스쳐갔지만, 그래도 가장 아끼는 동생을 함부로 할 수는 없는 거였다. 나는 그녀를 떨치고 이불을 주며 단호하게 저쪽에서 자라고 말한 후, 이쪽으로 왔다. 침대가 없는 평범한 온돌방이었기에 우리는 그렇게 갈라서 따로 누웠다. 군자도 나처럼 그 후로 오랫동안 뒤척이는 것 같았다.

잠이 적었던 나는 새벽 여섯 시 반에 맞춰둔 자명종 소리에 곧바로 일어났다. 다행히 그녀는 깊이 잠들어 있었다. 축구 시작까지는 삼십 분의 여유가 있다! 순간 정말로 수많은 갈등이 한꺼번에 쏟아져 혼란스러웠다. 지금 저 애 옆으로 가서 사랑을 나누어야 할지, 좋아하는 월드컵 결승을 봐야 할지 갈피를 잡을 수 없었다. 그렇지만 얼마 후 결국 축구를 선택하고 말았다.

군자가 일어나야 할 시각쯤으로 자명종을 다시 맞춰 놓고 밖으로 나왔다. 그리고 근처 「24시간 만화방」에 가서 군것질을 하며 축구를 보았다. 경기는 한 편의 드라마였다. 아르헨티나가 먼저 두 골을 넣자, 서독이 두 골을 따라잡았다. 결국 마라도나의 환상적인 돌파와 패스에 이어 결승골이 터졌고, 아르헨티나가 우승했다. 끝난 시간은 군자가 이미 떠났을 시간이었고, 나는 바로 학원으로 출근해버렸다.

훗날 나는 군자에게 그날 만약 내가 섹스하자고 했으면 어쩔 거였냐고 물었다. 그러자 그녀의 대답이 의외로 솔직했다.

"나 그때, 솔직히 오빠하고 자고 싶었어. 키스하면서도, 자리에 누워서도, 또 잠들면서도 오빠가 나를 깨워서 섹스하고 가겠지 기대했어. 그런데 일어나서 휑하니 오빠가 없는 모습을 보고 생각했어. 오빠가 마음만 먹었다면, 잠들기 전에 서로 뒤척일 때라도 내 곁으로 올 수 있었는데, 그러지 않은 것은 나를 진심으로 아껴서 그러는 거라고. 오빠 방을 나서며 정말 고마운 생각이 들었지. 오빠는 나의 영원한 오빠야."

그 말에 나는 "아냐. 내가 스포츠에 열광하는 거 너 알잖아" 하고 둘러댔다.

"그렇지만 그때 오빠랑 잤더라면 우리 관계가 많이 달라질 수도 있었어!"

그 후에 군자가 유명 재벌가의 후계자와 결혼을 전제로 사귀다가 헤어져, 충격을 받고 시골로 내려갔다는 얘기가 들려왔다. 그 후에도 들은 얘기는 있지만, 여기에 밝히지는 않겠다.


다시는 나를 찾지 않을 것이며 영원한 이별이라던 은혜가 다시 찾아온 것은, 크리스마스이브에 도시에서 헤어진 지 2년 후인 1987년의 늦은 가을이었다. 그때 나는 신설동의 종합반에 다니고 있었다. 그녀는 군자에게 지나가는 말처럼 나의 안부를 물어 학원 이름을 들었고, 곧바로 전화한 거라 했다.

거기도 주간반에 이어 야간 종합반이 있었고, 나는 거기 담임이었다. 그때까지도 야간반 반장이 실제로는 나보다 나이가 많았다.

당장 보고 싶다는 그녀에게 늦게 끝난다 하니 상관없다 해서 야간반의 수업에다, 간단한 종례까지 마치고 학원 근처에서 만나 커피를 마셨다. 그녀는 여전히 비니 모자를 쓰고 있었다. 달라진 것은 도톰했던 볼이 다소 들어간 것과 무엇보다 피지 않던 담배를 즐긴다는 거였다.

잠시 후 우리는 밖으로 나와 거리를 쏘다녔다. 은혜는 다시 팔짱을 끼고 즐거워했다. 걷다 보니 인근에 있는 고려대 캠퍼스까지 가게 되었다. 밤늦은 시각임에도 건물들 사이 몇 개의 방에는 연구실이거나 다른 모임이라도 있는 듯 불이 켜져 있었다, 캠퍼스의 넓은 잔디에 밤늦도록 앉아 얘기하다가 그 푸른 잔디 위에서 우리는 별을 보며 짙은 섹스를 2년 만에 했다. 하긴 그 후에 나는 평생 살아오며 오 년이나 십 년 만에 다시 만나, 다시 섹스를 한 기억들도 여러 차례 있으니까. 은혜는 잔디 위에 엎드린 자세로 엉덩이를 내 리듬에 맞춰 들썩여주며 고개를 돌려 키스하면서도 혀끝으로는 내 혀를 톡톡 간질여주는 한층 세련된 기교를 선보였다.

일차 섹스가 끝난 후 우리는 근처 여관으로 가서 정말 밤새도록 섹스했다. 그녀는 그 사이 두 명의 남자와 헤어졌는데, 특히 최근 헤어진 애 하고는 열렬히 사랑했노라고 털어 놓았다.

"하지만 다들 섹스할 때는 미숙해서 혼났어요. 제가 가르치다시피 했다니까요. 그럴 때면 선생님 생각이 떠올랐고, 그때를 생각하며 자위한 적도 몹시 많아요. 뭐 다른 생각들도 많이 했지만."

헤어지며 그녀는 "그렇다고 해도 선생님의 기억은 제게 정신적인 것으로 더 크게 자리 잡고 있긴 해요"라고 말해주었다. 나는 그녀가 다시 찾아온 사실이 더없이 기뻤고, 함께 지내는 시간이 무척 행복하기까지 했다. 그렇지만 왠지 이번에도 감정을 제대로 표현하지는 못 했다. 그 후로 석 달 정도 꾸준히 찾아와 자고 가던 그녀는 내가 직장을 옮긴 후로는 소식이 끊겼고, 정말 볼 수가 없었다.


대학 4학년 때 내가 따라다녔던 '블루 아이스' 영문과 경은이는 그 후로 3년 후인 스물일곱 나이에 시집을 갔다. 아주 오랜만에 대전으로 전화했을 때, 어머니는 "아 그 학생! 우리 경은이는 거기 대덕 연구 단지에 다니는 직장 상사한테 얼마 전에 잘 시집갔어요" 하고 알려주었다.


경화의 소식은 그 후로도 듣지 못 했고, 알려고 하지도 않았다.

그저 시집가 잘 살려니 하는 생각 정도.

일어 선생님께서는 그 몇 년 후 갑자기 건강이 안 좋아지셔서 학원을 그만두셨고, 그 얼마 뒤 작고하셨다는 이야기만 전해 들었다.

수학 정 선생은 2년 후 경기도 근교에서 결혼식을 올렸다. 나는 영어 이 선생과 같이 다녀 왔다.

안타깝게도 생물 황 선생이 간암에 걸려 기도원에 계시다는 소식을 듣고 이 선생과 같이 찾아갔다. 얼굴이 누렇게 뜬 선생님은 "주님의 뜻으로 자신이 완쾌될 거라 믿는다"라며 억지로 웃어주셨다. 옆의 사모님께서 낮이나 밤이나 심한 고통에 시달린다고 일러주셨다. 복수가 가득 차서 배가 심하게 나와 있었다. 기도원을 나서다 문득, 선생님께서 갈매기살 파티 중에 "요즘에야 집사람하고 섹스의 참맛을 알게 되었다"며 웃으시던 모습이 떠올랐다. 얼마 지나지 않아 슬픈 소식이 전해졌다.

국사 오 선생을 우연히 만난 것은 내가 가장 화려했던 스타 강사 시절, 밤에 강남의 당구장에서였다. 당시 그가 근처 종합반에 있다는 얘기는 알고 있었다. 막상 그날 우리는 습관적인 인사만 나누고 전화번호 교환도 없이 헤어졌다. 돌이켜보니 내게 진지하게 대해주었던 그에게, 더구나 선배인데도 너무 형식적으로 대했던 것이 아닌가 후회가 되었다.

영어 '이 선생'은 수도권 분교를 거쳐 유수한 대학의 서울 본교 영문과 교수가 되었다. '이 교수'와는 가장 오래도록 인연이 계속 이어졌다. 1996년 김대중 총재께서 당신의 전용 호텔인 마포 서교호텔 일식부에서 출판사 대표였던 나를 고맙다고 초빙해 밥을 사주실 때에, 전주가 고향인 이 교수를 데려갔고, 그는 총재님과 마주 앉아 두 시간 동안 식사도 하고 이야기도 나누며 몹시 감격해 했다. 얼마 뒤 내가 교보문고 사장님과 공동으로 주최한 「DJ의 교보문고 방문」, 내가 주선한 「출판인 대표들과 DJ와의 간담회」, 우리 출판사가 대학로 홍사단 빌딩에서 가진 「저자 초청 강연회. DJ 그것이 알고 싶어요」 등의 연속적인 행사에 내 옆에서 항상 즐겁게 도와주곤 했다.

'유 도사'라고 불리던 도혁이 형은 학교를 일찌감치 그만두고, 그 후에 자신을 흠모하던 예쁜 제자와 동화처럼 만나 장가가서 서점을 운영하고 있다.

병철이형은 만 3년 만인 1988년 여름에야 복직되어 교단으로 돌아갔다. 1995년 2월에 해직 당시 '민중교육'에 실려 문제가 되었던 단편소설 『비늘눈』을 제목으로 한 첫 소설집을 냈다. 하필 운명처럼 2월 1일이라는 발행일까지 정확히 똑같게, 내 장편소설 『유라의 하루』가 나와 베스트셀러가 되었다. 비록 길은 달랐지만 소설 창작을 향한 형과 나의 지향이 보이지 않는 손에 의해, 마치 예정되어 있던 것처럼 정확하게 만나게 된 거였다. 한 번은 형이 그때 대전에서 그런 전화를 했다. "야. 서점에 그저께 갔더니 네 거랑 내 거랑 나란히 옆에 똑같이 깔려 있었거든! 내가 다 세어 봤어. 근데 오늘 다시 가보았더니, 기분 나쁘게 네 거는 네 권이나 나갔는데, 내 거는 한 권밖에 안 나갔더라!" 그래서 내가 말해주었다. "형은 단편집이고, 나는 무려 두 권짜리 장편이잖아!" 그러고서 우리는 낄낄거리며 웃었다.

병철이형은 같이 교단에 있는 마음 착한 형수를 만나 장가갔다. 형의 친동생이면서 내 동창 겸 친구인 만화가 병호가 형의 모습을 초대형으로 그린 만화 그림을 결혼식장에 걸어 놓았는데, 나와 수미는 그 그림을 배경으로 형 부부와 사진을 찍었다. 그 후로도 형은 꾸준히 작품집들도 내며, 한국작가회의 지회장 등도 역임하면서, 교단에 서서 잘 지내고 있다. 무엇보다 항상 학생들에게 존경을 받으면서.

친구 호진이는 바로 다음해에 고향에서 사귀던 여자와 결혼했다. 식장에는 여중생들이 떼거리로 몰려와 식장 안팎을 점령하고 함성을 지르며 난리를 피웠다. 그러나 3년 만에 다니던 대전의 여중을 그만두었다. 이유를 묻자, 교사들끼리 서로 나뉘어 늘 싸움하는 짓거리가 보기 싫어서라고 말했다. 자신이 둘 중 어디에 소속되어야 편할 것 같은 분위기가 늘 견디기 힘들었다며.

대전에 헬스장을 차렸지만 얼마 지나지 않아 접어야 했다. 나는 그에게 학원을 권유했다. 그리고 서울에 올라와 우리집에 한 달간 기거하며 내 단과 수업을 들었고, 그 후에 내려가 대전의 유명 강사가 되었다.

어머니께서 아버지 곁에 묻히신 바로 이듬해 봄에, 그 산이 재개발 되어 다른 시골의 면으로 '이북 친목회' 전체 공동묘지가 옮겨 가게 되었으니 이장하라는 통지를 받았다. 나는 여름에 하루 날을 잡아, 지관과 인부들을 사서 직접 주재 하에 이관 작업을 진행했다. 수미는 무섭다며 나 혼자 가라 했다. 그들은 사정을 듣더니 어머니의 경우 일 년 반밖에 안 되어 탈골은커녕 썩은 액체가 시신에서 줄줄 흐를 거고, 냄새도 심해서 다들 안하려 할 거라며 상당한 웃돈을 요구했다. 아버지의 유골을 함에 담던 인부들은 나머지는 개수가 맞는데, 이상하게 갈비뼈만 한 개가 부족하다며, 수술 때문에 부러진 갈비뼈는 보았어도 온전한 갈비뼈 자체가 사라진 이런 경우는 처음이라고 연신 의아해 했다. 어머니

시신은 수십 개의 흰 천과 비닐에 새로 담겨져 옮겨졌다.

읍내 인근 시골의 깊숙한 면이었지만, 그래도 양지 바른 곳에 두 분은 묻히셨다. 저번에는 묘가 두 개였으나, 이번엔 다행히 합장을 할 수 있었다. 이장한 후에 처음 부모님 산소를 찾은 수미는 풀이 무성한 무덤 앞에 주저앉아 하염없이 눈물을 계속 쏟았다. 그 모습이 재미있어 그만 찍으라 소리 질러 대는데도 나는 킬킬거리며 수십 장의 우는 장면을 여러 각도에서 카메라에 담았다. 나중에 인화한 사진들이 나오자 동생은 창피하다며 몇 장만 빼고 다 찢어버렸다.

어머니께서 작고하신지 3년 후인 1988년 여름에 누나는 매형과 함께 밝히고 싶지 않은 사고로 돌아가셨다. 서른한 살 나이였다. 누나는 어머니가 성남병실에 계실 때, 왠지 돌아가실 것 같다며 불안해했었다. 그러고는 각각 두 살과 세 살짜리 연년생인 자신의 어린 아들과 딸이 할머니 모습을 나중에라도 똑똑히 기억하게 하겠다며 어머니 얼굴을 계속 가리키고는 그들에게 성남 할머니! 성남 할머니! 하면서 따라하게 했었다. 그러던 자신이 정작 애들이 다섯 살, 여섯 살로 엄마의 얼굴조차 선명하지 못할 나이에 떠나버린 거였다. 나는 다행히 누나를 부모님 산소에서 두 줄 아래쪽에 묻을 수 있었다.

고아로 지네 할머니 집에서 자란 조카들이 중학교 때, 서울로 놀러 왔을 때, 노래방에서 씩씩하게 노래하는 모습을 보며 수미가 내 귀에 대고 회한의 말을 쏟아냈다. 차라리 우리가 쟤들을 데려다 키울 걸 그랬어! 그래도 수미는 그 후 실제로 여자 조카를 몇 년 데리고 있었지만, 나는 한 번도 그러지 못 했다.

'이산가족 상봉'에서 만난 누나도 불과 몇 년 후 한창일 나이에 병으로 돌아가셨다. 그분의 파란만장한 사연은 너무 길어질 것 같아 여기 적지 않겠다. 다만 자신이 죽은 뒤 통일이 되면 꼭 고향 땅을 찾아 자신의 유골을 거기에 묻어 달라던 아버지처럼 큰누나도 고향을 그리워했다는 정도만!

아, 한 가지 더! 대학 4학년 때 써서 '한국문학' 장편현상 모집에서 그래도 본선에 오를 수 있었던 두 권짜리 장편 분량의 『흐르지 않는 강』은 사실은 아버지와 큰누나의 삶을 토대로 내가 추리력과 상상력을 발휘하여 50일 만에 완성할 수 있었던 거였다. 바로 그 전 해인, 3학년 때 이산가족 상봉에서 큰누나를 만나, 북한에서 대지주였던 아버지의 삶을 당신 생전에 들었던 것보다 더 구체적으로 들을 수 있었다. 큰누나는 남한에 와서 이름만 대면 다 아는 대기업 회장의 본처로 있다가 첩에게 그 자리를 뺏기고, 큰아들, 그러니까 내 큰조카마저 제적당해 장자의 지위를 잃게 되었다는 정도만!

그리고 이왕 생각난 김에 하나 더 보태면, 1988년 한겨레신문이 창간하면서 유명한 대가가 내 소설과 똑같은 제목의「흐르지 않는 강」을 창간 기념으로 연재한다고 대대적으로 선전하여, 관심 있게 지켜보았었다. 희한했던 것은 제목은 물론「2대에 걸친 남북 분단과 단절의 역사」라는 주제가 내 소설과 같았다는 점이다. 1985년에 정부에 의해 강제로 해외 망명 생활까지 했던 그 대가가 혹시 문예지에 실린 심사평을 보고 영감을 얻었거나, 잠재적으로라도 자신도 모르게 남은 기억의 흔적 때문에라도 영향을 받았거나 할 리는 물론 없다. 다만 작가들은 일정한 주제에 대해서는 서로 비슷하게 영감이나 착상을 받는 거겠지만! 이 형상화하기 힘든 주제를 과연 얼마나 심도 있게 그려내는지 기대를 갖고 쭉 보았지만, 너무 바쁘셨는지 연재 도중에 중단하고 말아 아쉬움을 주었다.

시골의 할머니도 몇 년 뒤에 돌아가셨다는 소식을 나중에야 전해 들었다. 할머니야 그래도 천수를 누리셨지만 안타까운 것은 그 바로 얼마 뒤, 할머니를 그렇게 따르던 작은 아드님께서 충격을 받았는지 시름시름 앓다가 돌아가셨다는 거였다. 이따금 시골에 내려가 들르면, 할머니는 방이야 남을 주었지만, 우리 물건들은 따로 보관해놓았으니 가져가라 하셨었다. 하지만 차일피일 미루다가 앨범이나 수많은 편지들 같은 삶의 흔적들이 모두 없어져

버렸다. 거기에는 전국 미술 대회만 나가면 늘 상을 타오던 누나의 상장과 메달들도 많았는데…….

연하를 다시 본 것은 내가 결혼한 지 일 년 지난 마흔 살 때였다. 그때 나는 대치동 대형학원에서 주력으로 단과를 하면서도 인근의 중소규모 학원에 세 군데 정도 짬을 내어 출강하고 있었다. 송파 올림픽 공원 앞에 있는 적지 않은 규모의 학원이었다. 뜻밖에도 연하는 거기서 영어 전임강사를 하고 있었다.

한 번 회식이 있던 날 비로소 모처럼만에 속사정 이야기를 나누게 되었다. 그녀는 늘 내 소식을 듣고 있었다며, 어린 여강사와 결혼한 걸로 알고 있었다. 나이는 열한 살 어린 건 맞지만 학원 강사는 아니라고 말해주었다. 바로 이 학원 앞 올림픽 공원에서 일 년 전에 결혼 화보를 찍었다 하자 뽀루퉁하니 눈을 흘겼다. 거봐요. '로리타 콤플렉스' 맞잖아요! 또 내 소설도 읽었다며 자신은 별로였는데, 엄마가 너무 좋다며 몰입해 읽는 모습이 의외였다고 말했다.

연하는 그 후로 연애에 환멸을 느꼈고, 얼마 지나지 않아 의사인 지금의 남편을 중매로 만났다며 씁쓸하게 미소 지었다.

"그렇지만, 그러니까 좋은 점도 있지만, 너무 이른 나이에 사랑을 포기한 것이 아닌가 해서 좀 아쉬움도 많네요."

그날 그녀는 내가 옆에 있는 젊은 여선생들에게 정신 팔려 자신에게 관심이 없다고 무척 속상해 했다. 그러나 사실 당시 나는 모든 촉각이 그녀를 향해 곤두서 있었다.

학기가 끝나고 이듬해 초에 다시 그 학원을 강의하러 찾았을 때 그녀는 학원가를 떠나고 없었다. 주변에 물어서 남편이 운영하던 병원이 운영난에 빠져, 그녀가 학원을 그만두고 아예 보석 도매업을 시작했다는 소식을 알게 되었다. 그 후론 만나지도 소식을 듣지도 못 했다.


이 이야기를 마치려다 불현듯 종은이 소식이 궁금해서 검색해보다가 깜짝 놀랐다. 그녀가 무슨 운명의 장난도 아니고, 부모님 산소가 있는 내 고향 시골의 수도원 원장이 되어 있었던 거였다. 많은 흔적들을 검색하다가 마침내 강연하는 사진들을 보고 옛모습 그대로라 무척 놀랍고 반가웠다.

내가 멀리 전라도 광주로 내려가 종은이가 수녀가 되는 의식에 참석했던 것은 서른두 살 때였다. 그날 종은이는 오랜 학습과 수도 생활을 잘 통과해 본인의 소망대로 정식 수녀로 임명되었다. 문제는 내가 열한 살이나 어린 화려한 강남의 여대생과 함께 내려갔다는 거였다. 내 장편소설의 모델이기도 했던 그녀는 워낙 늘씬하고 눈부신 것이 이목을 집중시켜, 그 경건한 분위기와 전혀 맞지 않았다. 그걸 우려하고 혼자 가려 했는데, 그 애가 졸라 따라나선 거였다. 나는 내내 사람들의 시선이, 또 종은이의 가족과 특히 나랑 친하던 남동생의 시선이 곱지 않음에 당황해야 했다.

그래도 좋은이는 '책임 수녀'님께 특별히 부탁드려서 규칙을 어겨가며, 우리 커플을 수녀들이 수련하는 집으로 초대해주었다.

"이번에는 찾아준 정을 생각해서 그렇지만, 앞으로 십 년 정도는 내가 수련에 정진해야 하니까, 절대 연락하지도 마. 십 년쯤 후, 먼 훗날에 내가 하나님의 완전한 종이 되고, 세속으로부터 초연할 정도가 되면야 어쩔지 모르겠지만!"

그날 우리는 차 한 잔을 대접받았다. 그때 잠깐 대화한 것이 마지막 모습이었다! 수녀원에 전화를 하니, 받은 여자가 "그런 이름의 한 분이 있긴 한데 맞는 분인지는 모르겠고 확인도 해줄 수 없다"는 것이, 이미 다 알면서도 거리를 두려는 것임이 느껴졌다. 그래도 내가 전화번호를 남기니, "그분이 지금 피정 중이라 일주일 뒤에나 나오시는데 전해는 드리겠다"며 끊었다.

그리고 일주일 뒤에 전화가 왔고, 반갑게 통화는 했다. 그렇지만 전화를 끊고 내가 받은 느낌은 이제 그의 하나님에게 친구로서의 지위마저 뺏긴 건지도 모르겠다는 것이었다. 결국 나는 다시 남녀 사이에 온전한 친구 사이가 성립하는지 회의스러운 상태로 돌아왔다.


수미는 성남에서 인천으로 옮긴 직후부터, 어머니의 갑작스런 유고의 충격에서 헤어나지 못했다. 결국 공부가 안 잡힌다며 일

년을 쉬겠다고 선언한 뒤 친한 친구가 있는 시골로 내려가버렸다. 그 친구도 동생처럼 얼마 전 어머니를 여의고 홀로 지내고 있었기에 동병상련의 위안이 되었기 때문이었다. 그리고 일 년 뒤 공부는 해서 무엇 하느냐고 계속 버티는 동생을 설득해서 마침내 내가 새로 옮긴 서울의 종합반에 다니게 했고, 결국 서울 소재 대학의 국문과에 합격했다.

졸업 후에는 내가 있던 강남 대치동의 대형 학원이 같이 운영하는 옆건물에서 중학 단과를 시작했고, 얼마 지나지 않아 치열한 경쟁을 뚫고 강남 중등부를 석권했다. 그 애의 수강생이 매 달 삼천 명이었으니까. 결국 강남의 대입과 고입을 남매가 제패한 셈이었다. 우리 남매가 거리에 나가면 학부모님들이 다가와 사진으로 봤다며 둘 다 알아보고, 많이들 반갑게 인사도 해주시곤 했다. 지금은 같은 국문과 동창인 시인을 만나 예쁜 딸과 함께 강남에서 잘살고 있다. 결혼식 때 수미의 신랑이 쓴, 우리 출판사에서 낸 『사랑의 시집』을 하객들께 선물로 드렸었다.

도시는 전혀 새로운 모습으로 훌륭하게 바뀌었다. 도시를 관통하며 비만 오면 악취를 풍기던 단대천은 지금은 사라지고, 중앙로로 바뀌어 상업과 금융 등의 중심가가 되었다. '붉은 거리'가 넘실거리던 중동도 지금은 이름도 바뀌고 단정하게 재정비되어 깨끗하고 번화한 거리가 되었다. 거기에다 분당과 판교까지 아름답게 개발되어 이제는 인구 백 만이 넘는, 세계에서도 알아주는 모범 개발 성공 사례의 도시로 탈바꿈했다.

하지만 아직도 내 마음 속에는 그 시절 '8월반'의 아이들이 뛰놀고, 어머니와 시장에 가던 정겨운 모습과 함께, 그 어두운 기억의 공간들이 하나하나 선명하게 남아 있다. 더욱이 어머니께서 마지막으로 별이 되어버린, 절대 잊지 못할 공간이니까.


나는 그 후로 급격히 추락하다가 마침내 몰락해버리고 말았다. 동료들처럼 한눈팔지 않고 학원만 고집했다면 엄청난 부를 쌓았겠지만, 불행히도 나는 문학을 좋아했고, 그래서 소설도 써보고, 문학 가까이 오려고 출판사도 운영했으니까. 한때는 유력한 시민 단체의 위원장으로 활동하기도 하면서, 나름 역사의 중대한 전환점에서, 역사 발전에 누구보다 기여한다는 자부심도 강했지만, 끝내 IMF가 찾아왔고, 그로부터 급격히 몰락하고 말았다.

하지만 그게 아니었다. 따지고 보면, 언제나 그랬듯, 내 안에 내재하여 스스로를 항상 괴롭히던 지나친 욕망과 욕심에서 헤어나지 못한 채 그것들에만 집착하다가, 결국 스스로 자초한 셈이었을 뿐이다. 이제는 명절 때가 되어도 찾아오는 이도, 갈 곳조차도 없이 늘 쓸쓸히 홀로 지내는 초라한 신세가 되어, 오직 남은 것이라곤 아스라한 한줌의 지난 추억과 그리움뿐이랄까.

이제 내 청춘의 시절, 철부지 같았던 부끄러운 이야기는 끝났다. 그래도 스물네 살은 가난했지만 꿈이 있었고, 어머니가 계셨다! 낯선 도시에서 과분한 사랑을 받으면서 그것도 모른 채 방황하며 날뛰었을 뿐이지만.

돌이켜보면, 인생이라는 것이 〈트루먼 쇼〉처럼 미리 정해진 각본과, 우리 스스로 개척해 바꾸어 나갈 수 있는 것과의 중간쯤에 있지 않은가 싶다. 때로는 각각의 지점이 분절되어 나누어져 있기도 하고, 때로는 그 단편들이 연작처럼 이어져 결국 함께 유기적으로 연결되기도 하는 그런!

아스라한 기억들을 하나씩 엮어나가다 보니, 이제야 그 좌충우돌의 추억들이 어떤 형상을 갖추며 새롭게 다가오기만 한다. 그 시절 욕망과 본능으로 점철된 채 하염없이 방황하던 나의 모습들은 별개의 사건들인데도 이제는 마치 하나의 연결선상에 놓여져 있는 것처럼 여겨지기만 한다. 다만 지금 퍼뜩 드는 한 가지 생각은 그때 그 시절의 원장님께서 아직 살아계신다면, 이제는 아흔이 다 되셨겠지만, 그래도 살아 계신다면 찾아뵙고, 정말 죄송하다 말씀드리며 감사드린 후에 막걸리 한 사발이라도 대접하고 싶은 것뿐이다.

이제 진짜로 나의 이야기는 끝났다. 누구에게나 청춘의 시절은 있을 것이다. 만주 아가씨에게도, 어머니에게도, 군자에게도, 은정이에게도 어여쁜 열여섯 시절이 있었고, 나에게도 그리고 이 이야기를 들어주신 여러분 모두에게도 스물네 살 화려했던, 또 나름 뜨거웠던 청춘의 시절은 있었다. 지금까지 나의 이야기를 들어주서서 정말 감사하다. 이번에는 내가 여러분의 이야기를 들을 차례가 아닐까!

자, 내가 오늘밤 청춘교에 은밀히 가서 다리 위에 앉아 당신을 기다리겠다. 당신이 나에게 자신의 스물넷 시절 이야기를 들려달라. 저기 어둠 속에서 추억의 램프를 들고 다리를 건너 살금살금 걸어오는 이가 그대가 아니신지!

# 작가의 말

당신의 욕망과 사랑은 안녕하십니까!

4년 전, 첫 번 섹스 책 『멀티를 선물하는 남자』를 내면서 저는 책의 뒷부분에 그렇게 피력했습니다. 이 놀라운 혜안의 책은 성공할 것이고, 그 후광에 힘입어 제2, 3권을 이어 내자고 제안을 받아도 단호하게 거부하겠다고 말이지요. 내가 쓰고 싶었던 것은 사실은 소설이고, 5년쯤 후부터 서정성과 언어적 미학성이 두드러진 소설을 다시 쓰기 시작하겠다고 말입니다. 그렇게 저는 늘 마음의 고향이었던 소설 창작의 세계를 그리워했나 봅니다.

그 책이 베스트셀러가 되고 해외에 수출까지 하게 되면서 얼핏 그 소망은 실현되는 듯 보였습니다. 하지만 상황은 녹록지 않았습니다. 불과 일이 년이 지나자 받은 인세는 바닥이 났고, 다시 쓰지 않으리라던 섹스 책을 집필해야 했습니다. 두 번째 섹스 책 『멀티남녀』를 내고서는 대학로 극장에서 세계 최초라는 '1인 섹스 강연극'도 반 년 동안이나 홀로 진행했습니다. 그렇지만 만난 기획사는 열악했고, 광고는커녕 입간판도 없이, 장소를 잡지 못해 헤매다가 더부살이로 밤늦게 겨우 시작해서 지하철이 끊기는 시각을 넘어서까지 진행해야 했습니다. 연이어 산부인과 병원에 초빙되어 불감증 여성이나 갱년기 남녀를 위한 '섹스 코칭'까지 다시 반 년간 해보았습니다. 그러나 그곳이 서울이나 강남이 아니라 지방임을 원망해야 했습니다.

결국 세 번째 섹스 책『멀티수업』을 내면서는 국내는 물론 세계적인 큰 반향까지 예견했습니다. 내가 '세계 최초 지스팟 개발 비법'은 물론 '질 내부 개발 비법'을 개발해 매뉴얼화했고, 오르가슴 시간의 놀라운 연장 비책까지 인류가 수천 년 동안 찾아 헤매던 절대 쾌락 비책을 찾아 집대성했으니, 이제야 마음 편하게 자본의 안정된 바탕 아래서 창작의 세계로 돌아갈 수 있겠다고 말이지요. 하지만 출판사는 광고 한 번 하지 못 했고, 열광하는 일부 독자를 빼면 기대에는 어림도 없었습니다.

소설을 다시 쓰겠다고 결심한 것은 안정된 자본 위에서가 아니라 오히려 가진 것이 하나도 없는 최악의 상황에서였습니다. '성인을 위한 올바른 섹스 교육'의 명분 이전에, 단지 생계를 위해, 잡히지도 않는 강연 자리를 여기저기 알아보다가, 인터넷에서 우연히 보인 '호빠넷'이라는 사이트를 검색하여 몇몇 호스트 바에 남성들을 대상으로 섹스 강연을 제안하고 있는 자신을 발견하고서였습니다. 순간 너무 처량해져 바로 중단하고, 곰곰이 생각하다가 다시 소설을 쓰기로 결심하였던 것입니다.

물론 제가 일본이나 대만 등에서 태어났다면, 섹스로만 떼돈을 벌었을 것입니다. 그렇지만 '인생지사 새옹지마'라고 오히려 그렇지 않았기 때문에 이 작품을 쓸 수 있지 않았을까 합니다. 돈을 벌고 소설을 쓰려 했는데 오히려 정반대로 극도의 궁핍의 상태에서 내 존재의 의미를 찾아 소설로 기어든 셈입니다. 그때 든 생각은 '나 자신의 젊은 시절, 사랑과 특히 주체할 수 없이 넘쳐 흐르던 본능과 욕망의 문제'를 잘 형상화해보자는 거였습니다.

『청춘교』는 대학 때부터 20대 중반까지 젊은 시절에 구상해놓았던 연작 시리즈입니다. 이번에 그중에서 특히 본능과 욕망을 가장 적나라하게 드러내기에 적합한, '이상한 도시 성남에서의 스물네 살 때 이야기'를 골라 들었던 것입니다.

막상 '프롤로그' 부분을 써 내려가면서 정말로 심장이 마구 뛰었고, 주체할 수 없이 흐르는 눈물을 대하며 그렇게 속으로 뇌까렸습니다.

'진정 쓰고 싶었구나!'

그러고는 소설 한 장면 한 장면을 쓸 때마다, 과거 떠오르는 기억과의 연상 때문에 매번 하염없이 가슴 아파해야 했습니다. 여러분께서 어떻게 읽으셨든 간에 이 작품은 처음부터 끝까지 구절마다 그렇게 완성된 것입니다.

다 쓰고 나니 문득 그런 생각이 듭니다. 과연 우리의 사랑과 추억은 영원한 걸까요? 각자가 매 순간 품었던 욕망과 본능은 일시적이기만 한 걸까요? 하필이면 왜 이 시대에 그것도 인간으로 태어나서 이런 욕망을 안고 살아가야 할까요?

저는 무신론자에 가깝습니다. 그러나 절대 우주의 위대한 존재는 부정할 수 없으니. 그 알지 못할 심원함에 두려워지는 나약한 유한자일 뿐입니다. 그렇다면 왜 '위대한 절대적 섭리'는 우리가 조율하고 감당하기 벅찬 '욕망과 사랑의 칩'을 형형색색 각자의 뇌와 심장과 가슴에 심어놓고, 우리를 끝내 굴복시키려 들까요? 그 무한한 외경 앞에서 우리는 나풀거리며 마구 흔들리는 한 줌의 미약한 바람이 되어 그것이 기껏 찰나에 지나지 않음도 망각한 채 매달리며 존재해 내야 하나요?

아니 다른 심지가 곧은 이들은 안 그런데 유독 나만 본능이라는 태풍에 휩쓸렸던 것이라고, 다른 지성인들은 절제할 줄 아는데 나만이 밤마다 괴로워했을 뿐이라고, 대부분의 작가들은 변치 않는 사랑을 노래할 줄 아는데, 나 하나만이 기껏 욕망의 작은 부분을 갖고 침소봉대했을 뿐이라고 믿고 싶습니다. 이 획일적인 로맨틱한 사랑의 책들이 난무하고, 도식적인 자기계발서 들이 대접받는 시대에, 유독 너 하나만이 지나치게 본능에 매달렸을 뿐이라고, 이미 지적받고 있을 것입니다.

과연 그렇다면 인간 각자의 사랑과 욕망과 본능의 문제는 너무 쉬운 데 말입니다. 그러나 아무리 그래도 이따금 그런 회의로 되돌아가는 것은 어쩔 수 없습니다. 인간의 사랑과 추억은 변치 않는 것일까요? 아주 오랜 세월이 흐른 뒤에도 우리의 사랑 이야기들은 남아 있는 것일까요? 과거 그녀를 만나던 그 장소로 돌아간다면 아직도 그 감정을 온전히 간직한 채 나의 환영은 그 자리에 머물러 있는 걸까요? 또 내 욕망의 그림자는 그때처럼 반응하며 그 공간을 떠돌고 있을까요?

쥐라기 시대를 살던 그 암수 공룡의 본능과 충동적 행위는 어디로 간 것일까요? 하늘을 날면서 마음껏 포효하며 날갯짓하던 한 쌍의 익룡의 사랑은 그 깎아 무너져 버린 산 근처에서 아직도 머무르고 있을까요? 굳이 그런 거시적 시야가 아니더라도 작년에 사랑을 나눈 그녀는 오늘 새로운 멋진 남자 앞에서도 보이지 않는 곳에서 변함없이 나만을 바라보고 있을까요?

이 혼돈과 욕망 분출의 시대에 우리는 어떻게 그것들을 지키며 살아내야 하는 걸까요? 아니 그녀를 논하기 이전에 그녀보다도 몇 배 시시각각 변화하는 자신의 욕망과 사랑은 말이지요. 아방궁에서 절대 권력으로 수백 수천의 궁녀들을 평생 꼼짝 못하게 거느리고 살았던 중국의 황제들을, 자신의 화려한 저택에서 수많은 젊은 미녀들과 마음껏 섹스하며 살았던 휴 헤프너의 자유로운 욕망의 삶을 우리는 어깨 너머로 부러워하기도 했지 않나요? 트럼프는 대통령이 되고 나서도 이전처럼 연일 폭로되는 스캔들에도 저렇게 건재하게 버텨 내는데 말입니다. 물론 그런 욕망을 논하기 이전에 감동적인 사랑의 스토리가 때로 우리의 눈가를 적시기도 합니다.

택지개발을 하다가 옛무덤에서 발견된, 먼저 죽은 남편을 그리워하는 아내의 절절한 450년 전 편지는 우리를 눈물짓게 합니다. 실화를 찍은 영화 〈님아, 그 강을 건너지 마오〉를 보다가 죽음을 앞둔 할아버지에게 할머니가 먼저 가서 좋은 데 자리 잡고 기다리면, 둘이 손잡고 다시 만날 수 있다고 말하는 장면에서는 같이 오열하게 됩니다. 며칠 전 충남 서천에서 비닐하우스에서 일하다가, 집에 불이 나 다리가 불편한 아내가 갇혀 있다는 말에 불길 속으로 뛰어들었다가 참변을 같이 당한 72세 남편의 이야기는 먹먹하다 못해 더없는 감동을 주기까지 합니다. 아니 나는 왜 그런 사랑을 못할까 부럽다 못해 부끄럽기까지 합니다.

하늘은 때로 우리에게 온전한 사랑을 꿈꾸게 하고, 구름은 종종 우리에게 여러 아름다운 사랑의 형상을 펼쳐 줍니다. 그렇지만 그러다가도 바람은 나를 서서히 꿈틀거리게 하고, 이따금 한껏 뜨거워진 공기는 내 본능을 자꾸만 일깨우며 폭발하라고 부추기기도 하는 것입니다. 당신은 때로 격정에 휩싸인 채 들판을 향해 뒤도 보지 않은 채 마구 달려가기도 하고, 어떤 밤은 은밀하게 자신을 온통 감싼 욕망의 기운에 굴복하기도 하는 것입니다.

그런 속에서 우리는 어떻게 살아내며 버텨 가야 할까요? 과거에 비해 감각이 무뎌진 채로 자신의 사랑하는 이를 타성에 젖어 대해야 할까요? 아직도 몰래 살아 숨 쉬는 욕망의 늪에 한순간 빠져들어 위험하게 반응해야 하는 걸까요? 내 청춘의 시절 그 많던 사랑과 욕망들은 지금 도대체 어디로 간 걸까요? 어디쯤에서 숨어 내밀하게 기회를 기다리며 엿보고 있는 걸까요? 왜 사람들은 그 몇 줌의 욕망 때문에 추락하기도 하고, 아직도 사랑을 지키고 있다고 믿으면서 그것에 매달리고 있는 걸까요?

우리가 사라지고 억겁의 세월이 흐른 뒤에도 우리의 사랑이야기들은 남아 있는 걸까요? 얼마 전 인류의 종말을 예고하며, 결국 사라질 지구 밖으로 날아가서 우주 식민지를 개척하더라도 그것은 미봉책에 불과하다던 스티븐 호킹 박사마저 돌아가시고 부재하는 데 말입니다. 아니 불현 듯 지금 당장의 나의 욕망과, 관계가 궁금해집니다. 이 소설을 읽어주신 여러분 각자의 욕망까지 포함해서 말이지요. 오래전 소나무 아래서 데이트하던 그 소년과 소녀들은, 개울가에서 노래하며 사랑을 속삭이던 그 처녀와 총각들은 모두 어디로 갔을까요?

이 화창한 봄날, 초라한 방 한쪽 구석에서 감히 여러분께 묻습니다.


지금 당신의 욕망과 사랑은 안녕하십니까?



2018년 4월 어느 봄날
김진국

# 청춘교

다시 돌이킬 수 없는 스물네 살 적 이야기

**초판 1쇄 발행일**  2018년 5월 15일

**지은이**  김진국
**펴낸이**  박영희
**편집**  김영림
**디자인**  조은숙
**마케팅**  김유미
**인쇄·제본**  AP프린팅
**펴낸곳**  도서출판 어문학사
　　　　서울특별시 도봉구 해등로357 나너울 카운티 1층
　　　　대표전화: 02-998-0094/ 편집부1: 02-998-2267, 편집부2: 02-998-2269
　　　　홈페이지: www.amhbook.com
　　　　트위터: @with_amhbook
　　　　페이스북: https://www.facebook.com/amhbook
　　　　블로그: 네이버 http://blog.naver.com/amhbook
　　　　　　　다음 http://blog.daum.net/amhbook
　　　　e-mail: am@amhbook.com
　　　　등록: 2004년 7월 26일 제2009-2호

**ISBN**  978-89-6184-471-0   03810
**정가**  15,000원

이 도서의 국립중앙도서관 출판시도서목록(CIP)은 e-CIP홈페이지(http://www.nl.go.kr/ecip)와
국가자료공동목록시스템(http://www.nl.go.kr/kolisnet)에서 이용하실 수 있습니다.
(CIP제어번호: CIP2018012038)